GW00984736

LA RAGE AU BOIS DORMANT

DU MÊME AUTEUR

Aux Éditions Grasset

LE BOUDOU, 1991, *récit.*

LES PORTS DU SILENCE, 1992, *roman.*

Aux Éditions Gallimard

LES FEUX DU LARGE, 1975, *nouvelles* (Prix Drakkar).

CHAMBRES, AVEC VUE SUR LE PASSÉ, 1978, *nouvelles* (Bourse Goncourt de la Nouvelle).

PAS D'AUTRE INTEMPÉRIE QUE LA SOLITUDE, 1980, *nouvelles.*

... PERDRE LE SOUFFLE, 1983, *nouvelles.*

L'HIVER DE BEAUTÉ, 1987, *roman* (Folio, 1990).

... ET IL VENTAIT DEVANT MA PORTE, 1989, *nouvelles.*

Aux Éditions Actes-Sud

UN SOIR, J'INVENTERAI LE SOIR, 1983, *nouvelles.*

PLAISIRS AMERS, 1985, *roman.*

Aux Éditions Sud

L'ÉCORCE INDÉCHIFFRABLE, 1975, *poèmes.*

RIMES INTÉRIEURES, I : DU VERTIGE ET DU VENT, 1984, *chroniques et poèmes.*

Aux Éditions Julliard

BONJOUR, GENS HEUREUX, 1993, *nouvelles* (Grand Prix de la Nouvelle, de la SGDL).

RIMES INTÉRIEURES, II : A LA TOUR ABOLIE, 1994, *chroniques et poèmes.*

Aux Presses de la Renaissance

GIOCOSO, MA NON..., 1990, *nouvelles.*

CHRISTIANE BAROCHE

LA RAGE AU BOIS DORMANT

roman

Pour Johnnie Gratton, dont j'admire
qu'il puisse ainsi "rire" en français ! J'espère
que mes deux enragées le séduiront
avec amitié

Christiane Baroche.

BERNARD GRASSET
PARIS

Pour Hélène, ma mère, en mémoire.

Pour Clara, pour Marie-Thérèse Lecomte, pour Lynn Salkin Sbiroli : le vent les emporta...

et pour Catherine Lépront,
avec plein de rires en vue.

« Je vois enfin fixée, enfin durcie, la face que la nuit m'avait longuement, amoureusement travaillée pour la mort. »

LÉON-PAUL FARGUE, *Espaces*

« Il n'existe pas d'autres vérités que des vérités individuelles. »

NIETZSCHE, *Ainsi parlait Zarathoustra*

AVANT LE LEVER DU RIDEAU

* * *

Le notaire, Me *Georges Falloires*, détient, c'est normal, les clés de presque toutes les successions, donc des habitants d'Orsenne, et les livre volontiers. Voici donc :

Adèle Dausse et les siens :

Adélaïde Dausse, née **Grampian,** mère possessive.

Père Dausse, géniteur dont on ne connaîtra pas le prénom.

Jean Dausse, le frère aîné. On en parlera beaucoup, lui sera moins bavard. Il est de ceux qui gardaient leurs secrets, et dont on soupire qu'ils sont morts trop tôt.

Urbain, le premier amour d'Adèle. D'un noir parfait et d'« origine africaine », ce qui donne latitude au choix identitaire, l'Afrique étant vaste.

Josépha, fille d'Urbain. Métisse de caractère, ou caractère de métisse.

Armand Valmajour, le mari d'Adèle. Viticulteur, agriculteur, récupérateur en tout genre.

Petit Paul, né du mariage d'Adèle et d'Armand. Un rêveur scientifique, ce qui ne vous rapproche pas de la réalité, contrairement aux idées reçues.

Dans la **mouvance d'Adèle**, on trouve aussi **Louise Lavaillier**, soutenant de près le cœur du Père Dausse avant de tenir une « maison ». Puis le **docteur Esparvan,** soupirant après Adèle au même tarif que les autres. Enfin **Pauline** et **Emmeline** les servantes, plus **Joselito**, le jeune adopté.

Judith Fautrelot et les siens :

Sa mère **Juliette,** née **Caussimon.** Docile, fervente, aveugle (au figuré), toutes qualités qui l'ont fait choisir par

Léontine Fautrelot, veuve argentée, à l'intention de son fils,

Pierre Fautrelot, directeur de banque, entre autres.

La **grand-mère Caussimon**, mère de Juliette. A, en tant que belle-mère, peu d'illusions sur son gendre.

Emmanuel, son fils.

Loup Poitevin des Baronies, fils d'**Albert Poitevin** qui a « relevé » le titre, son beau-père, **René-Pierre des Baronies**, n'ayant eu qu'une fille.

Loup Poitevin épouse Judith, hérite le Domaine des Baronies, un grand cru classé du Médoc, ainsi que les manières du « vieux ». Quant à Albert Poitevin, il est avocat d'affaires.

Caterina, la servante-maîtresse du domaine et de la Ca' dei Piozzi en Vénétie, est une figure mythique. A-t-elle le bon ou le mauvais œil ?

Les serviteurs et ouvriers du Domaine sont apparentés de près ou de loin à Ahmed Larbi qui a élevé Loup. Le vieux maître les appelle tous « **Ahmed** » pour simplifier. Ahmed Larbi, avec femme et filles, suit Loup et les siens où qu'ils aillent.

Dans la mouvance de Judith, les deux **Frères Esposite**, **Bernard** et **François**, constituent sa famille d'élection. Ils font du riz et de l'élevage, entre autres de chevaux, personnages importants s'il en est. Parmi eux :

Jubilation I, jument teigneuse.
Ses fils **Roll** et **Fox**, étalons fous.
Sa petite-fille **Jubilation II**, calme comme une solive.

L'étalon de Bernard, **Prince**, qui mérite son nom.

Le Hongre, résigné à ne pas en avoir, et qui appartient à François.

Poulain, le petit cheval d'Emmanuel, pimpant.

Bien sûr, grenouillent alentour les tenants successifs des différents corps d'État, maires, instituteurs, brigadier de gendarmerie, j'en passe. « Parce que ces gens-là, monsieur », pullulent.

Orsenne présente aussi quelques « figures » :

Pilleret, chirurgien, qui rafistole gaillardement ses concitoyens, et

l'avoué **Malival**, qui vient à bout des litiges par la grâce de ses « interventions ».

La météorologie régionale n'est pas souvent au beau fixe, surtout de 1939 à 1945.

Les deux femmes, dont les vieillesses croisées rembobinent ici le temps qui passa sur elles, ont la langue bien pendue. Signe de santé.

Quand le rideau se lève, elles commencent.

Chapitre premier

JUDITH FAUTRELOT

Adèle, ma vieille Dausse ! Ces derniers jours, elle répète sans se lasser : « Ma vie fut un roman. Après nous, Judith, qui le saura ? » Et c'est vrai ! Elle est vieille, beaucoup sont morts de ceux qui nous ont connues. Quant aux plus jeunes... elle s'est exilée d'Orsenne si longtemps ! Pour préserver une vie des regards et des actes, soit. Ce n'était pas la sienne mais celle d'Armand, son mari, et qui l'a su à cette époque, et qui le devinerait de nos jours ? Elle-même ne s'en doutait pas, elle s'éloignait de sa fille et son homme suivait, voilà tout ! Je précise qu'à Orsenne, par « chez nous » dirait Adèle, les femmes demeurent dans les mémoires le plus souvent sous le nom du père, les maris sont trop volatils. La preuve, ils meurent !

Armand réussit-il vraiment à se cacher dans l'ombre de sa femme ? Voire, les grands espaces avalent les curiosités en aiguisant celles qui persistent, et le moindre détail prend une saveur énorme ! Aujourd'hui qu'Armand Valmajour est mort, que toutes les histoires autour de lui sont tombées dans l'oubli, je me demande si Adèle n'entrouvre pas l'armoire aux malices pour qu'on s'interroge encore, pour qu'on papote sur le peu qu'on apprend et sur l'immensité de ce qu'on ignore. Passe-temps de reine ! Impératrice dans l'art de se divertir, la Dausse, jusqu'au mariage compris, et soudain une veuve. Elle-même le dirait, il faut meubler les heures !

Oui, Adèle n'est pas née pour les chagrins qui durent. Du moins quand elle ne récrit pas l'histoire ! Et qu'y a-t-il à savoir d'une existence qui n'appartienne à chacun peu ou prou ? A ce compte, toutes les vies sont des romans de gare.

Une « belle » femme, au sens où on l'entend ici. Enfin, jadis. A soixante-dix-huit ans, un fagot, perdu dans des jupons et des laines. La bonne « grosse » d'autrefois n'est plus qu'un paquet décharné au cœur de ses gilets, de ses gants, de ses fourrures. J'ai de la glace dans les os, c'est ainsi qu'elle justifie le renard vissé sur son cou du premier de l'an à la Saint-Sylvestre. Du renard blanc. Après l'exubérance épanouie, la frilosité. Certes il y a des gens qui ont froid toute l'année ; au départ elle n'en était pas, même si elle s'en donne le genre aujourd'hui ! Je me demande souvent de quel hiver perpétuel les premiers se gardent, quelle banquise affective ils dissimulent sous l'alibi des arrière-saisons. Je m'en moque, l'âge des autres peut traîner son cortège de glace, moi j'ai toujours trop chaud. Dans Orsenne, ils disent que la méchanceté remplace le vison. Ils ont tort. C'est lourd, une fourrure, presque autant que les souvenirs.

Notre cité est une petite ville. Avec des notables et des indigents, des scandales, des hypocrisies et de rares vertus. Pourquoi n'en serait-il pas ainsi ? Orsenne est comme partout.

Nous avons un maire, Henri Donat, qui ne juge les malhonnêtes qu'avec les yeux. A Orsenne, c'est la seule pesée qu'on admet. Et dont on se fout, pour parler vrai. Un industriel ruiné, Donat. La guerre enrichit les malins qui la servent. Lui s'est voulu serviteur d'une autre rectitude, plutôt militaire : en un temps troublé, il a choisi Londres, de Gaulle, les parachutages et le risque. Il est sorti de là bardé de médailles, qui n'ont pas ajouté un gramme de beurre à ses épinards en faillite. Il n'en a pas réclamé. De nos jours, pas besoin de conflit pour devenir riche, il suffit de s'occuper de politique ! Mais Donat n'est pas politicien pour deux sous ! Moyennant quoi, les parvenus du marché noir ont fait de lui le garant des institutions républicaines, avec un salaire lui permettant juste de porter des reprises en forme de pantalons. Il est brave, vieux, aimable, discret ; il ne la ramène jamais sur sa fortune passée, une délicatesse que couronnent ses réélections.

S'il se rappelle les fastes d'antan, c'est en silence, et ceux qui parlent des leurs encore dans leur jouvence, lui en sont reconnaissants. Les mêmes toujours à pleurer sur un pognon dont il faut cependant savoir qu'il entama sous Vichy une croissance exponentielle, mais chut ! Amnistie. Il faut dire aussi qu'on est en pleine récession, on ne multiplie plus, on divise. Ce qui aboutit à licencier pour mieux grossir les caisses noires.

Je sais, j'ai une langue de vipère, mais je suis riche. Mes sous à moi ne sortent pas des lessiveuses, alors on est bien obligé de les absoudre. Et puis je suis *la bonté même*, une définition comme une autre. « Que voulez-vous qu'elle fasse de son revenu ? » Je le répartis. Il en restera bien assez pour transmettre à... Enfin, on ignore à qui ! Ce type qui vit à ses crochets, à ce qu'on murmure dans les familles du Haut !

La Dausse me distille le début de sa vie comme une épopée, je bâtis la fin de la mienne sur des valeurs usées jusqu'à la corde, je suis charitable, je regarnis les Caisses de Secours, je m'occupe des RMIstes puisque les notables, une fois l'argent de l'État délivré aux « méritants », se battent l'œil de ceux qui restent. Il paraît que moi non plus, je n'ai pas de mérite, j'ai trop d'argent. Il n'empêche, je dégringole quelques-uns de mes détracteurs autant que je peux, chaque fois que je refuse de prêter du fric à leurs repêchages bourgeois. Je n'aime pas qu'on se moque du pauvre monde, qu'on déclare avec morgue, ils n'ont qu'à travailler, dans le temps même où l'on s'arrange pour qu'ils n'aient plus de travail.

En centre-ville, on murmure que je suis une garce; dans la banlieue, on m'aime ou on fait semblant. Les pauvres s'enferment dans le mutisme et le sourire, mais ils me saluent. Les autres me toisent.

Du moins dans la journée. A la nuit, ils essaient de ramper jusqu'à mon portefeuille, invoquant ce qu'ils nomment des réflexes de classe. A ces heures mi-chien mi-loup qu'ils choisissent toujours pour venir me voir, ils perdent la mémoire de ma garcerie. Vers midi, en plein cours Clemenceau, ils la suçotent entre eux. Jusqu'à cinq heures du soir, l'heure du toro, l'heure des mises à mort. Je parle de leurs espoirs, qu'alliez-vous penser!

« Ma bonne amie, murmure la Dausse en triturant mes doigts dans les pinces en os qui pendent au bout de ses manches, si vous saviez! Ma vie est un roman! » Hors de ce roman-là, on se tutoie depuis soixante ans, sinon plus! Chère Adèle!

C'est curieux, au fur et à mesure qu'elle déroule son peloton pour le tricoter autrement, je comprends tout, l'amitié qu'elle me porte, hier comme avant-hier, son avidité de ce qui me concerne, même quand il a fallu choisir d'être avec moi contre les autres, et jusqu'à sa manière d'ouvrir la cage enfermant son existence au départ. Au beau milieu de ses confidences, elle se tait un moment, elle remet en ordre sa rumination. Puisque sa vie est un roman, elle ne la livre pas, ne la dévoile pas, elle la récrit sur une page blanche à l'envers de son front. Elle l'invente comme on découvre une mine d'or inexploitée.

En fait elle en rajoute peu, elle creuse une sape où tombera ce qu'elle tient à gommer ! Et je n'en suis pas si sûre que ça ! Malgré ses efforts, la pauvre construit telle qu'en elle-même. A rebâtir, à mesurer les chemins parcourus, on finit par savoir qu'on a moins d'imagination que la vie ! Et puis elle a beau s'évertuer, rien ne s'aligne comme elle veut, toujours un détail qui repêche malgré elle ce qu'elle aurait voulu noyer dans les rivières du temps. Oui, toujours la même chanson ! « On n'oublie rien, on s'habitue ! »

Il me semble qu'il y a des siècle que je réfléchis à ce rapport avec le présent. Il n'a d'actualité qu'après, dans une mémoire évacuant ce qui ne sert pas, et surtout pas aux reconstructions gratifiantes. Le « présent » d'hier s'apprécie à le repérer en filigrane du passé, puis à le déguster de nouveau mais avec de la crème et des bougies. Ou à le vomir. Elle et moi sommes des ruminants, dévorant nos jours deux fois, tout de suite et plus tard, quand s'enfuit la faim de ce qui donne du sel à la nouveauté. Et bien tempéré, ce *présent-là* rouvre l'appétit. Au fond, la mémoire est le congélateur de nos excès, ils ne s'y dégradent pas, ils s'attendrissent, comme une viande mise à rassir. Ne reste plus qu'à les accommoder, les vrais et les faux, à condition d'oublier le goût des vieilles sauces. Judith, ma fille, en ce moment, tu digresses ou tu dégraisses ? A chaque minute, ne fais-tu pas comme elle ?

Je vais donc tous les soirs chez Adèle Dausse, et tous les soirs j'écoute son « roman » comme une pierre de touche du mien, son envers ou son endroit selon l'heure. A l'entendre mêler les « autrefois » aux marmelades quotidiennes, saupoudrer ce qu'elle a vécu de regrets qui lui viennent des années après, je sens que nous sommes pareilles, nos envies d'enfant sont le côté pile de nos amertumes d'adulte.

L'enfer est là, non ? L'enfer ne sait pas nier l'ombre

portée, faire table rase ! Il faudrait attendre d'être très vieux, presque mort, pour nommer « désir » cela seul qu'on a décroché. Mais qui est *sage* à ce point ?

« J'ai été une petite fille adorable, roucoule la Dausse. Ma mère disait toujours que je ne pleurais pas, que je souriais beaucoup. Dès le berceau, j'étais la séduction même. » Où place-t-elle l'eczéma dans son conte de fées, les croûtes de lait, les plaies suintantes ? Comment s'arrange-t-elle des nuits interminables, aux bras raidis par des tubes en carton pour freiner les grattouillis, afin de ne pas avoir vilaine figure, demain, après-demain, à l'âge de séduire ! Idole intouchable, à commencer par ses propres doigts, quelle dérision !

Moi, je raclais mes joues contre le bois du lit, j'écorchais mon nez sur les broderies de l'oreiller, je frottais mes jambes l'une contre l'autre, dans l'extase sanglante des démangeaisons frénétiques qu'on éteint avec les ongles. A moi, on mettait des moufles quand on y pensait ! Qu'importe, on se gratte avec la laine ! Et la séduction m'a retrouvée malgré tout. Autrement ? Pas sûr. On guérit vite quand on peut se mesurer à soi dans le plaisir ou les meurtrissures, on cicatrise. Mais ne pas se blottir, ne pas se couler contre les seins lourds, ne pas empoigner les cheveux de sa mère, s'en remet-on, devant le miroir aux mille grâces, en espérant les joliesses futures ? Bon sang ! Une peau d'enfant, c'est là pour s'user. Juliette, ma mère à moi, le savait, qui ne me ménageait pas les caresses, croûtes ou pas croûtes, seulement il y a toujours quelqu'un à qui les humeurs et les peaux mortes répugnent. Et qui le fait savoir.

« Tu vois bien, Judith, que ma vie fut un roman », gémit la Dausse en s'agrippant à mes poignets. Si le romanesque se fabrique juste avant le terme, avec ce qu'on essaie d'exclure et qui dépasse malgré tout de la vie qu'on se veut, alors Adèle a raison, on écrit pour des regards de guimauve, pour une littérature à la mélasse ! A ne s'en tenir qu'aux chiffres de vente, aux yeux des gens que l'argent seul intéresse, le roman de la Dausse serait best-seller à coup sûr ! Je n'ai qu'à surveiller les clientes du salon de coiffure huppé de la ville, voilà ce qu'elles lisent, la couverture racoleuse de ces cucuteries à l'abri d'un protège-livre, les gens sont si malveillants ! La libraire me disait l'autre jour que ces dames viennent chez elle acheter de la lecture pour la bonne à tout faire. Elles n'ont pas plus de courage que leurs maris. Protège-livre et portefeuille sont en cuir, évidemment.

« A cinq ans, Judith, j'avais des cheveux si blonds, bouclés si court qu'on m'habillait d'une peau de mouton, la nuit de Noël, et qu'on me couchait dans la paille de la crèche. Qui peut se vanter comme moi d'avoir remplacé l'enfant Jésus ? Tu vois bien, tu vois bien... »

A cinq ans, moi j'étais maigre et morveuse, avec ce visage de belette dont s'affublent les gosses affamés d'amour. Ma mère m'aimait sans oser le dire, mon père ne m'aimait pas en le disant. J'étais laide. Bien sûr que j'étais laide, il n'avait pas besoin de le répéter, j'avais la laideur de ce qu'on déteste. Je l'avais compris dès l'âge de quelques semaines, quand il m'avait vue au retour d'une de ses absences « pour affaires » et tenue dans ses mains comme un paquet de merde.

Les voyages étaient autrement plus intéressants qu'une fille, ces éloignements qui le menaient vers les gens d'ailleurs, vers ces villes où l'on ne vous connaît pas, où se vivent au grand jour des amours à rebours des autres.

Mon père a craché – sa mère à lui me l'a dit avec le « ton » quand j'ai eu l'âge d'apprécier –, eh bien, j'espère qu'elle sera maligne, ça compensera ! Même à deux mois, on n'a pas besoin de comprendre les mots pour déceler le recul des pères devant ce qui ne leur ressemble pas. Je savais tout sans le savoir, maintenant je sais tout en le sachant ! Pas plus drôle !

Car il était beau, mon père, malgré ce qui courait de blet sous la peau, malgré ce faisandé qu'il noyait sous l'eau de lavande. Il aurait dû se laver, l'hygiène se pratiquait déjà, même à Orsenne où les baignoires étaient rares !

Les femmes le regardaient à peine. Enfin elles le contemplaient, avec l'air particulier qui en afflige quelques-unes au moment de la Consécration, quand elles intiment à l'Autre, là-haut sur Sa croix : « Ne descends pas, Seigneur ! C'est d'en bas qu'on t'aime, où les odeurs, les crasses, le sang ne se remarquent plus. » Elles enviaient ma mère mais leur envie pataugeait dans le tiède, rassurée de ne jamais aboutir. Elles guignaient mon père un peu comme ces gravures de mode qu'on voudrait à côté de soi pour la messe du dimanche matin, au lieu d'un homme en négligé, aux odeurs recuites, et qui vous répète à longueur de semaine que ce jour-là est fait pour reposer la peau.

Donc les femmes ne le regardaient pas. Les hommes, si. Ses clients qui traquaient la faille, la faiblesse. Ou la ressemblance secrète. Ma mère, rengorgée, susurrait qu'eux ne pouvaient pas l'aimer, forcément. Ma mère aveugle.

Je revois Pierre Fautrelot-mon père se penchant vers la glace de l'entrée. C'est lui qui l'avait accrochée là, sur le mur entre la porte et la penderie, c'est lui qui l'avait choisie légèrement teintée, embellissante disait-il en coulant vers moi ses yeux luisants. Pour se donner de la force avant de sortir, pour avoir bonne mine en face de soi. Se sentir bien dans sa peau est important, paraît-il, pour réussir dans les affaires. La glace au reflet cannelle facilitait le dernier coup d'œil, celui qui se rassure à l'évidence, rien ne dépasse, rien ne manque de ce qu'il faut pour plaire.

Cette glace en pied, ma mère la fuyait, ma mère exécrait le rappel de ses cheveux défrisés, cassés, aux teintures rafraîchies à la maison, et moi... moi j'observais mon père rectifiant l'inclinaison de son chapeau, pinçant la bouche pour vérifier qu'il était rasé de près, s'envoyant pour finir un clin d'œil, je t'aime, répondait l'image, je t'adore. Cela ne suffisait pas, il fallait aussi blesser l'autre, petite sotte, si encore tu soignais tes boutons !

Le jour de sa mort, ma mère aux yeux dessillés... il était sur son lit, figé dans son dernier geste, la main crispée sur le peigne, il s'agissait d'accueillir le médecin dans une tenue *présentable.* Ma mère a refermé la porte de leur chambre, elle est allée chercher le marteau dans la boîte à outils, et sans un mot, sans nerfs, sans rage, a réduit le miroir en poudre.

Quand le toubib est arrivé, il n'y avait plus entre les quatre attaches en laiton, qu'un rectangle clair où les images s'étaient englouties une fois pour toutes. Ma mère avait passé l'aspirateur, épié les miettes de verre disparaissant une à une dans l'appareil, puis elle avait débranché le téléphone, ôté son tablier, changé de robe sans quitter le sol des yeux pour ne pas croiser les miens.

Lui, chemise en crêpe de Chine, le miroir aux doigts, commençait à sentir sous l'eau de Cologne sucrée dont il s'inondait sans mesure, et qui cueillait à la gorge dès qu'on l'approchait.

Certains exhalent leur fin plus vite que d'autres. C'est ce que n'expliqua pas l'homme des Pompes Funèbres quand il pinça le nez en disant qu'il fallait se presser. A l'évidence, il se demandait pourquoi on ne l'avait pas appelé avant que ça pue. A Orsenne, celui qui ne ménage pas plus les vivants que les morts appelle ça de la lucidité.

Comme ma mère, je ne me regardais pas dans la glace de l'entrée. Pour vérifier quoi ? La montée de la rage ?

Chapitre 2

JUDITH FAUTRELOT

A la mort de papa, j'avais vingt ans. La beauté ne s'était pas manifestée dans les bagages du sang pubertaire, pas celle en satin blanc qu'espérait la grand-mère Léontine Fautrelot. Qu'importe les rubans, disaient les hommes aux mains égarées, cette petite a du chien.

J'en avais les dents, pour saisir, pour faire mal. Pour me défendre aussi. Oh, je ne me vengeais pas des dédains de mon père, non, mon intelligence et mon instinct caracolaient loin devant, avec la méfiance infaillible de ceux qui souffrent trop pour consentir une prise de plus à la malignité publique. Au premier regard, je savais à qui j'avais affaire, amis ou ennemis. Et les seconds découvraient leur douleur avant même que j'en subisse une de leur fait. Les gens apprenaient aussi vite que mon père m'avait enseignée.

Et ce n'était pas à vingt ans que j'avais commencé de « comprendre » mais bien avant, à l'âge de raison. On vous le promet puis on vous le serine, il sert à exiger de vous des comportements d'adulte en place des libertés enfantines. C'est à sept ans qu'on découvre comment les *grands* vous détroussent d'une enfance.

Sale môme ? Si vous voulez. Mon père a crié plus

d'une fois que je mordais la main me délivrant pitance. Il s'exprimait ainsi, rarement simple y compris dans la vindicte, il alignait des phrases, à croire que la colère elle-même se déploie pour qu'on l'admire. En fait, mon père se regardait vivre, jouait à bureaux fermés devant un parterre où Fautrelot Pierre s'était multiplié à l'infini pour applaudir Pierre Fautrelot.

Un animal sauvage, c'est ce que j'étais selon lui. Il oubliait que ne se mange pas dans l'allégresse ce qu'on vous balance dans l'assiette comme du grain jeté aux poules.

« Ma mère, ah ma mère avait une passion pour moi, j'étais si jolie ! Elle n'arrêtait pas de me coudre des robes, de me friser les cheveux, de m'apprendre à marcher, à parler, à me faire voir et valoir ! J'ai été une petite fille adulée, Judith. Déjà en ce temps-là, vois-tu, on peut dire qu'on m'aimait trop. »

Mon Adèle Dausse septuagénaire montre la trame, en ces heures mythomanes. Les yeux réfugiés, la bouche étroite, la main tremblante démentent que la vie est un roman fastueux quand, à sept ans, on vous transforme en idole, parée comme une châsse et condamnée à l'immobile : ni jouer ni courir, ne rien oser qui dérangerait la belle image de la poupée dans sa boîte.

Comment s'arranger de la statuaire avec des fourmis dans les jambes ? Au même âge, je le savais déjà, personne n'échappe tout à fait aux mauvaises distributions de rôles. L'entrée dans la comédie humaine commence tôt.

« Judith, ma fille, j'étais belle comme une princesse de film ! »

Moi, les poupées et les princesses n'ont pas été mon fort ; les cousines m'abandonnaient leur « fille » quand elle n'avait plus de cheveux. Fallait-il gaspiller pour un jouet neuf, l'équivalent d'une paire de gants en cuir dont papa avait besoin pour conduire sa décapotable ?

Ma mère, en douce, me tricotait des lapins, mais joue-t-on avec un lapin en laine ? On le suce, on le mâchouille, et quelle importance ! Je préférais traîner dans les champs. J'étais sale aussitôt que lavée, les cheveux en bataille trente secondes après le passage du peigne. Je me crottais, déchirais mes robes, griffais mes chaussures, je craquais les coutures de la fillette assagie, la seule qui aurait mis son père en valeur, le dimanche à l'église, avec une choupette en ruban assortie à la couleur de sa cravate.

Sur l'esplanade, il aurait fallu que je lui fasse honneur pendant qu'il badinait auprès des dames, et fuyait à demi le regard vigilant des messieurs. Mais j'étais la souillon. Vraiment ! De qui pouvais-je tenir ? « Son père est superbe, sa mère, bien mise quand elle veut. Grands dieux, d'où sort cette gosse ! »

Durant l'un de ces matins empressés où la messe n'est bonne à prendre qu'à sa fin, quand on s'attarde sur le parvis, au milieu du remous des regards et des mots à double sens, oui, c'est durant un de ces matins-là que j'ai croisé les yeux d'un garçon, un long garçon-fleur, blond-blanc, avec une peau de femme et ce délié des mains fines au-delà de la gourmette. Il ne m'a regardée que par accident, il surveillait mon père, il guettait mon père, oscillant dans l'attente nerveuse d'un geste, petit doigt en l'air pour prendre congé, son geste du dimanche, du bout des ongles, des lèvres, du bout de son urbanité de théâtre : s'incliner sur la main de Mme Orsenny ou Mme de Ribaumont. Tout de suite après, il reculerait d'un pas en saluant, il se retournerait... En attendant, les yeux pâles aux cils presque blancs me fusillaient avec dégoût.

Regard incompréhensible : je ne le connaissais pas, il n'était pas d'ici. Et pourtant, au fond de ce coup d'œil, la haine, l'envie, la rage, et d'obscures confrontations avec un « portrait parlé ». Oh, je ne l'ai compris que plus tard quand l'expérience s'est renouvelée avec d'autres. Avec tous ces gens des villes où nous n'allions pas, à qui mon père détaillait la caricature qu'il avait pour fille.

Papa s'est détourné de ces roucoulantes qui ne trouvaient jamais assez de mots pour crucifier ma mère sur la beauté de son époux, et le garçon s'est dressé devant lui, frémissant :

– Tiens ! Bonjour, Thierry, comment allez-vous ?

J'ai su quelque chose sans tout à fait le savoir. Ç'avait la voix des palombes au printemps, celle du chat dans le tilleul quand il surveillait Amandine-la-persane des voisins, et c'était la voix de ma mère amoureuse, désespérée, glissant d'abdications en soumissions jusqu'au lit, pour de rares minutes de rassurance. Oh, il savait très bien quand il fallait la couvrir pour la faire taire.

Le garçon balbutiait qu'il passait par là et nous avait aperçus, il bredouillait avec des roseurs aux joues.

Les deux hommes ont marché côte à côte, en conversant. Mon père manipulait mon bras sous prétexte de me tenir. Il n'oubliait pas de me pincer, de me secouer, fais donc attention où tu marches !

Ils ont parlé du temps, qui autorisait l'usage à découvert du cabriolet acheté la semaine d'avant, j'espère que vous en êtes satisfait, monsieur Fautrelot. Thierry vendait des voitures à la grand-ville. Ils ont jeté quelques mots sans valeur, puis d'autres qui m'épinglaient sournoisement, Thierry était doué pour l'aquarelle, Thierry aimait la musique classique, Thierry avait une collection d'opéras enregistrés tout à fait remarquable, Thierry, commentait mon père en me secouant plus fort, tu entends ma fille ? ira loin, *lui.*

Thierry avait aussi un très joli studio derrière le Mail, dont on n'a pas parlé ce jour-là. Ni les autres.

J'entendais. Le garçon a fini par prendre congé, par accepter l'évidence janusienne de mon père. Tout de même, a-t-il murmuré, n'oubliez pas la révision des 500 kilomètres, et papa a souri, brillant soudain de tous ses feux. Il m'a lâchée pour lui serrer la main, longtemps, pour lui donner de petites tapes sur l'épaule. Ses yeux luisaient, il montrait les dents en un sourire dont je ne connaissais que la répétition dans le miroir de l'entrée.

Le garçon pétrifié s'est éloigné à reculons, pour ne rien perdre du visage de son enfer personnel. Quand il est monté dans sa voiture, le sourire de mon père est retombé comme un rideau de scène. Papa m'a rattrapée, traînée à toute allure dans l'avenue des Lices, regarde-moi cet attifement, où as-tu encore gueusé ? j'ai honte de toi.

J'avais sept ans, moi aussi, dix ou onze après la Dausse et ses parures de femme. Ne pas être aimée aiguise l'œil, je devinais le voile de sueur sur les joues rasées, l'excitation folle à peine contenue par le sifflotis qui sortait des lèvres épanouies soudain. Ne pas être aimée affine la mémoire et la vue, « Juliette n'a pas été fichue de me faire un garçon »... A sept ans, on s'en tient à la comptine distillée au long des repas et qui, sans qu'on le devine encore, installe les « affaires de cul » à domicile.

Ma mère, elle, n'allait plus à la messe, elle n'avait pas le temps, elle repassait *ses* chemises, recousait *ses* boutons, préparait *son* repas de midi, elle courait chercher le gâteau commandé qu'il aurait dû prendre au passage, mais *il* l'avait oublié, « et puis ce n'est pas mon travail ! ». Encore essoufflée, maman trouvait sa belle-mère dans l'entrée en train d'ôter son manteau, et soupirant « le jour où vous serez prête à temps, ma fille, j'ignore ce qui nous tombera dessus, mais ce sera quelque chose ! Et bien sûr, la petite s'est déjà crottée ! ». Mais personne n'aurait pensé que d'une certaine manière, moi non plus je n'assistais pas aux offices. Mon père entrait dans l'église, m'asseyait de force au dernier rang, puis s'avançait dans l'allée centrale, le chapeau à la main, la tête un peu baissée. Je savais qu'il ne se retournerait pas, alors je ressortais, j'allais me rouler dans la poussière du pré, là où jouent les bouleux, où les garçons de la Communale tapent dans un ballon comme des forcenés, j'allais retrouver les voyous de la laïque, ceux que nous ne fréquentions pas, pensez donc, des rouges.

En fin d'après-midi, quand il raccompagnait sa mère en voiture, « qu'on ne m'attende pas, j'ai du monde à voir », ma mère-à-moi, Juliette dite Juju, marinait dans un bain trop chaud qui lui faisait le cheveu triste et les yeux las.

Je ne savais pas que je la vengerais, que j'avais déjà de quoi faire trébucher son Roméo, et que je commencerais le soir même. Car bien sûr, ne pas l'attendre, cela ne voulait pas dire qu'il ne rentrerait pas dîner.

A table, je ne l'ai pas quitté des yeux jusqu'à ce qu'il m'ordonne de les baisser, « petite insolente », et que l'autre grand-mère, la grand-mère Caussimon, l'examine à son tour, la pupille élargie. Oui, c'est ce soir-là que la raison a germé en une seule phrase sur l'âge des jeux et des ris, tu sais maman, ce matin, on a rencontré Thierry, un copain de papa, de l'autre ville. Il ira loin, ce garçon. Mon père a gardé sa fourchette en l'air une seconde de trop. Je souriais, irréprochable.

La Ville, pas plus que mon père en son temps, n'aime mon sourire. Quand je dis la Ville, c'est du Haut d'Orsenne que je parle. Qui n'apprécie pas que je perturbe la messe au moment de la quête, même si le curé, la bouche étroite – Dieu, lui, s'en moque –, ne m'attendait pas avant. Le chanoine Rincœur ne se soucie guère que je ressorte aussitôt mon obole déposée dans l'aumônière des enfants de Marie ; la voûte ne s'écroulera pas sous le bruit de mes talons, le toit est remis à neuf. Il n'y a que la Ville pour grimacer en me suivant des yeux, la cathédrale Saint-Joseph n'ignore pas non plus qu'elle me doit ses nouvelles gouttières et le retour de ses deux rosaces, le tout assorti d'une neutralité quant à mes excès : « Elle entretient un jeune, il a presque vingt ans de moins qu'elle, vous rendez-vous compte ? » Le reste, la foi perdue, la prière absente, les yeux levés durant l'Élévation... le grand Christ au-dessus de l'autel ne baisse-t-il pas les siens pour deux ? Surtout depuis qu'est restaurée sa couronne d'épines. Encore une de mes largesses. Et l'archiprêtre n'a pas pipé quand j'ai éclaté de rire en tendant mon chèque, ainsi donc, ce qu'il voulait, c'était de la dorure sur le blason de la souffrance ? Il n'a pas bougé un cil quand j'ai lâché que la réalité était souvent plus marrante que le symbole ! L'argent est une garantie de bonne pratique à défaut de pratiquante. Ah bien sûr, si j'étais pauvre... mais voilà !

Je demeure courtoise. Si-si, je vous assure ! « Bonjour madame Florent, comment va la faillite de votre mari ? » Est-ce discourtois ?

Celle-ci m'a envoyé son fils il y a cinq ans. Un dadais, avec des roses, des chaussures neuves et la consigne de ne me « tâter » pour un prêt que sur l'oreiller. Le pauvre, il avait mal à ses cors au-dessous d'un reste de décence ou d'instinct, il a dit sans attendre ce qu'il était venu chercher, et je ne l'ai pas laissé s'embourber dans sa monnaie d'échange. Il n'était pas bête, ce garçon. Il ne l'est pas davantage à la tête du service informatisé qui gère mes dépôts de vente. En plus, il ne doit ce poste qu'à lui-même, je me suis contentée de fournir les ciseaux pour couper le cordon en ouvrant devant lui la porte du bureau du personnel. Il est bien, le fils Florent, il ira loin ! Et sa mère, comme Fautrelot Pierre jadis, avale les couleuvres en hâtant le pas. Quoique mon père, en fait, ne courait qu'à ses amours.

Mon Adèle Dausse, redressée sur son lit, flamboie, « si tu m'avais vue le jour de ma communion ! Mon corsage était en dentelle de Bruges, ma jupe à quille faisait bien six mètres de large. J'étais menue, je pouvais tout me permettre. Et le bonnet avait été découpé pour que mes anglaises retombent au-dessus des perles qui attachaient mon voile. Des perles de culture, ma fille. J'étais l'épousée de Dieu. J'avais dormi avec les bigoudis que ma mère fabriquait dans du gros fil électrique, ceux du commerce ne serraient pas assez. Mes boucles étaient plus rondes que celles de Shirley Temple ! Mignonne, tu n'as pas idée ! Et c'est moi qu'on a prise en photo pour le journal paroissial, c'est à moi que l'évêque a tendu l'anneau sur le parvis, moi encore qui ai jeté les pétales au pied de l'autel de Marie. J'étais fière, tu sais. Qui peut se vanter d'avoir baisé la main d'un prélat, dans cette ville minable ? ». Dire qu'il lui est arrivé de se demander ce que sa fille allait foutre au Carmel ! Mais j'anticipe.

Toutes les médailles ont un revers : les invités mangeaient la langouste et les gâteaux, les gosses dans les autres familles se remplissaient la panse ; elle, au garde-à-vous, attendait les vêpres, le ventre vide. Le corsage ajusté à même la poitrine, avait déjà mal supporté l'hostie. Adèle Dausse a donc regardé les parents, les oncles et les tantes, les cousins-les cousines unis dans une même admiration, et s'empiffrant comme des porcs. Ils ont glorifié Dieu le nez dans les verres de roteuse, a dit l'oncle Léon à l'abstinente, être la plus belle réclame des sacrifices, pas vrai !

Autres mœurs, pas plus habitables. J'ai porté le corsage en dentelle brûlée d'usure de la tante Pauline, et la jupe d'Élodie. La fille de mon oncle André était une miniature. Moi, j'étais déjà bâtie comme une jument, de labour paraît-il. Pour qu'on ne voie pas que la jupe, une fois l'ourlet relâché, ne m'arrivait qu'à mi-mollet, ni qu'elle fermait sous la ceinture en taffetas râpé avec des épingles à nourrice, mon père, affectueux, pesait sur mes épaules en murmurant, plie donc les genoux, petite garce.

Quand nous avons défilé, cierge en main tout autour des appareils de photo cliquetant plus fort qu'une crécelle de lépreux, quand nous avons hurlé pour couvrir le grésillement de la cire et le remue-ménage des chaises, moi j'ai marché bien droite, hissée sur les pointes : j'étais la plus grande. Les admiratrices de mon père n'ont pas toutes réussi à détourner les yeux de mes chaussettes dégoulinantes sous la jupe qui s'effilochait. Aucune épingle ne tient le coup devant les louanges à Dieu et les psaumes gueulés à pleins poumons.

Papa, insensible à l'ambiguïté des regards, papa, dans son plus beau prince-de-galles, inaugurait une cravate Hermès au-dessus d'une nouvelle eau de Cologne, et saluait à droite, à gauche, avec l'imperceptible condescendance de l'homme chic pour les ploucs.

Cette eau de Lubin, je l'avais reniflée sur Thierry. Pierre Fautrelot-mon père ne devait l'abandonner que beaucoup plus tard, en même temps qu'il changerait de voiture, de concessionnaire, de vendeur, de ville à voyage d'affaires, et tout de suite après, de formule sanguine.

Notre « festin » de communion fit lever le sourcil à l'un des cousins Caussimon. Simple et frugal. Après tout, nous n'étions que douze à déguster l'habituel repas du dimanche. La pièce montée ne dépassa pas la hauteur d'une tarte aux abricots du jardin. Ma mère implorante a guetté son parent, qui a rabaissé la tête sans réagir. Il n'en pensait pas moins, c'était clair !

Personne ne pipait mot, ni, d'ailleurs, n'a rappelé à mon royal paternel, Pierre Fautrelot, quarante-sept ans et toujours beau, qu'en ces jours de Fête-Dieu, l'idole est nue sur sa croix, sans cravate et sans parfum, et qu'en ces jours de Première Communion, s'offre aussi la première montre.

A l'heure des Vêpres, je n'étais plus qu'une guenille. Les dentelles crevaient sur mes bras, la jupe déchirée par les épingles godaillait, et le voile, taillé dans de la gaze, ressemblait à un vieux pansement. Une communiante ou un épouvantail...

En retard, naturellement, en sueur, en pleurs, ayant grimpé la côte à pied sous le soleil car la voiture craignait les fortes températures. Et puis il n'avait pas encore bu son café.

Quant à la montre, allons-allons, pour quoi faire ? L'église ne sonnait-elle pas les heures ? Et ne l'entendait-on pas de chez nous ?

Premier commandement : Tes père et mère honoreras.

Chapitre 3

LES « MINUTES » DE MAÎTRE GEORGES FALLOIRES, FILS

On ne guérit pas de l'injustice. Au chevet d'Adèle Dausse, gaillarde mais jouant les alanguies, et coulant ses années de jeunesse dans le moule des films d'avant-guerre, je ne sais pas à quoi pensait Judith Fautrelot, moi je pensais au frère d'Adèle, Jean. Le pauvre n'a trouvé un semblant de bonheur familial qu'à l'armée. Non qu'elle lui ait rendu ce qu'on lui avait pris pour le donner à sa sœur, mais on lui reconnaissait des mérites quand il en avait, ce qui n'était pas le cas chez lui.

Si j'interviens, c'est qu'il y a des choses qu'Adèle connaît mal, que moi je sais – je ne suis pas notaire pour des prunes – et que Jean n'a certainement pas confiées à qui que ce soit, pas même à Judith.

Jean Dausse... enfant, il arborait la même blondeur, la même peau de satin que sa sœur. Il était beau, peut-être plus qu'elle à tout prendre. Six ans. Un enfant-roi. Du moins le lui fit-on croire ! Puis Adèle est née. Du jour au lendemain, on coupa ses boucles, on lui fit porter des tabliers noirs, comprendre qu'il ne régnerait plus que sur lui-même et encore. Jusque-là, je l'enviais. Après, j'aurais aimé le plaindre, mais il ne l'aurait pas supporté.

Les pères jésuites lui sont tombés dessus en même temps que l'âge de raison. Qui servait beaucoup dans les familles à l'époque, pour museler, enchaîner, réduire.

C'est un gamin en disgrâce – boule à zéro, amertume et solitude – qui réapparaissait durant les vacances avec l'obligation de se rendre invisible, ou de se transformer en serviteur d'une gamine sacralisée. Curieuse alternative qu'avoir à choisir entre rien et rien.

Bientôt, sa mère, outrée que le fils s'éloignât de la fille autant qu'il est possible quand on habite ensemble, se résigna à le ramener aux « bons pères », le présentant comme un adolescent difficile dont ils pouvaient trafiquer ce qu'ils voulaient – peut-être le préparer à la prêtrise, par exemple – tant qu'ils ne le renvoyaient pas dans ses foyers au moment des congés scolaires. Est-ce qu'un don en numéraire aiderait à la vocation de l'importun ? Vous voyez bien ce que je veux dire, mon père.

Ce discours, ce sont les vieilles femmes de l'âge de cette mégère, qui me l'ont rapporté. Elles me disent tout, un jour ou l'autre, surtout celles que la vie a transformées en pondeuses ou en laissées-pour-compte ! Amères, jalouses à près de cent ans – par ici, on dure – et pires parfois que la harpie en question.

Très vite, le pauvre Jean obtint qu'on l'oublie. Facile, c'était déjà fait. A quatorze ans, il décida d'entrer comme enfant de troupe au lycée militaire d'Aix. L'armée lui offrirait peut-être ce dont il avait soif, lui ouvrirait le monde en tout cas. En ces temps, les négligés du droit d'aînesse surtout quand ils étaient l'aîné ! n'échappaient aux plats de lentilles qu'en visant les galons aux Colonies ou la soutane du missionnaire ! Jean voyait en Dieu le maître des hasards malveillants qui l'avaient ainsi fait naître d'une femme névrosée. Cela ne vous jette pas dans ses bras.

Les bons pères conservant la dotation, le choix des

armes ne les perturba pas. Il ne gêna pas non plus sa mère. Quant au père Dausse, il y avait belle lurette qu'il n'avait plus son mot à mêler au silence de son couple, ni au reste. Il n'avait même plus de prénom, c'est dire !

Quand j'y songe, je me répète que Judith et Jean ont eu toutes les raisons de haïr l'univers entier. Ils ont réglé leurs affaires avec des moyens drastiques. Jean y a laissé sa peau, pas elle. C'est une maigre consolation.

Il serait temps de me présenter. L'étude Falloires, c'est moi. On a toujours besoin d'un petit notaire chez soi, et à Orsenne, on l'est de père en fils. Cela fait cent cinquante ans que les Falloires sont dans la basoche. Du coup, mon père Émile a tout connu des Dausse et des Fautrelot ! A l'époque, le moindre prêt était prétexte à contrat sous blanc-seing, les petites combines ayant besoin de se rassurer par des « actes ». Et c'est de mon père que j'hérite à la fois l'Étude, la curiosité et le mémorial d'Orsenne. Bien sûr, c'est lui qui m'a détaillé l'*affaire* Dausse, comme on a murmuré, peut-être parce qu'elle n'aurait pas pris l'allure d'une « affaire » s'il n'y avait mis la main !

Adèle Dausse pouvait distiller son « roman » pour les beaux yeux de Judith, elle ne m'en refilait pas moins des morceaux, histoire de varier les plaisirs. Beaucoup de choses dépendent du spectateur, dans une pièce de théâtre, non ? Dans mes « minutes », des passages entiers sont retranscrits tels quels, à partir de ce qu'en mon for intérieur, j'appelle les morceaux de bravoure d'Adèle Dausse ! Pas vraiment folichons, si l'on réfléchit, bien qu'il me soit arrivé de rigoler comme un perdu ! Au fond, Adèle m'a toujours amusé, jusque dans les moments qu'on verra, où mon « brave » père Émile en prenait plein les naseaux !

Donc Mme Dausse née Adélaïde Grampian, juste après la naissance de sa fille, établit ses quartiers en ville, dans la maison du Haut, aussi loin qu'elle pouvait de son mari sans pour autant se couper de l'argent qui le lui avait fait épouser. Une fois qu'elle l'eut prié d'aller satisfaire ailleurs les quelques désirs qui lui restaient des femmes, elle put à loisir ériger l'autel sur lequel tous seraient tenus d'honorer la jeune merveille. Idolâtrie coûteuse. Aussi acceptait-elle qu'il les rejoignît chaque dimanche et qu'il servît de chauffeur à sa fille. A ses yeux, c'était lui payer les intérêts d'une manière suffisante.

« Papa m'admirait, tu sais Falloires, il avait de la dévotion pour moi, il m'appelait sa petite madone. Il allait jusqu'à venir sur la pointe des pieds me regarder dormir, quand il arrivait le dimanche. Maman lui criait d'ôter ses sales godasses de ma chambre, et leurs hurlements me réveillaient. De mon père, je n'ai jamais vu que le dos. Pourtant, j'aurais bien aimé qu'il m'embrasse, quand il était rasé de près. Seulement, elle l'éloignait toujours pour n'importe quelle raison, et après, quand il réapparaissait, c'était trop tard, il fallait qu'elle me frise, me fasse belle. Ma mère ne voulait pas qu'il me touche. Encore après, c'était l'heure de la messe, et quand je montais dans la voiture pour me rendre à l'église, c'était derrière lui, seule sur la banquette afin de ne pas froisser ma robe. Bien sûr, durant l'office, il était d'un côté, moi de l'autre. Alors, il ne pouvait que m'observer. D'accord, on voit mieux les choses de loin, mais il ne s'en contentait pas, le pauvre. Il ne m'a jamais effleurée que des yeux, et je n'ai jamais pu lui dire que moi, j'aurais bien voulu avoir un papa comme n'importe qui. Je me suis souvent demandé comment Lui, là-haut, supportait ce ronron d'adoration qui n'a pas de sens, ce ne sont que des mots, et les mots ne tiennent chaud à personne.

« A la sortie, surtout l'été, maman arrivée en retard, forcément, me prenait par la main après m'avoir recoiffée, et me ramenait à la maison à pied. Moi, j'avais des fourmis dans les jambes, mais elle disait qu'il ne fallait pas courir, ça dérangeait mes boucles, me mettait en sueur, une petite fille comme moi ne devait pas transpirer, ce n'était pas convenable. Alors nous rentrions à pas lents, nous passions devant les fenêtres ouvertes, elle criait, Madame Untel, Adèle vous salue bien. La dame venait saluer à son tour, avec des émerveillements sans fin. Qui ne m'empêchaient pas d'avoir envie de cavaler derrière un ballon, comme les autres, ni d'avoir trop chaud, mon vieux Falloires. »

Le père Dausse, oublié, tapait un carton au Café de la Place en buvant des bières. Il s'attardait, puis semblait se réveiller et partait en courant, laissant neuf fois sur dix la belle voiture derrière le monument aux morts. Une voiture qu'il avait briquée la veille, à la ferme, pour honorer sa fille et la trimbaler comme une reine sur les cinq cents mètres séparant l'église de la maison du Haut. La voiture ne servait qu'à cela, qu'à ce trajet de couronnement. Tout le monde disait, ils sont riches, les Dausse, ils peuvent se le permettre, mais quel gâchis !

En fait, Dausse n'avait que des sous, les gens ont appris à reconnaître la richesse avec Judith, après la mort de... Non, je ne peux pas, c'est trop tôt.

Dausse et son « bien », c'est ce qu'avait épousé la fille Grampian, Adélaïde, douce et jolie jusqu'à la nuit de noces. Après, oh après, la douceur a péri sous le dégoût des hommes, « ce qu'ils font dans les femmes, ma fille, c'est sale ! ». Antienne ressassée. Et comique, quand on connaît la suite !

La joliesse d'Adélaïde est passée de l'épouse aux enfants sans rien laisser pour le mari. La mère d'Adèle Dausse au fond ressemblait aux putes avares de leurs dentelles et qui les bradent au pied d'un crucifix, l'âge venu. Pour se payer des indulgences, on ne sait jamais. Voyez que l'Enfer existe ! Dans une certaine mesure, elle a voué sa fille à la mort en beauté comme d'autres le font en odeur de couvent. L'une ou l'autre vocation se termine mal, même à la seconde génération!

A la fin de sa vie, le père Dausse ne s'amenait plus en ville voir sa femme et sa fille, il se contentait d'aller au bordel de luxe, comme disait mon père qui était le notaire de la « maison » de Louise Lavaillier. La Louise recevait dans les salons de sa baraque Napoléon III des hommes, jeunes ou vieux, riches ou pauvres, ce n'est pas l'argent qui m'intéresse, proclamait-elle sans pour autant le négliger.

Elle faisait beaucoup mieux que s'offrir ou les prendre, je crois. Après tout, il n'y a pas si grande différence. Elle les écoutait geindre, pleurer misère, réclamer leur mère ou regimber, elle adoucissait de la voix leurs vieux ruts inassouvis. Elle savait; dans le désir des corps sommeille le désir de l'ailleurs, de l'autrement, de ce qui efface la routine et le quotidien bête. Dausse murmurait-il dans ses doigts que certaines femmes sont des épouses le temps d'asseoir leur état sous le derrière des gosses? Hargne et progéniture étaient les deux verrous de nombreux mariages en ce temps-là, et les portes ainsi bouclées ne se rouvraient que devant la mort.

C'est chez Louise qu'Émile Falloires-mon père, prenant Dausse en pitié, suggéra comment « cuire » la seule vengeance efficace contre une donzelle comme sa dame. Et pendant presque dix ans, le père Dausse dégusta sa revanche, jubilatoire bien qu'il sût n'en pas voir les effets. Il s'en moquait bien, le pauvre. Avec lenteur, avec prudence, il hypothéquait son domaine, déposant l'argent des hypothèques sur un compte numéroté, au Luxembourg ou en Suisse, peu importe. Quand la fin se profila – ce n'était pas le genre d'homme à négliger les symptômes –, il appela son fils Jean à la ferme pour expliquer toute l'affaire et remettre le sésame du coffre où dormait le patrimoine. Les hypothèques resteraient entre les mains du notaire ; Jean pourrait les racheter comme dépenser l'argent à s'établir aux colonies s'il voulait, ce ne serait plus le problème de son père. Lequel problème était simple : la mère et la fille ne devaient pas jouir d'un centime après sa mort.

Rien que cette pensée lui avait fait durant son reste une bouche suave, un détachement des apparences qu'il n'importait plus de conserver. On ne le vit plus le dimanche derrière le volant de l'auto rutilante, c'est Adélaïde qui la conduisit, on ne le vit plus à la messe, on ne le vit plus s'attardant au café. Plus rien ne comptait que ses aises. Il avait fait installer le téléphone et sa femme appelait une fois par semaine, le samedi, pour qu'il apporte des œufs, une poule, un lapin, des légumes du potager, bref pour qu'il prenne ses consignes dominicales. Mais il arrivait en ville pour pleurer sa vie dans les bras de Louise, et faisait porter les « courses » de Madame sa femme par le négrillon de sa maîtresse. Où Louise l'avait-elle pêché, celui-là, mystère ! C'était un gamin noir comme le charbon, qui a vite grandi en jambes, en dents blanches, et en appétit de tous ordres. Rien que l'idée du gosse dégingandé sonnant à la porte de sa moitié, les bras pleins de légumes, suffisait à la joie du père Dausse.

En dehors de ces visites à la maison Napoléon III, on pouvait l'apercevoir travaillant dans ses champs ou le soir, sous les tilleuls centenaires qui bordaient sa ferme, vautré sur un vieux fauteuil à regarder les couchers de soleil, presque trop magnifiques. Je les contemple à mon tour, je sais de quoi je parle.

Quand Dausse est mort, moi, j'avais dix-huit ans. En tant que fils de notaire, cela fait tout de suite beaucoup plus, et je me doutais depuis ma première communion, que Dieu était un nom déposé dont l'Église touchait les dividendes. Quant à mes concitoyens, leur honnêteté se bornait à ne pas mettre ouvertement la main dans le tronc des pauvres. Aujourd'hui, je vérifie mon sentiment sur les chèques de Judith jouant comme elle peut avec la cathédrale en ruine ! et sur les comptes de la cure qui a rénové son chauffage central avec les quêtes pendant que les pensionnaires de la maison d'asile se caillaient les miches pour la plus grande gloire de Dieu.

Adèle Dausse, en ce temps-là, trébuchait sa vie aux côtés d'une mère qui refusait les mariages à sa place. Sa fille étant une héritière – l'oubliait-on ? – elle était en droit d'espérer mieux que des béjaunes de province.

« J'espérais tout court, mon petit père ! Je comptais les années, les miennes et celles des hommes qui restaient libres. Pas les plus beaux. Je savais qu'aucun ne trouverait grâce. A l'époque j'ai gambergé, tu sais, dès que j'aurais les sous du père Dausse, je m'enfuirais. J'avais près de trente ans, qu'est-ce qu'elle aurait pu dire ! Seulement, il fallait l'argent. Je ne savais rien faire, tu comprends. On entendait parler de femmes qui travaillaient, qui gagnaient leur vie, cela ne m'aurait pas déplu. Mais qu'est-ce que je pouvais proposer aux employeurs ? Je savais broder, chanter à l'église, faire la cuisine. Que gagne-t-on avec ça ? Je savais tout juste par quel trou se faisaient les enfants, et je mourais d'envie d'en apprendre davantage, cela ne remplace pas les diplômes. Adélaïde, ma sacrée mère, répétait pour la énième fois " ce que les hommes font dans les femmes... " J'avais compris, pourquoi me le resservir à tous les repas ? Par moments, j'aurais aimé jouer les idiotes, me piquer le doigt comme la belle au bois dormant, et roupiller tout mon soûl. Aucun prince ne viendrait et je mourrais sans m'en apercevoir. Au lieu de ça... Une belle vie, marmonnait ma mère, c'est ce que je te réserve. Pas comme la mienne, avec un goujat, un grossier, aux appétits obscènes, mon Dieu quelle horreur ! Moi je pensais, même l'obscénité ne m'arrivera pas. Alors, j'espérais, tu saisis ? Je ne souhaitais pas la mort du père Dausse, je l'espérais. Il n'aurait pas fallu me presser beaucoup pour que je l'avoue : être orpheline des deux, tant qu'à faire, quel pied ! »

Dausse enterré, on vit les deux femmes, en robes claires, avec des envies de danse sous le pas de la veuve, se diriger vers notre Étude. Adélaïde Dausse, aux gens qu'elle croisait, annonçait qu'elle allait conduire Adèle à Paris après avoir tout vendu. Là-bas seulement, elle trouverait le mari qu'il fallait à sa fille. Et d'autres pactoles pour perpétuer le culte, entendaient-ils ; pour eux les femmes Dausse ne « monteraient » à la capitale que pour y rencontrer de « bonnes fortunes », et ils souriaient en dedans, la joliesse d'Adèle commençait à confire, les années passaient sur elle comme sur eux. Cela se remarque moins quand on est laid, ou moins vite. Il était donc temps de « mener » Adèle aux étalons parisiens...

Quelques minutes après, un homme très grand a dévalé la rue des Précontrées au volant d'une voiture. Il était accompagné d'une femme en blanc, avec une capeline. Tout de suite, le Haut a repéré qu'elle avait des yeux bridés, une étrangère, rendez-vous compte ! et qu'elle était autrement belle que la petiote à Dausse. Le murmure a fait le tour de la ville en un rien de temps.

L'homme a ouvert la portière, a tendu le poing, le couple est entré dans l'Étude en souriant. Les maisons de la place grésillaient de curiosité derrière leurs rideaux.

Deux heures plus tard, Jean Dausse, car c'était lui, ressortait, la femme à son bras. Sur le visage sec, déjà buriné, s'épanouissait une folle envie de rire, un amusement qui lui faisait une bouche tentante. Mais on ne guérit pas de l'injustice, pourquoi ne pas le répéter ! A cause de cette « maladie » qui avait gâché son enfance, Jean ne se décida pas à jouir jusqu'au bout de la déconfiture maternelle. La seule vue de sa sœur lui rappelait trop ce qu'il avait enduré de son fait, bien qu'elle n'y fût pour rien, la pauvre ! Il se contenta de laisser mon père mettre les biens en vente, puis en adjudication quand les ventes ne se firent pas. Il ne se mêla pas de la suite et quitta Orsenne. Il n'est pas allé beaucoup plus loin que dans des villes alentour, mais peu importe, c'était ailleurs, pour y faire table rase et rejoindre son bordel à lui, où la femme en blanc offrirait le luxe (ou la luxure) haut la main. Les vieux habitués de Louise le pensèrent comme un seul homme, sans le dissimuler autrement que par un soupir. Louise n'était pas sotte. Son métier réclame plus d'intelligence qu'on ne croit quand il s'agit de durer, elle s'habilla en Butterfly le temps qu'ils oublient.

De toute façon, l'affaire de Jean Dausse était entre de jolis doigts, c'était très bien ainsi, et ce n'était que justice.

Jean, je l'ai vu ce jour-là. Pas la première fois, mais avant, je ne l'avais pas bien regardé. On n'avait pas tout à fait le même âge. Il était beau, d'une vraie beauté, celle qui recuit aux feux de l'existence sans se soucier de ce qu'elle devient, ce n'est pas elle qui compte.

Oui, ce jour-là j'ai comparé, admis en un éclair qu'il fallait avoir cette beauté-là ou rien. Pourquoi ai-je pensé à Pierre Fautrelot, le père de Judith, c'est une autre histoire. J'ai deviné, je crois, que les femmes aiment les hommes pour qui s'admirer dans les glaces, dans les devantures, dans les portes vitrées, n'a pas de sens. Beaux ou laids, quelle importance si eux-mêmes s'en moquent.

Longtemps après, les Dausse-femelles se sont faufilées hors de l'Étude. Il faisait nuit, seulement mon notaire de père a laissé la porte grande ouverte pour que la clarté de ses lampes ne les épargne pas sur le chemin du retour.

Un drôle de type, papa. Veuf éploré ? Pas vraiment. Plus avisé que Dausse, peut-être, conscient en tout cas que des torrents de larmes, rançon de menus adultères, avaient miné juste à temps la belle dame légère un peu tuberculeuse qui s'appelait Géraldine et n'était ma mère que par la grâce d'une « réconciliation ». En ville, on n'en aimait pas mon père davantage, je veux dire d'avoir été le cocu survivant au chagrin, mais on admirait qu'il lui eût préféré une complaisance cynique. Qui pouvait se douter qu'il avait, une fois pour toutes, décidé de ne pas souffrir « en vrai » ! Les larmes de crocodile sont peut-être plus corrosives que les autres ; Géraldine a bien senti qu'elles paradaient, ne recouvraient pas plus de sentiment qu'un soupçon de beurre sur du pain, mais comme il faut bien que quelqu'un souffre, tous les curés vous le diront, papa s'est arrangé pour que ce soit elle, la coupable. Beaucoup murmuraient que le remords seul l'avait tuée, Géraldine Falloires, le bacille de Koch avait bon dos !

Revenons aux Dausse : des années après, Adèle, secouée de rires rien que d'y penser, m'a raconté la lecture du testament et la séance qui a suivi. Je n'y assistais pas, je n'avais que deux années de notariat ne faisant pas le poids devant mon père, et puis je préférais effeuiller les jupons plutôt qu'un parchemin !

« Quand il nous a expliqué, à Jean et à moi, que nous héritions des biens selon la loi, mais qu'ils étaient grevés d'hypothèques, et qu'à moins d'avoir de quoi les rembourser, nous n'aurions que nos beaux yeux pour vivre, ma mère s'est évanouie. Aucun de nous n'a fait le geste de la secourir. Jean la regardait avec aussi peu d'émotion qu'il en avait eu à nous revoir, la veille à l'église puis au cimetière, et moi, je pensais, pas très clairement, qu'elle avait donné la lie du vin à boire au père Dausse, et que c'était nous qui trinquions. Puis j'ai senti quelque chose vibrer, sur la chaise à côté de moi : c'était mon frère. Seulement, il ne pleurait pas, il riait. En silence, avec beaucoup de gravité, tout son corps hurlait de rire. Et j'ai dû admettre l'évidence : moi seule étais ruinée.

« Jean est parti, ma mère a retrouvé son quant-à-soi,

tout de suite suppliante, le notaire allait la laisser attendre la nuit, n'est-ce pas, elle ne voulait pas repasser devant le village, elle était sûre qu'on la guettait, qu'on n'attendait que cette déconfiture. Les mauvaises nouvelles vont vite. Ma mère devinait leurs rires, vous n'entendez pas, Falloires ? Lui aussi riait, les mains hautes, il n'y pouvait rien ! En même temps, il m'observait d'un air de dire que je devrais gagner ma croûte à la sueur de mon front. Ou d'autre chose... Un phénomène, ton papa.

« Nous avons fini par quitter l'Étude. Ma mère aurait couché là s'il l'avait proposé, elle aurait rampé par les champs si elle avait su marcher autrement que la tête plus haut que son cul ! Nous nous sommes faufilées à la nuit, avec cette bon dieu de lumière qui nous désignait.

« Je crois qu'elle avait raison sur un point, toute la ville était derrière ses volets à jouir de nous. C'était bien leur tour !

« Et nous avons quasiment disparu ! rigolait Adèle en faisant craquer ses vieilles mains sèches, nous terrant dans la maison jusqu'à ce qu'on nous en sorte par arrêté d'expulsion. Nous étions tombées dans la trappe avec le vieux salopard, c'était le discours que maman hurlait chaque jour en allant flanquer des coups de pied dans la tombe. Elle apostrophait les gens, " vous êtes contents, non ? " Elle me forçait à l'accompagner, à regarder son déballage de plus en plus hystérique, finissant toujours par m'empoigner, par me pousser vers la maison, enfin vers la cabane du journalier que nous avaient laissée les nouveaux propriétaires. Nous vivions si cela s'appelle ainsi, au milieu de ses meubles de jeune fille qu'elle avait gardés soigneusement, même du temps de sa " splendeur ", parce qu'elle ne jetait rien, jamais, parce que tout pouvait servir. Elle remâchait sa prudence avec orgueil, n'avait-elle pas eu raison sur toute la ligne ? Je crois qu'elle est passée par une sorte de folie dont elle ne parvenait pas à se dégager. C'est à ce moment-là qu'elle a commencé de me haïr, pour ne pas crever de dépit, de rancune, de rage pure. »

Quand elle en est arrivée là de son histoire, Adèle remaillait encore sa vie au bénéfice de Judith, mais devant moi, elle n'essayait déjà plus de recoudre son passé au petit point, elle racontait, sans fioritures. En était-il besoin ? La mièvrerie de sa jeunesse gagnait du corps à ce démontage. Avec ces rires qu'elle avait, entre malaise et sanglot, et montrant bien qu'aucun ruban ne flottait plus sur ces épisodes de son existence, elle détaillait, elle éprouvait un plaisir âcre à me chanter l'air navrant de ses jeunes années. « La vie de Judith ne ressemble pas à la mienne, disait-elle, et pourtant nous sommes de la même eau. Elle est née sans illusions, j'ai perdu les miennes, où est la différence ? »

Adèle a toujours su que les belles images ont la vie brève, qu'elles portent du malheur dans leur trame, exactement comme les quelconques.

« Chaque fois qu'on me fêtait, j'avais le bourdon. Surtout les derniers temps. Les compliments, tu sais, je ne les recherchais plus, ils me coûtaient trop cher. Et puis j'avais assez de toutes ces occasions de parade. Dans la bouche, leur goût d'encens trafiqué me foutait mal au cœur. Un jour... comme d'habitude, ma mère avait intrigué et fait si bien que je me suis retrouvée la rosière du canton ! On m'a promenée sur un char tout un après-midi ; les gens me jetaient des pétales blanc sale, à l'image d'une virginité dérisoire, d'autant que l'époque l'avait périmée. Qui restait pucelle aussi longtemps, tu veux me dire ? Tout ce remue-ménage était absurde.

« Mon idiote de mère s'était prise pour sainte Anne. Elle m'avait affublée d'un châle en soie bleue, avec des franges qui sautaient à chaque tour de roue au-dessus de mes seins, à l'étroit dans une robe immaculée. Il n'y avait jamais eu beaucoup de place dedans, ce jour-là il n'y en avait plus du tout, les friandises me bâtissaient du lard. Notre vieille femme de ménage me regardait avec dédain, à ses yeux, j'aurais déjà dû fabriquer des lardons.

« Pour un peu, maman aurait refusé le vin d'honneur en mon nom, comme elle faisait pour les prétendants. Mais le maire de l'époque ne l'a pas entendu de cette oreille. Il buvait et m'a fait boire, il m'a glissé qu'il fallait tourner la page, il serait temps ! A son cinquième verre, il gueulait que je devais en avoir marre de mon berlingot. Si la mairesse n'avait pas été là, je crois qu'il se serait proposé pour en ôter la papillote. Je ne te parle pas de notre bon vieux Donat mais du sénateur P*, qui dégotait ses écharpes successives derrière ses tonneaux ! Après les avoir vidés en compagnie, tu penses bien !

« Ma mère m'a ramenée chez nous à raison de trois claques et deux injures. Des gamins nous suivaient en rigolant. A défaut d'attirer les hommes, maintenant je les faisais marrer. Cela m'a servi plus tard, c'est ce qu'il faut se dire au lieu de gémir. »

La petite Judith n'y est pas arrivée, c'est ce qu'il faut se rappeler. Du moins pas à l'âge où l'on mettait Adèle sur un piédestal pour déguster l'admiration sans défaillance. Les dix-douze ans – ceux de Judith –, alors que le torse se prépare aux seins, le ventre aux menstrues, n'avaient pas même cette compensation, ils rencontraient dans l'œil du père à la fois le regret du fils et le dégoût, ce n'est pas facile d'en rire. Nous savons tous l'homme qu'il était. A l'annonce que Judith devenait enfin « jeune fille » comme on dit, il se répandit en grimaces, allons bon ! Il faudrait subir à nouveau des odeurs de femme dans la salle de bains. Est-ce ce jour-là qu'elle a répliqué, nos puanteurs valent bien les tiennes ? Ça lui valut un coup de pied aux fesses, et l'intimation de se laver dans la cuisine quand elle aurait ses règles.

Nous n'avons évoqué ces heures rudes que beaucoup plus tard, quand Judith a commencé à se raconter un peu, durant les longues nuits dans la montagne après la mort de Jean. Elle avait osé jeter à la tête de son père que son cabinet de toilette sentait le foutre. Il n'était déjà plus en position de se rebiffer, et ne le fit pas. Elle a soupiré, murmuré que les vengeances tardives n'ont pas la saveur qu'on leur imagine, parce qu'elles ont moisi.

Chez Léontine Fautrelot, on parlait beaucoup des femelles Dausse, d'une manière qui faisait grincer Pierre et hurler de rire une mère n'ayant jamais cessé d'être « compréhensive ». D'après elle, les donzelles de ce genre étaient idéales pour un homme comme lui.

Cela se passait bien après qu'Alain Fautrelot, le père de Pierre, eut fui le duo de son épouse et de son fils, sans se préoccuper de ce qu'ils feraient de l'argent. Bien sûr, il n'en avait pas autant que Dausse ! Mais son besoin d'une escapade définitive fut plus fort qu'un vague appétit de revanche. Il est mort dans un soupir de bonheur, n'ayant plus à se soucier de ce qu'il laissait derrière lui, seule l'intéressait la fin d'une existence de funambule entre l'épouse indifférente et le fils différent.

Cette femme, en veuve bien assise sur son douaire, n'a pas adulé son fils, ce fut pire. Le bon sens de Léontine Fautrelot avait quelque chose de terrifiant ; pour le bien de son unique rejeton, elle disposait des êtres alentour, elle décidait de tout et du reste. Combien de fois l'ai-je entendue affirmer sereinement que le mariage pour Pierre était la meilleure couverture. D'ailleurs, elle ne l'a pas marié mais *casé* ! Juliette Caussimon était amoureuse de lui depuis l'enfance ? Allons-y. Amour de tête ? Parfait. Tu joueras les rois de France, la visiteras ce qu'il faut pour la rassurer. Ce ne sera guère pesant, mon chéri, Juliette n'est pas une voluptueuse.

En quoi elle se trompait. Il n'empêche que Pierre Fautrelot rassura la mère de Judith comme il convient puisqu'elle ne le quitta pas bien qu'elle y ait souvent pensé. Mais ce n'était pas encore le joli temps des divorcées énergiques. Et puis Pierre avait mangé la dot.

J'invente un peu, c'est vrai. Mes inventions ne sont pas gratuites, Judith a retenu ce qu'elle ne comprenait pas. Les enfants pèsent ce qu'ils voient sans même savoir qu'ils pèsent ; un « beau » jour, ils additionnent. Elle a commencé tôt, je le crains. Trop tôt pour sa mère qui se plaignait, ne nous regarde pas ainsi, ne nous juge pas. Qui peut savoir de quoi il sera capable pour survivre !

Mais à quatorze ans, l'esprit devient comptable, l'esprit réclame des comptes justes, ceux qu'on lui doit, et que lui mettent en tête les histoires à la guimauve qu'on lit dans les « bonnes » institutions. A quatorze ans, on n'admet pas le mensonge chez les adultes bien qu'on le pratique. Moi, j'étais comme Judith, je supportais mal le déséquilibre des poids et mesures. En cela, je n'ai pas vieilli, je ne le supporte toujours pas. Quand on déblatère en ville sur sa générosité un peu sotte, pour ne pas dire imbécile, « personne n'ignore, sauf elle, que les pauvres ne nous aiment pas davantage », je rigole, je jubile. Elle ne le fait pas pour eux mais pour soi, elle honore un besoin de justice qui a son âge exactement. Et elle se fout qu'on l'en apprécie « davantage » ou pas.

Avons-nous besoin de l'amour des gens ? Avons-nous à nous soucier de ce qu'ils croient ? Elle sait ce qu'elle met dans ses actes, c'est suffisant. Pas joli-joli, *suffisant.*

J'ai dû y réfléchir de bonne heure, comme elle ; je le déduis de ma façon de vivre. A quel moment ? Facile. Décider une fois pour toutes qu'on redressera les torts dans l'absolu, ça vous vient à l'âge des Trois Mousquetaires.

Oh, c'est une négation de la personne, soit, mais ceux qu'on tire du mauvais pas où l'injustice les a poussés, ne se posent pas ce genre de questions, du moins pas tout de suite. Sortis de la zone dangereuse, celle où l'opinion publique les forcerait presque d'être reconnaissants, ils haïssent, une fois sur deux.

Judith n'est pas « sympathique », elle agit non pour eux mais pour le principe. Dès qu'ils sont revenus dans des eaux plus calmes, ils le découvrent, ou ils l'apprennent, ou on le leur fait remarquer. C'est eux qu'on aurait dû sauver, non ? Ils n'ont rien à foutre du principe. Ah, si la compassion avait été nominative... la pitié non plus n'est pas supportable. La situation est sans issue.

De toute manière, elle s'en moque ! Elle n'a de comptes à rendre qu'à elle, que les assistés pensent ce qu'ils veulent. Bien sûr, c'est ce qui les défrise.

Dans le fond, elle est tout aussi narcisse que son père, elle court de race. Mais ce n'est pas sa beauté qu'elle admire, c'est son orgueil comblé. Pour ça, personne n'a besoin de miroir.

Les mères ont souvent raison, survivre est rarement honorable.

Chapitre 4

JUDITH FAUTRELOT

Seize ans, l'année charnière, l'âge charnier. Trop jeune pour admettre, et vieille assez pour savoir que l'enfance est close. Les verts paradis sont derrière soi, les sept voiles de la réalité ont fichu le camp, padam, padam.

Pendant ce temps, « tu menaces d'être belle, disait la grand-mère Fautrelot, finalement, serais-tu de notre côté ? »

J'avais *sa* taille, *sa* musculature, plus de souplesse qu'*il* n'en avait, pourquoi me regardait-il avec cette animosité sourde ? J'avais la forme de *son* visage, de *son* nez, de *sa* bouche, que manquait-il pour qu'il puisse me revendiquer avec orgueil, lui qui s'aimait tant ?

L'autre aïeule, une petite femme étroite aux yeux sombres qu'elle dardait à travers la fente de ses paupières, la grand-mère Caussimon, haussait les épaules, agacée. Jusqu'au jour où elle cogna des deux poings sur la table, me fusillant d'un regard, béant pour une fois ! « Une paire de couilles, voilà ce qui te fait défaut ! Et tu n'y peux rien. Tu ferais mieux de ne pas t'en soucier, ce n'est pas à ton père qu'il faudra plaire, idiote, tu perds ton temps ! »

Pourquoi s'obstine-t-on ? Parce qu'on ne croit pas ce

qui vous est dit ! Cependant, j'ai tout à coup refusé de couper mes cheveux, affichant dans mon dos la tignasse de ma mère, rebelle aux brosses, aux épingles, aux barrettes, j'ai balayé le monde de mes frisons en rangs serrés, et qui ne se laissaient détendre au peigne qu'au sortir de la douche. Une fois secs, ils étaient à l'image de mes garde-fous silencieux, barbelés.

Mon père indifférent poursuivait sa vie de villageois en ville. Quand il avait été nommé dans une succursale proche de la capitale, il était dans la Banque, l'ai-je dit ? il avait aligné des chiffres d'apothicaire pour mieux nous refuser de le suivre, de nous installer là-bas. Il n'y prendrait qu'un pied-à-terre pour s'épargner fatigue et allées-venues, mais sa véritable existence était avec nous, dans notre trou, et nous devions l'y attendre, patienter. Il travaillait, que diable ! il travaillait dur pour assurer notre confort. Lequel ne s'était guère amélioré ? Allons, il fallait consentir aux sacrifices, il avait des frais de représentation, notre train-train égoïste passait après son apparence, essentielle là où il était. Mais plus tard, on verrait la belle vie, on verrait la belle maison, la belle voiture, et même plus que cela, *les* voitures, *les* voyages, *les* bijoux, *les* robes, on verrait... Mots prodigues !

C'est l'époque où il a minci, où il nous est revenu le vendredi soir avec des yeux battus mais luisants, une bouche avivée par les morsures du stress disait-il, avec un casque de boucles brunes qui le rajeunissait. Cette existence de forcené du travail lui réussit, admettait ma mère, as-tu remarqué ? Ses cheveux gris reprennent couleur, ils frisent depuis qu'il ne les taille plus aussi court.

C'est aussi l'époque où le téléphone a sonné presque chaque soir, sans rien au bout de la ligne qu'une respiration difficile. Mon père avait une nouvelle voiture, de fonction. Il n'avait pu la choisir lui-même, clamait-il, ces gens-là abusent un peu. Son concessionnaire habituel lui en voulait peut-être ! Ou le vendeur, Thierry, celui qui devait aller loin.

Pâques fut précoce, le printemps se trompait de saison, si chaud qu'il en devenait éprouvant. Et le premier des miracles annoncés eut lieu. Il nous expédia, ma mère à Florence, moi pour un stage d'équitation.

Maman s'envola vers l'Italie dans un éblouissement qui s'ennuyait déjà, elle n'était pas faite pour le tourisme en solitaire. Je l'ai conduite à l'aéroport, mise dans l'avion, puis j'ai rejoint par le car le haras local où m'attendait une jument vicieuse.

Rien ne me préparait à la hargne d'un cheval. Les bêtes de labour que je montais jusque-là étaient paisibles, complaisantes, elles appréciaient que j'aie pour elles la main légère et la cuisse ferme.

Au « corral » comme disaient les amateurs de western, corral tenu par les deux frères Esposite, les demi-sang en voyaient de dures sous de piètres cavaliers. Parfois, ces montures-là cherchent à montrer qu'on les dominera si elles le veulent bien. Leurs maîtres, pareil.

L'aîné des Esposite, Bernard, m'examina de la tête aux pieds. Il avait l'œil du maquignon à qui l'on essaie de refiler un cagneux. Mon père avait dû lui parler de moi, la petite lueur dans le regard froid m'en avertissait. Bernard était un homme lent, avec des boucles noires, des paupières lourdes. Son frère et lui portaient des pattes grisonnantes ; leurs cheveux étaient peut-être teints ! Ils montaient sans souci d'élégance, comme qui a huit heures à passer en selle, les prouesses ne les amusaient plus. L'autre frère s'appelait François. Je ne l'ai pas su le premier jour. Et puis ce n'était pas la peine de lui adresser la parole, il ne répondait pas. Moi, je me souviens de lui à l'époque comme d'une sorte d'oncle, bourru et taiseux.

Bernard, inquisiteur, m'a pesée avant de s'éloigner vers les boxes, on va voir ce que tu sais faire. Il est revenu avec une jument de six ans, Jubilation, a tendu les deux mains en arc pour me mettre en selle, et tapant la croupe, a dit, tiens-la court, ne me l'enlise pas dans un trou, pense à serrer les genoux.

Nous sommes parties, au galop d'emblée. La jument malgré mes efforts se rapprochait de la ligne des arbres, et s'engagea sous le couvert. Couchée sur son cou, les feuillages me battant le dos, j'ai croché mes ongles dans la commissure de ses lèvres, et j'ai commencé à tordre.

Elle s'est arrêtée net en cabrant. Malgré sa tête haute, j'avais empoigné la branche au-dessus de nous pendant qu'elle essayait de me désarçonner. Je me suis hissée. Les rênes tiraient à m'arracher les bras, j'ai pu les enrouler autour du tronc. Après, je l'ai regardée, cherchant à se rouler au sol. Je rendais la main centimètre par centimètre sans lâcher, j'étais folle de rage, cette conne avait voulu me bousiller le crâne. Une colère plus glacée cherchait la trace de mon père derrière ces mauvaises manières.

Tout s'est joué ce jour-là. Elle a fini par se calmer, par baisser la tête, tremblant des quatre membres, la robe parcourue de longs frissons. Le sang coulait de sa bouche, elle levait des yeux fous mais inquiets, et elle n'a pas pipé quand j'ai sauté sur son dos, ma ceinture de cuir en main. J'ai cinglé droite-gauche du côté de la boucle. Pour la tenir serrée, je la tenais serrée, pas le moindre doute. J'en avais les cuisses tétanisées.

Nous sommes rentrées au petit trot. Elle dansait sous moi, dégoulinante de sueur épaisse et de sang. Les deux frères sur le perron, immobiles, nous guettaient. Sans un regard de leur côté, je l'ai menée directement à l'écurie, je l'ai attachée très près de l'anneau. Elle soufflait, elle piétinait. J'ai lancé une corde autour de ses jambes et j'ai commencé à la soigner. Sans un mot, en passant le liniment sur ses flancs, sur l'encolure, et même sur ses joues après l'avoir séchée. Je n'y suis pas allée de main morte. Elle pouvait toujours essayer de ruer, elle se serait déchiré la bouche en tombant.

Quand je suis arrivée aux plaies causées par mes talons et la boucle de la ceinture, je n'ai pas appuyé, je n'ai pas insisté, j'avais en mémoire ce que disait le grand-père Caussimon de son vivant quand il m'avait gratifiée d'une rouste, rien ajouter au châtiment une fois la crise passée.

Je suis allée chercher un seau d'eau fraîche, une poignée d'avoine, j'ai relâché la bride, mes yeux dans ses yeux, tout en murmurant, si tu mords, si tu bouges, je te tue. C'étaient les premiers mots que je lui adressais, mais je suis sûre qu'elle a compris. Elle a bu, elle a détourné la tête, refusant la poignée d'avoine. Doucement, j'ai obligé sa belle petite gueule de teigne à me faire face, c'était une jolie jument, en dehors de ses instincts de tueuse.

– Prends.

Elle a pris, elle a mâché, elle m'a laissée sortir.

A mon tour. J'étais moulue mais j'aurais crevé debout plutôt que le montrer. Dans ma chambre, je suis restée longtemps sous l'eau chaude. J'étais bien, comme après l'amour. Je ne savais pas encore nommer ce que je ressentais, c'est plus tard que j'ai « reconnu » cette allégresse du corps qui met du miel entre les jambes. Mais c'était cela.

Je suis descendue à la salle à manger. Les autres cavaliers, qui avaient assisté à l'algarade sans réagir, continuaient de se taire. Ils faisaient bien.

On m'attendait, je crois, personne n'avait commencé.

Je suis passée le long de leur tablée sans un salut, sans un sourire, les connaître ne m'intéressait pas – et je me suis assise face aux deux frères qui soupaient à part.

On s'est regardés tous les trois, cinq bonnes minutes. Je me suis mise à rire, tout doux. Pour qu'ils soient seuls à entendre, j'ai murmuré qu'ils étaient une assez belle paire de jean-foutre, ou un trio si l'on comptait mon père dans l'histoire, puis j'ai tiré le plat de viande à moi.

Le lendemain, malgré les courbatures, j'ai sellé Jubilation. Nous avons rôdé autour des étangs la journée entière, avec des paresses puis des galops. Je la dirigeais par les genoux, je ne touchais pas aux rênes, mais j'étais un vrai paquet de vigilance, exactement comme à la maison. Elle a pris du plaisir, moi aussi.

Au retour, sur le seuil de la stalle elle a encensé une ou deux fois, elle a montré les dents. Elle pouvait m'écraser contre le portant sans aucune difficulté. Quand elle a penché la tête, avec un air de se moquer du monde, j'ai compris qu'elle riait.

Ce sont quelques-unes des plus belles heures de ma jeunesse. Deux semaines plus tard, les frères Esposite m'ont ramenée en ville, toujours muets. Seulement, sur le trottoir devant la maison, Bernard m'a flanqué une claque sur les fesses, reviens quand tu veux, tu n'auras rien à payer, Jubilation est à toi.

Oui, ce jour-là, j'ai su que la vie n'était qu'une bête rétive, si elle ne vous tue pas du premier coup, elle ne vous tuera plus. Enfin, si, mais tout à la fin.

Ma mère rapportait de Florence un paquet de mouchoirs en papier, et des cartes postales achetées au rabais. Il avait plu tout le temps, les villes italiennes ne sont pas construites pour les lumières grises ni pour les femmes amoureuses en solitaire. Maman, entre deux éternuements, avait découvert que les vieilles pierres se refusent autant que vous dédaigne un homme dans un mariage de raison, et qu'elles aussi se vengent de l'insistance : le musée des Offices était fermé, et presque toutes les églises n'avaient qu'un intérêt quelconque.

Des années après, j'ai compris : papa n'avait « offert » ce voyage que parce que le type de l'agence en accompagnait son désir. Mais ce soudain « amour » n'allait pas jusqu'au prix d'une semaine en saison. Comme d'habitude, mon père n'y a vu que du feu, un feu de tourbe à mon sens. En plus, aucun mérite à en faire profiter maman, il avait peur des avions, des bateaux, des pays aux goûts différents, il avait peur de tout sauf des queues.

Quant à ce qu'il visait en m'envoyant gravir un chemin de croix sur le flanc des chevaux, je l'ignore. Peut-être ne le savait-il pas non plus. Certaines choses sont de l'ordre du non-dit, comme pérorent les intellectuels. Il n'est pas mauvais qu'elles n'en sortent pas. Voulait-il ma mort ? Même aujourd'hui, je n'ai pas envie qu'on m'éclaire là-dessus.

« On a décelé tout de suite qu'il t'était arrivé quelque chose, et pas seulement parce que les frères Esposite, ces deux muets qui ne parlent à personne, te gardaient l'œil dessus. Ma parole, si l'on ne s'était douté de leurs goûts, on aurait juré qu'ils te guignaient. Rien que l'idée qu'ils t'avaient offert Jubilation nous tourneboulait. Et puis, bon Dieu, en vertu de quoi ? Nous, quand on consent aux cadeaux, c'est pour une bonne raison, pour un choc en retour. Eux pareils la plupart du temps. Alors ? Tu as fait marcher les langues ! En plus, tu avais drôlement changé, et d'un seul coup ; tu croisais les regards avec... non, pas de l'insolence. L'insolence, c'était avant, deux ou trois semaines avant. Maintenant, tu paraissais sûre de vaincre. Et le pire, c'est qu'on ne savait pas trop contre quoi tu te battais ! »

Adèle Dausse riait aux éclats, faisant craquer ses phalanges avec bonhomie, « comprends bien, je ne te surveillais pas spécialement, je m'étais mise à épier le monde et son train. Être le centre d'intérêt d'une petite société, et la nôtre l'était, n'incite guère à voir autour de soi. Seulement, nous avions dégringolé de nos hauteurs... Comment vont-elles se dégager du pétrin, ça, c'est formidable, ça vaut le coup de guetter ! Alors on nous prêtait encore un peu d'attention. Mais pour toi, les gens n'ont pas creusé loin, ils se sont contentés de penser que t'avais grandi, je te demande un peu !

« Maman ne s'occupait pas de ces fariboles, elle me bousculait, me traitait comme un chien, empotée, tu n'es bonne qu'à faire les ménages, etc. A quoi bon répondre ! J'essayais de sortir du piège, je voulais la quitter, renverser la vapeur, émousser les rapports de forces que nous vivions. Car c'en était là, ma petite. Des ordres à l'infini. Je lui étais servante et serpillière. Chacun son tour, disait-elle, j'ai été les tiennes, et puisque tu n'as pas été foutue... Ma mère n'avait pas plus de mémoire que la ville.

« J'ai tourné autour de ce qu'il fallait accepter pour survivre, à quoi je n'avais pas veillé jusque-là. Le monde vire casaque pour si peu de chose ! Je me faisais l'effet de ces chanteurs qui ont dégoté un quart d'heure de gloire, et vivent dessus la vie entière ! La différence, c'est que je n'avais aucune preuve de ma notoriété, et les souvenirs d'une ville de moyenne importance s'émiettent vite. Même pour ceux qui m'avaient portée aux nues, je n'étais plus qu'Adèle, vous savez bien, cette idiote qui ne se prenait pas pour la moitié d'une...

« Pendant ce temps, ma mère essayait encore et toujours d'attendrir mon frère. Jean était obligé de revenir en ville malgré son désir de fuir Orsenne. Il le fallait, les ventes avaient beau se conclure cahin-caha, nous devions les entériner, éteindre les hypothèques, accepter les quitus. Le testament du père Dausse nous obligeait à signer tous ensemble. Falloires-le vieux affirmait que la présence physique était nécessaire, que les procurations n'étaient pas recevables. Je suis persuadée qu'il mentait, mais il avait force de loi, il avait réglé la succession. Il était comme les autres, ce Falloires-là, affamé de *nos* déconfitures, car ma mère ne me laissait pas aller seule à l'Étude, tu penses bien ! Mais qui est bon, de nos jours ? Qui laisse courir sans en rajouter ? La compassion certes ne coûte rien, elle est moins réjouissante que la malignité. Émile Falloires aimait beaucoup papa, c'est la seule excuse que je lui ai trouvée sur le moment !

« Oh, rassure-toi, j'ai eu ma revanche, un peu particulière, mais chaque chose en son temps. En attendant, nous avons rencontré Jean une dizaine de fois, seul désormais. La belle femme qui l'accompagnait lors de l'ouverture du testament, la Chinoise comme l'appelait ma mère, n'avait plus rien à voir avec nos affaires de famille. J'espère que tu ne l'as pas épousée, avait craché maman dès les premières minutes, et la femme, ses yeux étrécis fixés sur les traits convulsés de répulsion, avait souri. Depuis, je repère le visage de la haine, je n'ai qu'à me rappeler le sien. Oh, elle avait une excuse, et même plusieurs : Jean ne l'a pas épousée, et nous n'avons pas su ce qu'elle devenait. Pouvait-elle comprendre ? Je n'ai pas l'impression qu'il lui ait confié ce que la famille lui a collé sur le dos quand il avait six ans, le sentiment de la Chute, puis la recherche de la Faute comme dirait le curé ! Est-ce qu'on raisonne à six ans ? On subit, on subit encore, année après année. C'est la vie, ma belle ! Ou plutôt, ce fut la sienne en ce temps, à prendre ou à laisser mais seul. Alors on ne se marie pas, on a peur ; notre mère Adélaïde avait été douce elle aussi, juste avant les noces ! »

Ce qui s'est passé lors de la dernière vente, Orsenne se le racontait encore cinquante ans après. La mère et le fils étaient sortis de l'Étude l'un derrière l'autre. Lui marchait devant, très vite, serrant les poings si fort que ses doigts étaient comme gantés de blanc. Sa figure, pétrifiée sous le képi, semblait ne plus lui appartenir. Adélaïde courait à ses basques, réussissant à crocher dans son bras ou le bas de sa veste, elle disait, « ne nous laisse pas dans la misère, je sais que tu as l'argent, qu'il s'est arrangé pour que tu l'aies », elle répétait, « tu es de mon sang, tout de même ». Il s'arrachait à ses griffes et à ses hurlements en allongeant le pas, chacun des mots de sa mère était une flèche dans son dos. Et puis elle a crié ce qu'on murmure d'habitude dans un accès de tendresse, « tu étais un si joli petit garçon ».

Il s'est arrêté, il a viré sur ses jambes, je crois qu'il a pâli un peu plus, ses yeux hagards cherchant où fuir.

Il était arrivé le matin très tôt, à pied, abandonnant sa voiture loin de la place. Il s'était glissé dans l'Étude alors que le jour se levait à peine. Personne ne savait qu'il était là. Mais les cris de sa mère ont poussé tout le monde aux fenêtres, et c'est devant cette arène bondée qu'elle lâcha la phrase que désormais l'on commenterait comme une *faena** inépuisable, le soir aux veillées du souvenir.

Il a marché sur elle, il a essayé de parler. Ses yeux, ses traits se creusaient, soudain il a vomi à ses pieds, éclaboussant les chevilles recouvertes de coton noir en signe de deuil. Car elle était en deuil, cette vieille peau ! Sous le nez de Falloires, elle avait même osé dire « mon cher mari », en parlant de Dausse ! Ce n'était pas une femme à reculer devant les hypocrisies si ça pouvait rapporter !

C'est tout. La ville, qui n'oublierait plus, a refermé ses fenêtres sur cette vision immortalisée dans les têtes autant qu'une photo sur du papier, une femme sombre, éclaboussée dans le soleil et qui trépignait, un homme s'en allant à pas réguliers.

C'était l'heure où j'arrivais, moi, sur Jubilation. Je la montais presque tous les jours pendant les périodes de vacances, et c'en était une. Je paradais avec elle pour que nul n'en ignore. J'ai croisé Jean à ce moment précis où, d'ordinaire, nous entamions sous les volets de la grand-mère Fautrelot ce que j'appelais ma danse du mépris.

Jean a levé les yeux. Mon Dieu, qu'il était beau, cet homme ! Je me suis penchée pour articuler sans que les autres entendent, qu'il avait de la chance de pouvoir vomir, chez moi, ce n'était pas mûr.

Il a demandé qui j'étais. Quand il l'a su, son regard a foncé.

Avec Jean, pas besoin de discours. Il a pris ma main,

* Travail du toro avec la muleta.

une patte aux ongles rongés qui puait la sueur de cheval, il l'a passée sur ses yeux. A part ce geste lent, nous ne bougions ni l'un ni l'autre. Puis il m'a lâchée. Sans le quitter du regard, j'ai léché ma paume. C'était la première fois – ce fut la dernière – que je buvais les larmes d'un homme.

J'ai serré les genoux, Jubilation est repartie sans piquer son trot mais aussi raide que moi. Nous ne nous sommes pas retournés. Pas moi en tout cas.

J'ai ramené la jument au ranch en rêvassant. Jubilation avançait, le sabot léger. A deux reprises, elle a cogné ma botte du coin de la mâchoire, en me surveillant. Non, je n'avais pas de galop en tête. Oh, je l'ai traitée comme d'habitude, étrillage et caresses d'avoine, mais c'est elle qui a bougé les lèvres, brbrbr, pour que je lui sourie. J'étais ailleurs, dans un monde où les hommes ont encore des larmes à gaspiller dans la main d'une fille de seize ans.

Au moment de reprendre mon vélo, j'ai trouvé Bernard Esposite à côté. Il a saisi mon bras, viens par ici, toi ! Qu'est-ce qui s'est passé en ville ?

J'ai ri, les nouvelles allaient vite, j'ai raconté la scène sur la place. Il me guettait, c'est vraiment tout ?

– Rien d'autre que t'aies besoin de savoir !

Il me serrait fort, presque méchant. Il a glissé un doigt sous mon menton, m'examinant de près. Moi, ça ne me dérangeait pas. Son manège a duré, puis il a baissé la tête en soupirant, ne change pas, ma belle, essaie de ne pas changer !

Qu'on en termine avec les Esposite. Ils sont morts plus de quarante ans après, presque ensemble. Je pense que c'était le cancer pour l'un, et le chagrin pour l'autre, peu importe lequel. Je ne suis sûre de rien, il courait déjà de bizarres maladies qu'on ne rattachait pas à des virus. En connaître le nom n'a pas changé la mort qui est au bout.

Ils n'étaient pas frères, ils étaient cousins germains. Ils

se ressemblaient tellement que personne n'a douté de cette fraternité. Jusqu'à leur disparition, je fus seule à savoir. Et alors ? Le peu de famille qui leur restait les avait rejetés. Ils l'ont envoyée paître à leur tour, que neveux et nièces aillent au diable !

Ils n'ont pas laissé une grosse fortune, c'était de l'argent, en quantité suffisante pour continuer à aimer les chevaux. Ils m'ont tout légué, les terres, la bastide, les bêtes. J'ai vendu les taureaux et les chevaux sauvages. Des bêtes de remonte, je n'ai sauvé, ma Jubilation étant morte depuis longtemps, que deux étalons de sa descendance, aussi brindezingues qu'elle, aussi fous que moi si l'on veut. De leurs saillies, j'ai conservé Jubilation II, moins folle, et qui vous lèche les doigts comme un chat. Tous les trois sont des reflets sublimes de mes pauvres foucades, ce sont eux qui me gardent en vie. Eux et...

Ces deux-là, Roll et Fox, je les avais, de mes mains, sortis de leur mère. Elle n'aimait pas lâcher ce qu'elle tenait, cette garce, et le véto, qu'elle avait envoyé dinguer à cinq mètres d'un coup de hanche, refusait de retourner à la tâche ! Qu'elle se démerde, disait-il en se frottant les reins, c'est une fada. Alors, j'ai fait son boulot.

Elle soupirait, l'air de dire qu'elle n'aurait pas cru ça de moi, mais enfin elle m'a laissée attraper les poulains par les sabots, les tirer lentement au jour, les relever, les mettre à la mamelle, et plus tard, les rendre à peu près fréquentables. A peu près. Avec qui les a-t-elle fabriqués ? C'est une autre histoire, que je devine, que je connais...

Ils étaient superbes, ils avaient trois ans d'écart mais de loin, on les confondait facilement. Des étalons tous les deux. Ils auraient pu rafler tous les prix à condition de ne pas manger le jockey à l'arrivée ! Seulement, je n'ai pas voulu qu'on les castre. Avais-je envie qu'ils gagnent autre chose qu'un peu de bonheur au pré ? alors, il fallait me castrer, moi aussi. Nous étions de vrais sauvages, ombrageux, indépendants, fiers : bonnes gens, nous vous regardions avec tranquillité du moment que vous nous foutiez la paix... Comme disait Bernard, essaie de ne pas changer.

Mais à l'époque de mes seize ans, on était loin des poulinages, les « frères » Esposite n'étaient encore que des jumeaux irascibles, de sacrés dresseurs de chevaux me portant une passion anormale, murmurait la ville.

Un soir que nous avions galopé sur la digue d'alluvions, moi sur Jubilation et Bernard sur Prince, son étalon noir, plus roi que prince avec sa crinière se drapant au-dessus de sa tête dans le vent de la course, nous avons poussé jusqu'à l'embouchure du fleuve, et les chevaux se sont jetés dans l'écume du mascaret avec des hennissements de bonheur. La lune était levée. Après avoir nagé sans se soucier de nous, les bêtes ont regagné le sable, face à la brise de terre qui englaçait. J'ai commencé à claquer des dents.

François était resté sur le bord, il n'aimait pas se mouiller, il pestait, nous étions une paire de fous, regarde-moi ça, elle va nous attraper la crève!

Ils m'ont déshabillée, bouchonnée avec des herbes si rugueuses de sel que j'en avais la peau brûlante, puis ils m'ont logée dans un pull-over que François, ce frileux, emportait toujours dans ses fontes. Nous sommes rentrés au pas; encoquillée, j'allais sur l'étalon entre les jambes de Bernard, au chaud de sa grosse veste refermée sur moi, j'étais bien.

Jubilation trottait à côté. Elle partait au galop, revenait mordiller Prince qui renâclait à peine. Il bandait avec des tremblements de croupe. On vous dira qu'un étalon monté ne bande jamais, c'est faux. Bernard le tenait serré mais rien n'y a fait, il nous a proprement vidés de son dos pour suivre la jument, qui éreintait son propre désir dans les salines. Sous la lune, c'était, ah, c'était le premier jour du monde. Elle se dérobait, se prêtait, se reprenait, le mordait. Ils se sont un moment dressés face à face en battant des sabots. Je te veux, semblait-elle dire, mais c'est à toi de me prendre.

Il a fini par la saisir au cou pour la tenir, et l'a couverte avec une clameur que j'aurai dans l'oreille jusqu'à la mort.

Mes joues chauffaient le monde. Nous étions assis sur le talus, épaules contre épaules pour donner moins de prise à la tramontane qui forcissait. Le bras de Bernard avait un poids de chair chaude presque insupportable. Le hongre de François broutait derrière nous. Son regard se levait sur les deux autres, et il soufflait, comme oppressé. Que rappelle donc le rut d'un cheval entier à celui qui n'a plus de quoi se satisfaire ? Je lui trouvais l'œil triste.

Je me suis ébrouée, est-ce que ce n'était pas une nuit à perdre sa fleur ?

– Je sais, je sais, cela ne vous intéresse ni l'un ni l'autre !

Ils ont ri, ils m'ont cajolée, gentiment, nous sommes trop vieux, ma fille, occupe-toi de ton cul avec un beau, un tendre, de ton âge et qui aime les chevaux, ça vaudra mieux pour lui.

C'était Jean Dausse que je voulais, soudain je l'ai su, oui, Jean Dausse. J'avais bu ses larmes, il me fallait le reste.

Ils se sont regardés. Bernard, dont les yeux fonçaient, a jeté, ainsi, c'est ce que tu nous cachais ! Puis il a hoché la tête, tu pourrais plus mal choisir, ma chérie, mais j'ai bien peur qu'on ne le revoie guère.

Je les aimais, les Esposite. Bien longtemps après, j'ai demandé à Bernard, il était vraiment vieux et je n'étais plus ni dans ma fleur ni dans ma joie, j'ai demandé à lui seul, je le préférais, peut-être parce que je l'avais haï quelques secondes, de celles qui ne s'oublient pas, oui, je lui ai demandé pourquoi il m'avait collée sur Jubilation alors qu'à cette époque, elle ne supportait pas d'être montée par une femme.

Il m'a toisée, tu veux toujours comprendre ! Je l'ai fait, voilà tout.

– Et si elle m'avait tuée ?

Il n'a pas répondu tout de suite, je crois qu'il n'y avait jamais réfléchi. Au fond de lui, à ma vue, avait explosé ce coup d'instinct que les autres appellent sympathie. Ou j'étais de sa race, increvable, ou il valait mieux crever sans attendre.

– Ma fille, on essaie, on gagne ou on rate. Tu connais, non ? Tu n'as jamais arrêté de te peser sur la même balance.

François s'en est mêlé, ce jour-là. Il ne le faisait pas souvent, quelquefois il râlait qu'entre nous deux, il n'était plus qu'un témoin nécessaire, une transparence, vous vous aimez, j'espère que vous le savez, bordel ! Ce jour précis, il a murmuré qu'on soupçonne la qualité, mais qu'on n'en est sûr qu'après l'épreuve.

Jubilation piétinait derrière nous, impatiente d'aller galoper malgré son âge. Elle a posé son museau contre ma joue, avec ce ffffrrrr qui voulait dire, alors, tu te décides ? Comme toujours, elle a eu le dernier mot.

Quant à ma fleur, elle est loin. J'ai obtenu Jean Dausse pour l'effeuiller, oui, c'est lui qui m'a eue. En ce temps déjà, j'étais comme ma jument, je décrochais tout ce que je voulais. Mais je ne sais pas si j'ai envie d'en parler.

Chapitre 5

ADÈLE ET JUDITH

« Quand j'ai réussi à rejoindre ma mère, le pire était certain. Elle avait de la bile jusqu'aux genoux, debout dans le soleil devant tous ces gens qui refermaient lentement leurs fenêtres et la regardaient avec un vilain pli sur la bouche, elle surveillait le départ de Jean, tendue comme une corde. La fille Fautrelot – ah c'est vrai, Judith, c'était toi – arrivait sur son cheval comme tous les jours. Elle s'est arrêtée à l'entrée de la place et tu connais la suite.

« Seize ans ! Le diable te sortait de partout, c'est ce que les gens d'église disaient, tu montais à cru, vêtue comme l'as de pique dans de vieux velours décolorés et une blouse rouge. Mais on ne voyait que ta chevelure de négresse, tes bottes noires, et l'espèce de centauresse que vous fabriquiez, toi et ta jument.

« Ces bottes, ta mère Juliette les avait payées de sa sueur et de son sang, on peut le dire. Ton père ne laissait plus guère d'argent chez lui, il préférait herboriser le troufion derrière la gare de l'Est à Paris, et ta pauvre maman faisait des ménages chez les notables, à commencer par l'étude Falloires et la maison de sa propre belle-mère. Celle-là, j'espère bien qu'elle marine dans du bitume pour l'éternité. Une pareille salope, j'en ai rarement vu.

« A ton sujet, on ne s'en faisait pas. Tu avais le renfort des Esposite, entichés de tes manières à croire qu'ils viraient de bord, tu nous baladais sous le nez une sorte d'assurance froide qui t'avait saisie d'un coup, un an plus tôt, juste après les vacances de Pâques. Tu montais leur jument, qui jusque-là foutait le monde par terre en trois enjambées. Maintenant, elle dansait entre tes cuisses, folle de bonheur. En plus, les frères te l'avaient donnée, ça nous en bouchait un coin ! Bref, comme j'ai dit à je ne sais plus qui à l'époque, cette petite ira loin ou se ramassera une sacrée veste, ce n'est pas le genre à faire les choses à moitié !

« Pour l'instant en tout cas, tu t'en sortais. Tes études ? Tu les parcourais. Ton père ne voulait plus raquer ? Tu décrochais des bourses. Tu t'es payé le culot d'aller en loques chez ta grand-mère Fautrelot où venait d'entrer ton gandin de géniteur ! Tous ont pu t'entendre répondre à la vieille Léontine qui demandait ce que tu faisais là, et sur le pas de la porte, l'innocente ! que le temps des promesses était passé, tu ne voulais que du fric.

« – Le fils Falloires me l'a dit, on peut mettre les gens sous tutelle quand ils abandonnent leur famille, quand ils dilapident les biens dans un but contraire aux mœurs en usage. Si je n'ai pas l'âge de faire les démarches, Juliette l'a. »

Mon Dieu c'est vrai, je n'appelais plus ma mère autrement, je la trouvais trop passive. Rien qu'en la nommant, qu'en l'agaçant par l'usage d'un prénom qu'elle détestait – amputé au fil des ans, devenu Yette, puis dans la bouche de mon père, Ju-fais-ceci-fais-cela... j'essayais de lui redonner... je ne sais pas, une envie de rébellion, de tout foutre en l'air en même temps qu'une bonne beigne à ce type la traitant comme un chien. Mais on ne change pas les gens, on ne leur ôte pas l'amour quand ils en ont, ni l'habitude de subir.

« Fautrelot est sorti en bousculant sa mère, il l'a même envoyée cul par-dessus tête dans le couloir tellement il se pressait. Il était violet, il hurlait, fous-moi le camp, je ne te dois rien, il levait le poing. Je crois qu'il voulait surtout que tu te taises, même si en ce temps, tu te contentais de répéter les malices du fils Falloires, lequel suivait les traces du papa en ce qui concernait nos affaires et l'art de s'en mêler !

« Et puis il s'est figé. Personne ne pouvait voir ton visage mais on se doutait. Tu avais quelque chose de brillant dans les mains, et tu disais de cette voix calme que tu as quand tu veux nous fendiller de trouille, si tu me touches, tu es mort.

« Son bras est retombé. Du violet, il est passé au blanc pur. Il se retenait au chambranle, entre ses jambes flageolantes on voyait Léontine se ramasser en feulant de rage. Tu le regardais aussi, je suppose, sinon je peux te dire qu'il n'était pas frais. Tu as tourné les talons en décortiquant les mots pour qu'il comprenne, il avait tellement l'air d'être tombé sur un nid de guêpes qu'on en arrivait à se demander s'il raisonnait encore !

« – A toi et à l'autre, là, je vous donne huit jours.

« Ah, c'était formidable, on se serait cru au théâtre ! A côté de moi, Louise Lavaillier souriait. Elle m'a tapoté l'épaule, au boulot ma fille, je ne suis pas sûre que ton client ait envie d'attendre la fin. »

Adèle riait dans ses doigts, comme une petite fille, « Je ne sais pourquoi je te raconte ta propre histoire, tu la connais mieux que moi, non ? Au fait, qu'est-ce qui a bien pu l'empêcher de te cogner ? »

Chère Adèle ! Je le lui ai dit, bien sûr, pourquoi pas ? La seule chose qui pouvait gêner mon père d'aller jusqu'au bout de ses envies de coups, de les donner évidemment, c'était une arme blanche, un couteau de chasse que j'avais « emprunté » aux Esposite. Il s'est vu les tripes dans les mains, et se vidant debout ! Je le connaissais assez pour savoir qu'il n'avait d'imagination que pour ses propres atteintes, le sang des autres ne l'a jamais retenu. Le miroitement de l'acier l'a plongé dans une oscillation proche de l'hypnose, comme immobilisé en plein vol. Sa mère s'était relevée en s'aidant de la rampe d'escalier, elle gémissait que j'allais la tuer. Tu parles !

Adèle en avait des larmes de rire, « tu sais, on ne vous aurait pas perdus de vue pour un royaume ! Vous étiez si divertissants, tous les quatre. Moi-même, j'étais éperdue de curiosité, et pourtant la vie n'était plus assez rose pour ça. J'en reviens à ma mère Dausse. Je l'avais ramenée dans notre gourbi, je l'ai assise devant du café. Au bout de trois heures, elle y était toujours, les mains autour du bol, l'œil fixe. Le docteur Esparvan est venu. Il savait que je ne pourrais pas le payer mais il est venu quand même. Il faut dire que je commençais à me démener, moi aussi, ou plutôt à me dégrossir. Dans tous les sens du terme : ne manger que du pain et du fromage, surtout après la pléthore, vous ôte le lard en deux temps trois mouvements. J'étais à nouveau mince comme un fil. Les mains d'Esparvan persistaient à se balader sans raison médicale. Comme tu vois, on trouve vite des arrangements avec le ciel.

« Quand il a vu l'état de ma mère, il m'a demandé ce qui s'était passé. J'ai haussé les épaules, comme s'il ne le savait pas ! Tout le pays était au courant. Il s'est mis en colère, dire qu'il faisait sa tournée de visites toujours au moment où il se produisait quelque chose, ça n'arrivait qu'à lui, etc. J'ai résumé.

« Les gens sont méchants, non ? Esparvan n'a pas réagi mais il m'a regardée avec des yeux de renard en chasse et j'ai compris : il m'avait demandée cinq ans plus tôt, ma mère l'avait envoyé ausculter ailleurs.

« Il lui a balancé une claque sur l'épaule. Rien. Une

gifle en pleine figure. Rien. Psychose catatonique. Direction l'asile départemental. Et d'après lui, cela pouvait tourner court comme durer, mais si cet état persistait, alimentation parentérale à vie, c'est-à-dire pas longtemps.

« – En trois mots, elle est folle. Que te dire de plus ? Tu vas devoir te débrouiller seule.

« Je savais qu'elle avait un grain, et se débrouiller... je le voyais venir, Esparvan.

« Après la mise en observation de ma mère à l'hosto d'A *, j'ai passé la nuit à me tâter la mémoire et le tempérament pour déceler ne serait-ce qu'une amorce de ressemblance. Mais j'étais aussi froide qu'un poisson mort côté nerfs. Dausse de la tête aux pieds. La dernière revanche de papa. Il a gagné à titre posthume, le pauvre vieux.

« Bon, j'avais la tête solide, tout n'était pas perdu.

« Adélaïde Dausse, née Grampian, ne s'est pas réveillée de l'horreur, elle est morte au bout de trois ou quatre mois, je n'allais même plus la voir, elle était dans son lit comme un légume. Si tu veux mon avis, un poireau te reconnaît davantage.

« Attendrir mon frère, c'était le truc de maman, pas le mien. Jean ne s'est pas déplacé pour l'enterrement et je ne l'attendais pas. Pour des raisons semblables aux siennes malgré les apparences, qui pouvait le comprendre mieux que moi ? On nous avait volé notre enfance.

« Au retour du cimetière, je suis restée sur le pas de la porte, devant la remise pleine des vieilleries d'Adélaïde. Les meubles bon marché qui prennent de l'âge ressemblent juste à leur fonction. Je n'avais pas envie de les garder ni de m'attarder là. Alors, j'ai fermé derrière moi, j'ai rendu les clés aux gens qui nous avaient permis d'y végéter à petit bruit, et je me suis taillée. S'ils voulaient monter un feu de joie avec les trois trucs qui se battaient en duel, libre à eux. Oui ma vieille, je suis partie avec deux valises remplies de robes défraîchies. Elles m'allaient comme tout ce qui se démode, seulement, je n'avais rien d'autre. Et je n'ai pas eu à tomber loin, tu t'en doutes. Tu vois, les boucles finissent toujours par se fermer, surtout dans les bleds. »

Elle est allée droit chez Louise Lavaillier que rien n'étonnait longtemps, la galanterie aide à se blinder. Cependant, Louise me l'a confié après la guerre, au moment où on l'obligeait à fermer boutique et à se recycler dans un réseau par téléphone, genre minitel rose sans écran : trouver Adèle sur le pas de sa porte, avec, à ses pieds, ses deux valises, l'a fait béer au moins dix secondes, durant lesquelles elle s'est dit voici la digne fille de son père ! Adèle ne barguignait pas, elle a déclaré, c'est bien moi. Je ne sais rien faire et je suis encore une oie blanche si c'est le terme qui convient, mais il faut l'être au moins une fois, pas vrai ? et puis je pourrai toujours laver le linge. Et elles ont éclaté de rire ensemble.

« Judith ma fille, imagines-tu qu'elle m'a mise aux enchères ? J'en rigole encore. Tout le patelin, enfin le Centre, m'avait aperçue devant chez elle, à commencer par Falloires-père et Esparvan-le toubib. Ce dernier était placé pour savoir qu'à près de trente ans, je n'avais pas vu le loup ! Et j'avais bien fait de tabler sur la saloperie, ils n'ont même pas attendu le lendemain : c'était à qui des deux surenchérirait sur l'autre pour m'étrenner ! En moi-même, je me disais que j'aurais peut-être mieux fait de me mettre à mon compte. Mais non, je n'étais pas de taille, du moins pas à ce moment-là. »

Au bout de l'histoire, ils ne l'eurent ni l'un ni l'autre. Après une semaine de marchandages, ils payèrent pour du vent et ne s'en aperçurent pas. Durant la première nuit, le négrillon de Louise – il avait beaucoup grandi... – s'était glissé dans le lit d'Adèle pour déflorer l'innocente qu'elle était encore, et avec plus de délicatesse que les deux ruffians qui se la disputaient. Louise ensuite apprit le B.A.BA des virginités recousues à la blonde Adèle médusée, et lui tendit un chéquier tout neuf.

– Je ne mange pas de ce pain-là, ma petite. Voilà le prix de ton pucelage, je l'ai déposé en banque à ton nom, et si tu m'écoutes un peu, en un an, tu as de quoi prendre un commerce de frivolités, n'importe où sauf ici. Tu ne feras pas fortune mais au moins, l'ouverture de tes jambes sera pour qui tu veux.

Quant aux « pourfendeurs associés » comme Louise les appelait, c'est bien sûr l'illusion qu'ils recherchaient. Ils se l'offrirent. On fait gober la lune aux plus avertis comme au premier cornichon venu quand on table sur le besoin d'humilier. Eux l'avalèrent, avec des étoiles autour. Puis à confronter leur gloriole un beau soir, ils se découvrirent dupes, mais c'était plus tard, beaucoup trop tard pour Falloires-père d'ailleurs, dont les souvenirs étaient seuls à se lever encore sur l'horizon, et pas pour longtemps !

Chapitre 6

JUDITH

Je n'ai pas compris tout de suite ce que Fautrelot-mon père cherchait auprès des garçons, que je ne sois pas un fils m'aveuglait. Dans le même ordre d'idée, ce qu'on disait des Esposite me passait au-dessus de la tête. La grand-mère Caussimon avait beau répéter, chacun sait qu'ils se préfèrent, je ne cherchais pas au-delà des mots puisque je les préférais moi aussi, loin des pègrelots me vantant la convivialité bien-pensante des patronages et autres bordels pieux.

J'avais tâté d'un après-midi avec les gosses du patronage sous la férule de la sœur Saint-Guirec, et cela m'avait suffi. Voix de miel, figure d'ange, l'hypocrisie méchante est une façon de s'épanouir comme une autre ; la Guirec, sous cet angle, faisait le plein, c'était une garce accomplie. Elle se disait élue de Dieu, nous, sans le dire, nous pensions que Jésus serait bien inspiré de rester là-haut si l'élection d'amour tombait sur un numéro pareil. Dans ce contexte, les Esposite valaient tous les Saint-Esprit du monde.

Pour les vacances de Noël, papa proposa que je les passe au ranch puisque je me plaisais chez les bouseux. La gratuité du séjour, détail que ma mère ignora longtemps, justifiait cette apparente abnégation du porte-monnaie.

Maman s'est mise à clignoter comme un phare, elle allait avoir son mari pour elle seule. Il était temps d'ailleurs, elle commençait à se poser des questions. Papa dut penser qu'il serait judicieux de renflouer son capital après ces longues semaines à Paris, professionnelles et fastidieuses, Juliette, ne sois pas sotte !

Et la grand-mère Caussimon tomba de son escabeau, se fracturant le col du fémur.

D'emblée, ni l'opération ni les suites ne se passèrent bien, elle avait près de quatre-vingt-dix ans, et ne mangeait plus. La vie s'était mise à l'ennuyer, disait-elle, j'ai hâte de m'en aller, j'en ai marre de vos têtes.

Maman téléphonait chaque soir pour vérifier que je ne cherchais pas à la rejoindre. Elle refusait toute autre présence que la sienne auprès de la grand-mère, ne voulait plus rien partager avec qui que ce soit. Mamie Caussimon m'aimait beaucoup ? Elle l'avait admis jusque-là, mais soudain gardait sa mère pour elle seule, comme elle essayait de garder son mari et tout ce qu'elle a cru posséder dans l'existence. Alors que les doigts se rouvrent, lâchent les choses et les êtres. Même si elle l'a compris sans se l'avouer, ma pauvre Juliette de mère a continué de nier, d'affirmer que la jalousie n'existait pas. D'ailleurs, était-ce de la jalousie ? La vie enseigne bien trop vite qu'on s'accroche à ce qu'on a quand on n'obtient pas ce qu'on veut. Juliette le *savait* au fond d'elle-même, papa ne l'aimait qu'à hauteur des petits plats, ménage, lessives et dévotion. On a besoin d'un peu plus, même masochiste.

Dans sa voix le soir, je décelais le travail d'une certitude de plus en plus mauvaise, Mamie Caussimon allait crever.

Papa, superbe et généreux, conseilla de prendre une chambre face à l'hôpital, ainsi tu seras à pied d'œuvre au lieu de courir les cars et les autobus, tu te fatigueras moins. Maman mélangeait conseil intéressé et marque d'intérêt, elle s'inclina. Un après-midi, elle m'appela au ranch, il fallait que je coure à la maison lui préparer un sac avec des affaires de toilette, et que je le confie à Vidal, le taxi, pour qu'il le lui porte, elle passerait la nuit auprès de sa mère, la vieille femme perdait la tête.

Sans écouter Bernard qui essayait de me retenir, préviens ton père, téléphone ! je suis partie sur mon vélo en criant que j'aurais aussi vite fait. Je crois qu'on se rue toujours vers la vérité pour qu'elle vous cueille au cœur d'un direct du gauche !

J'ai flanqué mon engin contre le mur, j'ai cavalé sur les marches, dans le couloir, j'ai ouvert la porte à la volée, papa, où sont les valises ? et j'étais déjà devant l'armoire de la chambre quand le ballet s'est défait sous mes yeux : mon père, redressé, en sueur, et l'autre presque à plat ventre, l'autre, le Thierry de jadis, gracile et nu, avec sur le visage qu'il tournait vers moi, une peur affreuse à voir.

C'était bien une paire de couilles qui me manquait, la grand-mère avait vu juste.

Une bonne minute a passé, le temps avait cessé de couler seul. Mais tout s'est apaisé, leurs souffles, le mien. Je suis sortie de la pièce, j'étais comme un puzzle en vrac qu'on reconstitue bout par bout, avec les miettes ramassées depuis l'âge de huit ans dans les conversations de village, et sur la place, un jour, à la sortie de la messe.

Dans mon dos bruissaient des murmures, des froissements de tissu, quelque chose de sangloté qui ressemblait aux chagrins que j'avais pu connaître. Quand j'ai entendu les portes s'ouvrir et se refermer, je suis retournée dans la pièce. Entre-temps, j'avais découvert une valise dans le placard et pourquoi Bernard voulait que je téléphone, j'avais aussi tiré un trait sur les regrets inutiles.

Papa refaisait le lit. Je l'ai arrêté, change les draps, j'ai sorti de l'armoire tout ce qu'il fallait en même temps que ce dont ma mère aurait besoin. Rien de tragique dans ma tête, je nous trouvais grotesques, c'est tout, pris au piège d'une bouffonnerie. Mon père se débattait avec les couvertures, je l'ai aidé, ce n'était pas plus difficile que prêter la main au bouchonnage des chevaux. Mais je n'arrivais pas à parler.

Je l'ai regardé, lui n'osait pas. Un souvenir, tout de même, ne « passait » pas, et je le lui ai balancé dans la figure. Ce garçon qui devait aller loin, c'est là qu'il allait ? C'est comme ça qu'on arrive à vendre des voitures ?

Tandis que je dévalais l'escalier jusqu'à mon vélo, que je maintenais la valise sur mon porte-bagages avec une ficelle, papa criait : « C'était la première fois ! », je devais le croire. J'ai repassé la tête par la porte, il descendait, agité, les cheveux en bataille, il crevait de peur, répétant et répétant que c'était la première fois.

– Ici ? Je veux bien, mais ne me prends pas pour une idiote, en plus ! Quant à la vieille Fautrelot, ta mère, qui t'a fait épouser la mienne pour dissimuler tes petites gourmandises, c'est une belle salope.

– Judith, je te défends...

– C'est ça, défends-moi quelque chose, qu'on rigole !

Avant d'enfourcher ma bécane, je l'ai rassuré, je ne dirai rien, mais il devait comprendre lui aussi, la drague des mâles dans le lit de ma mère, c'était peut-être la première fois, ce serait la dernière ou je crachais le morceau.

La ville a raison, j'ai grandi ce jour-là, récoltant mille années dans les dents, et plus d'expérience qu'on ne s'en fabrique durant toute une existence.

C'est la vie, dirait Bernard Esposite. Ou Adèle Dausse, ou n'importe qui décidant de la saisir comme elle vient ! Seulement, je n'aimais déjà pas « choisir » ce qui ne me laissait pas le choix !

Chapitre 7

JUDITH

Avec le recul, ce qui m'intrigue encore aujourd'hui, c'est la satisfaction du premier moment, tout de suite après le constat. Je comprenais enfin, je m'exaltais, le désamour de mon père prenait source dans un seul et unique détail, je n'étais pas un garçon. Ces gens-là, voyons, ne pouvaient avoir d'affection pour une fille, même la leur !

Certitude. Elle m'a suffi deux heures. Deux heures de trop. Sur la route du ranch, au sortir de chez Vidal, le taxi – ce couillon m'avait demandé qui le dédommagerait de sa course, et pourquoi donc je rutilais, avais-je mis la main sur un trésor ? – je pédalais à toute allure, avec allégresse, les choses étaient claires dans ma tête, claires et joyeuses ! C'était simple. Il ne m'aimait pas parce que. Je croyais encore qu'il fallait une raison.

Oui, ce qui m'intrigue est là, dans ce temps mort de l'intelligence, avant que le goût des additions refît surface. Pourtant, j'étais rapide à ce jeu, d'habitude !

Un caillou, un dérapage, une petite peur, et soudain, la vraie conclusion m'est tombée dessus. Les Esposite, si je comprenais jusqu'au bout, les Esposite *en* faisaient partie. Or ils m'aimaient.

Une fois rendue, j'ai couru jusqu'au box de Jubilation qui ne m'attendait pas et s'énervait seule. Elle m'a reniflée bien avant de me voir, elle a poussé un hennissement de joie, on allait sortir, galoper, ce n'était pas trop tôt.

Cette jument, je ne l'ai pas assagie ni dominée, je l'ai devinée, avec mes jambes, avec mes reins, avec ces envies de vivre à pleines guides par lesquelles je passais, moi aussi : elle me ressemblait, elle avait besoin d'être quelqu'un pour un seul, elle était... j'étais habitée par un immense appétit de reconnaissance ! Même aujourd'hui, il est fort, mais ce n'est pas une faim méchante, c'est un gouffre muet. Guérit-on de n'avoir pas été aimé par son père ? Comme le chante Brel, on s'habitue, c'est tout.

Des gens ont dit que Jubilation ne se laissait monter que par moi. Bien sûr que non ! Seulement, il fallait y mettre des formes, et, pour qu'elle condescende, lui présenter les amateurs avec des frissons de prière dans la voix. Non, condescendre n'est pas le mot ; elle se donnait tout entière, quitte à se reprendre, mais alors c'était définitif. Elle pouvait tuer, tenter de le faire. Autre histoire. Revenons à ce jour-là... Je l'ai menée dans les vagues en hurlant, debout sur les étriers. Il faisait chaud, le coucher de soleil enflammait les bruyères qui prenaient ce violet profond des soirs de septembre. Sous la lumière rasante, le rose des salines s'atténuait, les brumes commençaient à sourdre des bassins. Je me suis mise à pleurer, la beauté ne console de rien quand on a seize ans, au contraire. Assise sur le talus, puis me laissant glisser vers le fossé, j'ai hoqueté, sangloté avec une satisfaction douteuse, soyons franche, et pour ne m'arrêter qu'à la nuit. Juste un peu ; les taureaux ont changé de place, tous ensemble, avec cette lenteur gourmande et pensive, et mon chagrin trafiqué ne m'amputait pas de l'instinct de prudence. Aujourd'hui je sais, je jouissais de mes larmes. Comme on peut être bête, nom de Dieu !

Pendant cet épisode, Jubilation trottait sur la plage, les sabots dans l'eau. Bientôt, elle est venue voir où j'en étais. Elle a fini par se lasser d'attendre, par me pousser, à petits coups de tête dans l'épaule, faisant sonner son mors contre mon oreille, elle a croché la manche de mon pull de ses longues dents découvertes, essayant de me relever. Elle n'était guère patiente, son cirque voulait dire qu'il fallait que ça cesse, qu'on rentre, elle avait faim. Moi, je ne voulais que pleurer encore. Je n'étais pas sur la route de la manade ni sur une autre, je stagnais sur un territoire de larmes avec délices ! On s'économise à le quitter mais je ne le savais pas.

Jubilation a perçu le bruit des sabots bien avant moi, elle a galopé au-devant des chevaux, les a guidés vers mon trou. Les deux Esposite, sur Prince et sur le hongre, sont arrivés comme des diables, furibards, échevelés, mauvais.

– Bordel de merde, on te cherche depuis des heures ! Qu'est-ce que tu fous !

Bernard avait sauté de l'étalon en laissant tomber les rênes à terre. Prince ne bougeait plus, montrant les dents à Jubilation, l'heure n'était pas aux jeux. François, morose, nous surveillait sans rien dire, comme toujours.

Bernard me secouait, alors idiote, tu réponds ?

Brusquement, il a senti cette eau sur ses mains, il m'a haussée jusqu'à lui, presque nez à nez. On n'y voyait goutte, il ne restait qu'un peu d'ocre sur l'horizon, et l'on devinait le contour des dunes par habitude. Il a passé deux doigts sur mes yeux, il s'est tu.

Dans le silence soudain, il a sauté sur Prince, m'a calée entre ses jambes, il a tourné bride. Je pleurais par à-coups, de temps à autre un soupir m'obligeait à fermer les yeux de fatigue. Jamais la route ne m'a paru aussi longue. Je payais ma fringale de plaintes, je somnolais entre deux de ces respirations profondes qui vous prennent après le chagrin, même s'il est sollicité. Je ne faisais pas toujours la distinction entre le vrai et le faux.

Les chevaux étaient calmes et nous allions à leur pas. J'ai cru m'apaiser. Bernard ne disait rien, il regardait droit devant lui, je le devinais à la position de son menton au-dessus de ma tête ; François chevauchait derrière nous, suivi par Jubilation qui ne caracolait plus.

Il nous a fait passer par l'arrière des écuries, et les bêtes ont étouffé leur avance comme si elles comprenaient : nous ne voulions pas qu'on nous voie.

Les lumières de la grande cuisine et les cris des hommes de la manade paraissaient délimiter une enclave où je ne devais pas entrer, pas encore. Au vrai, je ne l'aurais pu, j'avais honte. On se fait piéger à se tromper de douleur.

Nous avons mis pied à terre. François a proposé de se charger des chevaux, mais je n'ai pas voulu, je ne voulais pas qu'on touche à ma jument, elle était à moi, elle était la seule chose qui m'appartînt sans partage. C'est à cet instant que j'ai compris ma mère et son refus de me laisser les miettes d'amour de mamie Caussimon qu'elle m'avait abandonnées jusque-là.

Nous avons bouchonné sans un mot, chacun dans son box. Dans le sien, Bernard asticotait Prince en jurant. L'autre se laissait faire, fataliste.

Je n'ai pas souvent rencontré d'étalon aussi intelligent, aussi calme. Prince ne demandait qu'un peu de respect, comme tout le monde. Le respect acquis, il était d'une obligeance sans faille, et tendre. En revanche, intraitable avec les autres montures, comme disait François, il connaissait son rang.

Dans une certaine mesure, je crois que dès cette époque, j'ai préféré les chevaux aux hommes... cela ne s'explique pas, ça ne se justifie pas, mais peut-on se refaire ?

En attendant je soupirais, dans un vide parfait où mes soupirs sonnaient à l'infini. Épuisée, je survivais tout juste dans cette chambre d'écho, ne parvenant plus à vaincre le tremblement musculaire qui m'avait prise après les larmes, un frémissement fin mais insupportable. Au moment d'entrer dans le mas, je me suis effondrée, et devant l'agitation de mes jambes, j'ai murmuré avec terreur que je devenais folle.

Bernard m'a ramassée. Je l'avais vu soulever des veaux d'une seule main, il m'a raflée du bout des doigts puis giflée, d'un aller-retour sec, pendant que François, ouvrant la porte à la volée, cavalait déjà dans les couloirs. Bernard, à l'étage, m'a jetée sur un vieux divan qui servait aux cavaliers en mal d'ôter leurs bottes avant de sombrer dans leurs lits comme des brutes.

Je crois qu'on peut dire ainsi, il m'a éjectée de mes pantalons, de mes baskets, de mon pull, à grands gestes qui déchiraient. J'entendais vaguement l'eau couler quelque part, et quand François est apparu, les manches retroussées, en disant que c'était prêt, je n'ai pas résisté, ils m'ont balancée dans la baignoire, j'ai fait plouf, tête comprise !

Les Esposite m'ont tenu la main une bonne heure, chacun d'un bord de cette chose énorme où l'on aurait couché un cheval ! De temps en temps, Bernard m'empoignait, m'étalait sur ses genoux, massait mon dos noué avant de me reflanquer dans l'eau chaude. Ils se taisaient. Pas des hommes de mots, et puis il s'agissait de me remettre droit sur mes abattis, les explications viendraient plus tard. Je me rappelle très bien ce qui m'a sortie du marasme, la brutalité des mains de Bernard. Sous elles, je n'étais qu'une jument rétive comme une autre, ce n'est pas avec des caresses qu'on les mate ou qu'on les rassure, et si c'en est, elles sont rudes.

J'ai chu d'un coup dans le sommeil. Quand je me suis réveillée, j'étais au milieu d'un lit monumental avec des couvertures jusqu'au nez, et le long de moi, entortillé dans une robe de chambre, Bernard, qui me tenait aux épaules, et ronflotait. J'ai remué les jambes, ses mains ont recommencé à triturer mes muscles, et j'ai failli glousser, il avait dû le faire toute la nuit, sans même sortir de son rêve ou me tirer du mien.

Bien des années après, j'ai compris qu'on n'avait pas de plus jolie famille que celle qu'on se constitue au hasard des rencontres. Celle-là, au moins, relève d'un choix. Comme à l'époque j'étais dans une phase de cuistrerie, j'ai ajouté – pour moi seule heureusement ! – que c'était là le sens même de la famille romaine ! Parfois, il faudrait gommer dans sa tête, oublier d'user de ce qu'on sait pour paraître intelligent, mais c'est trop demander, du moins à l'âge que j'avais !

J'ai réussi à me dégager du lit, si doucement que Bernard n'a pas pipé. Le matin se levait, moi aussi. Je me suis glissée hors de la chambre à la recherche de mes vêtements. Je me sentais reposée, presque allègre. Tout ce qui m'avait abasourdie la veille me paraissait dénué de poids, mais j'avais peur, je me doutais que ce genre de sagesse ne dure pas.

Mes frusques ? Des lambeaux. C'est à cela que j'ai mesuré l'émotion que je leur avais donnée. Dans ma chambre, un petit mot sur la commode faillit me renvoyer dans le brouillard, mon père avait appelé, mon père voulait me voir. Pas moi. En plus, que pouvais-je lui dire ?

J'ai ruminé de la hargne tout en courant vers la cuisine, j'avais une faim de loup. En ces heures de jeunesse, rien ne me coupait l'appétit, pas même la poubelle métaphysique.

François grillait du pain. Il a souri, a montré la casserole du chocolat au lait. Et lui, où avait-il dormi ?

– Avec toi, ma fille. On ne t'a pas quittée. Mais je suis un lève-tôt, les hommes étaient déjà debout. Leur estomac n'a pas d'états d'âme. Et puis j'ai dormi plus que Bernard, à qui tu fais tourner les sangs !

Je l'ai embrassé. C'était la première fois, je l'ai embrassé comme du bon pain, et je me suis tapé une tartine, en pleurant dans son cou, lui et Bernard étaient de vrais amis. Il a haussé les épaules en souriant. Je me suis aperçue que je l'aimais beaucoup, que c'était inutile d'en parler, François n'avait pas besoin de preuves.

Il n'était pas causant, cet homme, il avait seulement des gestes très éloquents. Les mots l'embarrassaient, il préférait danser la vie aux commentaires sur la danse ! C'est mieux, ça rassure, surtout quand on devinait ce qu'il aurait pu dire en moins bien.

Nous avons passé la matinée à panser les chevaux, à faire trotter ceux qui n'étaient pas sortis la veille, la saison finissait, il y avait moins de clients. Nous avons regardé les pékins du jour se prendre pour ce qu'ils ne sont pas souvent, des cavaliers. On a de bonnes surprises, certes, mais elles sont rares.

J'étais calme. Les Esposite avaient beau me guetter, j'étais calme. Un peu sonore peut-être, comme une pièce vide. Les jours à venir la rempliraient.

Juliette, à la même heure que les autres soirs, a téléphoné, décrété que l'état de la grand-mère était ni meilleur ni pire que la veille, mais qu'elle ne rentrerait pas. Alors j'ai répondu que tout allait plutôt bien en ville, et j'ai appelé mon père.

Il voulait qu'on parle ? On parlait. Il préférait me voir ? je voudrais t'expliquer, Judith. Je n'ai pas réagi. Il était né différent ? Mais oui. J'étais capable de l'admettre si je ne comprenais pas comment la différence naissait.

Brusquement, je me suis décidée, je ne lui en voulais pas, qu'il soit sûr de cela. « Ce que je ne supporte pas, ce sont les mensonges qui sont venus avec. Pourquoi t'es-tu marié ? Pour t'offrir une gouvernante moins chère qu'une femme de charge ? Chez toi, où est l'honnêteté que tu exiges des autres ? Pourquoi as-tu fait un enfant à ma mère ? Tu n'as rien à m'expliquer, papa, c'est à toi que tu dois poser des questions. Moi, c'est fini, je ne m'en pose plus tant que tu ne pourras répondre à celles-là. »

Je l'entendais protester, il aimait les femmes, il ne fallait pas croire. Oui, papa. Et j'ai raccroché. Les frères Esposite me regardaient, ils souriaient petit, nous aussi, tu sais. J'ai hoché la tête, ce n'était pas ici que nous devions vider l'abcès, ou alors plus tard. S'il y avait un abcès. On va se promener tous les soirs, non ? Allons-y.

Nous avons pris les chemins du bord de mer, la vieille digue, les sentes le long des étangs, celles où l'on ne peut marcher qu'en file indienne. Bernard murmurait que la beauté servait toujours quoi que j'en dise, la beauté des ciels d'automne au-dessus du vide des plages, et tous ces confins d'eau noire à ras du sol, qui ne sont que miroirs d'une ville de nuées. Le vent murmurait son contre-chant, cette brise qui naît et s'éteint avec la mort du soleil.

– La beauté du monde, fille, c'est la seule chose qui ne juge pas, qui se fout de toi comme des autres.

Sans rien ajouter, François hochait la tête.

On a contemplé le couchant, la barre d'ombre sur la mer. Oui, c'était beau. J'avais le ressac des vagues dans les oreilles, couvrant celui de mon cœur, j'avais le souffle du vent du sud, celui qui traverse les déserts et s'y réchauffe. J'aimais bien cette idée.

Les bêtes étaient immobiles, le long des écumes, et la seule question qui me soit venue à ce moment-là ne me concernait pas. Les chevaux sont-ils sensibles à la beauté des choses, eux aussi ? Les deux hommes ont souri, je m'intéressais enfin à l'extérieur. Ce n'était pas trop tôt. Ils m'ont désigné les bêtes face au bord de mer, pourquoi seraient-elles indifférentes, espèce d'idiote !

Nous sommes rentrés, nous avons dévoré des côtelettes devant la cheminée, les Esposite surveillaient le feu. Cela sentait le mouton grillé, le thym, l'origan, le cyprès humide. Quand les braises se sont endormies dans les cendres, Bernard a demandé ce que je voulais savoir, en dehors du fait qu'ils étaient comme mon père, des hommes à homme.

– Car je suppose que t'as compris, maintenant. Mais nous ne sommes pas de ses amis ni de ses amants. Pour préciser, pas tout à fait de la même eau...

François, une main sur son bras, l'empêcha de poursuivre, laisse-moi lui raconter.

Lui a mis les points sur les i avec brutalité. Il n'y a pas trente-six manières d'achever sur place les illusions qui se débattent encore. Bernard nous les aurait enveloppées de métaphores.

On sous-estimait François parce qu'il ne s'exprimait guère. Mais il a eu raison. Et puis, il m'aimait moins, je veux dire qu'il ne me prenait pas pour l'enfant qu'il n'avait pas. Au fond, c'est grâce à lui que j'ai découvert le fond de la chose, l'amour n'est pas confortable ni même adroit, l'amour veut trop bien faire.

– Nous, Judith, c'est une histoire de passion, ton père, des histoires de cul. Il drague, il aime la chasse, il n'a jamais compris : la proie, c'est lui. Trop séduisant, trop beau, les hommes aussi bien que les femmes tournent autour. Alors, c'est un chasseur à la part belle. Ton père est incapable de s'attacher parce qu'il n'aime que lui. C'est lui qu'il cherche dans le regard de l'autre, et que l'autre soit mâle ou femelle, il s'en fout, c'est *l'autre*, amoureux béat, hébété, l'autre, comme une eau réfléchissant qui se penche sur elle. Dans la mesure où il est capable d'un peu d'amour, il n'aime pas plus les garçons que les filles, car il use des femmes, tu sais, il n'y a pas que ta mère. C'est un impuissant du cœur. Il aurait pu se contenter d'elles, comme beaucoup du même genre, cela ne lui suffit pas, il lui faut *tout le monde.* Ce qui lui a manqué, à lui, je l'ignore. Et le sait-il lui-même !

Pour François, c'était un long discours. Je me rappelle cette impression d'étrangeté dans laquelle je me suis débattue quelques minutes. Quand je parle d'étrange, c'est étranger que je veux dire. Le monde de mon père, tel qu'il venait de le décrire, je devinais que c'était celui de tas de gens, celui de la grand-mère Fautrelot par exemple. Des années après, en écoutant Adèle Dausse, j'ai deviné tout de suite que sa mère en avait été, elle aussi. Au fond de nous tous, cette tentation de s'absorber en soi, de se nourrir de soi... Mais il y a un âge où elle est normale, et puis l'on grandit. Moi-même, avais-je grandi suffisamment ? Ce n'est pas si sûr.

Une belle histoire, celle des « frères » Esposite. La première fois qu'ils s'étaient vus, c'était le jour d'une communion. Ils avaient douze ans, ils s'étaient retrouvés face à face au sortir de l'église et n'étaient toujours pas revenus de leur étonnement. Cousins germains, ceci expliquant peut-être cela :

– A l'époque, nous nous ressemblions au point qu'on nous a tout de suite appelés les jumeaux, en riant beaucoup, en nous chahutant, en nous collant l'un à l'autre, sans s'apercevoir que pour nous, c'était grave. Parce que... ce n'est pas facile à expliquer, tu sais.

Bernard s'est levé, est allé poser ses deux mains sur les épaules de François, nous étions troublés, Judith. Il était *moi* sans que je sache rien de lui, et lui, pareil.

Naturellement, les « grands » ont continué le jeu, ils les ont mis dans la même chambre, le même lit en leur disant d'être sages, ils les ont accolés sur un blason sans leur demander leur avis ou réfléchir. D'ailleurs, même s'ils avaient réfléchi ! Or les deux garçons avaient envie de fuir, leur curiosité les dévorait déjà, le piège de la similitude s'était refermé sur eux.

– Comment pouvions-nous paraître semblables à ce point, alors que nous ne pouvions qu'être différents ! Nous avons passé la nuit à poser des questions à l'autre, ce qui revenait à se les poser à soi, d'une certaine façon. C'était insupportable et merveilleux, comme d'interroger la sibylle sur ce que nous sentions déjà : nous étions liés, quoi que nous fassions.

Ils ont dormi dans les bras l'un de l'autre en pleurant. Ce n'était pas possible qu'on les sépare, ce n'était pas possible d'être à la fois soi et un autre, ce n'était pas possible de ne se regarder que de loin.

– Bien sûr le lendemain, après la fête, on est retournés chacun chez soi. C'est François qui a écrit le premier. Il a raconté sa vie, en détail. Il n'est pas bavard sauf sur le papier. J'en ai fait autant, plus mal, plus durement. Moi, c'est le contraire, je ne sais pas vivre autrement que de vive voix.

Ils ont grandi en se revoyant aux fêtes carillonnées. Et ils se ressemblaient toujours, bien que Bernard, dès le début, ait été plus puissant, plus balourd disait-il.

A l'âge des filles, ils en ont eu, l'un et l'autre, mais les corps dans ces affaires-là ont vécu au plus bas, ne faisant qu'accroître la certitude.

Bernard avait décidé qu'il reprendrait la manade du grand-père ; personne ne la lui disputait, ce n'était déjà plus un moyen de faire fortune. Lui s'en foutait, il voulait vivre avec les chevaux. C'était aussi simple que cela. Vivre avec et non d'eux. Ses bêtes sont toutes mortes au pré.

– Au mariage de ma sœur, nous nous sommes retrouvés, une fois de plus. Mais là, nous avions compris. Se séparer n'était..., bref, c'était à crever que de se voir si peu et si mal, cela ne pouvait plus durer. François faisait des études d'horticulture, il les a terminées, il est venu les mettre en pratique autour de la bastide pendant que je m'occupais des chevaux et du bétail.

Et quand l'un comme l'autre a refusé de se marier, de faire des gosses, la famille a fini par ouvrir les yeux, par gronder, menacer, la batterie d'arguments habituels y est passée sans résultat.

Bernard gloussait, François souriait, nous faisions front, côte à côte, sachant que c'était cela qui les gênerait le plus. Tous penseraient sans le dire qu'ils avaient joué avec nous une fois de trop. Personne n'aime se sentir responsable d'une chose qui lui échappe. Alors, quand il s'agit de sexe, tu imagines!

Et ils ne s'étaient jamais quittés, ne cherchant pas ailleurs. François a murmuré, de sa voix paisible qui remettait les choses en place, en fait nous ne sommes attirés que par nous-mêmes. Nous n'avons pas « grandi », nous non plus. Autrement que ton père, mais pas davantage. Nous sommes de vieux enfants, tu sais.

Le lendemain, Mamie Caussimon est morte. Je n'avais que seize ans qui en valaient cent, du moins c'est le sentiment que j'en retirais, avec quelques obligations de silence.

Aux obsèques, papa s'est bien comporté, il a été attentif. Il avait baisé ma mère dans des draps propres. Ce qui l'a éblouie, je crois bien. Puis il a repris ses aller-retour vers Paris, et ses habitudes. Et Thierry a recommencé ses appels sans parole, le soir au téléphone.

Très vite il me semble, papa a décidé qu'il ne rentrerait qu'une semaine sur deux. Il n'arrivait plus à me donner des ordres sans y mettre des formes, il avait peur que je parle et que je ne parle pas, que ma mère déduise quelque chose de ses indulgences soudaines. Alors, il a fui. Puis il a réduit la somme qu'il laissait, nous lui coûtions trop cher. Bientôt, il n'a rien laissé du tout. L'affaire s'est conclue devant la porte de sa mère, à la pointe du couteau.

Après, ma foi, les choses se rétablirent d'elles-mêmes,

la guerre ne se souciait pas vraiment de nos histoires personnelles.

Mon père fit tout pour ne pas répondre à l'appel de la Patrie, y compris d'avouer son goût des hommes. Le médecin haussa les épaules, au front, en première ligne, on se foutait de la sexualité comme d'une guigne, tu marcheras au bromure comme les autres. Qu'est-ce que tu crois, mon vieux, que les balles feront la différence ?

Il revint dix-huit mois plus tard, et ma mère le reprit, aussi béate qu'avant, son Pierre était de retour. Moi, j'avais vingt ans, j'étais femme, par décision des frères Esposite je menais le ranch, et d'une main de fer, disait-on en ville. Moi aussi j'attendais leur retour pour rendre chevaux, bœufs, bergeries, et le souvenir des temps d'avant. J'attendais aussi... mais c'est mon affaire. La vie continuait. C'est même ce qu'elle fait le mieux, après tout.

Chapitre 8

JUDITH ET ADÈLE

Dans son « bordel de luxe », Adèle était la seule à ne pas se faire passer pour Sofia la Grecque, Tamara la Russe ou Dolorès la Madrilène, nées dans un bled du coin comme les Arlette ou les Magali ! Adèle-je suis, Adèle-je reste, contre vents et marées. A qui pourrais-je en faire accroire, ajoutait-elle pour le bénéfice de Louise, j'ai peut-être une gueule à m'appeler Ingrid, seulement ils me connaissent tous. Adèle n'était pas un nom bandant, soit, mais qu'y pouvait-elle ! Ils l'avaient vue naître, grandir, tourner en queue de cerise, alors Karine, Ulla, Kirsten, ce n'est pas ce qu'ils voulaient, « ma Louise, disait-elle à la patronne, toi tu devrais le comprendre, ils veulent baiser celle qui les toisait, les prenait de haut. Même si Adélaïde les chassait à ma place, je n'avais pas mon mot à dire... pourquoi tu t'obstines, ma pauvre ! A croire que chez toi, la ménopause a rouvert les vannes de la guimauve ! »

Au lieu de changer de nom, Adèle faisait crouler de rire les gamines venues d'ailleurs en leur racontant sa jeunesse « folle » ; elle s'en amusait la première, avec une humeur frondeuse qu'elle n'avait pas eu l'occasion d'exercer jusque-là. A Louise, elle confiait qu'elle ne s'ennuyait plus, et cette allégresse qui la prenait depuis peu lui ouvrait toutes les portes. Enfin, celles qui comptaient pour elle, les portes de la liberté. Et puis ces types affamés de revanche et de ravages secrets lui rappelaient son père, le pauvre homme n'avait pas eu la vie facile ! Alors à ceux qui réclamaient un peu de rêve accroché à ses cuisses, elle caressait les cheveux, avec tendresse. Ils redeviendraient si vite Martinez le maçon, Desjardins le clerc de l'étude Falloires, et Falloires lui-même, pas plus heureux que ça de tenir la ville. A ce qu'il croyait. Falloires-le-vieux conservait des illusions, pourquoi pas, il en faut !

Quasiment dans l'heure de son entrée dans l'hôtel Napoléon III, elle vit défiler la plupart des prétendants découragés par sa mère. Ils la réclamaient, elle, pas une autre, la regardaient sous le nez en se moquant, et soudain tombaient sur le corollaire, saumâtre, de sa disponibilité nouvelle : « Ce qu'on ne veut pas te donner, achète-le. » Ils payaient donc, avec des âpretés de portefeuille, c'est tout juste s'ils n'exigeaient pas de remise. Parfois teigneux, les bougres, comme si les brutalités ont jamais gommé les mauvais souvenirs... Après, ils se sauvaient, la queue entre les jambes. Tirer son coup n'efface pas longtemps les humiliations.

Adèle pesait à son poids cette hargne qui tenait lieu de désir, elle ne leur en voulait pas, elle les cueillait avec un gros rire, t'as bien fait de patienter, mon grand, aujourd'hui ça ne va te coûter que cent balles ! Hier, tu te serais farci la belle-mère en prime, et sans espoir de t'en sortir à moins d'une fortune ! Doucement, elle chantonnait tout en écoutant leur déballage de haines ou de vieux chagrins, elle soutenait leurs gestes, pliait leurs pantalons, aidait à leur toilette sur l'air connu : ni eux ni elle n'iraient plus au bois... Si on fait le compte, disait-elle, qui de nos jours, va couper des lauriers pour en tresser des couronnes ! Et peu à peu, ils commençaient à sourire derrière leurs coups de reins, à s'évader de la rancœur dans des caresses à la papa, et même à jouir plus que leur dû. Adèle ne ménageait ni son temps ni sa peine, tout était dans leur tête, soupirait-elle quand ils quittaient la chambre. Fallait bien essayer de les guérir, pas vrai?

« Quand ils repartaient, ma p'tite, ils avaient pigé, une femme, même interdite durant des années, n'est jamais qu'une femme semblable à la leur. Le plus curieux, c'est qu'ils revenaient. Qu'est-ce qu'une bonne pute, tu le sais, toi? Je me contentais de les faire rire, et d'eux-mêmes! Les épouses ne s'y seraient pas risquées. Je n'ai jamais su pourquoi ça marchait ni comment. Ils le supportaient peut-être parce que je disais les choses comme elles venaient; ma mère m'avait tout appris de la séduction croyait-elle, sauf l'essentiel, l'art d'arrondir les angles quand on a besoin de faire le point. Avec moi, le bilan était imparable. Je ne les laissais pas espérer le miracle, ils étaient ce qu'ils étaient, des hommes sans malice la plupart du temps, alors des amants de génie, tu penses! Le plaisir, mes lapins, c'est vraiment le plaisir que vous venez chercher avec moi? Pauvres! Pour vos cent francs, je ne vais pas vous offrir la lune, d'ailleurs je ne sais pas comment on y va, j'ouvre les jambes. Et les petites manières, les fantaisies, allons! Est-ce vraiment ce que vous attendez de moi? Tenez, je ferais mieux de vous raconter les toutes dernières du père Chenu, qu'est mort ce mois-ci. Il pouvait plus, Chenu, il... »

Au passage, elle réussissait à leur faire admettre que baiser une femme, ce n'est pas tourner une mayonnaise. « Tu sais qu'elles auraient pu m'ériger un monument, leurs moukères, parce que c'est à moi qu'elles devaient un coup de revenez-y quand j'avais traité leur mâle de tringleur à la petite semaine? Ils rentraient s'entraîner à la maison, au moins, c'était gratuit.

« Le père Chenu, oui! Ce qu'il voulait, toutes les semaines, c'est qu'on le lave avec une grosse éponge, qu'on lui caresse le dos pendant qu'il jouait dans la baignoire avec sa flottille de bateaux en celluloïd. Après, je le séchais, je le talquais avant de lui rajuster ses braies de rechange, je l'embrassais sur le front. Il en avait pour huit jours à se crotter comme un barbet jusqu'au jeudi suivant, la crasse lui fournissait prétexte à revenir vers sa petite toilette, sa crème sur ses petites fesses de vieux rat et ses petits joujoux. Quand je lui disais sur le pas de la porte, viens donc faire la bise à maman avant de te sauver, il était heureux comme un gosse qui part à l'école. Alors, la baise dans tout ça, mes beaux, ça pèse combien dans la balance ?

« Je vais te dire, Judith, les voluptueux, les vrais, ceux qui jouissent de toi sans se demander s'ils sont plus forts ou mieux montés que le voisin, et qui du coup te mettent les pieds en éventail, eh bien j'ai encore trop de doigts dans une seule main pour t'en donner le compte. »

La guerre n'a pas changé sa clientèle. Tous avaient des mômes, c'était le moment ou jamais de mettre en avant la progéniture sous laquelle on titube d'habitude : soutien de famille, l'appellation servait enfin à quelque chose !

Bien sûr, les plus jeunes sont partis au front, au stalag, mais ceux-là, elle ne s'en était jamais occupée, ils attendaient mieux que des histoires rigolotes, et puis d'abord Adèle, ça m'dit rien, Adèle, qui c'est donc ? Voulaient du rêve comme leurs pères, pas le même, c'est tout.

La zone libre fut occupée à son tour et la ville hérita sa quote-part d'officiers de l'armée régulière. Louise tint conseil, il fallait croûter, pas vrai ? La maison rouvrit en grand, et Adèle continua de se faire les plus âgés comme avant, on a beau savoir que c'est la guerre, les hommes ne changent pas.

Louise augmenta son cheptel avec quelques réfugiées qui venaient de la capitale, dont deux ramassées à la descente du train, comme elle disait. Marinette et Flo, deux sœurs, pas attrayantes, mais pour faire les lits, on n'a pas besoin de plaire. Celles-là avaient l'accent alsacien, celles-là s'appelaient en réalité Rachel et Myriam. Adèle les prit sous son aile dans l'heure. Personne ne sut qu'elle leur avait dit, à peine les avait-elle vues, vous deux, le jour où je vous commande d'aller me chercher un mètre de dentelle chez la mercière, vous y allez sans piper et vous ne revenez pas, compris ? Zone libre, vous étiez tranquilles. Zone occupée, ça veut dire rafles. Vous me suivez, les filles ? Vous filez droit à la cure par les jardins et vous faites ce que l'abbé Ribadeau vous dira. « J'étais devenue fine comme de la toile à beurre. Et le mieux, c'est que je ne sais toujours pas comment ça m'est tombé dessus. Au fond, j'avais un arriéré d'intelligence, ou une accalmie de bêtise, c'est selon ! Quant aux juifs, ce qui m'alertait dans leur visage, c'était ce mélange de peur et de désespoir qui ne s'effaçait pas de leurs yeux même à l'abri, même dans ces moments du jour où rien n'arrive, juste un peu de pluie ou de vent. »

Maintenant, Adèle s'essayait à l'allemand qu'elle écorchait sans plus de manières, guettant la petite larme nostalgique derrière les moqueries ordinaires sur sa mauvaise prononciation, Ah douze Franze ! Cholie matemoizelle ! Les mots ressassés cachaient mal que les vraies Fräulein étaient loin, que les villes d'Allemagne, elles aussi, trinquaient sous les bombes alliées. Parmi ses « clients », comme elle continuait de dire, il y eut trois ou quatre déserteurs nés de ses soins. Car elle ne se contentait plus de les faires rire ; quand elle sentait le terrain mouvant, elle jouait sur la chanterelle avec des trémolos, elle susurrait la chanson de Marlène, elle caressait leurs spleens dans le sens du poil, et en direction de la grosse mutter. Elle les démoralisait peu à peu avec des fleurs de rhétorique. « Je ne les ai jamais poussés vers la solution finale, moi, ou la corde dans une grange, ce n'est pas la mort du pécheur que je voulais. Je leur parlais de sapins noirs qui les attendaient en Bavière, ou de “ sérieux ” à boire sans attendre dans le palais de la bière à Munich, je leur parlais du pays si tu vois ce que je veux dire, et ça ne traînait pas, ils se taillaient, se perdaient dans les bois, se jetaient dans le retour avec des soupirs de hâte. Bon sang, les hommes, ce que ça devient sentimental après quarante ans, à croire qu'ils guettent un Ausweis pour remonter au nid ! »

Sur l'oreiller, les gradés distillaient sans s'en apercevoir de longues phrases tarabiscotées, bégayant leur regret de ne pouvoir venir la zemain' prochain', ils étaient de corvée, à ramasser tout ce qui bouge dans les collines alentour. Ah, cette rézistanze, matemoizelle ! Nous qui aimons tant les franzèses !

Et ils crapahutaient pour rien, revenaient bredouilles, embêtés, un peu méchants, ils avaient perdu des hommes, vouszôtres, vous nous tirez dezus là où on s'y attend le moins. Ils hurlaient beaucoup, la meurtrissaient comme on se plaint, et puis recommençaient à gamahucher dans ses doigts en répandant ce qu'elle appelait du foutre aux larmes ! « Pour un peu, j'aurais chialé, c'était si bête, la guerre ! »

Louise un matin se glissa près de son lit, dis-moi, Adèle, *qui* renseignes-tu ?

Moi ? Adèle se grattait les seins avec son air de vache au pré, mais qu'est-ce que tu me racontes, Louise ? Adèle bâillait, laisse-moi dormir, ils m'ont encore tenu la jambe, hier soir, pour que je m'améliore ! Je n'arrive pas à prendre le bon accent dans leur putain de langue, et ça les amuse tant qu'ils font durer ! On peut pas dire qu'ils soient fins, ça c'est sûr !

Louise pas plus que quiconque ne réussissait à démêler la connerie de la malice quand Adèle faisait la bête. Elle s'en retourna vers ses propres soucis. Jusqu'à la fin de la guerre, Louise Lavaillier ignora, ou plutôt ne voulut pas savoir ce qu'Adèle faisait de ses nuits. Le négrillon – il s'appelait Urbain, ce qu'il était d'ailleurs – avait disparu dès l'arrivée des Allemands dans la zone libre, pour ne pas se soumettre au STO, ou pire. Était-ce lui qu'Adèle courait rejoindre? Louise pensa, moins j'en sais...

Urbain était dans le maquis avec les autres, Urbain et son visage de suie raccompagnait Adèle au petit jour en trottant à côté de son vélo, Urbain, du haut de ses presque deux mètres, rigolait en douce quand le bruit d'une patrouille les couchait tous deux dans un fossé, lui par-dessus toute cette blondeur, étouffant leurs soupirs dans sa grande bouche. Et quand ils arrivaient enfin dans l'ombre de la maison Napoléon III, Adèle lui glissait le petit sac rempli de morceaux de poulet, de gâteaux, de douceurs, qu'elle avait préparé pour lui seul et qui attendait derrière la porte. « On n'a pas trente-six gars à la fois dans la peau et dans le cœur, murmure-t-elle dans son fauteuil des avant-derniers jours, j'ai aimé Urbain de la tête et du cul, c'est t'dire. Après, j'ai vécu sur le souvenir, même quand je ne m'ennuyais pas avec les autres.

« Côté bouffe, on avait tout ce qu'on voulait. Pas leur genre, aux schleus, de se faire une Française sans du panache autour! Alors, champagne, foie gras, huîtres, pain blanc, beurre. Pourtant, j'étais redevenue mince comme une jeune fille et je le restais! Faut dire que je me privais pour Urbain et les autres, que je ne dormais pas des masses! La nuit où Louise est venue me questionner, je rentrais tout juste et j'avais dormi avec un lance-pierres! A cavaler dans les rues sans lumières, en évitant les patrouilles ou les gars du marché noir, encore plus salauds que les autres, on perd sa cellulite, crois-moi! Et le sommeil. Mais c'était le prix à payer. Dehors, j'étais à qui je voulais, tu comprends? Mon nègre, ah mon nègre! je n'ai jamais rencontré quelqu'un d'aussi tendre, d'aussi doux. Et intelligent... Plus tard, dès que j'ai pu, je lui ai fait apprendre des langues pour pouvoir le sortir de la misère, et tu te souviens peut-être pas où il a fini, mon Urbain. D'abord interprète à l'Unesco, puis représentant de son pays après la décolonisation. Il était doué... il... »

Elle n'allait jamais plus loin, elle se retournait contre le mur en disant, fous le camp, Judith, j'ai ce vieux sommeil à rattraper, et je la laissais rêver son soûl à la peau noire de ses délices anciennes.

« Remarque, j'aurais bien raconté à Louise, on se serait partagé le travail ! Seulement, j'étais pas sûre de pouvoir lui faire confiance, elle était comme cul et chemise avec l'Oberleutnant Horst qui te la mijotait dans un sacré bouillon. Faut avouer qu'à cinquante-cinq ans, la Louise avait de beaux restes en plus d'un capital-cœur inemployé. Elle se dépêchait d'aimer, cette folle, même si on espérait tous qu'elle réussirait à se tenir en main malgré ça. Seulement, à moi, il fallait une assurance-vie, pas un vœu pieux, c'était trop risqué. Alors, méfiance et bouche cousue. »

Adèle riait aux éclats, je devais penser qu'elle s'était drôlement dégrossie, non ? « Mais tu vois, à part mon nègre, tous ces pauvres couillons ne me faisaient pas plus d'effet qu'une mouche sur une motte de beurre ! Tu sais que les hommes sont cons, Judith ! Ils s'imaginent toujours qu'on jouit comme un ascenseur vous arrive quand on appuie sur le bouton ! Les faire se marrer de leurs illusions, c'était encore ce que je réussissais le mieux avec l'omelette au lard. Kleine Französin, sehr gut !

« Et toi, dans tout ça, tu passais sur ta jument. On s'y trompait tous : les Esposite, prisonniers en Allemagne, t'avaient confié la manade avant de partir, les chevaux, les cultures et le soin de dire merde à ceux qui voudraient se mêler de leurs affaires. Ils t'avaient " adoptée ", cela se faisait beaucoup à l'époque quand on n'avait pas d'enfant, et tes parents n'avaient pas dit non. Ton père n'aurait pas refusé cent sous, alors une bastide et ses dépendances, tu imagines ! Et malgré tes vingt ans, tu réglais les choses à la rude, cueillant le silence du maire aussi bien que les roses, de la mèche de ton étrivière qui ne quittait pas ta selle. Je revois sa tête, à ce fils de pute, quand il a voulu réquisitionner tes bêtes soi-disant pour les mener à l'abattoir, son porte-monnaie devait sonner le creux, à cet homme ! Ma ville a faim plaidait-il !

« Toutes tes juments étaient dans les roselières, de l'autre côté du fleuve, et va donc les chercher dans ce fouillis ! Tu avais vendu les étalons, du moins l'affirmais-tu, ce n'était plus l'heure de pouliner, et *tes* gars étaient dans les stalags. Quand il a insisté, il s'est retrouvé le cou serré dans la mèche de cuir, la joue coupée au passage, je vous mène aux roseaux, as-tu dit, c'est jamais qu'à une heure de galop, seulement par là-bas, c'est plein de trous, alors essayez de suivre le train. Quand on tombe dans les gouffres du marais, monsieur le maire, on ne vous remet pas la main dessus de sitôt !

« La faim lui a passé, c'est drôle, non ? Bien sûr, il aurait pu revenir avec des types et des camions de l'armée, il avait de si bons rapports avec l'occupant ! Mais il a compris le message, s'il revenait, il était mort. Est-ce que ça valait le coup ? Tu ne l'as jamais revu. Ni toi ni personne, d'ailleurs. Il avait dénoncé trop de gens. On a dit qu'il était parti dans les bagages de la retraite allemande, après les bombardements sur le fleuve. On dit tant de choses ! Le Trou du Diable a recraché des os, un jour de grosse pluie. C'était peut-être le maire, va savoir !

« Au fond, ce que la guerre a pu m'amuser, Judith, avant qu'on sache, pour les camps, avant qu'on apprenne ce qui se passait dans les trains quittant les " rassemblements de personnes déplacées ", non loin de M*, en direction de l'Allemagne. »

Elle n'évoquait pas le sujet davantage, sinon elle pleurait des heures, avec de grands cris de vengeance et de haine. Qui n'avaient plus cours, l'Europe tentait d'éclore, de Gaulle, Adenauer, la main dans la main, en rameutaient quatre autres pour vendre leurs petits légumes en commun.

Passons. De nos jours, ce sont les Turcs qu'on brûle à même leurs maisons, plus besoin de rafles ni de camps de la mort, on fait ça sur place. Oui, passons.

Adèle eut trente-trois ans somptueux, comme si les hostilités lui en ôtaient quinze. Sa mère en confisant sa beauté de jeunesse, l'avait mise en réserve, et Adèle la ressortait au bon moment. Une vraie splendeur cette fois, qui ne tenait ni aux frusques ni à une quelconque ressemblance avec les gravures de mode. Elle était belle, vivante, elle riait en disant à Louise, je crois qu'aujourd'hui je pourrais changer de nom, m'appeler Dalila ! Qu'en penses-tu ? Puis, elle hurlait de bonheur, un bonheur dur, je plaisante, naturellement.

Ce qu'elle n'a jamais expliqué, c'est comment l'esprit lui est né, comment elle s'y est prise pour devenir en si peu de temps un centre de renseignement à elle toute seule. Cela faisait partie du goût qui lui restait de sa « haute » époque, ne jamais rien dévoiler qui puisse servir à l'ennemi, garder pour soi le plus important. En fait elle avait peaufiné son allemand, toute seule et sans en user avec la clientèle sauf un mot par-ci par-là, histoire de jouer la naïve tout en cajolant ses vieux feldgrau. Quitte à cavaler toutes les nuits vers les points chauds de la Résistance pour transmettre ce qu'elle avait entendu.

« J'avais besoin de bouger, que veux-tu. On m'avait clouée si longtemps sur un piédestal que j'avais une envie frénétique d'en descendre pour caracoler avec les autres dans la cour d'école ! »

A ce jeu, elle s'est fait des mollets et une santé de fer

tout au long des raidillons et des marches forcées dans les pentes. Là où ses jambes ne passaient pas, dans les taillis trop serrés, les jarrets de mes chevaux s'employaient. La pauvre, elle montait comme un sac, un sac qui aurait tenu en selle au cœur des tempêtes ! C'est là que nous avons vraiment fait connaissance, elle et moi, au cours d'une de ces randonnées dingues qu'elle m'a dit, te casse pas pour les présentations, je te reluque depuis des temps et mon frère a parlé de toi. Elle souriait gentiment, on est du même bord. Et ce cornichon t'aime, il ne m'en faut pas plus. Déjà que tu m'éblouissais, quand tu passais dessous nos fenêtres !

Là où sa mère avait échoué, Adèle réussit : elle attendrit Jean sans l'avoir voulu. Une nuit, après un parachutage, ils se sont retrouvés nez à nez ; il arrivait de Londres, il tombait du ciel en même temps que des armes et deux ou trois paras qui avaient rejoint l'Angleterre à sa suite, il était en treillis, il ordonnait, rapide, précis. La petite bande indisciplinée qui jusque-là faisait sauter des ponts ou des entrepôts sans trop de discernement, exécuta ses ordres avec une hâte joyeuse, enfin on allait faire du bon boulot, là où il fallait, comme il fallait. La « tête » improvisée qui avait canalisé les bonnes volontés, sans qu'on lui obéisse toujours, se vit promu lieutenant pour l'amour-propre, et mis à cacher les parachutes comme les autres. Quand après les reprises en main des petits chefs, Jean se retourna enfin vers le gros de la troupe, il vit Adèle en face de lui, rigolarde et les deux mains sur les hanches. « Par exemple, monsieur mon frère ! » Le « lieutenant » frais nommé disait dans leur dos, elle nous renseigne drôlement bien, sans elle nous aurions perdu du monde à chaque sortie de ces cons. Et Adèle avait souri, ne cherche pas, sur l'oreiller ils parlent tous. Je suis pute chez Louise, l'ancienne maîtresse de papa si tu veux savoir, je baise les boches et j'écoute ce qu'ils disent entre eux ! Ça t'en bouche un coin, non ? Elle riait, ah Jean, je suis bien contente que tu sois là, j'aurais pas aimé apprendre que tu t'étais collé avec ceux de Vichy.

Jean avait alors admis qu'une sœur adulée à ses dépens n'était pas forcément coupable en même temps que la mère ! Ils se sont jetés dans les bras l'un de l'autre, sans un mot, et Adèle, cinquante ans plus tard, disait, les larmes aux yeux : « Tu sais, ce fut tout de suite à la vie à la mort ! Au fond, on n'attendait que ça depuis l'enfance. Et nos petits jeux, on les a poursuivis ensemble, dans nos bois d'arrière-pays et autres lunes de la guerre des boutons ! »

Moi, j'aimais Jean Dausse. Je me serais tuée plutôt que parler de lui à sa sœur, mais les hommes sont moins discrets. Et puis l'Adèle était un confesseur de première bourre, il ne faut pas l'oublier.

Quelques mois après la mort de la mamie Caussimon, le retour de ma mère à la maison, les défaillances paternelles côté finances et la menace que j'avais fait peser sur lui, j'ai vu, comme une partie de la ville et quelques gens à peu près sensés de ce pays, que les accords de Munich ressortaient du burlesque, et qu'on nous avait roulés dans la farine. Depuis peu, je m'intéressais à la chose politique ; à soulever ses jupes, ça sentait l'attrape-couillon en plein. A dix-sept ans, on voit surtout les conséquences personnelles. Je me disais avec rage, s'il y a la guerre, Jean Dausse partira, Jean Dausse m'échappera. Je rêvais de lui, comme Jubilation rêvait de Prince je suppose, c'était lui que je voulais, lui, lui, lui. Maintenant, je le savais, il vivait dans une ville voisine, je savais dans quelle rue, dans quelle maison, je savais que la belle femme aux yeux bridés était retournée dans son bled à elle, qu'il ne partirait pas la rejoindre, reniflant comme moi une drôle de fleur au fusil ! Il allait échapper à mes mains sans qu'elles l'aient jamais tenu, et peut-être pour se faire tuer à défendre un pays aveuglé par sa propre suffisance.

Chaque fois que j'en avais l'occasion, je le suivais comme une ombre. Il avait balancé sa jolie voiture pour une grosse Citroën inélégante, et montait souvent un cheval énorme, un hanovre qui faisait bien un mètre de plus que nos arabes. Ce cheval ne lui allait pas, ou alors, s'il lui allait... Je ne voulais pas imaginer que Dausse était peut-être un balourd.

En août 39, les bruits de guerre ont forci, lui mettant au front des rides profondes. A moi, ils collaient des impatiences entre les jambes.

Un matin, je me suis réveillée avec une idée fixe, ce serait aujourd'hui. A l'époque déjà, je ne dormais pas à la maison. Faufilée dans le ranch, élargissant mon aire, j'avais dit aux parents que les études ne m'intéressaient plus, je savais ce que je devais savoir, le monde est à ceux qui l'inventent, un point c'est tout. Les diplômes n'étaient utiles qu'aux incertains.

Mon père criait, c'était pas la peine de faire tous ces sacrifices, puis il baissait le ton, parce que je le regardais à travers la barrière de mes cils, parce que je murmurais en le guettant, j'irai loin, papa, tu m'as fourni toutes les clés.

Ma mère avait soupiré en baissant la tête. Les sacrifices venaient d'elle, qui travaillait dans un des magasins de la ville basse. Elle a cru longtemps que j'abandonnais pour la ménager, pour qu'elle ne se crève pas la paillasse en vue de gagner trois francs, six sous ! Plus tard, j'ai rabattu la moitié de ses illusions, à dix-sept ans, Juliette, on décide en pensant à soi. Je me suis gardé l'autre vérité, la sienne, qu'elle bossait pour se sentir libre, pour aimer moins. Hélas, on remplace un esclavage par une servitude, on se trompe sur soi comme les autres vous trompent, quand on s'appelle Juju affligée d'un Roméo payé le prix fort pour de la basse qualité.

J'ai fait une toilette minutieuse ce matin-là, j'ai lavé mes cheveux de négresse, poncé mes mains, mes pieds, j'ai détaillé ce que j'avais à offrir, une dégaine dure, pleine d'angles. Plus de muscles que de chair, de petits seins, des cuisses longues et trop solides, la monte n'amincit personne. J'avais de larges yeux sombres, des cils interminables, une bouche dessinée, un menton qui ne s'en laissait pas accroire... j'aurais été un homme superbe. C'est vrai que je ressemblais à mon père, hors les cheveux. Est-ce que cela suffirait à séduire un Jean Dausse ? Après les langueurs asiatiques, qu'attend-on des femmes ?

J'ai dit à Jubilation qu'on allait au mâle, elle a rigolé, balayant ma figure de sa crinière blonde, elle a mordillé le haut de mon bras, ses grands yeux clairs plongés dans les miens, et j'ai dû changer de chemise en pestant !

Nous sommes arrivées à M* en marchant l'amble, nous faisant remarquer partout où nous passions. La garce !

Il s'apprêtait à sortir. Il m'a regardée, ses yeux gris ont changé d'expression, ont noirci d'un coup. Il n'avait peut-être pas envie de se souvenir. En un éclair j'ai pensé que je n'étais qu'une idiote, un homme n'apprécie pas forcément le souvenir de ses larmes au creux des doigts d'une fille tout juste nubile. Alors, j'ai dit ce qui m'est passé par la tête avec une force que je ne comprenais pas moi-même, j'ai dit que je venais les lui rendre, que je ne parvenais pas à oublier son geste parce qu'il me donnait envie de lui, et que ce n'était pas le moment.

Il a vu Jubilation dans la ruelle, il a souri, ne laisse pas ta jument dans le passage. Il est allé vers elle, qui le voyait approcher, les oreilles couchées.

– Viens ma fille, viens à l'ombre. Tu es bien belle, toi, qui te soigne ?

Il a sauté en selle, a serré les genoux, Jubilation a ouvert les naseaux mais s'est calmée tout de suite, il lui parlait toujours, d'une voix de ventre, viens, ma fille, j'ai tout à côté un monument dont tu ne ferais qu'une bouchée à la course, mais il est tranquille comme un vieux bœuf, vous parlerez.

Souvent, ce sont les voix qui tiennent les chevaux, les voix, les gestes, tout ce qui s'adresse à l'âme. Et Jubilation s'est laissé conduire dans une petite écurie derrière la maison. Je suivais, je regardais avec des yeux dilatés cet homme aux mains souples, qui s'apprêtait à me soumettre, je le savais, exactement comme il avait adouci ma jument l'air de rien.

Toi aussi, tu sens la guerre, petite ? Il balançait sa veste sur une table, ses gants, sa cravache. Il avait pris le temps de desseller son hanovre, de jeter une couverture sur ma jument qui tremblait, mon écurie est sûrement plus froide que la tienne. Il avait empoigné mon bras, et nous étions rentrés chez lui par un long couloir serpentant des stalles au rez-de-chaussée de sa baraque.

Maintenant, il m'examinait. Pourquoi le voulais-je ? Pour quelle autre raison que la guerre ?

Je m'emplissais les yeux, il avait ce type de visage qui ne bouge pas pendant cinquante ans, puis vieillit d'un coup sans s'effondrer. C'est aujourd'hui que je le sais. En ce temps, j'ai simplement remarqué que ce que j'aimais en lui, c'était ses yeux, sa bouche, ses longs doigts.

– Je ne sais pas pourquoi. En revanche, je sais que vous partirez un des premiers, et ça... J'ai ruminé un court instant, ce n'était pas facile d'expliquer que je ne voulais pas l'attendre, que le désir ne gagnait rien à mariner trop longtemps, le mien ne supporterait pas le réchauffé. Bien sûr, je n'ai rien dit de tout ça, j'ai répété, sans refuser son regard, que je le voulais, lui, que je n'avais rien à foutre des gamins de mon âge. Et que la guerre, oui, la guerre obligeait à se hâter.

– Je ne vous aime pas, rassurez-vous.

Il a éclaté de rire, il a saisi ma nuque sous les cheveux,

son visage était tout près du mien, laisse-moi te renifler un peu, que je puisse me souvenir de toi quand tu seras partie.

J'ai gardé les yeux ouverts, les siens étaient deux lacs d'acier, à la pupille immense. Quand j'ai posé mes mains sur ses poignets, j'ai senti sa paume se refermer en frémissant. C'est à ce moment-là que tout s'est noué. Dix secondes avant, il allait me pousser vers la porte, et puis nous nous sommes retrouvés, bouche contre bouche, avec dans le cœur, des désespoirs et des hâtes.

Ce n'était pas un balourd, juste un homme assoiffé. On se ressemblait, peut-être pour les mêmes raisons, on voulait tout, pas à n'importe quel prix, on voulait le monde quand il tourne bien, on voulait...

On s'est pris, repris, on a vécu toute une vie en trois jours, on a dormi, mangé, galopé ensemble, en n'oubliant pas une seconde que cela ne durerait pas.

Et le matin du 3 septembre 1939, le téléphone a sonné, le raidissant d'un coup. Je n'avais pas besoin d'écouter avec lui pour savoir que la guerre venait de nous séparer mieux que le désamour.

J'ai repris ma jument, le fil du temps, un peu de raison, il fallait que j'aille chez mes parents, que j'aille au ranch, que je sois ce qu'il attendait de moi, peut-être. Une femme forte.

Devant l'écurie, il m'a tendu les mains pour me mettre en selle, attrapant mes doigts au vol avant que je saisisse les rênes, il les a doucement passés sur sa bouche, au revoir Judith, garde-toi. Hélas, je ne crois pas que ce sera une guerre courte.

J'ai donné des talons. Je ne voulais pas me retourner, c'est Jubilation qui a volté ; il nous regardait, sans bouger. La jument a senti qu'un trot long m'obligerait.

Au ranch, les frères attendaient avec impatience en compagnie du notaire, ils me nommaient leur régisseur et, si tout allait mal, leur héritière. A la maison, mon père se tordait les mains, suppliant maman de lui tirer dans le pied pour qu'il n'ait pas à partir, et ma mère, soudain close comme une passion morte, disait avec calme, mais je veux que tu partes, Pierre. Elle lui baladait sous le nez une lettre où le petit Thierry suppliait qu'on lui laisse voir son amant une dernière fois. Le visage de ma mère était comme une défaite triomphante, elle venait d'additionner.

Oui, septembre 39 ne signa pas seulement l'entrée en guerre de la France aux côtés de ses alliés. Et je n'arrivais pas à être malheureuse, c'était pire. Au contraire de ce que j'avais pensé, je me sentais incertaine et vide, je me disais, ce n'est pas possible qu'il meure, pas possible. Mais il y a trente-six façons de mourir, et ça nous arrive plusieurs fois dans une vie.

Froidement, je pensais aussi que le plaisir pris avec Jean ne réchaufferait que la mémoire. Mais rien que le souvenir de sa bouche à ma source était un brûlot, un incendie, une douleur.

Trois ans plus tard, le message balancé de Londres après la moulinette habituelle pour annoncer le parachutage, a précisé que Jubilation retrouverait son Prince à la cour des quatre vents. A la date prévue, je me suis glissée dans les roseaux, j'ai sifflé, Jubilation est venue sans le moindre bruit, et nous avons galopé, galopé vers les eaux libres. Mon cœur chassait dans les hauteurs, là où se poseraient les grands parachutes noirs. Mon cœur avait le mal d'amour. Je ne savais pas quand je le verrais, je ne savais pas si je l'avais attendu comme il fallait, sans attendre... mais j'avais le corps moite de lui. Après tout, je n'avais que vingt-trois ans.

Chapitre 9

JUDITH

Aujourd'hui, j'ai baguenaudé dans le marais avec Fox II. Il est vieux, il peine ; il me regardait avec résignation, mon pauvre Fox ! il n'a jamais eu le génie de sa grand-mère pour passer dans les joncs comme un ragondin, comme une oie sauvage. Ce qu'il faisait le mieux, c'était courir à bride abattue derrière un leurre, comme tout le monde ; il n'aimait pas voir un autre cheval devant lui. Qui aime suivre, en vérité ? Maintenant, il s'en moque.

Quand elle y consentait, Jubilation se coulait dans le marais sans plus de bruit qu'une robe qui tombe, elle aimait les approches silencieuses, les rêveries lentes comme les galops furieux, Jubilation voulait se sentir vivre. Au fond, nous nous reconnaissions autour d'un besoin qui la taraudait autant que moi.

Ce matin, j'avais besoin d'être seule, de retourner dans mes traces sans qu'on me cavale au train pour décrocher du fric ! S'ils étaient moins transparents, ces édiles en mal de prêts, ce pourrait être amusant de les deviner ; non, ils se présentent à découvert même s'ils se persuadent du contraire, même s'ils croient manipuler l'argent qui les manipule. Ces cons me fatiguent.

Beaucoup trop de gens manquent aujourd'hui, Louise, mes Esposite, Falloires... je parle de Georges, le fils. J'ai peu connu le père Émile et n'en ai pas de regret. Son pot-pourri d'actes avait trop de morgue ou de mépris. C'est drôle, je pense à eux tous sans arrêt, alors que mon mari n'a pas laissé de brûlures plus profondes que celles de la cire quand la chandelle s'éteint. Ce pauvre Loup n'était pas de taille. Qui l'est d'ailleurs, quand l'indifférence s'en mêle ! Le moule des passions était cassé.

J'ai du mal à penser qu'Adèle va peut-être mourir avant moi, elle a soixante-dix-neuf ans depuis hier et ne se porte plus. Elle n'a rien et elle meurt. Quand elle est revenue avec ce gamin qui s'accroche à ses jupes en l'appelant mamita, je me suis dit qu'elle s'était trouvé une douceur pour ses derniers jours, mais non. Elle en a marre de la vie, c'est tout.

Nous avons eu tant de hauts et de bas, de querelles, de rabibochages échevelés, nous nous sommes battues tout un temps contre ce qu'avaient d'insupportable certaines réminiscences. Parfois, on voudrait ne pas connaître ces nuits terribles où l'on découvre que les souvenirs sont plus vivants que la vie, surtout quand ils remontent avec une charge de désespoir inchangée... à quoi sert de répéter que le passé est mort quand la douleur ne meurt pas ?

Peut-être qu'Adèle a raison, ce n'est pas utile non plus de vivre si longtemps ! Ces dernières semaines, elle jure, elle engueule ceux qui l'assomment de soins, elle n'a plus d'avenir dit-elle, c'est cela qui la tue, pas l'âge ni les maladies qu'on lui trouve et qu'elle n'a pas, selon elle ! Tous les désirs l'ont quittée, jusqu'aux plus simples.

« Pourtant, je suis solide, non ? mais quand je me retourne, il n'y a plus que des morts derrière moi. Et même, certains ont disparu de ma mémoire, ce qui est pire que tout. Perdre ceux qu'on aimait dans les chausse-trappes de sa pauvre tête, ça coupe bras et jambes, tu sais. »

C'est depuis la mort de Josépha, son aînée, qu'elle recense ce qui résiste tant bien que mal à l'oubli. Elle éprouve quelque chose qui ressemble au remords sans en être ; elle le martèle un peu trop fort, la disparition de sa fille n'est que l'occasion de réfléchir sur cette existence ratée et sur le peu de trouble qu'elle en éprouve.

Josépha est morte quelques semaines à peine après ses quarante-cinq ans. Elle traînait une asthénie violente, sans l'excuse d'une mauvaise santé. Josépha n'avait plus envie de rien, n'aimait personne, regardait sa mère avec des yeux de prédateur obstiné. Le jour de ses vingt ans, je me souviens, elle a craché sa rancune, quand j'ai des camarades, si je les amène à la maison, je les paume, ils reviennent pour toi et ta sale guerre !

Pourtant elle était belle, Josépha, elle avait le cheveu noir, l'œil noir, la fesse haute, elle héritait d'Urbain cette goutte de café qui met du soleil dans les peaux laiteuses. Et elle s'enrageait d'ennui, du matin au soir, du soir au matin. De qui tenait-elle cette indolence ? Non, ce n'est pas le mot, la vie lui apparaissait comme à travers un tamis ne laissant rien passer d'agréable, « si encore elle avait essayé l'amour, faite comme elle était, mais non ! L'idée l'emmerdait à l'image du reste ! Je sais pourtant avec qui je l'ai fabriquée, nom d'une pipe, mais elle me tombe d'un territoire où je n'ai pas mis ne serait-ce qu'un ongle ! A croire qu'on ne peut se fier à rien, pas même à l'hérédité ! C'est un comble, non ? » En réalité, Adèle n'ose pas remonter le patrimoine génétique au-delà d'elle-même, Josépha tenait tout bonnement d'Adélaïde, sa grand-mère ; elle en avait la volonté de puissance, l'avidité, la nature envieuse. Elle aurait voulu absorber sa mère, la dominer, devenir enfant-reine avec une esclave en bas du trône. Mais on n'asservit pas une machine de guerre programmée pour la liberté, et qui a fait ses preuves de ce côté-là ! Pour parler franc, Adèle a toujours regardé sa fille avec pitié, ou compassion, puis un beau jour avec une indifférence lasse. « Que voulais-tu que je lui dise ? Je ne pouvais vivre sa vie à sa place ! Couper le cordon ? Elle n'écoutait pas ce genre d'argument. Je lui avais tout raconté, pourtant, et quelle délivrance ç'avait été de me retrouver dans la mouise mais libre ! Seulement il y avait toujours quelqu'un pour lui distiller les choses autrement, pour mettre l'accent sur ma jeunesse ectoplasmique et c'était reparti, elle oubliait la suite, toute la suite ! Elle détestait son frère, mon mari, elle haïssait le domaine et le travail qu'il nous donnait. Elle ne réfléchissait à rien, que veux-tu ! L'argent venait de là ? La belle affaire ! C'était *mon* problème, et si je lui refusais quoi que ce soit, alors on sombrait dans le mélo, avec des cris, les poignets entamés au rasoir, les déclarations tragiques, le tout au bénéfice d'un spectateur, bien sûr.

« Urbain la voyait de temps à autre avec résignation, jusqu'au jour où devant lui, elle m'a traitée de pute qui n'avait su faire d'elle qu'une bâtarde. Il lui a foutu son pied au cul. Lui et moi avions nos vies, chacun de son bord, mais le passé s'accroche, tu sais bien. Il me gardait un petit quelque chose, une tendresse.

« Je me suis éloignée d'elle en espérant que ça l'éloignerait de moi. Je t'en fous ! Des années durant, elle m'a écrit des dizaines de pages sur mon *devoir* de mère, qui était de me soumettre à ses désirs, sur le *droit* qu'avait n'importe quel enfant à la *soumission* de sa génitrice ! Après ces comédies et des études ratées, elle a fini par annoncer qu'elle entrait au Carmel, et je te jure que j'ai poussé un sacré ouf, Dieu n'avait plus qu'à bien se tenir ! Il était équipé pour ce genre de truc, lui.

« Pas encore assez, faut croire ! Le bougre a résisté, les bonnes sœurs, moins. Cela s'est mal terminé, elle a fini par se faire jeter. Pour raisons de santé. Tu parles ! Elle les rendait folles, là-dedans ! »

Josépha, reconduite à la porte du couvent d'une main ferme, c'était la volonté de Dieu, susurrait la prieure, Dieu ne veut pas la mort de ses épouses spirituelles, et notre sœur est trop fragile. Une forte femme, la prieure. Elle montrait trop de nervosité sous l'onction, pour qu'on ignore quel sommet d'exaspération elles avaient toutes atteint à l'intérieur de la clôture.

Et la pauvre fille, après quelques aléas séculiers, un travail sans gloire dans une infirmerie de collège religieux, a fini dans un asile, comme Adélaïde, accusant les Blancs, les Noirs, les amis de sa mère, les médecins et jusqu'aux femmes de service, de vouloir se débarrasser d'elle. Elle était tout près de la vérité, pour une fois.

Elle me haïssait. Je l'avais surprise un jour à cravacher un cheval qui refusait l'obstacle, il n'était pas fabriqué pour sauter les haies, ce percheron. J'ai fait descendre la gamine plus vite qu'elle était montée, sous une rouste au fouet. Saute toi-même, Josépha, bouge ton gros cul ! Entre elle et moi, la comédie n'était pas de mise.

Mais ce qu'Adèle a ressenti à sa mort, ce n'est pas du soulagement, juste un regret. Il n'est pas normal qu'un enfant disparaisse avant ses parents. « Te rends-tu compte où l'on va si la progéniture prend la fuite avant soi ? Quel monde ! »

Tout cela est lourd. Je ne suis pas loin de dire comme Adèle quand je me retourne. Elle est la seule avec qui je peux encore penser à Jean sans en parler. Parfois, rien que la voir me pétrifie dans le chagrin de l'absence, ils se ressemblent tellement. Elle s'en aperçoit, elle me flanque des claques dans le dos, ça suffit, tu vas nous remplir la baignoire ! On est passées par trop de choses, elle et moi, au travers de trop de fuites, de trahisons, de cécités volontaires.

Un jeudi soir de mars 43, le clerc Desjardins de l'étude Falloires s'est faufilé comme il faisait un peu partout, à la manière d'une hermine. Desjardins avait une tignasse blanche, des yeux roses qu'il protégeait du soleil avec des lunettes teintées. Un albinos n'a déjà pas la vie tendre, mais dans une ville comme Orsenne, il n'a pas de vie du tout. Falloires-père l'employait avec une courtoisie exacte, et Falloires-fils l'avait embrigadé dans la Résistance sous prétexte que tout se faisait de nuit !

On a mis du temps, moi la première, à s'apercevoir que Georges Falloires défendait la veuve et l'orphelin sous quelque forme que ce soit avec la bénédiction lasse de son papa ! Dieu sait que ce garçon pouvait être désagréable, arborer comme une panoplie de médailles un tas de défauts mineurs mais irritants, seulement il avait une conscience ; à l'époque déjà, cela ne se faisait plus beaucoup.

Desjardins passait pour son âme damnée et n'était qu'un homme reconnaissant. L'un des Falloires, Dieu sait lequel, l'avait un jour traîné chez Louise en avertissant, avec cette hargne dont il accompagnait ses charités, qu'il fallait dévergonder ce type, « timide comme une communiante et puceau, je parie. Alors, débraguette-moi tout ça et qu'on n'en parle plus ! » Bien sûr, Louise l'avait d'abord pris en main, puis refilé à Adèle qui l'avait mignoté, assourdi de rires et de petites histoires tranquilles. Desjardins était devenu un de ses fidèles, gentil jusqu'à l'humilité, toujours à proposer son aide comme pour s'excuser d'être laid et de le savoir. Louise le traitait avec douceur, Adèle le secouait, le bousculait, le basculait sur elle, s'embarquait dans l'amour avec une allégresse sans courtoisie, mon Desjardins, tu baises comme n'importe qui, mieux même, pourquoi tu veux la lune, bon sang ?

Le jeudi n'était pas son jour. Dans l'antichambre d'Adèle, il dansait sur ses jambes avec impatience. Vautrés sur les canapés du petit salon où on leur servait à boire, des officiers riaient. Ils avaient siroté plus que d'habitude, ils avaient parlé bas, entre eux, Adèle n'avait saisi que quelques mots sans intérêt, et lassée de leurs regards insistants, regagnait sa chambre, surprise de trouver Desjardins dans le passage. Qu'est-ce qui t'arrive, mon lapin ? Ce n'est pourtant pas le printemps pour que tu viennes deux fois la semaine ! Devant sa mine, elle l'avait regardé sous le nez, accouche. Qu'est-ce qui se passe ?

Au milieu d'une rafale de mots tant il se dépêchait, Desjardins a tendu une clé : « Il faut te sauver, Adèle, ils savent : tu as été dénoncée. Georges t'attend sur le chemin de halage, dans une péniche qui charge du bois. Tu passes par le jardin de l'Étude, voici la clé.

« – Et pourquoi ferais-je confiance à Falloires ?

« – Parce que c'est Jean qui le dit. »

Elle ne l'a même pas laissé finir sa phrase, elle l'a poussé devant elle dans l'escalier qui desservait les cuisines, et ils ont couru, couru dans la nuit des potagers, à l'ombre des cyprès. Adèle était presque nue dans une de ces robes faites pour le lit, et le temps était frisquet. Tout en cavalant dans les drains pour noyer ses traces au cas où l'on mettrait des chiens dans le coup, elle arrachait ses nippes, bataillant avec une capote prise au vol, aussi raide que les boches nouvelle manière. Desjardins essayait de parler, elle murmurait, tais-toi, l'eau porte. Enfin, sur les bords de la roubine du Roi, vingt mètres avant la péniche, elle l'a plaqué contre elle en chuchotant, je te préviens, Desjardins, si c'est pour me livrer que tu as monté ce cirque, tu es mort avant même de le savoir !

Mais Falloires-fils, sur le pont de la barcasse, faisait des signes, grouillez-vous, ils vont ouvrir l'écluse !

« Dénoncée ! Tout en courant, je n'arrivais pas à me sortir le mot de la tête. Qui ? Qui était la taupe ? Mon premier mot sur la péniche, tout en enfilant un pull et des pantalons prêtés par la femme du marinier, ce fut celui-là. QUI, bordel ! Et d'abord, qu'est-ce que tu fabriques dans ce coup-ci, toi !

« Je ruminais toute seule, ce ne pouvait pas être Louise, non qu'elle fût parfaite, mais j'étais diablement avantageuse, elle n'était pas femme à se priver d'une rentrée de fonds. A moins qu'on l'ait payée, en nature ou en numéraire. Plutôt en numéraire. Non, non, non, ce n'était pas Louise. Alors, qui ? »

Elle ne l'a jamais su avec certitude. Moi, si. C'était la gouvernante du Dr Esparvan, Charlotte Brandès. Une belle Catalane de quarante ans, avec du feu dans la tête mais bien caché. Esparvan ne s'était pas contenté du « pucelage » d'Adèle, il avait pris ses habitudes, comme des tas d'autres, avec une sorte de mélancolie nostalgique. A plusieurs reprises, il avait murmuré qu'après la guerre, si Adèle voulait... La rumeur en avait couru, avec des rires sous cape. Et la gouvernante-maîtresse – elle aussi guignait le mariage – a vu ses espérances tomber dans les oubliettes. Comme toutes les envieuses, elle épiait, elle n'avait pas tardé à repérer les sorties nocturnes d'Adèle. La dénonciation, anonyme, est arrivée à la Kommandantur, avec des précisions suffisantes pour qu'on la prenne au sérieux.

Morte, la Brandès, comme beaucoup. A la Libération, on a récupéré son papelard dans le fouillis administratif que les Allemands avaient abandonné derrière eux. A ma demande – on faisait déjà ce que je demandais, à l'époque – on afficha la dénonciation sur la porte de la Mairie, assortie d'un commentaire : « Ceci fut adressé à la Kommandantur par l'un de vous, citoyens. »

En ce temps, tout le monde venait lire ce qu'on épinglait, Charlotte est arrivée comme les petits copains, à l'affût des nouvelles sur les tickets de restriction, le ramassage des vêtements, les décisions préfectorales. Elle a reculé de deux pas, les yeux écarquillés. Moi, depuis deux ans je voulais savoir, je sortais intacte de la mort des autres alors que j'aurais voulu crever, je n'étais plus qu'un sac de fiel. La fin de Jean avait tué le peu de pitié dont j'étais capable, j'étais dure comme une lame. Moi aussi, je guettais les informations.

Charlotte était la première à réagir avec autant de violence, alors je l'ai suivie à travers la place jusqu'au cabinet de consultation. Elle marchait court, essoufflée, elle s'épongeait, puait la trouille. Dans son dos j'ai dit que nos écrits survivaient au temps, lequel n'efface pas tout comme on l'espérait, Dieu merci pour ceux qui réclament des comptes. Elle s'est retournée comme une vipère, nous avons tous des morts sur la conscience, Judith Fautrelot.

Ce n'était pas les mêmes, les siens avaient rompu le pain durant un paquet d'années avec ceux qui les avaient vendus, les miens avaient été tués de face, et pas par des mots assassins glissés dans une boîte aux lettres. Je n'avais pas de preuves ? Qu'en savait-elle ?

Dans la nuit, la Brandès s'est jetée dans une roubine. Et personne n'a demandé pourquoi ; elle avait d'autres missives du même ordre dans sa besace. Du moins les lui a-t-on mises, les mouton noirs se blanchissent derrière un bouc émissaire, c'est bien connu ! Peut-être s'est-elle vue tondue, ou pire. Peut-être a-t-on aidé à sa décision ? Que Dieu n'ait pas son âme. Il n'a pas eu celles des autres, je ne me suis pas contentée de Charlotte.

Adèle s'est doutée quand on a retrouvé la fille, elle a dit, l'air soucieux, qu'en penses-tu, toi ? Je n'en pensais rien. On en est restées là. Adèle savait quand j'étais décidée à ne pas dire plus que je ne voulais.

La péniche a débarqué son monde à la jonction du canal principal où je les attendais avec des chevaux. A côté de moi, le secrétaire de la mairie. Lui aussi n'avait pas ses oreilles dans sa poche. A l'écoute de ce qui se mijotait entre le maire et la nouvelle Kommandantur, il avait reniflé qu'on préparait une descente chez Louise, en même temps qu'une opération dans les montagnes. Il avait couru prévenir les deux Falloires, qui s'étaient laissé convaincre de disparaître, les choses commençaient à sentir le roussi.

Beaucoup d'officiers de la Wehrmacht, après le ralliement des armées françaises en Afrique du Nord, avaient été balayés des postes de commandement, laissant la haute main des opérations de nettoyage aux SS, et ceux-là ne parlaient pas sur l'oreiller, ceux-là prenaient des otages, fusillaient, torturaient. Maintenant, les trains vers le Reich étaient quotidiens, les rafles impromptues, les représailles féroces. L'Oberleutnant Horst, une crème à côté, se gelait les couilles à Stalingrad, et Louise, pétrifiée de peur, n'osait plus bouger un cil, faisant siens les trois impératifs de la tranquillité : « Ne rien voir, ne rien entendre, ne rien dire. »

« Tu te souviens ? Passer dans la clandestinité, cela ne signifiait pas seulement campements volants, actions ponctuelles, taxer les péquenots pour nourrir la troupe. Les masques étaient tombés. Falloires-fils avait du cœur au ventre, quelques-uns n'en avaient pas. Ou plus. Le père un soir annonça qu'il devait s'éclipser, il était trop vieux, il nous ferait risquer gros. On l'a regardé partir, le cœur lourd. Rares sont ceux qui l'ont revu, il est mort le 6 juin 44 d'une rupture d'anévrisme, et son fils a murmuré qu'il avait crevé de joie, il en était sûr.

« Le petit Desjardins bouffait du lion, d'autres de la chèvre, à geindre, à pleurer leur trouille quand Jean avait le dos tourné, mais tous, sans exception, faisaient bloc derrière lui. Les peureux avaient du mérite, je trouve. Jean les galvanisait, il redonnait confiance aux effarés, tripes aux pétochards, et motifs d'espérance à ceux qui n'en avaient plus !

« Il y a eu ce soir parmi d'autres, où il nous a dit avec calme " si vous êtes pris, si on vous torture, parlez, donnez les emplacements de la veille, le nom des disparus, parlez, dites n'importe quoi de vraisemblable, ils n'ont pas autant de moyens de vérifier qu'on croit, et ce sera toujours du temps gagné. Gardez vos forces, laissez-les vous traiter d'abrutis, vous insulter, les injures d'un ennemi n'ont pas de poids, répétez-vous que vous les emmerdez jusqu'à la gauche. La seule chose que vous devez garder en tête, c'est qu'il faudra essayer de fuir, ou de tuer. Ils ne sont pas invulnérables, ils sont plus mauvais que vous, c'est tout. Soyez féroces, trompez, mentez, jouez la comédie, mais si l'ouverture se fait, ne la loupez pas ! Car je vous le dis, mes petits camarades, la seule promesse qu'ils tiendront, c'est de ne rien laisser derrière eux, alors allez-y, offrez-vous-les s'ils rompent leur garde une seconde ".

« Georges Falloires grognait, t'en as de bonnes ! Parlez ! et les autres, alors ? Qu'en fais-tu ? Jean l'avait regardé, tu écoutes ce que je dis ? pourquoi imagines-tu qu'on change de camp tous les jours, parce que j'ai la bougeotte ? Et si je me fais prendre, dispersez-vous ! Restez en contact avec ma sœur ou ma femme, et à la grâce de Dieu !

« A cet instant, ils se sont tous tournés de ton côté, ils ont croisé tes yeux puis baissé les leurs. Faut le dire, Judith, ils ne m'ont pas regardée une seconde. Si Jean disparaissait, tu ferais la loi, et ils l'acceptaient d'avance. Toi, tu avais pâli, derrière tes cils tu observais Jean, tu venais de comprendre qu'il risquait sa peau chaque jour tout en rêvant d'un avenir... »

Nous n'avions pas eu de retrouvailles, pas de baisers passionnés, d'étreintes sauvages ; il donnait des ordres, je les exécutais. Presque tous ; deux fois, j'ai dit non, il y avait une autre possibilité, plus simple, et il l'a reprise à son compte sans hésiter, en faisant observer que je connaissais le terrain mieux que lui. Après la bagarre qui suivit et qui tourna bien, il m'a baisé la main devant tous, nous t'avions, Judith, c'est heureux.

Jean, Jean, cette nuit-là, tu t'es écroulé à côté de moi dans les enganes, murmurant qu'il fallait que cette putain de guerre se termine, tu ferais ta vie avec moi si je voulais. Le besoin de sommeil nous terrassait tous, et nous avons dormi dans la même couverture, ta bouche dans mon cou, ma main sur ta main, chastes comme des fiancés d'un autre âge. Oh Dieu, nous ne l'avons pas toujours été !

Huit jours plus tard, ils l'ont pris bêtement, je veux dire après trahison, ils l'ont emmené à M* dans la prison de la forteresse, ils l'ont torturé. J'avais envoyé les hommes aux quatre coins des collines, dans des caches de craie que j'étais seule à connaître, des mines de bauxite où personne n'allait plus parce qu'elles appartenaient aux Esposite, et qu'on n'avait rien à foutre de les exploiter à l'époque. Ensuite, j'étais rentrée en ville, sur Jubilation, au même pas que d'habitude, pour rendre visite à mon père qui résumait sa vie à des envies de pain blanc. Ma mère avait son air définitif, muré dans une lassitude sans ressort. On allait enterrer la vieille Fautrelot, c'était bien pour ça que je venais, non ? Je serais venue sous n'importe quel prétexte.

Papa pleurait. Oh ! pas sa mère. Quand elle commença à se chier dessus, il l'a placée chez les sœurs de Saint-Vincent-de-Paul, moins chères qu'une maison de retraite. Il pleurait sa propre mort en profil perdu. Bah ! La larme facile, trop sensible !

Le nouveau secrétaire de mairie valait l'ancien, il couvait des hargnes sous une trouille notoire, se laissait rabrouer, rembarrer, envoyer au diable parce qu'il ne comprenait pas assez d'allemand pour être utile au maire, lequel n'en possédait pas un mot ! Ce pauvre Lescure, comme on disait, sommeillait dans une inertie de fonctionnaire zélé. Bien après, il m'a raconté le plaisir qu'il avait pris à rameuter ses souvenirs de théâtre amateur, à endosser la posture du minable et du lâche. C'est lui qui a découvert qu'on allait fusiller Jean sur la Grand-Place, avec apparat pour frapper les esprits. Lui et dix otages, la dernière escarmouche hors la ville ayant incendié un blindé avec des hommes dedans, dont un officier SS.

Dans la nuit, j'ai veillé sur la falaise derrière la prison pendant que trois fidèles s'emparaient des clés de l'église, de la remise des pompiers et d'un hangar à tracteurs à côté du garage Citroën. J'ai mugi, longtemps, comme un de mes taureaux en rut. J'espérais que Jean m'entendrait, qu'il saurait que j'étais là. Et il s'est mis à hurler l'air de la trahison, avec des paroles en dialecte, un nom revenant comme un leitmotiv, jusqu'à ce qu'ils viennent le museler à coups de crosse, puis qu'ils s'amusent à lui faire crier une autre chanson.

Le lendemain, sur la place désertée, ils l'ont traîné par les bras, inconscient et le visage méconnaissable. Derrière les fenêtres, des ombres bougeaient, hésitantes. Moi, debout dans l'ombre de la cheminée du bordel, chemise et pantalons blancs, avec un foulard serrant mes cheveux, j'avais des rubans rouges à mes poignets, bleus autour de la taille. J'espérais qu'il y voyait assez pour mourir face à son drapeau.

Quand la première salve est partie, abattant les otages ligotés sur leurs poteaux, un ronflement s'est fait entendre, puis *La Marseillaise* a hurlé qu'un sang impur abreuverait nos sillons, et ça partait de tous les côtés à la fois, du clocher, de la caserne, de la maison communale. Mes gars avaient déjoué les rondes pour poser les haut-parleurs, ils auraient bravé le diable ! Les vert-de-gris couraient, s'attendant à une fusillade. D'autres essayaient de repérer d'où ça venait. Un officier s'est précipité vers Jean et lui a tiré une balle dans la tête. Il avait l'air fou de rage et cela ne lui a pas suffi, il a bourré le corps de coups de pied. Ses galons allaient gicler des épaules, il le savait !

C'était bien, ce n'était pas suffisant. Si j'avais pu, j'aurais fait sauter tout le monde, y compris les muets derrière leurs carreaux. Je suis restée debout sur mon toit, ne redescendant qu'une fois le silence rétabli, quand ils finirent par couper le courant pour arrêter la musique. Louise en bas de l'escalier, dressée devant son troupeau de filles, hurlait qu'elle risquait gros. A me voir, elle a compris qu'elle ne serait pas relevée d'un refus, et je suis partie comme j'étais, sur Jubilation, dans les rues vides où la patrouille habituelle ressemblait à une armée en déroute, courant sans ordre.

Ils ont délié Jean du poteau, l'ont jeté sur la voiture à bras du fossoyeur, puis dans un trou avec les autres, ils ont recouvert les corps de chaux. Quatre hommes devaient surveiller le charnier jusqu'au matin.

Le lendemain, on a retrouvé, crucifié sur sa porte, le type qui avait vendu Jean pour se rembourser sur le vif les agneaux prélevés pour le maquis et payés.

Le lendemain, le drapeau à croix de Lorraine flottait sur le charnier, les quatre troufions de garde, ronflant comme des dieux ivres, tenaient la hampe chacun d'une main. Il faut s'avoir s'amuser de tout, dans la vie. Jean reposait ailleurs, là où, beaucoup plus tard...

Après, oh après, il n'y eut plus de cesse aux opérations éclair, aux guérillas de marais. Ils ont levé cinquante otages sur ce qui restait d'hommes en ville, ils avaient moins de quinze ans. Cette nuit-là, nous avons fait sauter la gare de triage et le train d'explosifs, nous avons enlevé l'ex-Feldkommandant Muelle qui assurait la surveillance en buvant du schnaps. Le glorieux tueur de mon amant noyait sa dégradation dans l'eau-de-vie.

Ou on libérait les otages, ou on le passait à la moulinette. Muelle savait qu'il ne s'en sortirait pas, j'avais posé l'ultimatum à visage découvert, mais les siens ont relâché tous les gosses et nous avons relâché Muelle. Chose promise, chose due : sans sa langue, sans ses yeux, sans ses mains.

Cette nuit-là, Falloires m'a dit, arrête. Tu deviens pire qu'eux, et j'ai passé le flambeau au petit Hernandez : c'était vrai, je les entraînais tous dans ma folie. Sur Jubilation, j'ai gagné les montagnes, rejoint d'autres gens, d'autres lieux, où je pourrais peut-être tuer le souvenir et son cortège d'horreurs.

Les parachutages se sont multipliés, et les opérations militaires allemandes, ne laissant sous le napalm que terres brûlées et morts dans la position du nageur !

J'ai passé à travers, retournant dans mes roseaux pour entreposer des armes et de la bouffe dans les caches des petits bois de saules. J'étais vidée. De tout. Y compris de ma hargne vis-à-vis de papa. Il s'éteignait d'une leucémie, continuait de bouger miroir en main chaque fois qu'on sonnait à leur porte, et j'observais de loin le ballet de ma mère autour du lit comme on assiste à la mort d'un toro manzo.

J'ai gagné l'Angleterre, j'ai appris à tuer autrement, je suis revenue, il y a eu d'autres bagarres, d'autres morts, des règlements de comptes à l'intérieur des maquis eux-mêmes. L'ordinaire, quoi.

En définitive, les pèlerinages ne me valent rien. J'ai enjambé le vieux Fox, allez mon renard, on rentre.

Rendosser le quotidien, je connais, depuis cinquante ans que je m'y exerce. Avec des réussites diverses, je l'avoue. Je sais répondre aux salutations distinguées, aux sourires de miel, surtout quand je sens le venin derrière, je sais faire comme les autres, semblant, mais cela m'amuse de moins en moins.

Chapitre 10

JUDITH ET ADÈLE

La guerre était finie et je savais que nous avions changé, tous, à passer sous le joug des ans, des périls, des fausses douleurs ou des vraies, nous étions *méconnaissables.* On ne l'a vraiment découvert qu'au retour des prisonniers. Moi comme les autres.

Je n'avais qu'à me demander ce que les Esposite penseraient en me revoyant, pour m'effrayer de leur aspect probable, et par la même occasion, du mien que j'avais négligé ! Jusqu'à l'annonce de leur arrivée, ç'avait été le dernier de mes soucis. Je ne me regardais plus dans les glaces. A quoi bon ? Ni femme ni fille, je me retrouvais sans qualificatif ni conviction. Et pourtant, je ne cherchais pas à mourir. Le résultat est celui qu'on pouvait attendre d'une pareille neutralité, sans âme et sans sexe.

Les prisonniers portaient leurs années de stalag en bandoulière, revendiquaient de les avoir subies *pour* notre bénéfice, notre tranquillité, etc. Et nous, de quelle prison sortions-nous ? Il y a des libertés sous surveillance aussi dures à vivre qu'un enfermement. C'est l'idée que je m'en faisais à certaines heures trop lourdes. A d'autres... j'avais bien essayé de penser que les stalags n'étaient pas des camps de la mort, je n'avais pas appris plus que ce que la Croix-Rouge en avait dit. Nos hommes réchappaient d'une taule en plein vent, en terre étrangère, ils revenaient avec de la vie à rattraper, ignorant ce qu'ils allaient récupérer de l'ancienne existence et dans quel état. Nous aussi, nous redoutions les retrouvailles. Au fond, la peur nous habitait tous, avec de sourdes rancœurs de leur côté comme du nôtre. Quelques-uns d'entre nous avaient risqué leur peau tous les jours et n'avaient pas de leçon à recevoir de ceux qui avaient attendu la fin de la guerre entre leurs barbelés. Au calme, pensaient-ils parfois. On ne risquait pas de se comprendre.

Mes deux amis n'avaient guère donné de nouvelles. Les rares fois où ils l'avaient fait, sur ces cartes que la censure barrait souvent de larges traits d'encre, c'était pour se plaindre de ne pas en recevoir. Peu à peu les questions avaient cessé, les lettres, les signes de vie. Moi, j'avais continué d'écrire, du moins avant la clandestinité, d'envoyer des colis comme on balance des bouteilles à la mer.

Chez la plupart, des amertumes traversaient ce devoir ; on se privait pour des victuailles qui nourrissaient peut-être des ventres allemands ! Après, beaucoup plus tard, quand le temps des bilans fut venu pour chacun, un « enfant », qui ne l'était plus que dans son souvenir, m'a raconté cette histoire, pareille à mille autres, « Je *lui* ai envoyé mon chocolat pendant cinq ans, il l'échangeait pour des cigarettes, les boches aimaient cette " merde ", paraît-il ». Et son œil de vieux gamin était gris de rancune : le chocolat n'était pas infect, il était la seule douceur que ses huit ans pouvaient déléguer en se privant. Son père ne l'avait pas reçue comme un sacrifice mais comme un envoi sans qualité, vous ne vous êtes pas foulés, dites donc ! Les mots avaient bougé dans leur sens, la merde aussi bien que l'échange. Peut-être avait-il fallu croire qu'à l'arrière on se gobergeait, pour accepter les années perdues dans l'immobile.

Cinq ans d'éloignement, c'est long. Je redoutais le regard de Bernard et de François, je ne savais pas quel serait le mien sur eux. Pendant qu'ils étaient incarcérés dans une guerre sans actes, au cœur d'un temps pétrifié, moi j'avais bougé, j'avais... grandi, si le mot s'applique encore à ce qu'il arrive aux filles de vingt et quelques années ayant fait sauter des ponts et des trains pour apprendre à mûrir ! Et puis tuer n'est pas la bonne manière.

L'avant-veille de leur retour, le ranch était encore bourré d'Américains, de jeeps, de camions en train de déménager les bardas. De filles aussi, qui rôdaient autour du camp improvisé, à croire qu'elles étaient en manque, même celles qu'on avait tondues et qui laissaient repousser leurs cheveux sous les foulards, récupérant des illusions à coups de dollars dans les chemins creux. Quelques-unes conservaient leur tignasse ; juste avant la tonte je les avais mises au pré, ce qui les faisait rire, elles avaient eu leur compte de vert-de-gris, disaient-elles. Elles s'emmerdaient, les GI's aussi, qui ne cherchaient pas plus loin que l'ouverture de leurs cuisses. Il faut vivre, ajoutaient les plus hardies, et je le savais autant qu'elles, même s'il ne s'agissait que d'existence. L'une, plus déliée, avec un gosse sur les bras, trop blond et trop clair pour nos latitudes, m'avait craché à la figure que sous les uniformes amis ou ennemis, les bittes se ressemblaient toutes. Et les cœurs, et le reste, l'abandon, la solitude. Elle prêchait une convaincue ; on avait divergé en cours de route, elles et moi, mais je n'avais pas attendu de les entendre pour refuser de faire partie des comités d'épuration. La plupart des membres si diligents devraient passer de l'autre côté de la barre si l'on insistait pour que j'en sois. Personne n'avait insisté. On n'aimait pas le regard que j'arborais à l'époque, même s'il ne désignait personne, ni dans l'absolu ni dans le relatif.

J'ai le même aujourd'hui. Eux ont oublié sur quel terreau il a poussé naguère, ils ne voient plus que l'argent derrière tout ce qu'ils appellent morgue. Il est vrai qu'ils exercent leurs facultés de mépris uniquement contre la pauvreté des autres. S'ils savaient de quelle indifférence je nourris le « pouvoir » de mes yeux !

Dès l'annonce du retour de *mes* prisonniers, j'ai retenu une chambre dans le seul hôtel d'Orsenne encore debout, une grande chambre, la plus luxueuse. Salle de bains-eau chaude, c'était ça, le luxe à l'époque. Il me semblait que leurs corps n'en demanderaient pas plus, du moins la première nuit. Le jour dit, j'ai envoyé Faustin à la gare, un « ancien » parmi les hommes qui me restaient, avec des consignes : « Tu les mènes à l'hôtel, tu colles leurs affaires d'avant dans la chambre, tu fais couler leurs bains et tu te casses, je m'occupe du reste. »

Le lendemain, Prince et Le Hongre attendaient sous leurs fenêtres. Ils n'étaient plus aussi fringants, eux aussi. Le temps était maussade. Cela faisait des mois que je le trouvais gris quelle que soit la couleur du ciel. Invisible à l'abri d'un auvent, je patientais. J'étais décidée à attendre qu'ils sortent, même s'il fallait y passer des heures. Jubilation l'avait compris ; les oreilles droites, elle ne bougeait pas. Il crachinait, je crois. Dans les labours, à l'heure où j'étais arrivée, une brume rasante enveloppait notre monde d'une caresse aussi vieille que lui ; à l'échelle des météores, cinq ans sont un effleurement de nuage. Moi, je ne pensais à rien, ni au passé, ni à l'avenir. Je ne savais même pas si j'étais heureuse de les revoir ou gênée, je survivais dans une nécessité d'indifférence. Cela faisait des mois que j'attendais l'instant de remettre le domaine entre leurs mains, que je patientais sans patience. En fait, je ne savais pas ce que j'allais faire de ma peau, j'étais comme une maison presque neuve dont le premier habitant est parti sans payer. Il fallait retourner en Angleterre, mais après...

Vers midi, quand ils se sont montrés sur le seuil de l'hôtel, arrêtés net devant le monde extérieur, et comme retenus au bord d'une vie à reprendre là où ils l'avaient laissée, Prince, dans l'ombre, s'est ébroué avec un hennissement court. Bernard a sursauté, a tourné la tête. Il s'est approché, les mains tremblantes. Maigre, les cheveux ternes, presque ras ; François, qui semblait en meilleur état, ne le quittait pas du regard.

Tous les deux ont retrouvé les vieux gestes, resserrer les sangles, rallonger les étriers. Prince palpitait des lèvres contre les joues de Bernard, cherchant la vieille odeur et ne la reconnaissant pas. Il n'a retrouvé mémoire qu'une fois Bernard carré sur la selle, tête basse. Le Hongre, lui, n'avait jamais eu d'états d'âme, il n'allait pas commencer ce jour-là. Il a donné du nez dans la main qui rassemblait les rênes, François l'avait quitté un peu plus longtemps qu'une nuit, voilà tout.

A quoi pensaient-ils, mes Esposite ? Leurs visages étaient illisibles. Peut-être avaient-ils peur autant que moi ! Quand ils naissent, les bébés hurlent. On se retient de crier lors des secondes naissances, alors qu'on en serait soulagé. Mais on n'ose plus.

Ils sont partis droit devant eux, et je les ai suivis de loin. A la sortie de la ville je les ai rattrapés, je me suis glissée à côté d'eux, « salut ». On ne s'est pas regardés, c'était trop tôt.

Nous sommes rentrés à la ferme sans hâter le pas, nous l'avions fait souvent. Si souvent... On n'efface pas le temps passé dans l'attente, on n'en oublie pas le goût. Cinquante ans après, la bile remonte à mes lèvres, la même. Rien ne m'a délivrée de son amertume.

Avant qu'ils s'annoncent, j'avais obtenu des autorités

militaires que déguerpisse le plus gros de la smala américaine. A l'officier borné qui rechignait, disant m'avoir libérée de l'occupant, j'avais répliqué que j'en avais marre de l'occupation quelle qu'elle soit ! Jubilation lui montrait les dents, les oreilles couchées. L'homme avait ricané qu'au Texas, on dressait les chevaux mieux que ça. L'interprète avait toussé, murmuré quelque chose à son oreille, j'avais entendu des noms, dont celui du Feldkommandant Muelle, et l'officier m'avait regardée avec dégoût. Je n'avais pas encore le Vietnam à lui balancer dans les dents, c'est dommage, et la guerre de Sécession était trop ancienne. Les guerres s'usent, ne s'en aperçoivent que ceux qui ne les ont pas subies.

– Major, on ne cuit pas l'omelette sans casser les œufs d'abord, même au Texas. Et c'est facile de faire la fine bouche avec les chars Patton derrière soi ! Il serait idiot de ne pas se souvenir qu'ici, on a couru le maquis avec ce qu'on avait, do you understand that ? On a tué de nos mains. Vous ne manquez pas de commandos, pourtant ! Au Japon, vos fameux marines mégotent sur ces moyens-là ?

Les guerres en dentelle n'existaient plus depuis Charles Quint, mais je n'avais pas envie de lui détailler Clausewitz, sa stratégie n'avait plus cours ! Tout ce que je demandais, c'était qu'ils foutent le camp !

Le soir, Bernard est sorti du mas pour un tour en solitaire.

– Il a pris l'habitude d'être seul, vois-tu. Moi aussi, d'ailleurs. François murmurait devant la cheminée, nous avons été séparés tout de suite, dès qu'ils ont commencé à envoyer les prisonniers en Allemagne. Il avait l'air triste, inquiet – je ne l'ai pas encore retrouvé, tu sais.

C'était ça, la guerre, un gouffre avalant jusqu'au meilleur de la vie d'autrefois.

Bernard parlait bas et de la même façon, du coin de la bouche, comme si l'ennemi écoutait aux portes.

Leurs chuchotements devaient durer des mois ; dans leurs deux têtes, il y eut longtemps quelqu'un derrière eux, à l'affût de préparatifs d'évasion. Surtout dans celle de Bernard. François avait été envoyé en Bavière dans une ferme, tandis qu'on cantonnait Bernard en Silésie.

– Je me suis... occupé, que veux-tu que je fasse d'autre ? Là-bas, il n'y avait plus d'hommes, presque plus de gosses. Ils les expédiaient au casse-pipe dès l'âge de douze ans ! Là-bas, la guerre était au cœur de cette désolation. Dans les campagnes, elle ne faisait pas de bruit, elle créait le désert, c'est tout. Comme ici, je suppose. Bernard a eu moins de chance que moi. D'après ce qu'il m'a dit, il a tenté quatre fois de s'évader, si bien que la dernière année, il ne quittait plus l'isolement. Les autres lui en voulaient. Il est bien possible que pour son dernier essai, il ait été dénoncé. Car en dehors du froid et de la faim, la vie au stalag n'était pas la mer à boire, mais à chaque évasion, ratée ou pas, les tracasseries recommençaient, et ceux qui s'accommodaient de cette vie de chambrée les lui reprochaient. Il ne supportait pas leur résignation, eux n'admettaient pas ses révoltes. La vieille histoire, que veux-tu ! On ne nous a jamais compris, on n'a pas essayé de le faire. Moi, je me suis habitué, pas lui.

Aucun des deux n'avait plus reçu de lettres ou de colis dès la fin 42. Les paquets n'étaient pas perdus pour tout le monde, mais ils n'en savaient rien. Alors, ils avaient cessé d'écrire.

– Nous étions sûrs, enfin moi je l'étais, que tu écrivais, que tu faisais ce qui devait être fait, mais lui s'est rongé. Il pensait sans arrêt aux chevaux, se demandait ce que je devenais, il ne savait même pas si j'étais vivant. Le temps durait, les années comptent double quand on rumine, quand on s'inquiète, quand on s'emmerde. Moi, je travaillais aux champs, je l'avais toujours fait, alors c'était moins dur, moins différent de l'ancienne vie. Mais lui... Regarde-nous, même la ressemblance s'est atténuée. En plus du reste, et ça le tue. Il m'observe comme un étranger, comme une femme adultère. Je l'ai cocufié avec la guerre. Et il y en a des milliers comme nous, tu sais ! Qui ne réussissent pas encore à raccrocher les wagons, qui se retrouvent devant un gosse qui n'est pas d'eux, ou devant rien du tout.

Tête basse, François remâchait ces vérités de l'amour qui sont dures, qui laissent des cicatrices.

Le feu nous servait d'alibi contre le silence, mais les feux retombent. Je n'avais pas envie de parler de moi. Seulement il a voulu savoir ce qu'en cinq ans, j'avais bien pu fabriquer pour ressembler à une mèche de fouet. Que répondre à cela ? Faustin, sur le quai de la gare, leur avait dit que la ferme, la manade, les chevaux, tout allait comme il fallait compte tenu des circonstances, mais que moi, j'avais dégusté, tout en accomplissant des miracles plutôt sanglants dans le maquis... il n'était pas recommandé de les évoquer. Pourquoi ? D'après le vieux, j'étais devenue tellement dure, elle se tait, patron, elle vous regarde et c'est comme si elle passait tout le monde en jugement sans appliquer la loi. Aujourd'hui, ce sont les mous, les profiteurs qui crient le plus fort, qui réclament des châtiments et des dédommagements. On sait ce que ça veut dire, on récupère son « honneur » sur les châtiés ! Alors, de temps en temps, elle se pointe, toute seule sur son cheval, elle entre au tribunal sans se soucier de les interrompre, elle les toise, elle empoigne le bras de l'accusateur, elle murmure, t'as donc à te plaindre, toi ? Tes chers amis te laissaient tout ! Je prends l'accusé sous ma main, vous avez quelque chose à redire ? et elle se taille. Ils s'écrasent encore mais si ça continue, ils lui fermeront la porte au nez, ou pire. Enfin, je suis pas sûr qu'ils aient assez de couilles pour ça. Jusqu'à présent, ils l'ont toujours laissée repartir avec le mec qu'elle tirait d'affaire.

– Judith, murmurait François, il a dit aussi que certains ne s'en tiraient pas, et pas ceux qu'on croyait. Pourquoi ?

– Pourquoi pas ? Il y avait les prudents, ceux qui donnaient d'une main et reprenaient de l'autre ! Il y avait ceux qui s'exerçaient dans le courrier, anonyme mais précis ! Tu sais combien on a retrouvé de dénonciations dans les tiroirs de la Kommandantur, combien de juifs sont partis en fumée grâce à elles ? Des juifs nantis bien sûr, dont les biens réquisitionnés retombaient toujours dans les mêmes mains. Depuis le retour des prisonniers, tu sais combien meurent, trop faibles dit-on, parmi ceux qui cherchent à retrouver leurs vignes ou leurs rizières ? Tu sais à combien de tentatives de meurtre j'ai moi-même échappé en sept mois ? La Milice reconvertie dans des organismes de protection, tu n'as pas de lumières là-dessus ! Moi, j'en ai. Laisse les gens dire, François. En ce moment, il vaut mieux être craint qu'aimé. Tous ces pourris vivaient sur des clichés rassurants, qu'on brûle les lettres anonymes. Pas les SS. Ils gardaient tout, identifiaient de la même façon que nous le faisons aujourd'hui, il suffit de poser les chiffres !

Bernard, derrière nous, a toussé. Son visage terreux ruisselait. Il s'est épongé, s'est approché, m'a frappée avec une violence folle, je n'ai rien à foutre d'une tueuse, puis il m'a ramassée, broyée dans ses bras d'ours ; même s'il n'avait plus sa force d'autrefois, c'était trop pour ma carcasse, trop pour mon ventre plein de cris et de regrets ! Je n'ai pas essayé de résister, je me suis mise à sangloter et il m'a caressée, rudement, je me demandais si tu savais encore pleurer, ma fille.

Cette nuit-là, nous avons dormi tous les trois ensemble comme des années auparavant, à nous tenir chaud, à mater les cauchemars du plat de la main, à éteindre les tremblements de Bernard dans nos bras autour de lui. A l'aube, le grand lit était trempé de larmes, de sueurs, et la chambre saturée de paroles. Puis je me suis levée la première, il fallait nourrir les hommes. François se souvenait, il a souri, levé deux doigts, on s'en sortirait. A peu près, on ne pouvait se permettre d'exiger plus, en ce temps-là.

Au fil des jours, j'ai raconté, peu et sans détails, j'ai écouté, beaucoup, je les ai regardés lentement se reprendre, se ressaisir dans la vieille tendresse, j'ai essayé de me dissoudre dans les jours qui redevenaient des tranches de vingt-quatre heures tout à fait ordinaires. J'avais cessé de me rendre en ville. Ma mère allait se remarier avec un sergent américain que l'envie d'occuper l'Allemagne ou de repartir se geler dans le Wyoming ne taraudait pas. Il avait dix ans de moins qu'elle mais elle avait rajeuni de vingt, avec une reconnaissance éblouie. Mon père était mort à temps, ne laissant que des souvenirs rouillés. Ceux-là servent de tremplin, finalement.

Du coup, elle n'aimait plus me voir, elle aurait voulu gommer quelques années de sa vie, celles de sa première passion et des étreintes qui m'avaient fabriquée, alors je m'effaçais sans qu'elle le demande, je comprenais. Je comprenais tout, sans oublier que les souvenirs continuent de mordre longtemps. Jean dans ma tête ne quittait pas l'envers de mes yeux, je le cherchais sur tous les visages, dans toutes les voix, au creux des gestes les plus simples, j'aurais voulu changer de ventre, troquer le mien contre un autre qui n'aurait pas faim d'un corps chaque fois que j'évoquerais le sien. J'avais envie de foutre le camp, de passer en Angleterre reconquérir ce que j'y avais laissé.

Georges Falloires retrouva l'Étude et ressortit les dossiers de son père. A deux reprises, on tenta d'incendier la maison, on réussit à brûler tout un pan de ses archives, mais quand y en a plus, y en a encore, disait-il en riant.

Ces imbéciles me prennent vraiment pour un enfant de chœur ! A la suite de l'incendie, on repêcha deux hommes dans le marais, avec un brassard des Forces Françaises Libres en travers de la bouche. La ville indignée mit une sourdine quand on reconnut les « propriétaires » contestés d'une vigne importante, obtenue sur réquisition, naguère... Le bruit courut que je n'avais pas perdu la main, peut-être valait-il mieux se contenter des vieux acquis, on me connaissait trop, maintenant. Mais ce n'était pas moi, certains, de retour des camps et reprenant du poil de la bête, réglaient leurs affaires, parfois, débordaient. D'autres avaient carrément basculé dans le trafic, grand ou petit.

On reconstruisit les bureaux de l'Étude, on fit une croix sur des prétentions mal venues, on proclama que l'avenir n'attendait que l'oubli pour exister, une amnistie s'imposait.

L'avenir exista. Ma foi, c'est encore ce qu'il fait de mieux, ricana Falloires. Dans la foulée, on avait évacué de la façade les mots « père et fils ». L'Étude portait le nom depuis trop longtemps pour qu'il fût nécessaire de préciser ! Georges regardait devant soi avec une amertume toutes dents dehors ! Le pain blanc était jaune, les lessiveuses, vidées sans gloire, se remplissaient de linge à nouveau, et les collabos patientaient : ils étaient bien placés pour savoir que la mémoire collective est courte. Quant à ma mère Juliette ex-Fautrelot, devenue Winter pour la plus grande gloire de ses derniers appétits, elle occupait la maison de son ex-belle-mère, et paradait le dimanche sur le parvis au bras de son jeune époux. Celui-là ne courait pas après les garçons, à l'évidence les femmes lui suffiraient.

Adèle ? elle héritait. Jean n'avait pas fait de testament, du coup elle se découvrait nantie.

« Falloires m'a convoquée, m'a fait asseoir. Durant les

mois au maquis, son père et moi avions enterré la hache de guerre, puis après le départ du vieux, j'ai côtoyé le jeune, par la force des choses, et on a pris de l'amitié. Je n'allais tout de même pas lui reprocher les tractations paternelles sur mon pucelage ni l'aide apportée au père Dausse pour me déshériter. Je m'en foutais, de ce fourbi d'avant-guerre, tu ne peux pas savoir ! Avec l'appui de Georges, j'ai blanchi Louise, rappelé qu'elle avait caché des juives dans son bordel, lesquelles étaient les premières à penser qu'à tout prendre en compte, il valait mieux faire le lit des boches que finir sur un châlit de Treblinka.

« Et je m'apprêtais à renouer le fil des nuits, si tu vois ce que je veux dire ! Mais on nous rebattait les oreilles avec cette Marthe Richard jaillie du pavé comme une grande, et qui voulait nous y mettre pour nous sortir des maisons ! Pendant ce temps, le BMC du camp américain pratiquait l'abattage avec la bénédiction de la cure et des autorités, il paraît que des femmes " honnêtes " avaient été violées. La soldatesque ne changeait pas de manières contre toute attente, et il fallait vite en revenir au cheptel vénal pour éponger les braves pioupious d'outre-Atlantique, sinon les bourgeoises ne feraient plus la différence entre le vert et le kaki. C'est à ce moment-là que Falloires m'a dit, sur le ton que tu connais, Adèle, tu passes à l'Étude demain, je t'attends.

« Je dois dire que j'ai tout imaginé sauf le plus simple, sans oublier le plus fastoche, qu'il voulait prendre la succession de son père et se faire traiter à domicile. Pourquoi pas ! Tel père tel fils, non ? Georges n'avait pas essayé, durant deux ans et demi, mais y a pas d'heure pour les braves ! Il faudrait bien que je me remette un jour ou l'autre à gagner ma croûte.

« La maison Napoléon III avait dégusté : réquisitionnée par les SS, les Américains, la 2e DB, enfin pour des tirailleurs sénégalais, qui ont fait des cartons à la mitraillette sur le mur de façade, bouché les trous avec de la glaise, et recommencé. Les maçons, en retapant, ont trouvé pas loin de deux mille balles dans la pierre de taille, c'est te dire ! Louise n'était pas près de récupérer son sacerdoce, et comme disaient les tondues, pourtant, faut vivre !

« A mon arrivée, Falloires m'a prise par le bras sans un mot, m'a conduite dans le bureau tout neuf mais qui sentait encore la fumée, il m'a poussée vers un fauteuil, je suppose que tu sais pourquoi je te fais venir !

« Bah non ! Il a ouvert les yeux, et s'est mis à rire comme un bossu. J'étais donc aussi bête qu'avant ? L'argent de Jean, cela ne me disait rien ?

« Tu vois comment vont les choses, Judith, ou plutôt comment je suis, je n'y avais pas pensé. Jean n'avait pas épousé son Annamite, n'avait pas fait de testament, alors j'héritais. De l'or. Pourquoi de l'or ? Parce qu'il avait reniflé la guerre là où personne n'avait foutu son nez, parce qu'il était un peu plus intelligent que la moyenne. Commentaires de Falloires, bien sûr. Moi je béais, je devais ressembler à une mongolienne qui se retrouve avec un oncle d'Amérique ! Pas une seconde en cinq ans, je n'ai pensé au fric de Jean. C'était le sien depuis la mort de papa, pourquoi je m'en serais souciée ?

« Une fois les formalités accomplies, je me suis entendue proférer des conneries, comme d'habitude. Qu'est-ce que j'allais faire de tout ça ! Car en plus de l'héritage, Jean, affublé d'une Légion d'honneur avec effet rétroactif, les compliments de la Direction et un rappel de solde, me valait une assurance-vie non imposable. Bref, je pouvais voir venir. Mais justement, voir quoi, où et comment ? Tu ne t'es pas posé la question, toi, de ce qu'on allait bien foutre de sa peau, après l'avoir démenée pendant tout ce temps ? Moi, je savais faire l'amour, et encore, en courant vite ! En plus, la finance et moi !

« Falloires a dit, j'ai les défauts que tu connais, mais chez nous, on est honnête depuis quatre générations, c'est tout de même une vertu qui tient la route ! Alors, si tu veux, je m'occupe de tes sous, je les place au mieux pour que tu aies un revenu suffisant. Tu pourras vivre en te tournant les pouces, ma fille, si c'est ce qui te tracasse !

« Je rêvassais, morose.

« – Tu n'as pas confiance ?

« – Oh ! mais si ! Le problème n'est pas là, mon gros. Je n'ai pas envie de me tourner les pouces justement ! J'ai pris goût à me gigoter, moi, et pas comme tu penses ! Le lit, je vais te dire, Falloires, ce n'est pas une occupation ! Il faut que je réfléchisse. La confiance, tu l'as, pour le reste, attends un peu. En plus il faut que je me retape, ces derniers temps je vomis pour un rien, et je ne sais pas ce que ça cache.

« Falloires s'était assis à côté de moi et me pesait du regard. Il s'est mis à sourire, à se frotter les mains, t'inquiète pas, ça va passer ! Sur le pas de la porte il m'a embrassée sur le front, j'aimerais que tu sois heureuse, ma biche. Sans ta conasse de mère, t'aurais fait une sacrée femme depuis le début ! Au lieu de ça, il a fallu attendre... Comme tu vois Adèle, la guerre a du bon, parfois.

« Bien sûr, dès la quinzaine suivante, je comprenais ce qui m'arrivait, et remettais mes projets à plus tard. J'avais à me débattre avec... mais tu sais avec quoi, non ? »

Chapitre 11

LES « MINUTES » DE MAÎTRE GEORGES FALLOIRES

Tant que Judith dut lutter à la fois pour sa vie et pour un tas de trucs ayant à voir avec la liberté ou l'idée qu'elle s'en faisait, tant qu'elle eut à remettre les Esposite dans leurs bottes, à redonner du lustre à ce que la guerre leur avait masqué durant cinq ans, elle a tenu le coup. Mais après...

Derrière la dureté, la cruauté – elle était loin d'en être exempte –, derrière le tranchant de sa nature – et comme un idiot, je n'y voyais qu'une inclination pour le pouvoir –, oui, à l'abri de cette rude carapace, dormait à mon avis un besoin d'aimer, d'admirer. Chez elle, les deux étaient indissociables. Comme disait Adèle avec des regrets extasiés dans la voix, cette garce n'a jamais demandé qu'on l'aime, ça l'ennuie et je suis en dessous du compte, en fait on l'emmerde avec notre vénération !

Cette fille était un mélange détonant. Nous, les hommes, nous jugeons avec nos sentiments propres, notre psychologie des femmes ne va guère au-delà. C'est comme ça qu'on se fout dedans ! A cause des inquiétudes d'Adèle, et devant tout le coruscant de ce caractère, je me suis trompé moi aussi, j'ai pontifié, le dédain lui passera avec un coup de désir. Elle est jeune, elle a vu le loup, qu'imagines-tu que son corps va faire, il va vivre. Elle oubliera. Et certes, ce fut très bien imité. Le croire nous arrangeait bien, et quand je dis nous... Au fond, j'étais... Bah ! Je gardais en mémoire la morsure au cœur qu'on éprouvait à les voir, elle et Jean. Ils ne se touchaient pas, du moins pas en notre présence, ils se parlaient à peine. Mais leur silence lui-même creusait une envie dans nos existences plus ou moins dévastées par la guerre. Chacun se rappelait ses amours pour remâcher en son for intérieur qu'aucun n'avait eu ce poids, cette évidence muette. Celles qu'on lui a connues plus tard n'étaient qu'une paraphrase des nôtres, et l'on comprenait qu'elle n'en ait pas voulu longtemps, pour un jour n'en plus vouloir du tout. A ce qu'on en sait. Il y aura toujours un abruti pour demander, alors que penses-tu de ce jeunot qui vit dans sa maison, du type aux yeux bizarres qui se paie vingt ans de moins qu'elle ? Et je réponds que cela n'en fait pas une jeunesse mais un quinquagénaire bien tassé ! Celui-là n'a jamais été mon affaire, celui-là...

Bon ! A l'époque je palabrais en sceptique, les successions et les empoignades d'héritiers m'avaient blasé. Je me méfiais des gens, en tout premier des femmes. Je n'avais qu'à me rappeler le cirque d'Adélaïde Dausse, dont je n'avais eu que la fumée d'ailleurs, pour décider de les juger en bloc plutôt qu'une par une.

Après, j'ai reconnu que je m'étais aveuglé, du moins jusqu'à ce qu'on oublie mes paroles : baiser est rarement la solution. Et même si elle ne s'en est pas privée. Cela n'a pas changé son cœur ni cette distance qu'elle conservait au plus fort de ses désirs. Ses amants, eux, ne s'y sont pas trompés. Un jour, je lui ai posé la question. Elle a souri, mon ami, il n'y avait pas lieu de confondre ! J'aimais les corps, j'avais le goût des ventres, de la flambée qu'offre un homme quel qu'il soit ! Une seconde ou deux, on n'a pas plus d'âme qu'il n'en faut pour jouir, l'amer de la vie s'ensucre. Mais l'âpreté revient vite, murmurait-elle. Et puis âpreté n'est pas le mot : trente secondes après, les comparaisons recommencent, les instants vécus avec l'autre refluent et les « toujours » entrevus jadis. Alors on sait qu'on ne guérit pas d'avoir connu le bonheur. Cesse donc de vouloir à tout prix comprendre ce que je suis, sais-tu donc qui tu es ? Fiche-moi la paix avec tout ça, Falloires.

Elle n'était jamais aussi brutale que lorsqu'on avait effleuré la hache, comme elle ricanait parfois.

Maintenant, je ne suis plus qu'un vieux machin dont le présent rétrécit à vue d'œil, il m'oblige à réfléchir sur le passé, à regarder les événements lointains sous un autre angle. Judith, retournée dans le rang de la troupe rameutée par Jean autour des hommes de la manade Esposite, avait mis la sourdine, exactement comme si elle n'était pour rien dans la constitution du premier noyau ! Oh, à de rares moments, il lui est arrivé d'intervenir, mais avec des précautions oratoires qui surprenaient venant d'elle. Bien sûr, c'était de la délicatesse, elle en avait à revendre sous les piquants de sa bogue, et nous étions bêtes de ne pas l'avoir décelée plus tôt ! Toutefois, il y avait chez elle un sens du concret éclaboussant alentour ; à maintes reprises, les gars n'ont obéi qu'après elle, avec des regards qui ne mentaient pas. Moi en tout cas, je ne me suis pas leurré, Jean non plus. Ce qui explique mieux la suite, je pense ; dès son arrestation puis sa mort, ce qui restait des gars s'est précipité là où elle voulait, et sans paroles ! Moi-même, je n'ai pas rechigné. On m'aurait annoncé avant guerre que je me plierais aux ordres d'une femelle, j'aurais ri. Pour être précis, j'étais le digne rejeton de mon père, aussi borné dès qu'il était question des femmes.

Elle avait découvert très vite et malgré sa jeunesse, que la majorité des individus se soumet avec délices bien plus qu'ils ne recherchent les responsabilités ; elle usait de cette disposition avec tact, en vieux briscard qui connaît les points de rupture ! Au fond, depuis ses premiers affrontements avec Jubilation, son père ou la vieille Fautrelot, elle savait : l'intelligence, la finesse, le subtil des choses, ne sont rien face à la volonté. Face à l'instinct. Personne ne « sentait » mieux qu'elle les êtres avec qui elle devait compter, personne ne connaissait mieux les ressources de la région et les capacités des hommes. Cela ne s'acquiert pas, qu'ajouter à cela sinon le sens de l'observation ? Et puis, sous sa brusquerie, elle aimait les gens, je crois. Ce mélange-là, c'est tout de suite ou jamais. Elle avait vingt-trois ans, je le rappelle, j'en avais presque dix de plus, et je patouillais dans les incertitudes. Tout en sachant sur quel côté de la tartine s'installe le beurre, soyons franc ! Si je fais l'effort d'un soupçon d'objectivité, plus rien ne m'étonne de sa vie.

Je revois ce visage, vieilli par le chagrin, et ne laissant paraître qu'une froide détermination ! En plus, elle ne forçait pas la voix, jamais, elle... Un de nos gars qu'elle avait envoyé contre son gré dans les Cévennes râlait encore des années plus tard, « quand je pense, avouait-il après deux-trois verres, ce bout de fille que j'aurais entortillée autour de mon doigt ! En douceur, elle t'articulait tu fais ci, tu vas là, tu me reprends ce bled en main ! et nom de Dieu, tu y allais. Je gueulais comme un âne, je la traitais de saleté de gamine ! En silence, naturellement ! Je me serais fait tuer sur place plutôt que dire non, c'est un monde ! »

Et comme si la vie avait toujours deux visages, juste après les raids, les fuites, les ramassages d'armes, après les crapahutages dans les collines avec les vert-de-gris au cul, elle retournait en ville, avec son petit sourire de tous les jours ! La bagarre avait failli puer, et nous, nous en tirer de justesse ? Elle rendait visite à sa mère que le veuvage travaillait, elle détaillait sa danse ordinaire sous les fenêtres de la vieille, elle s'engueulait en demi-teinte avec ceux qui d'habitude ne reconnaissaient la voix de leur maître que dans les hurlements, et baste ! On en bavait des ronds de chapeau sans comprendre comment ça marchait. Les pies-grièches du village murmuraient derrière son dos qu'elle n'était qu'une sorcière, il fallait s'en méfier. Puis elles rentraient sous terre au premier regard, en crachant, qu'est-ce que je vous disais !

Au fond, sa connaissance des hommes ne se voyait qu'après, quand il était trop tard pour qu'on se garde ! Et pourtant, si nous avions été un peu plus intelligents, au lieu d'écouter les ragots, nous aurions pu jouir de ses petites manœuvres, il y avait de quoi !

Elle faisait marrer les boches avec des caprices d'adolescente, les irritait par des détails procéduriers ayant un siècle et plus de code Napoléon. Elle poursuivait sa guerre familiale, cavalait à la Kommandantur pour ergoter contre ses « locataires ». Bref, elle donnait du spectacle à les occuper avec des riens, à peaufiner sa réputation de tête à claques investie d'un pouvoir déraisonnable. Le tout à merveille, et je m'y connais en arguties ! Orsenne n'y voyait que du feu, c'est triste à dire !

L'écran de fumée jouait sur la ville entière, sur les notables, sur le maire et ses affidés ! Les démêlés avec sa troupe d'occupation à domicile nous inquiétaient fort alors qu'ils n'étaient que piqûres de moustique. Elle zonzonnait, bruyante, vindicative ; les occupants avaient le dernier mot ? Elle se repliait sans moufter pendant qu'ils se donnaient l'illusion d'avoir emporté le morceau. Avec malgré tout des soupirs, elle les horripilait. Qu'elle en rabatte semblait parfois les exaspérer davantage. Au fond, elle et eux avaient beau se rencoquiller ensemble, leurs positions n'étaient pas comparables, c'est ce que personne n'a vu, nous étions obnubilés par sa jeunesse. Car l'important était là : elle rompait, elle n'abdiquait pas, elle les occupait sur ses frontières, et pendant ce temps, débordait les leurs avec perte et fracas. Elle réfugiait nos activités secrètes dans l'ostensible des siennes, ce n'est pas donné à tout le monde de parvenir à l'équilibre.

Dès 42, on lui avait réquisitionné des bâtiments, une aile de la ferme, un hangar et une cabane basse tout en longueur, où d'habitude couchaient les saisonniers durant les vendanges ou les tomates. De la troupe s'installa, espérant s'étaler peu à peu. Mais l'intrusion allemande ne parvint pas à empiéter davantage tant qu'elle fut à les banderiller sans cesse. Bien sûr, elle se servait de sa jeunesse, de sa solitude, elle laissait entendre qu'ils en profitaient, qu'ils étaient bien les gougnafiers qu'on avait dit, elle leur collait des hontes au cul, voilà le mot. Et personne n'aime ! La Wehrmacht conservait une petite pellicule d'honneur. Un des officiers, excédé, avait été jusqu'à la menacer d'une tourlousine, si vous étiez ma fille, Teufel !...

Avec les SS, ce fut une autre chanson, ceux-là n'avaient pas de sentiments paternels. Ce fut la fin des pirouettes et des gamineries ; dès la mort de Jean, après qu'elle eut fait sauter le train, enlevé Muelle pour l'usage qu'on sait, elle avait décidé qu'il était temps de se perdre dans la nature, il n'y avait plus de gants à prendre avec la nouvelle engeance. En une nuit, elle s'arrangea pour incendier leur dépôt d'essence, profita du remue-ménage pour disparaître avec armes et bagages, sans laisser de traces. Quinze gars du coin s'éclipsèrent en même temps, et la vérité se fit jour, dans la tête des schleus comme dans celle des Orsennais qui n'avaient pas encore compris ! Les battues, placardages sur les murs, affichages à la Mairie pour ouvrir la porte aux dénonciations par le biais des porte-monnaie, s'accumulèrent. Mais qui s'était douté, avait eu certitude ? Ne sachant rien, la ville se contenta de conclure non sans malice que l'occupant allait camper sur le domaine en son entier et le malmener en représailles. Le sac du lieu n'était pas pour déplaire à ceux qui l'avaient guigné sans espoir.

Quand les salopards en noir se pointèrent... elle avait ouvert le mas aux bêtes. Même les collabos purs et durs se réjouirent à l'idée que la SS, venant occuper la ferme après sa fuite, s'était retrouvée nez à nez avec une bonne dizaine de taureaux de quatre ans massés dans les cours, et d'une cinquantaine de moutons errant dans les pièces de plain-pied où elle les avait attirés avec du fourrage. Les salles étaient nues, les meubles à l'étage, mais qui aurait osé y monter, des bêtes de combat entre les portes et soi, avec des béliers enragés au pied des marches ? Tout ce monde cornu fonçait tête basse vers les ouvertures, bousculant la soldatesque. Quand enfin les salles basses se vidèrent, aucun des officiers n'eut envie de s'établir au milieu des bouses, des crottes, et dans l'odeur des boucs. Même en compagnie des plus endurcis de leurs troupes d'élite et malgré la rage de se sentir ridiculisés ! D'ailleurs, un petit commando recruté parmi les plus agressifs se pointa de nuit avec l'intention de bouter le feu là où ils n'avaient pu s'introduire. Les taureaux étaient de retour, mussés sous les auvents ou dans les environs immédiats, nerveux et grattant le sol. Quant aux béliers, qui n'avaient pas trouvé grand-chose à se mettre sous la dent... Le plus audacieux du commando vola en l'air au premier pas, avant de gueuler de terreur quand il se retrouva sous des mufles et des sabots rageurs. Les taureaux encornent, les béliers mordent, et les morsures de mouton, croyez-moi, ne sont pas une partie de plaisir ! Ceux qui s'en tiraient ramenèrent en ville les miettes de leur copain, ce qui n'incita personne à renouveler l'expérience. Le Kommandant de la place hurla qu'on ne donnerait pas les chars pour un rassemblement d'animaux. Lesquels ravageraient aussi bien qu'eux, sinon davantage. Alors, tant pis.

Cette histoire de bétail m'intriguera toujours. Durant presque deux ans, les bœufs et les ovins ont passé leur vie nocturne dans le marais, côte à côte, cheminant d'un pacage l'autre avec une tranquillité ordinaire. Au petit matin, ils se rapprochaient, se regroupaient sous les hangars, ou se promenaient dans la ferme ouverte aux quatre vents, en épiant les hommes en vert ou noir qui s'affairaient autour des campements, qui étaient de moins en moins nombreux, prenaient des précautions peureuses, et coulaient toujours un œil dans la direction des bious. La loque retirée de dessous les sabots ne poussait personne aux imprudences.

On a dit que Judith revenait rôder certaines nuits, des malins avaient entendu des froissements de canisses, des bruits de sabots, des meuglements aux abords de la ferme, on a dit que les taureaux bougeaient tous ensemble après de mystérieux appels... on a dit tellement de choses. Elle était du côté du Vercors, puis après les descentes allemandes qui décimèrent presque tous les maquis isolés, sur l'autre bord du Rhône pour aller se perdre aux confins des Cévennes, là où les chèvres elles-mêmes ne s'aventurent pas.

Tant que la guerre d'escarmouches a duré, elle nous a divertis avec une assurance de reine ! Les histoires qui couraient s'enflaient d'inventions supplémentaires comme si les siennes ne suffisaient pas ! Et pendant ces temps incertains, elle avait la mort au cœur. Oh ! elle n'en a jamais parlé, ce n'était pas le genre de confidences qu'elle risquait de faire, mais il suffisait de la voir.

Papa, malgré son âge, avait suivi notre petite bande. Il l'admirait, me toisait, si tu avais le quart de son intelligence, tu serais sauvé ! Agréable... Adèle aussi nous avait rejoints, égale à soi comme une fleur ! Pour chaque blessé, elle s'en allait chercher Esparvan et nous le ramenait qu'il le veuille ou non. Pas un foudre de guerre, le toubib, un peu trop timoré pour ça ! Mais que n'aurait-il fait pour se taper Adèle avant ou après. Il l'avait dans la peau, s'en défendait pour mieux éteindre la peur dans son ventre, et repartait avec une tape sur la tête, Adèle l'appelait son toutou. Il avait plus de mérite que beaucoup, Esparvan, il pétait de trouille ! Mais lui aussi avait rencontré la belle amour.

Juste après la Libération, Judith a réapparu. Seule. On ne l'attendait pas. On ne se demandait même plus si elle était en vie, on en avait fait une légende qui n'avait pas besoin de chair et d'os pour courir la poste ! On murmurait qu'elle était passée en Angleterre, qu'on l'avait parachutée du côté de Grenoble, qu'elle était morte sous la torture, on murmurait tellement ! Et puis quelqu'un a dit, y a du monde chez les Esposite.

Elle avait récupéré ses chevaux, remis de l'ordre dans la manade et fait la propreté, qui n'était pas du luxe ! Un gamin raconta l'avoir vue, maniant le tuyau d'arrosage et les râteaux de bois, pousser la merde hors les murs ! Pas le genre à se plaindre du bordel qu'elle-même avait institué, ni à réclamer de l'aide. On ne se dérangea pas.

Une fois les choses en place côté mas, les Espagnols sont arrivés. De petits hommes secs, pas causants, qui ont recommencé à passer les herses et les charrues. Ils turbinaient dur. Et c'était pas la peine de les interroger, ils répondaient en cœur, no comprendo !

Bien sûr, la smala américaine occupait une partie du terrain laissé par les boches, regardant la horde s'activer presque en silence sous les ordres de cette grande brune aux yeux froids, guère plus causante que les saisonniers.

On lui prêta vite un trésor de guerre. Pas idiot à première vue, surtout dans l'œil des trafiquants. Qu'il y ait de l'argent sous sa main, c'était clair. Fallait bien payer ces gars-là ! Si les gens avaient réfléchi, ils auraient compris d'où venait le fric, mais non ! Et deux ou trois abrutis s'aventurèrent jusqu'à penser qu'elle le gardait au mas. Forcément. Pour un natif d'Orsenne, un trésor ne dort pas dans les banques, ou alors c'est qu'on est bête ! « Le fisc pose trop de questions » sont les seuls mots qu'on lâche à ce sujet. Donc… Par ici, où le ragot et la rumeur sont rois, le seul silence observé sans faillir concerne l'argent. La preuve ? Le coup des billets de cinq mille francs à échanger sous peine de tout perdre ! l'État soudain ressaisi par un esprit de justice ? Allons ! Il ne cherchait pas à poursuivre les « contrevenants » du marché noir, mais à repérer les bénéfices pour les imposer. Les « hommes de paille » sont nés à cette occasion. Et ceux qui cachaient des dents trop longues sous les services rendus les aiguisèrent en bouffant les pissenlits par la racine ! La guerre a continué de faire des morts civils bien après la cessation des hostilités, mais vous le savez autant que moi, non ? Parce qu'il y eut d'autres guerres, d'autres affaires de gros sous. Les piastres, par exemple. Vous étiez trop jeunes, vos souvenirs ne vont pas au-delà de la guerre d'Algérie ? Qui ne s'est pas fait faute d'enrichir le folklore, elle aussi, à défaut de remplir les coffres.

Bon. Pour en revenir à nos imbéciles appâtés par le soi-disant pactole de Judith, on en retrouva deux très amochés par des sabots sans fer, et le troisième assaisonné avec du 12, pour la chasse au sanglier.

Les gendarmes firent un saut là-bas. Le préfet martelait dans leurs oreilles qu'il ne voulait plus de ces mœurs de zoulous, l'époque était passée. Pour qui se prenait cette fille ! Qu'elle retourne à ses chevaux !

Deux perquisitions minutieuses, impromptues pour la seconde, ne mirent en lumière que des bêtes ferrées de longtemps. Il n'y avait pas de fusil dans la maison, pas de munitions, nous ne sommes guère chasseurs, brigadier, les oiseaux d'élevage nous suffisent. Ledit brigadier tapa sur la table lui aussi, fit un long discours sur la justice de ce pays à laquelle personne ne devait se substituer, etc.

Judith le raccompagna jusqu'à la barrière, souriante. Il ne se vanta pas de ce qu'elle lui avait dit, qu'on ne pouvait guère se fier à une justice faite par ceux-là mêmes qui l'avaient transgressée pendant cinq ans. Il se fit toutefois le plaisir de transmettre au préfet dont la diatribe ne passait toujours pas. Lequel préfet pouvait d'ailleurs tout prendre à son compte et mettre son mouchoir par-dessus. Sauf, bien sûr, à vouloir affronter la fille.

Personne ne s'y risqua. Le pauvre Georget ne monta pas en grade, le préfet mourut dans la peau d'un conseiller régional, très européen de tendance, et qui s'arrangea pour jumeler Orsenne avec au moins trois villes allemandes. Il avait assez de « vieilles » relations pour ça, pas vrai !

Plus tard, on découvrit que nos gaillards étaient tombés sur d'autres cornichons aux visées identiques ; tout ce monde s'était entre-tabassé au point de se tirer dessus avant de s'enfuir dans les roselières, où les juments en chaleur ne leur avaient pas fait de cadeau. « Malgré le boucan, avoua l'un de ceux qu'on avait fini par identifier, elle n'a même pas allumé ses lumières, cette salope ! » Au fond, l'indifférence de Judith les vexa plus que se retrouver Gros-Jean.

Elle, pensant à François, mettait quelques-unes des friches en rizières, un appétit de riz long, genre Oncle Ben étant né avec les gars de Louisiane ! Au retour, François n'eut qu'à poursuivre. Bernard, plus lent, ancré trop avant dans son amour des bêtes, remonta sa manade où les chevaux constituaient l'essentiel. Le temps n'étant pas encore à la randonnée équestre, il fut raisonnable : en parallèle, il se lança dans l'olive. La vie redémarrait chez eux comme chez les autres. Le travail guérit de tout, non ?

C'est à ce moment que Judith est partie. On ne s'en est pas aperçu tout de suite, on avait trop à faire, nous aussi. Moi, je veillais aux portefeuilles qui reprenaient du poil de la bête, et Adèle, comme une poule devant un œuf carré, se demandait ce qu'elle allait fabriquer de sa vie, maintenant que l'héritage de Jean la libérait des servitudes alimentaires. La nature humaine décidait à sa place, mais elle ne s'en était pas encore avisée. Je l'ai deviné bien avant elle, ce n'était pas difficile. J'avais appris à aimer cette fille de pute ! Ou plutôt cette pute de fille !

Quand les Esposite se pointèrent seuls en ville, nous avons constaté qu'en effet, on ne voyait plus Judith nulle part ! S'en rendre compte et se le faire confirmer a pris quelques semaines. François avait toujours été le plus accommodant des deux frères, on l'a questionné. Il a dit en bref qu'elle reprenait ses études. Elle était « montée » à la capitale, et ne reviendrait qu'aux vacances. Si elle venait. On sentait bien qu'il n'avait pas envie de s'étendre sur cette absence, qu'il en souffrait.

Sa réponse m'a cloué de stupeur, j'ai tout de suite imaginé la douleur de Bernard, et j'en ai eu le ventre noué. Je les aimais, ces deux-là, et qu'on murmure à leur sujet n'était pas mon affaire.

En ville, de méchantes langues crachaient leur venin, il valait mieux pour Judith qu'elle se fasse oublier ailleurs. C'est Adèle qui m'a rapporté les murmures, pleurant qu'elle n'avait plus le courage de se rebiffer pour la défendre, elle était enceinte jusqu'aux yeux, ce qui ne m'avait pas échappé ! Cette grossesse ne la réjouissait pas du tout ! Et moi, je me demandais dans quel état elle allait s'en sortir. Avant que la guerre ne l'affine, elle avait été enveloppée, maintenant elle ressemblait à une tour de guet, marchait en canard et trouvait le temps long !

Urbain, engagé dans l'armée Leclerc, était à Mayence, ou Koblentz ou je ne sais quel bled allemand, et pas près de revenir ! Ce môme en gestation arrivait donc comme un cadeau d'adieu dont Adèle se serait passée. A trente-cinq ans, se découvre-t-on un vrai désir de pondre ? Surtout à l'époque. De nos jours, les bonnes femmes attendent pour s'y mettre d'avoir la ménopause aux portes, mais en 1946, à l'âge qu'elle avait, c'était un sale coup du sort.

Adèle pleurait tout en se secouant comme une prune, faire cet enfant sans savoir où Judith était, où elle en était ? Pire que tout, disait-elle.

– J'aurais tant voulu qu'elle se pointe pour conseiller « tu le gardes » ou « tu le fous dehors ». Tu comprends, Falloires ? Elle m'a servi de guide pendant trois ans, j'avais pris la mauvaise habitude de ne plus rien décider par moi-même. Et je ne suis pas la seule, non ?

Elle arrivait à l'Étude, se laissait tomber sur une chaise qui en gémissait, elle pensait tout haut, je vais mijoter ce moutard, mine de rien ça m'occupera ! A d'autres moments, elle rugissait, mais qu'est-ce que je vais en foutre, nom de nom !

Peut-être sa gamine l'a-t-elle su depuis le temps du ventre, elle arrivait sur la soupe des jours gris comme un drôle de substitut. D'autant que le père était « perdu », il ne fallait pas se leurrer. Urbain aimait bien Adèle, il s'en était donné avec elle, et encore, à l'époque on ne savait pas à quel point ! Mais ces quinze années entre elle et lui pesaient lourd. Les différences d'âge, c'est parfait tant que dure, je ne sais pas, moi, une certaine connivence sur le terrain, seulement ça ne fait pas la vie entière, du moins pas autant qu'on voudrait, et depuis qu'il s'était engagé pour trois ans...

Esparvan s'inquiétait, tu vas nous faire un mongolien, un café au lait, un bâtard. Je rétorquais, épouse-la donc, qu'il ait un nom, au moins ! J'allais jusqu'à me proposer !

Il n'y avait pas plus offert que moi à ce moment-là, exactement comme un livret de famille contre un compte en banque. Avec le recul, je ne me fais pas trop d'illusions sur mon dévouement, Adèle cachait un polichinelle dans le tiroir et un carnet de chèques à côté, sous les mouchoirs et les petites culottes !

Le toubib, lui, était de bonne foi, il avait suggéré les noces et la fleur d'oranger bien avant la mort de Jean, et même avant d'avoir perdu sa gouvernante, c'est dire ! Mais moi, je m'étais remis à compter, comme avant. En plus Adèle commençait à me plaire, je n'avais pas eu d'enfant d'un « mariage » sur les bancs de la fac aussitôt dissous par les hostilités. Le gosse à venir serait blanc cassé ? Ça ne me souciait pas.

Rien ne s'est emmanché ni du bord d'Esparvan ni du mien, Adèle nous a remerciés l'un et l'autre avec des formes, elle a même parlé de nos abnégations jumelles avec un luxe d'adjectifs qui a mis du baume sur le cœur du docteur, et m'a ragaillardi l'honneur. Je lui ai glissé avant qu'elle s'en aille, ma cocotte, j'avais des doutes sur ta candeur, je n'en ai plus. Tu as rattrapé le temps gaspillé sur tes vieux piédestaux !

En fait, Adèle se moquait du nom, de la bâtardise et de la crème dans le café, elle était décidée à repérer la trisomie pour lui tordre le cou dès le moindre signe et c'est tout ! Son côté chatte de gouttière. Elle ne s'en cachait pas, elles bouffent leurs mal-venus, non ? Sans aller jusque-là, Judith lui manquait, mais Judith manquait à tout le monde, Judith manquait à la ville, qui retombait dans la torpeur dont elle l'avait sortie, Judith aimée-détestée. Dire que ça dure toujours ! Même après sa mort, nous la regretterons ! Il est vrai que je ne serai plus là pour le voir ! Dans la tombe, je me morfondrai.

Nous avons écrit. Au mas, les Esposite devaient savoir l'adresse. « Je n'ai pas assez de tripes pour la leur demander, disait Adèle, mais je table sur l'honnêteté, ils feront suivre. »

En retour, Judith mit quelques mots sur une carte : « Je serai la marraine, c'est bien ce que tu veux ? Garde le silence sur mes coordonnées, annonce-moi la naissance et le baptême, mais n'écris pas. Je suis comme une lampe sans huile et sans mèche, laisse-moi le temps d'en retrouver. » Adèle n'avait plus de secrets pour moi quand je les lui gardais au chaud. Elle me connaissait bien, tu te contentes de savoir ce que les autres ne savent pas, ça suffit à ton bonheur ! Espèce d'éminence grise !

Cinq mois plus tard, Josépha est née. Un petit cœur ! Ravissante, à peine teintée, avec des mains et des pieds sublimes. Et dans l'œil, déjà, une méfiance, une inquiétude, un besoin de faire chier le monde ! N'empêche, Adèle en est tombée folle. Elle avait fabriqué cette merveille ? Ah, c'était à recommencer sans trop attendre !

Pour le baptême, Urbain obtint une permission.

Il avait changé, l'ami Urbain, en apparence il s'était durci. Seulement la nuit, il pleurait dans les bras d'Adèle. Oh ! le temps du désir était bien passé. Restait une tendresse sauvage, je veux dire que rien ne la disciplinait. Il a continué de dormir avec elle chaque fois qu'il est venu voir la gosse, même quand il s'est retrouvé, après l'armée et les sept ou huit langues apprises au fil des « occupations » successives, et des quelques études qu'elle avait payées, avec un titre d'Excellence à l'Unesco. Il arrivait, disait au mari, vieux, faut comprendre, je ne la touche plus mais j'ai besoin de sa chaleur ! Adèle s'attendrissait – j'étais son confident privilégié, rien que ça, je m'empresse de le dire, mais je m'en contentais –, « mon pauvre Armand lui répond avec douceur, que lui aussi en a besoin, mais bon ! Urbain a des priorités. »

La nuit, Urbain gémissait sur le monde et son train, pourquoi certains actes étaient-ils possibles, et probables, pourquoi les « plus jamais ça » n'étaient qu'une courte pause avant d'autres horreurs ? Je sais, je sais, disait-il, je me rappelle le boche que nous avons mutilé. Il n'y a pas lieu d'être fier !

Parce que, faut l'avouer, personne n'a retenu Judith dans sa folie ce jour-là, personne pas même moi n'a crié « arrête » avant que ce soit fait ! Nous étions bien à mettre dans le même panier, avec les nazis par-dessus, et plus tard les Staline, Pinochet, et autres pourritures de moindre renommée ! L'homme, parfois, est une belle saloperie.

Alors, Armand pouvait le regarder gentiment, soupirer, bon, je te la laisse... jusqu'au jour où ils lui ont dit, tant qu'à faire de dormir au chaud, reste avec nous ! Et ce fut des parlotes sans fin, des rires et des larmes mêlés, sur beaucoup de cœurs à consoler au creux des bras. Urbain murmurait, Armand, mon vieux frère, si tu savais comme j'aime cette femme !

Ce détail-là, ce n'est pas Adèle qui me l'a fourni, elle avait des pudeurs, non c'est Urbain lui-même venu mourir chez elle, l'Unesco ne remplaçait pas une famille ! Il était seul avec moi, Adèle essayait une fois de plus d'arranger les conneries de Josépha. Il a parlé de ce temps béni où il avait appris à ne pas taire les choses qu'on tait d'habitude, murmurait-il. Pauvre Urbain. Adèle est revenue juste à temps pour le prendre à bras-le-corps et lui crier, tu ne vas pas mourir, mon petit père, je ne veux pas ! Et il a dit « si », dans un souffle, puis il a demandé qu'elle l'embrasse et il est mort. Oh, je l'ai regretté, c'était un bonhomme, dans le vieux sens du terme, un brave.

Ces trois-là ont connu l'amour vrai, celui qui compte, d'autant que les années avaient mis pas mal de cendres sur le feu aux fesses de tout un chacun, moi compris ! Sans regret de ce côté, il me restait juste assez de braise pour de petites distractions ancillaires, et Adèle gardait la sienne pour son mari.

En matière de sentiments, elle n'a jamais ménagé sa peine. Plus tendre qu'elle, tu meurs, comme disent les gosses aujourd'hui !

Donc le baptême. La médaille est arrivée par la poste, bien avant Judith. Une belle médaille, originale, avec une chaîne superbe. Judith ne mégotait pas sur les cadeaux. Faut reconnaître que la grand-mère Léontine Fautrelot n'avait même pas eu le temps d'un soupir avant de s'écrouler au beau milieu de la messe, a fortiori celui de déshériter qui que ce soit. Ces vieilles s'imaginent toujours que faire un testament donne rendez-vous à la mort ! Son fils Pierre n'étant plus là, Judith avait hérité un joli magot. En plus, on se disait tous que les Esposite n'avaient qu'elle...

Le parrain rutilait. En voyant Josépha, Esparvan avait murmuré, c'est une belle enfant, je retire tout ce que j'ai dit. Alors Adèle lui avait suggéré de devenir le compère de Judith et il avait accepté, avec un petit mouvement de bouche comme un nourrisson qui va pleurer. Je ne sais pas ce qu'ils avaient, tous ceux qui l'ont voulue, notre bonne grosse. A croire qu'elle était douée pour la consolation.

Il a offert les dragées et la robe de baptême ; à Orsenne, on tient aux traditions. Dans la foulée, il s'est fendu d'un carré de soie pour sa commère. Rouge, il se doutait qu'elle serait en noir. Soigner les corps, un jour ou l'autre et si l'on n'est pas mauvais bougre, prédispose à renifler les âmes sous les bobos. Il connaissait Judith mieux que nous tous. Quand on lui demandait comment, il murmurait qu'il savait repérer les symptômes, c'était son boulot.

Au milieu de toutes ces dentelles, avec son petit bonnet serré, Josépha avait déjà un air de nonne. J'aurais dû me douter qu'elle finirait comme elle commençait, mais ça ne m'est pas venu à l'idée ni à celle de sa mère. Adèle n'a pas fait les mêmes erreurs que cette idiote d'Adélaïde Dausse, elle en a fait d'autres, c'est sûr. J'ai lu je ne sais trop où les propos d'un psy sur l'élevage des enfants. Il disait que quelle que soit la manière de s'y prendre, elle est mauvaise. Bof, c'est la vie !

Et le jour du grand jour, on a vu Judith arriver sur Jubilation, entourée des Esposite sur Prince et Le Hongre, tous de noir vêtus à la mode de chez nous, avec le foulard rouge d'Esparvan autour du cou, le trident à la main, les bottes montantes, et en travers des selles, des fleurs de marais en pagaille.

Judith n'était plus qu'une flamme, acérée comme un couteau. Elle avait coupé ses cheveux si court qu'ils cernaient sa tête d'un frisson noir, dégageant ce cou trop offert qu'elle avait, et qui faisait penser à la mort sous des lames. Ses yeux sombres brûlaient, on entrevoyait un enfer, ardent, à vous consumer le cœur. Irréfutable comme une souffrance, voilà ce qu'elle était, à bien réfléchir.

Derrière eux trois, venait un jeunot maigre et caracolant, une sorte de chien fou, un de ces taons qui affolent avant de piquer. Il s'amusait sur un poulain mal dégrossi qui avait l'air d'aimer ça. Sur le moment, on s'est dit : tiens ! Les Esposite ont dégoté un amuse-gueule ! Mais ce gars-là ne surveillait que Judith, avec une avidité sans défaillance. On a poussé la malice jusqu'à sentir qu'il l'épiait d'autant plus qu'elle ne le regardait pas.

J'ai glissé dans l'oreille d'Adèle qu'il aurait à se méfier, on ne soumettait pas notre Pallas Athénée en lui soufflant dessus ! Encore un d'attrapé par cette tyrannie qu'on inflige aux femmes quand personne d'autre ne la supporte ! Bref, un corniaud ! Judith ne s'était rendue qu'entre les mains d'un seul, et si j'en croyais ses yeux, n'était pas près de s'y remettre ! Seulement, nous autres, dans notre jeune temps, nous ne voyons que ce que nous avons envie de voir, nous croyons encore au père Noël dès que nous les avons mises sur le dos.

Au moment des onctions et des ondoiements, Judith a tenu Josépha au-dessus du baptistère avec fermeté. Son regard s'évadait malgré elle vers le carré de lumière découpé par les grandes portes. Peut-être songeait-elle à Jean, aux enfants qu'ils auraient eus, baptisés d'amour.

La petite avait cessé de gigoter ou de pleurer par à-coups. Certains gestes plus que d'autres semblaient la distraire de ses larmes. Elle s'épanouissait sous les caresses. Lui ont-elles manqué quand elle a grandi ? Gamine, elle s'est dérobée à tout et à tous, son père lui-même l'effarouchait. Urbain y mettait du sien, pourtant ! Ce ne fut pas une enfant aimable, et l'âge ne la changea guère ! Sa marraine à l'âge de l'école l'appelait auprès d'elle, l'observait, soupirait, ma pauvre filleule pincée de partout ! Selon elle, Josépha serrait la bouche, les fesses et les neurones, avec une volonté de fermeture digne d'un curé. Judith n'était pas tombée loin !

Au cours du dîner, les Esposite ne la quittèrent pas des yeux, pas plus que le jeune homme qu'on nous avait présenté sous le nom de Loup. Il avait beau rire, danser, virevolter d'une fille à l'autre, il revenait encore et encore vers Judith, essayant de l'entraîner dans des tangos serrés. Elle se dérobait, souriante, acceptait les paso doble et les rumbas dont elle se dégageait d'un coup, le visage froid. Ai-je été le seul à voir qu'elle ne supportait pas sa main sur sa nuque ?

Quand tous quatre se sont retirés, aussitôt après un souper pris du bout des lèvres, nous n'avions plus l'habitude de manger autant, Judith m'a retenu contre elle au moment des adieux, elle retournait dans la capitale le lendemain et ne reviendrait pas avant le mois d'août. Écris-moi, Falloires, donne des nouvelles. Eux me mentiront pour ne pas me gêner, et rien ne me gêne plus que le mensonge.

Je n'ai pu m'empêcher de lui demander d'où elle nous sortait ce gamin qui s'était frotté aux filles sans la perdre de vue. Elle a haussé les épaules, elle tâtonnait autour des substituts, « mon pauvre vieux, je ne serais pas la seule à prendre un mec en pensant à un autre. Celui-ci monte bien, baise bien, je n'attends rien d'autre. En dehors de ça, lui et sa cuvée ne font pas le poids. Je n'ai rien à leur dire, rien à leur demander. Pareil avec leurs parents. A croire que nous n'avons vécu ni vu les mêmes choses. Je suis dans l'isolement le plus extrême, comprends-tu cela ? Et Loup est un divertissement. Il en faut, non ? »

Il avait passé la guerre chez son grand-père, dans un trou où la dernière escarmouche remontait à 1870. Des protégés perpétuels, ou des indifférents. « Ils sont des tas comme lui. Son père est avocat d'affaires, et tout petit maître du barreau en correctionnelle. Lui fait son droit par-dessus la jambe, pour succéder le plus tard possible, je suppose. Pour l'heure, il ne pense qu'aux chevaux, à la danse couchée ou debout. Trop de visées sur trop de ces choses qui occupent les gens comme lui ; je fais partie de ce qu'il vise, et pour de mauvaises raisons. »

Ce garçon n'avait rien écouté du peu qu'elle disait d'elle-même, il s'était bâti une petite histoire commode, c'est-à-dire répandue, Judith faisait des études tardives parce que juive, parce qu'on l'avait cachée, parce qu'elle avait perdu tout son monde dans les camps, parce qu'elle était malheureuse !

– En fait, c'est mon côté dur à cuire qui l'intéresse !

– Qu'est-ce que tu entends par là ?

Elle s'est mise à rire, méchamment. Qu'est-ce que j'imaginais ? Il était homme à aimer qu'on le supplie et à distribuer des miettes après les prières. Avec elle, c'était lui le demandeur, rien que ça l'empêchait de s'éloigner content ! Ce n'est pas un voluptueux, Falloires, c'est un séducteur. Que veux-tu que je fasse d'un couillon pareil ailleurs que dans un lit !

Elle s'est éloignée à grands pas, sans un regard en arrière. Il suivait, il parlait avec précipitation, elle ne se retournait pas. Mais elle avait raison, il n'avait pas l'air désolé, juste furieux, avec une vilaine moue sur la bouche.

Adèle s'était approchée et je ne m'en étais pas rendu compte. Nous étions presque tous à les contempler en silence, pour un peu nous aurions plaint ce type qui n'avait pas réfléchi que les guerres se font aussi dans la dentelle des filles.

Doucement, Adèle a murmuré que Judith était bâtie pour des bonheurs énormes, seules la mort et l'absence parviennent à les satisfaire, tu ne savais pas ça ?

Notre Adèle devenait de plus en plus maligne ! Elle a ri, rassure-toi ! En ce qui la concernait, tout lui faisait feu, elle jouissait même des cendres, c'est dire !

Au mois d'août, Judith est revenue comme elle l'avait annoncé. Calme. Il n'y avait pas lieu de s'énerver, les examens n'avaient pas fait un pli. Nous ne savions toujours rien des études qu'elle entreprenait, mais ce qui comptait n'était pas là. Nous venions de nous apercevoir qu'elle était superbe, avec ce rien d'emporté, d'aigu, qui ne cesse plus de nous alerter quand nous le repérons. Le corps puissant n'avait pas changé, ni le port de tête, ni même ce sourire lent et rare qui la transformait d'un coup. Non, le changement s'installait « ailleurs » : elle avait... « décidé ». On ignorait quoi, ce devait être important, presque monstrueux, pour lui fabriquer un visage étincelant comme une épée, et cela ne nous surprit pas trop. En revanche, revoir le petit jeune homme à ses trousses nous étonna bien davantage. Au bout de quelques jours en effet, il s'était pointé à Orsenne, il avait rejoint la bastide Esposite. Pas dans le sillage de Judith, autour. Enveloppant comme un vol de moustiques ! Lui avait raté ses examens, avec un air de s'en foutre royalement. On se disait que « papa » n'avait sûrement pas envie de décrocher trop vite, et ne poussait pas à la roue, on disait qu'elle était tombée sur un fils de famille, avec tout ce que ça sous-entend, et merde ! Orsenne avait aussi bien à offrir, qu'avait-elle à faire d'un étranger ? En plus, Loup avait ce côté bondissant qui nous éblouit tout de suite avant de nous agacer. A cette allure-là, il n'allait pas faire long feu, on en avait déjà marre, alors... à moins qu'elle n'y tînt pour des raisons à elle. Qu'elle ne détestait pas la guérilla, on le savait ! Avec un bouffon, les luttes d'alcôve, ça devient quoi ?

D'autant qu'on a vite découvert la vérité : il n'était pas venu avec des appétits mais avec des idées. Une, en tout cas. Il la voulait. Pourtant il l'avait, ce trublion ! Sur un territoire trop limité, il est vrai. Et il voulait plus.

Il était beau. Beaucoup de boucles noires, des yeux un peu jaunes dans le soleil, quand la pupille se réduit à une pointe de nuit dans du miel. Pas grand, harmonieux. Ce qu'il avait de plus remarquable au bout du compte, c'étaient ses mains. Des mains étranges, je veux dire qu'elles n'allaient pas avec ce corps. On ne pouvait pas deviner qu'elles avaient de l'avance sur ce qu'il deviendrait. Des mains longues, trop fines mais aux gestes précis et calmes. Le seul détail en repos dans ce pantin ! Sans qu'on sache comment, elles donnaient pleine mesure avec les chevaux. Aucun doute là-dessus, il montait comme un dieu, un vrai cavalier. D'abord, chez cet agité, nous n'avons vu qu'un sacré jeu de cuisses. A l'époque, Fox était encore à demi sauvage, il nous l'avait maté en deux jours, l'autre en dansait sous lui désormais. Et bien sûr, on a compris d'un coup, il prenait les femmes pour des juments ! Avec Judith, c'était une confusion à ne pas commettre. En revanche, nous n'avons pas vu que ses mains étaient trop fines justement, pour maîtriser les rênes à longueur de vie !

Bernard a compris aussi bien que nous sinon mieux, il s'est mis à lui parler de près. Les esprits s'étaient tendus, entre-temps. Il faisait très chaud, cet été-là, très lourd, des éclairs éclataient de partout, dans le ciel et dans nos têtes. Ce garçon vibrait, un paquet d'air brûlant. Bernard lui balançait des phrases comme on apaise un étalon à grands seaux d'eau, il lui distillait des « clartés » sur Judith, d'une voix si pressante qu'on entendait des avertissements dans le moindre adjectif ! Ce qu'il disait n'était évident qu'à nos yeux, Loup l'écoutait à peine.

– Nous avons tous un cheval que nous ne partageons pas, Loup, laisse en paix sa jument. En plus Jubilation peut devenir dangereuse.

– J'en ai maté de plus rudes.

Et Bernard, excédé, s'éloignait, à ta guise ! Ne viens pas te plaindre, surtout !

On a commencé à murmurer en ville que cette histoire finirait mal, et à en avoir envie.

Judith passait au milieu de ce remue-ménage de ragots avec une indifférence réelle. Alors, on en déduisit que le petit s'excitait seul et ça, c'était prometteur.

Alentour, la vie continuait. On marquait les veaux, dans ce cas-là, tout le monde s'y met chez les uns chez les autres, on se donne du mouvement pendant quelques jours. Ça nous le canaliserait un peu. D'ailleurs, il faisait merveille avec les vachettes, les vieux chuchotaient « c'est dommage qu'y soit couillon, c' gamin ! » On espérait qu'il allait comprendre, une existence entière ne se fabrique pas sur des vapeurs d'amour-propre. C'était dommage de gaspiller un talent. Mais va te faire voir !

Et puis c'est arrivé. Un matin, il a quitté le lit de Judith comme un souffle et s'est glissé dehors. L'aube incendiait le marais, le vent allait s'en donner. Jubilation hélas n'avait pas besoin de vent pour escalader le pire.

Bien sûr il aurait pu s'en sortir indemne. La jument le connaissait, je dirais mieux, elle reniflait sur lui l'odeur de Judith et celle de son fils Fox, elle était prête à se prêter, à jouer un peu. Mais ce n'était pas le jeu qu'il recherchait. Ce genre d'homme fait toujours des conneries, poussé par, oh, je ne sais par quoi, l'incertitude de soi, ou rien, la bêtise, quoi !

Il l'a fait sauter, galoper, virer, danser, il en a fait ce qu'il a voulu. Ces juments brindezingues réservent leur caractère ; tant qu'elles n'ont pas repéré la faille, elles patientent, et même il leur arrive de laisser courir ! Et puis celle-ci aimait donner le meilleur quand on le lui demandait gentiment. La preuve. Elle avait pardonné à Judith, elle n'avait jamais essayé de se venger après leur bagarre. Judith avait la main tendre.

Pendant ce temps, notre amazone s'était réveillée. Tranquille, pourquoi pas ? C'était un matin comme il y en a cent ! Elle avait pris son déjeuner, sa douche. Loup n'était pas là, cela ne la gênait guère. Avec Bernard, elle est allée aux écuries, c'était tous les jours pareil depuis des lustres. Devant la stalle vide, elle a senti le ciel lui tomber sur la tête. Du moins, je suppose. Quand Jean montait Jubilation, elle ne s'inquiétait pas. Mais c'était Jean.

Appuyée au mur, le visage obscurci, les mains blanches, c'est ainsi que Bernard l'a trouvée au moment où il sortait Prince et le mettait à l'anneau. Il a flanqué son chapeau par terre, tu ne pouvais pas en trouver un moins abruti ! Il s'est repris tout de suite, veux-tu l'étalon pour aller les chercher ?

Elle a hoché la tête, tu penses bien qu'ils vont revenir. Ce qu'il veut, c'est que je le voie dessus, c'est un imbécile. On va le mettre au train du soir, je n'ai rien à foutre d'un gus aussi débile que mon père !

Elle aurait dû se douter, crachait-elle, qu'elle attirerait ce genre de mec, féru d'un pouvoir minable autant que Fautrelot. Après tout, elle tenait aussi de sa mère, qui s'était collée à Pierre comme une mouche sur la confiture ! Elle était coupable autant qu'elle. Mais ces choses-là ne doivent pas s'éterniser.

A peine avaient-ils fini de palabrer sur le besoin qu'on a contre soi-même, de désirer les gens qu'il ne faut pas, que Loup apparaissait, poussant la jument au galop pour mieux la cabrer devant les deux qu'il voulait épater, blesser, atteindre ! Il a sauté à terre devant Judith, jetant les rênes sans regarder en arrière, et rigolard, qu'est-ce que je disais, avec moi ta jument rétive est une agnelle.

L'agnelle avait reçu les rênes en travers du chanfrein, et dressée, les dents découvertes, se laissait retomber sur le dos de Loup, pendant que Judith, hurlante, se ruait et réussissait à dévier Jubilation d'un coup d'épaule, projetant Loup à l'écart des sabots. La jument folle de rage piétinait, Judith, pendue à son mors, se débattait dans ses antérieurs, et Bernard tirait vers les murs un Loup aux lèvres exsangues, dont les jambes bringuebalaient devant lui. Le mal était fait.

Jubilation réussit à se dérober aux mains de Judith, et partit droit devant elle, défonçant la barrière au nord pour galoper vers le marais, la bave aux dents. Elle saignait de la bouche, l'odeur du sang excitait déjà l'étalon à l'anneau, et Bernard dut le prendre aux narines pour le contraindre.

Quel gâchis ! Les hommes attirés par le bruit devaient nous raconter l'affaire avec une excitation pas nette. Plus tard, François nous a dit qu'ils avaient eu l'impression d'assister à un carnage, et même s'ils n'étaient pas fiers d'en jouir, ils avaient durant quelques secondes revendiqué cette violence comme la leur, ça faisait un sacré moment qu'on avait envie de lui cogner la gueule, au Parisien !

L'ambulance emporta Loup vers Orsenne, un Loup qui maintenant hurlait de douleur, le bassin pulvérisé, une jambe écrasée et l'autre avec deux fractures ouvertes.

Judith s'enfonça dans les enganes et les roseaux derrière sa jument folle, au trot rapide de Fox qui cherchait encore sa mère à chaque tombée du jour, et la retrouverait mieux que quiconque.

Nous, en ville, nous étions dévorés de curiosité, qu'allait-il sortir de cette histoire ? On était presque déçus, je n'ai pas peur de l'avouer, on avait, pour certains dont je n'étais pas mais tout juste, espéré mieux. On n'apprécie pas vraiment qu'un inconnu vienne déguster nos filles, et sous notre nez, et en plastronnant !

Le pire en fait était à venir pour ce garçon de vingt-cinq ans. Le pire et le meilleur qui en sort parfois... Mais ça, c'était pour plus tard. Sur le moment, personne ne s'en doutait. Et puis le meilleur n'a pas duré, comme toujours.

Chapitre 12

JUDITH

Le père Poitevin, je l'ai jugé dès que je l'ai vu. Un type à talonnettes, de ces mercenaires qui ne servent qu'eux-mêmes. Celui-là jouait de sa voix comme s'il avait devant un tribunal à se porter garant des innocences du monde! Face à lui, Loup avait défendu sa peau avec les moyens du bord. Ce n'était pas Loup qui ratait les examens, qui atermoyait dans la prise de succession, ce n'était pas Loup qui devait prouver son autonomie en alignant les femmes conquises, c'était le fils de son père. Le pauvre, malgré ses efforts, n'a pu couper la chaîne des filiations, il est resté pire qu'un fils, un petit-fils! Mais on n'en est pas là.

Loup avait appris à dresser les chevaux pour retenir entre ses cuisses une vie dont le détroussait un bonhomme s'assurant de soi aux dépens des autres! Nous étions de la même sorte, je l'ai cru du moins, avec des exigences parallèles, des amertumes semblables, les pères ne nous réussissaient pas. Je ne me trompais que d'une génération.

Le vieux Poitevin des Baronies est donc arrivé au ranch dans une grosse Delahaye d'avant guerre, avec chauffeur. Lequel n'était qu'une masse écrasée devant le volant, répondant lentement aux ordres et au nom de Louis. A voir ce corps mou qui portait son prénom, on comprenait que Loup ait ajouté des dents à son état civil ! En réalité, le chauffeur s'appelait Ahmed, et je ne le sus que beaucoup plus tard ; Poitevin lui avait imposé « Louis » comme une livrée, sans lui laisser la moindre illusion d'identité. On humiliait l'héritier, on n'intégrait pas le Marocain. Des années après, ayant vu s'émietter le vrai responsable de ce gâchis, je n'ai pas cherché à casser Poitevin, Loup n'était plus en état d'apprécier ni même de le vouloir. Pauvre Loup, que son géniteur a voulu déclarer inapte pour le déposséder. Au fond, je me souviens toujours trop loin, trop bien, même quand c'est inutile. Rien de ce que j'ai vécu ne perd son venin avec le temps, c'est le mauvais côté des mémoires longues. Et bêtes : venir à bout de Poitevin n'aurait contenté personne, Loup marinait dans cet alcool où l'on oublie tout. Où l'on essaie... Et moi, je n'en avais plus rien à foutre. Ni de Poitevin ni de la vengeance.

Nous étions à table quand nous avons aperçu la voiture tournant dans la cour. A la plus mauvaise heure pour nous déranger, la seule où nous nous reposions, fourchette en main. Les hommes, indifférents, continuaient de manger leur rata avec cette concentration bovine qui interrompait net mes colères. Je m'arc-boutais sur mon agacement, à guetter les coups avec impatience et patience. Pour les rendre. Qui peut dire si je me suis usée à ce jeu ou prolongée !

Ni les Esposite et les gars ni moi n'avons bougé de nos chaises, le pékin en penserait ce qu'il voulait ! Bernard sans changer de ton, avait dit « personne ne se lève ».

Déjà la limousine s'arrêtait sous l'auvent et le chauffeur s'en extrayait avec peine. Il a tenu la portière, Sa Pétulance a jailli, bondissante, entrant sans attendre qu'on l'y invite, et nous avons eu droit à l'Indignation Frénétique du Père qu'on avait détroussé de l'usage de son fils. Il ne s'est pas présenté, entamant sa plaidoirie avec une de ces voix de tête à qui l'on donne ce qu'elle réclame pour ne plus l'entendre ! Je sentais grandir un désir noir que je croyais éteint, et François m'a retiré la fourchette des doigts, prudent. A l'époque, il ne fallait pas me provoquer trop avant, je démarrais vite.

Tout de suite, Poitevin assena des accusations, nous avions *livré* son gamin à une jument névrosée, nous étions coupables de négligences *graves*, nous allions découvrir de quel bois il se *chauffait* ! Étions-nous assurés, au moins ! Car ce que nous avions infligé se paierait cher ! Un ronron rebattu. Les périodes « déclamatoires » sont-elles toutes de cette eau ? Je reconnaissais celles qu'avaient utilisées les accusateurs aussi bien que la défense de nos petits collaborateurs locaux !

Bernard et François n'abandonnaient pas leur soupe, ils examinaient le bonhomme au-dessus de leur cuiller, impassibles. Le brandon s'est alors tourné vers moi. Et vous ! Vous qui l'empêchiez de préparer ses examens !

Ses cris déboulaient en ruée brouillonne qui montait jusqu'à l'hystérie. Je crois bien qu'il a tapé du pied. Plus tard, nous devions tressaillir en voyant de Funès sur les écrans, à se demander presque lequel avait servi de modèle à l'autre !

Moi, je mâchais, mastiquais, retenais avec les dents l'envie de lui lancer mon assiette à la figure. J'avais passé la matinée à l'hôpital, où l'on radiographiait Loup sous tous les angles, où l'on s'échinait à l'empêcher de souffrir, où personne encore n'avait entrevu ce père en mal d'un réconfort en chiffres sur un chèque !

Derrière lui, Ahmed attendait. Un signe ou une absence de signe ? Nos regards se sont croisés. Il a détourné le sien, avec lassitude ou tristesse ; il semblait dire qu'il faut vivre, nourrir sa famille et soi-même, plier son énorme carcasse aux volontés d'un nabot pétaradant.

Rien d'autre ne passait sur ce visage compact, et quand l'avocat dressé sur les pointes a hurlé qu'on ne l'écoutait pas, Louis, fracasse donc quelque chose pour qu'ils comprennent, il n'a pas cillé, pas répondu, il s'est contenté de glisser son énorme main sous le bras raidi, et soulevant de terre le père Poitevin, de le ramener jusqu'à la voiture comme une marionnette déglinguée. L'autre continuait sa gesticulation en postillonnant.

Ils sont partis après un large cercle dans la poussière. La voiture ne faisait aucun bruit. Par-dessus la vitre baissée, un poing brandi menaçait encore, et des bredouillis nous arrivaient, indistincts. Bernard a murmuré, qu'est-ce que ce fou nous voulait, tu le sais, toi ? Je ne savais rien, Loup ne parlait guère de son père. Et quand il en *parlait*, c'était lèvres pincées. Il m'a fallu du temps pour admettre que plusieurs Poitevin cohabitaient sous les invectives et les rugissements, protégeant le seul vrai des menées du vieux Baronies. Mais c'est une autre histoire.

J'étais sombre. Pour l'heure, ce pantin éclairait les attitudes de Loup, qui ne remarcherait plus normalement, ne monterait plus à cheval, tout un temps ne baiserait les femmes qu'avec de leur part une complaisance. Je ne mentionne pas la souffrance dans ce tableau clinique : Loup subissait sans une plainte, mais il en bavait.

La veille... oui, je préférais me rappeler que la veille, j'avais trouvé Jubilation prostrée sous un arbre. Elle m'avait surveillée avec une sorte de hauteur malheureuse tandis que j'approchais, et son expression était difficile à déchiffrer. Que savons-nous des *sentiments* qui s'emparent des bêtes à qui nous dénions une âme ? J'ai dû lui parler longuement avant qu'elle se laisse monter.

Nous avons fini par rentrer, fatiguées et lentes. Fox se collait à sa mère avec des hennissements brefs, elle le repoussait à coups de tête. Il était temps que celui-là coupe le cordon comme elle était en train de couper le sien. Le nôtre. Je crois que nous avons senti au même moment que notre attachement réciproque était excessif, notre orgueil dangereux.

Ma jument n'a plus jamais été la même. Chez elle, l'appétit de vivre à la diable s'était éteint avec l'envie de tuer. Car elle avait voulu tuer Loup, il n'y a pas de doute là-dessus. Mais elle l'avait regretté à l'instant même où elle retombait sur lui, elle avait connu son coup d'arrêt, comme moi. Si j'osais, je dirais qu'à compter de ce jour, elle s'est résignée à servir. A quoi, je ne sais. Ni quel maître secret, inconnu de nous deux. Ou trop connu. Moi aussi, je me suis résignée à survivre en dessous des crêtes, à mettre de l'eau dans mes vins. Est-ce cela, vieillir ?

Au retour, effondrée, j'ai dormi comme on meurt, sans savoir que je passais du jour à la nuit, j'ai cauchemardé. Dans mon rêve, Jean ne cessait plus de tomber sous le miaulement des balles, et quand c'était fini, cela recommençait. Au matin, je me suis vaguement souvenue d'avoir crié, de m'être un moment débattue entre des bras épais, en buvant quelque chose d'amer qui me renvoya d'un coup dans la neutralité des sommeils vides.

A mon réveil, il n'y avait personne au mas, ni hommes ni machines. Les Espagnols drainaient les rizières, les Esposite étaient partis pour les hauteurs, il était temps de redescendre les moutons de l'Alpe. Nous avions prévu que je les accompagnerais... ils ne m'avaient pas sortie du lit, ils m'avaient laissée.

J'ai compris : dans leurs têtes et d'ailleurs dans la mienne, j'avais un devoir à accomplir : je n'étais pour rien dans les actes de Loup mais je ne pouvais me dérober à leurs suites. Dans mes oreilles, une voix que je connaissais trop murmurait qu'on ne peut renier ce qui nous lie au monde. Nous sommes d'une espèce qui doit respecter ses propres lois, sinon elle retombe au milieu des bêtes.

Qui en ont aussi. Personne n'échappe à cette dichotomie, même si elle est primaire. Nous sommes entrés dans la clandestinité, Jean et moi, pour des histoires de liberté à visage humain, et j'avais frôlé de près la bestialité. Je n'en avais pas honte mais je m'en méfiais. C'est dans cet état d'esprit que je suis retournée à l'hosto. J'avais purgé ma rage, je n'étais plus qu'amitié. Enfin, je l'espérais. Je pressentais aussi que la compassion ne serait pas de mise. Mais la passion n'était pas au programme, pas encore.

Loup, sorti de la salle d'opération, dormait, allongé sous une coque empêchant les draps de l'effleurer. Il était blême, il respirait si peu que je l'ai cru mourant. L'infirmière m'a ri au nez, ne vous en faites pas, il en a pour deux heures au moins avant d'émerger, alors vous avez le temps de voir Pilleret, il voudrait vous parler. Elle me poussait vers la porte en tapotant mes épaules des deux mains, allez, ne vous inquiétez pas, je le surveille, votre amoureux ! Pendant l'opération, et malgré l'anesthésie, Loup n'avait pas arrêté de murmurer « comme tu avais raison, Dita ! » Cette femme espérait que c'était bien moi. Le toubib a fait du beau travail, vous savez !

Pilleret, au-dessus du petit lavabo derrière la salle de pansements, se lavait les mains, râlait entre ses dents tout en savonnant ses bras couverts de frisons roux. Quand il s'est retourné, j'ai compris qu'il était furibard : « As-tu vu son père ? Ce con voulait savoir dans quelle mesure tu étais *solvable*, tu te rends compte ? Et qui allait payer les actes médicaux, c'est à ça qu'il pensait ! J'ai failli le flanquer par la fenêtre, malgré son gorille assis devant la porte comme une souche ! Et c'est ce mastodonte qui m'a demandé si “ l'enfant ” allait bien ! Tu parles d'un père ! »

Pilleret, rescapé de nos guerres d'arrière-pays, conservait d'un séjour à la Gestapo de G* une claudication intermittente. Il était encore jeune mais n'avait plus d'âge, il était bon mais plus une once de patience ne l'habitait. J'aurais aimé être une souris dans ce bureau quand Poitevin des Baronies s'était pointé avec ses préoccupations financières. Pilleret avait des réactions verbales d'une rapidité venimeuse.

– Et ne ris pas ! Ton gaillard n'est pas tiré d'affaire. Les jambes, ça se répare, mais le bassin, c'est autre chose. En plus, le pauvre avait une coxalgie ! Oh ! légère, il n'empêche qu'il devait déguster sur tes chevaux ! Je sais, on m'a dit ! Je te laisse à penser ce que ça représente de contrôle sur soi ! Il a un orgueil de fer, ce gamin. Maintenant, il m'intéresse. Hier, je lui aurais volontiers claqué le museau, d'ailleurs on en avait tous envie. Depuis que j'ai vu son paternel, je me dis que celui-là, je vais le pressurer comme un grand, et me démener pour sauver la mise au fiston. Il n'a donc pas de mère, ton gars ?

Tout le monde a une mère ; celle de Loup, après avoir donné son titre et la gérance de sa fortune au jeune avocat prometteur et sans le sou, après avoir mis Loup au monde, avait choisi la fuite définitive. Poitevin s'était empressé d'enterrer sa femme en province, de rajouter « Baronies » à sa roture, et de coller son fils entre les pattes de nurses ravissantes. Dans la foulée, elles maternaient le père, les revenus avaient assez de consistance pour ça.

– Joli coco, dis donc ! – Pilleret était venu me prendre par les épaules –, allons Judith ! Il vivra, ton Loup, il marchera. Mal, mais quoi ! Il n'y a pas que lui, moi aussi, je boite !

Quant au papa, il s'en chargeait. D'autant que Loup était majeur, libre de cascader sur des rosses plutôt que piétiner derrière son géniteur à la manque !

Je suis montée presque requinquée dans la chambre où Loup avait ouvert les yeux et fixait le mur avec au-dessus du nez un pli de concentration féroce. Ses cheveux collés par la sueur découvraient le front, lui faisant un visage plus dur, plus triste.

Il a deviné ma présence, « Judith ? » Je me suis approchée du pied du lit pour le voir de face. Il s'était demandé si je serais là, si je viendrais. Au moment même où il sautait de Jubilation, disait-il, il avait su que j'allais le virer, le mettre au train du soir, et baste. Après, évidemment, il n'avait plus songé qu'à gueuler comme un âne

Je me suis penchée pour le détailler de près ; depuis que j'avais rencontré le père, j'avais peur de déceler des traces, ou des absences de trace. C'est pire, on se pose encore plus de questions ! Il a souri, sans rien demander.

Au bout d'un long moment de silence – je m'étais assise à côté de lui, j'avais posé deux doigts timides sur son épaule –, il a murmuré, vas-y, ma grande, fais-moi la totale. Je suis foutu ou pas ?

Pilleret était mieux placé que moi pour lui expliquer ce qu'il en était. Avant que je l'appelle, Loup a sorti la main de dessous les draps pour me serrer le poignet, Judith, promets. Je veux la vérité nue, pas de manières, pas de pitié. Je veux savoir, tu m'entends !

J'ai promis. L'amour chez moi commence avec le respect, j'ai pris de l'amour à ce moment-là. De l'amour ? Oui, au bout du compte, j'ai aimé Loup. Jusqu'au moment... bon.

Pilleret est arrivé, boitant bas. Cela ne nous ennuyait pas qu'il s'asseye ? Il en avait plein les bottes.

– Alors mon vieux, qu'est-ce que tu veux au juste, la mélasse ou la vérité ?

Il en faisait trop, mais Loup n'était pas en état de peser les nuances au gramme près. Je me suis écartée, réduite au filigrane. Pilleret allait trancher dans le vif comme il disait parfois, j'avais eu le temps de l'exiger en courant au-devant de lui dans le couloir, et je voulais leur donner la distance qu'il faut pour s'abstraire des présences importunes.

– Le cheval, c'est fini pour toi. Comme tu le pratiquais, en tout cas. Tu remonteras peut-être un jour, mais à la paisible. Les fantaisies, terminées.

Il avait été obligé de coller des vis sur le sacrum et une prothèse à gauche. La fracture double, ce n'était rien, quant à la jambe écrasée, la suite dépendrait de Loup, de son courage et d'une triple règle d'or, pas de tabac, pas d'alcool, pas d'excès de poids. Les artères et les tendons avaient dégusté, il souffrirait longtemps.

– Tu es jeune, côté musculaire tu te referas du volume avec de la patience, mais faut pas rêver, cette jambe-là sera toujours plus faible que l'autre. En plus, il faudra repasser sur le billard dans un an, pour ôter la ferraille.

– Je marcherai ?

– Et comment ! Je marche, non ? Ah bien sûr, tu ne danseras plus la gigue comme je t'ai vu le faire, mais la vie n'est pas le tango ! Et puis, pas de souci pour les trois glorieuses, ça marchera aussi. Tu as de la chance dans ton malheur, tes terminaisons nerveuses n'ont rien.

Loup a soupiré qu'il voulait marcher droit, remonter à cheval et danser le be-bop. Ils ont débattu avec violence. Pilleret hurlait, et ta coxalgie ? Occupez-vous de vos fesses ! criait Loup. Brusquement ils se sont tournés vers moi, Loup grinçait des dents, je ne veux plus revoir ce que j'ai vu dans ses yeux tout à l'heure, qu'elle me plaignait. Si c'est ce que tu comptes offrir pour la convalescence, Judith, tu peux foutre le camp, je me passerai de toi.

Pilleret rigolait, de la pitié ? chez cette fille ? Il rêvait ou quoi ? Je n'étais pas moins vache qu'un procureur de la République ! Il clignait de l'œil dans ma direction, elle ne t'a jamais raconté l'histoire de ce...

– Cela suffit, Pilleret.

Pilleret poursuivait d'une voix insidieuse, y a des tas de choses que tu ne sais pas, mon gars ! Tu devrais profiter de ton temps mort pour écouter un peu ce chameau. Si elle consent à parler.

La surveillante a rappliqué, Docteur, voilà le papa. Avec un avoué et le factotum.

Loup, la voix changée, a demandé si on pouvait le redresser. On pouvait, mais ce ne serait pas une partie de plaisir.

– Allons-y.

La sueur a perlé pendant qu'à la manivelle, on remontait le sommier du lit en position inclinée. Pilleret, dans son dos, levait le pouce, sa bouche formait des mots silencieux, chapeau, le gars !

Le père est entré, suivi d'un homme gris que nous connaissions tous, et nous avons failli éclater de rire. Malival, l'avoué, était doux, méticuleux, et d'une lenteur mélancolique. Sa devise aurait pu se résumer à « laissons faire le temps ». Entre ses mains, les saisons s'éternisaient, les expulsions se figeaient dans des hivers interminables ; on avait l'impression que sous sa houlette, le printemps ne reviendrait jamais. Malival n'aimait pas mettre les familles dehors, même sous le soleil ! Les litiges s'exténuaient dans des détails, aucun ne se réglait par ses soins semblait-il, tant ils paraissaient se résoudre seuls au fil des mois. A la bonne fin des affaires qu'il ne traitait pas, il envoyait pourtant une facture, que personne ne refusait de payer. Une facture modeste. Au fond, les chicaneurs guérissaient d'eux-mêmes, peut-être aussi parce qu'il n'y avait pas d'autre avoué sur la place.

Bien sûr, ces manières ne l'avaient guère enrichi. Cela ne l'empêchait pas d'avoir huit gosses énervés à l'image des autres du même âge, et qui grandissaient à la diable. Un diable lentement gagné par le calme paternel. Les profs de Terminale adoraient les plus âgés, ce qui rassurait beaucoup les maîtresses de Maternelle. C'est que je leur donne une éducation soignée, expliquait Malival, la patience arrange tout, mesdames. La patience et la coulée des ans.

Ahmed est venu se pencher au-dessus de Loup, posant avec douceur sa large patte sur les boucles noires, ça va, petit ? Oui Ahmed, ça va. Le gros homme posté derrière le lit, adossé au mur, a fini par regarder vers moi avec une curiosité souriante.

Louis, hurlait le vieux, sors-moi cette fille de là. Ahmed-Louis n'a pas bougé ; sors-la, sors-la, sors-la !

Malival s'est levé de la chaise qu'on lui avait tendue, a dit : « Au revoir, monsieur Poitevin, nous ne ferons rien de bon tant que vous serez excité comme ça. Je reviendrai.

– M'en fous ! Donne-moi le Bottin, Louis. Je vais prendre un autre avoué, ce n'est pas ce qui manque ! »

Malival a ouvert la porte avec douceur, justement si. Expliquez-lui, ma petite Judith.

Pilleret, carmin, essayait d'étouffer son fou rire, et moi je baissais la tête, de peur de sombrer dans une fureur trop rigolarde pour être efficace.

Loup a dit d'une voix nette : « Papa, tu nous emmerdes. Tu vas me faire le plaisir de rengainer tes envies de me coller sous tutelle. J'ai fait le nécessaire il y a un mois, et tu n'auras pas de prolongation de gérance parce que j'ai remis la succession de maman entre les mains d'un fondé de pouvoir. Quant à tes comptes, ils seront vérifiés dès mon retour. Tu devrais relire tes fiches, papa, même celles de ton " gamin ", même si je t'ai laissé la bride sur le cou jusqu'à aujourd'hui. Je suis majeur depuis quatre ans, rappelle-toi.

– Mes comptes ? Je n'ai pas de comptes à rendre à mon fils ! C'est bien ce que je pensais, tu es fou. Cette greluche t'a tourné la tête. Je vais appeler des médecins à ton chevet, je vais... »

Ahmed a décollé du mur, l'a pris par le coude, il faut rentrer, monsieur, laissons Loup se reposer. Ce gros tas avait une voix profonde, calme, et rien ne devait le sortir de ses gonds. D'ailleurs, cela valait mieux! Moi, je m'interrogeais. Comment cet homme hystérique avait-il réussi à s'imposer dans les prétoires, comment parvenait-il à faire valoir ses vues? En matière de droit, on n'obtient pas grand-chose avec des cris.

Au moment où ils s'en allaient, Loup a murmuré, Ahmed, quitte-le, viens me rejoindre avec ta famille, tu seras chez toi.

Ahmed a soupiré, on verra, Loup.

Pilleret est parti à leur suite. L'infirmière faisait semblant de retaper les couvertures pour épier du coin de l'œil, mais nous étions patients. Elle a fini par sortir.

Loup m'a guettée, comment va la jument?

Je me suis mise à rire, j'avais un immense besoin d'abandon, de faire tomber cuirasse et méfiance. J'étais comme toutes les filles avant moi, je suppose, aveuglée par cette séduction des hommes qui donnent l'impression de savoir ce qu'ils veulent. En même temps, je sentais que cela ne me séduirait pas longtemps. J'ai gloussé, les rires idiots servent de paravent à l'inavouable. Car j'avais envie de Loup et de ne pas en rajouter à ses drames. J'avais envie de Loup en devinant qu'il continuerait de désirer me soumettre et que je ne le permettrais pas. Cela promettait de beaux jours!

Des mois après, quand j'ai accepté de l'épouser, je savais qu'à défaut de nous donner du bonheur, le mariage ne nous épuiserait pas d'ennui. C'est beaucoup plus qu'en tirent la plupart!

Jean du fond de sa mort et dans mes rêves qu'il ne voulait pas quitter, Jean riait. Je n'ai pas cessé de l'amuser, je crois. C'est très bien ainsi, les morts n'ont pas tant de distractions.

En attendant, j'ai avoué que la jument avait des remords, merci pour elle, et moi des désirs.

C'est exactement ce dont Loup avait besoin.

Chapitre 13

ADÈLE

Orsenne s'est mise à vrombir comme une guêpe soûle dès qu'on sut que tu faufilais l'amour avec ton éclopé. Rappelle-toi, Judith, à l'époque chacun te souriait, te parlait, te conseillait même ! Tu venais de rejoindre le troupeau où l'on monte ses passions en neige pour remplacer les trois sous qu'on n'a pas ! Et en épingle. Quitte à les découdre vingt ans après. Seulement, pense-t-on aux travaux de couture avant le temps des reprises ? Quelques imbéciles allaient jusqu'à se frotter les mains, tu étais bien à l'image des autres, prise au piège par la pitié. Et vingt dieux, ils n'auraient jamais cru ça de toi !

Comme si Loup aurait supporté guimauve et compassion ! Moi j'avais ma petite idée, rodée sur Falloires qui l'avait cueillie en hochant la tête, Adèle, tu as sûrement raison.

Et comment ! Oh, je ne te demande pas d'approuver, vos amours sont trop lointaines pour avoir encore un intérêt polémique. Je pensais qu'à la place d'un père, vous n'aviez connu l'un comme l'autre qu'une machine à sperme. Par la suite, vous vous étiez dégagés des enfances amères avec les honneurs, sans qu'on puisse savoir si vous étiez durs faute d'avoir eu votre compte de douceur ou parce que la rudesse était dans vos gènes. Jusqu'à l'accident, tu avais de l'appétit pour ce garçon sans te soucier ni de lui ni du reste, après, tu as pris de l'amour. Il était courageux, orgueilleux, il voulait tout, en acceptant de payer cher s'il fallait ! Comme pousse-café, un cœur énorme. Au sens d'autrefois, au sens du cœur au ventre ! Il ne faut pas me raconter de craques, Judith, j'ai ouvert trop de braguettes dans ma vie pour ignorer combien de douleurs cravachées se cachent derrière les fermetures Éclair ! En ce qui te concerne, je n'ai pas soulevé tes jupes pour voir ce qui patientait dessous en attendant de guérir, mais je ne pense pas me tromper non plus. Toujours est-il...

Ne fais pas cette tête, voyons ! Cette panoplie du besoin n'empêchait pas le souvenir. Tu avais trop de sang pour ruminer ton désespoir, pour mariner dans un amour recuit ! Rien du présent n'empêchait Jean d'avoir existé, ni que tu l'aies aimé comme une folle.

J'invente tes nuits comme si j'y étais ! Tu as dû mettre mon frère dans la confidence, lui murmurer tes plaisirs, les morts ont si bon caractère ! Lui racontais-tu qu'on ne peut pas conserver un corps au frigo quand il a vingt-cinq ans et du goût pour les hommes ?

Et dans tes rêves, Jean caressait ta joue. Il devait rire, « profite donc, ma fille, croque la vie, tu ne sais pas qui te mangera ! » La jalousie, vois-tu, ça n'attrape que les vivants ! Lui te donnait toutes les absolutions du monde, j'en suis persuadée ! Ou c'est à désespérer de l'au-delà !

Et puis tu étais si belle tout à coup. Une lampe, avec cent cinquante watts au cul !

Je ne fabule pas, oh non ! Crois-tu que je n'y connaissais rien en matière de passion substituée ? Urbain, je l'ai glissé entre mon mari et moi pendant trop de temps, pour ne pas me douter de ce qu'il en était ! Vivants ou morts, ils nous abandonnent toujours, même quand ils nous aiment « beaucoup » ! C'est dans notre tête que ça se passe, et le pauvre Armand pouvait bien me faire l'amour en ne voyant que moi, moi j'en étreignais deux, c'est comme ça. Jusqu'au jour où j'ai cru le perdre ! Armand dépérissait, s'attristait... C'est au bord des éloignements qu'on devine à quel point on demeure affamée de présence : Urbain faisait sa vie ailleurs, Armand restait là. Et c'était à *lui* que je m'étais habituée, tu comprends ? C'était lui dont j'avais besoin.

Seul ton rêve de Jean ne voulait pas mourir. Qu'a donc à faire de nos désirs la poussière d'un mort dans son trou ? Je sais bien, on ne l'apprend qu'au pied du mur et pour rien, parfois. Mais apprendre pour rien ne faisait pas partie de tes erreurs, n'est-ce pas ma grande !

Oui, une lampe, avec un abat-jour de luxe en ce temps-là. Tu n'avais plus ton allure de chatte efflanquée. Certes, on s'était tous remplumés peu ou prou ; après les restrictions, les kilos ont tendance à se pointer sans qu'on les appelle. Toi, tu avais convoqué les bons là où il fallait ! Tes cheveux se tortillaient jusqu'à mi-dos, tu plantais tes prunelles noires dans des regards qui fuyaient vite, te tenais droite comme un i, à faire bander n'importe quel mâle de quinze berges à point d'âge. Mes années de plus commençaient à m'enrober les hanches et le désir, alors je t'enviais. De loin et sans conviction.

C'est vrai, on ne se voyait plus qu'autour de Josépha, à bêtifier. Je parle pour moi ! Toi, tu la regardais avec méfiance, tu la prenais dans tes bras pour l'examiner de plus près, et ce bout de chou hurleur s'arrêtait aussitôt de geindre. Tu murmurais « comédienne » et tu n'avais pas tort ! Pourquoi le fut-elle ? Mystère. Ce n'était pas faute d'amour, pas faute de... oh, va savoir !

A l'automne, tu es repartie, entraînant Loup derrière toi. Il cavalait sur ses béquilles en vrai dératé, les dents à découvert. Ce n'est pas qu'il s'amusait, mais il voulait qu'on s'y trompe : entre rire et souffrir, il n'y a guère de différence pour qui observe mal.

Durant l'été, Bernard et François s'étaient entichés de lui tout à fait. D'abord, tu l'aimais. Un laissez-passer qui n'aurait pas suffi. Il les a mis dans sa poche en deux temps trois mouvements ; ils adoraient le panache, et Loup menait sa guérison comme on se bat en duel !

Combien de fois a-t-on vu les deux frères le bahuter sur leur dos d'un bout de la ville à l'autre, du moins les premiers temps ! Bientôt, ils en ont eu assez, les vertèbres se fatiguaient plus vite que leur complaisance, et ils ont fabriqué une boîte à roulettes qui permettait à Loup de se déplacer sans trop de peine. Les rares moments où il laissait échapper une plainte, c'est quand il fallait s'asseoir. Avec ce truc il ne s'asseyait plus, s'arrangeant même pour bouger les jambes en inclinant la boîte en arrière. Je ne sais toujours pas comment ça marchait, pour tout te dire, je n'ai jamais eu la fibre bricoleuse.

Une fois les plâtres aux oubliettes, le jeu des béquilles a débuté. Fort. On a tous en mémoire ce qui s'est passé sur la place ce matin-là, effaçant presque l'image que nous conservions de maman et de mon frère, l'un derrière l'autre dix ans plus tôt.

Eh oui, presque dix ans. Le temps passe avec des ailes aux talons, tu ne trouves pas ? Regarde-moi, je suis aussi démodée que mes robes, aussi vieille que mes souvenirs. Eux... à croire qu'ils ont pris un siècle dans les dents ! Parfois, j'ai l'impression d'être plus jeune que toi qui ne veux rien te rappeler, pas même les jours de passion. Et tu en avais à revendre, pourtant.

Tu logeais ton amoureux dans la baraque de la vieille Léontine. Ta mère vadrouillait dans une autre ville, à la remorque de son jeune époux, et toi, seule héritière des Fautrelot, tu retapais tes murs et ce gringalet en prime ! Il n'était pas question de le ramener au ranch tant qu'il bahutait le machin qui l'encoquillait de la taille aux talons !

Jour de marché. En temps ordinaire, tout le monde épie tout le monde derrière ou devant les étals, et voilà qu'on avait aperçu son ombre guettant la jeep derrière le rideau. Il ne s'attendait sûrement pas à ce que tu te pointes sur la jument ! Toi bien sûr, tu ne te doutais de rien. La veille au soir, et ce n'était pas prévu, Pilleret était venu le prendre puis l'avait ramené de l'hosto, déshabillé de ses foutues jambières, et ne gardant qu'un plâtre de marche sous deux béquilles. Je crois que Loup, ravi, s'essayait depuis l'aube à crapahuter dans les pièces du rez-de-chaussée pour te réserver la surprise. Je crois aussi qu'il voulait quitter la maison Haute pour retourner aux champs, loin des yeux d'Orsenne. Les yeux de Chimène, mais il n'en avait rien à branler, c'était des tiens qu'il avait besoin ! Des tiens et de cette odeur de cheval qui lui tenait lieu de lavande pour homme !

Toi, tu arrivais sans t'en faire, au petit trot sur Jubilation. D'habitude, tu prenais la voiture mais ce matin-là, il faisait très beau, très doux, on ne devinait pas encore la fin de l'été bien qu'on y fût. Tu allais attacher ta bête à l'anneau quand la porte s'est ouverte à la volée. Loup, en haut des marches, vous regardait avec des yeux trop grands pour sa figure. A dire vrai, il ne voyait que Jubilation.

Il était pâle comme de la craie, et la jument n'était pas fraîche non plus. Elle tremblait, elle piétinait. Toi, tu restais figée. Quand les filles comme toi sont blanches, elles le sont jusqu'aux lèvres.

Après avoir sautillé sur les marches, il avançait entre ses deux bouts de bois. Jubilation s'est mise à reculer, pas à pas. Loup avançait toujours. Soudain nous avons compris, il voulait se réconcilier avec elle, il n'avait pas du tout l'intention de se venger, et elle, elle en avait de la crainte. Enfin, c'est ce qu'on en a déduit.

Il s'est arrêté, il a dit, sans jouer au charmeur comme il savait le faire, Jubilation, je t'en prie. Autour de lui, nous étions vingt, cinquante, cent peut-être, serrés comme pour une sortie d'église. Pourtant, nous avions laissé un grand cercle autour de vous trois, soudain saisis de... pudeur peut-être. C'était votre histoire à vous, et déjà bien gentil de nous en autoriser le parfum !

Il a fait un geste que d'abord nous n'avons pas apprécié à sa valeur, il s'est jeté par terre. Nous avons failli nous précipiter mais tu avais levé la main vers nous, et ça voulait dire « vous ne bougez pas ! » On s'en serait bien gardés, on te connaissait. Et on commençait à le connaître aussi. Pendant ce temps, Loup arrachait une touffe d'herbe à la base d'un arbre de la place, se redressait contre le tronc comme il pouvait, les traits tirés par la souffrance. Il a sautillé jusqu'à la béquille qu'il avait perdue dans sa chute, il l'a ramassée, se l'est collée sous le bras. Il a recommencé à bouger vers ta bête, l'herbe serrée dans la main. Elle ne reculait plus, elle le regardait avec de la curiosité. Et va savoir ce qui se passait dans sa tête ! Nous, on en aurait pissé d'angoisse !

On pensait et l'autre, là, qui ne remue pas un cil ! On t'aurait pilée ! Si Jubilation reprenait les choses où elle les avait laissées deux mois auparavant, que déciderait notre amazone ! Il y en avait pour ragoter que la fois d'avant, tu l'avais regardée faire, ta jument !

Judith, tu étais comme une vigie sur sa dunette ! Moi, je me doutais que tu étais prête à tout, mais les gens, ceux du marché comme ceux de la ville... Au cirque, certains espèrent avec obstination que le lion finira par bouffer le dompteur ! Ce fameux jour-là, toute la populace tremblait d'attente. Personne n'avouerait que le pire l'aurait comblé, je suppose que je ne t'apprends rien. Ils tremblaient comme on jouit, ces salauds.

Jubilation a penché la tête, aspiré les brins de folle

avoine, accepté les doigts sur le chanfrein, la tape sur le cou. Elle avait cessé de frémir des jambes, seule sa robe frissonnait.

Loup souriait, il l'a saluée, je te jure que c'est ce qu'on a cru, puis il s'est tourné vers toi, et résolument s'est dirigé vers la porte en présentant son dos. Jubilation n'a pas bougé. C'était fini. Le spectacle, je veux dire. La jument vous a suivis, s'est dirigée vers le mur à l'ombre avec un petit hennissement tranquille, et les gens sont retournés à des faits divers moins frustrants pendant que tu t'en allais régler tes comptes avec l'amour ou la vie.

Le père Poitevin était reparti dans sa limousine depuis beau temps, muselé mais hargneux. Au bout de son périple et de ses récriminations, il n'avait trouvé pour l'assister personne d'autre que Malival, forcément, ce qui bien sûr ne l'avait mené qu'à des impasses.

Ahmed, une dernière fois, avait conduit la voiture devant la porte de la maison de ville au lieu de poursuivre son chemin, s'était arrêté, tiré de sa boîte pour venir sonner pendant que son patron tambourinait sur la vitre de séparation en criant. Ahmed est entré, il est resté quelques minutes à peine, il est ressorti, nous n'avons jamais su ce qu'il avait dit ou fait. On a vu la voiture s'éloigner enfin, prendre de la vitesse dans la côte. Poitevin gesticulait toujours. Celui-là, même mort depuis longtemps, je suis sûre qu'il se donne encore du mouvement sous la dalle, ce n'est pas possible, une agitation pareille !

Ma foi, il s'est passé presque deux ans avant que tu ne nous reviennes pour de bon. Tu faisais des séjours de loin en loin et les Esposite se languissaient, du moins à notre idée. On te trouvait oublieuse, ingrate, bref comme tout le monde. Et tu nous intéressais moins.

Moi, j'élevais Josépha en attendant son frère Paul et ce n'était pas une partie de plaisir, j'avais un peu trop d'années pour une seconde grossesse. Mais Armand était si content, si fier. C'est l'époque où Urbain et lui sont devenus de vrais amis, l'époque où nous dormions tous ensemble et passions la nuit à parler du temps jadis, celui où j'étais jeune de cœur, même si le reste commençait à grincer dans les entournures.

Un matin, nous avons vu les volets ouverts dans ta maison de la place, la Delahaye devant la porte, et Ahmed qui poussait devant lui des femmes, des gosses et un chien. Toute cette marmaille entrait et sortait en portant des couffins et des cartons. On avait l'impression que les paniers étaient pleins de rires, que les enfants transportaient leur joie comme on joue au ballon.

Le petit Poitevin, silencieux pour une fois, regardait ce chahut, les mains au dos. Les deux hommes ont parlé un moment, Poitevin soupirait, agrippait par le bras Ahmed qu'il n'appelait plus Louis, tu ne regretteras pas ? Non, faisait Ahmed de sa grosse tête pleine de cheveux encore noirs. Ahmed, murmurait le vieux, tu vas me manquer. Il n'était pas si mauvais que ça, dans le fond. Les pires ont des bons côtés comme les meilleurs en ont de pires.

Au bout d'un moment, Poitevin est reparti au volant de sa voiture, calme en apparence, et nous ne l'avons revu que le jour des noces, après qu'il eut démontré chez le notaire qu'en dépit de tout, on reste une teigne quand on en est une !

Mais c'est une autre histoire, non ? Avec bruit et fureur, une vraie tornade dans nos vies s'encroûtant. Je me demande ce que nous serions devenus sans vos bagarres, et si nous ne serions pas tous morts d'ennui !

Chapitre 14

JUDITH

Adèle a raison, j'aimais Loup. Mais dans la minute même où je l'avais su, j'avais compris qu'on allait se déchirer tout le temps qu'on resterait ensemble. Cela valait le coup quand même. Paradoxe assez jubilatoire, les conneries qu'on accomplit en connaissance de cause voyagent sans regrets !

Je voyais Loup tel qu'il était, sans indulgence ou réserve particulière. Il héritait de son père, ou de je ne sais qui, un énorme besoin de domination. Le sien s'enveloppait de charme, alors que le vieux Poitevin et son côté trépignant ne leurraient personne. Mais que sais-je de celui-ci dans sa jeunesse ? Avec quoi séduit-on une héritière fin de race, dont la candeur ne va pas jusqu'à remettre ses richesses sans contrôle ? Les familles autour réclamaient des contrats de prudence, les illusions déçues y trouvent-elles un réconfort ?

L'exigence des conventions devant notaire venait de moi, je ne péchais pas par excès en matière d'illusions.

Est-elle morte de sa belle mort, la jeune mère dont trente ans après j'ignore toujours le prénom, ou pour fuir son époux ? Pourquoi sait-on d'avance qu'on ne refusera rien mais qu'on ne cédera pas ? Comme l'aurait dit Falloires s'il avait prophétisé, cela promettait de beaux jours ! Pour moi, ils ont été sans surprise. Et beaux quelquefois. Au commencement.

Nous avons tenu nos promesses bien au-delà de ce qu'on pouvait imaginer, plus tard, quand Loup a commencé de jouer son bien pour se sentir vivre, et que je l'ai regardé se débattre. Seulement, ce n'était plus de l'intérêt amoureux, c'était de la curiosité.

En attendant, je trouvais drôle de le voir sautiller entre ses béquilles comme un merle impatient. Il faisait des efforts monstrueux pour marcher, serrant les dents quand il nous savait là. Pourtant il lui arrivait de hurler, mais alors il nous croyait loin – du moins au début – et laissait libre cours à des souffrances permanentes. Dans sa jambe, la circulation était lente à s'organiser autour des veines écrasées sous les coups de Jubilation, et la douleur le taraudait sans répit, surtout le matin, quand après le sommeil, il fallait remettre la mécanique en marche. A deux ou trois reprises, Pilleret dut intervenir sur des phlébites, des thromboses occlusives, demandant si ça valait le coup, s'il ne vaudrait pas mieux couper, carrément... Loup ne voulait pas entendre parler d'amputation, Loup à voix d'autant plus basse qu'il se retenait de l'agonir, articulait « plutôt crever ! » et obligeait Pilleret à jurer sur ma tête qu'il ne profiterait pas de l'anesthésie pour n'en faire qu'à la sienne ! Pilleret me vouait une dévotion superstitieuse depuis que je l'avais sorti des mains de la Gestapo en bousillant pas mal de monde au passage, et Loup ne l'ignorait plus. Il jouait sans aucun scrupule de cette, comment dire, cette science des mobiles. Quand le pire vous frôle, rien après cela ne vous retient de tout exiger de la vie et des autres !

De retour à la capitale, Loup s'est mis entre les mains de Jules Guillon, un vieux kiné travaillant encore sur les sportifs malgré son âge, et sur les cyclistes en particulier.

Jules en tâtant les muscles atrophiés avait soupiré, j'en ai pourtant vu, des guibolles en mauvais état ! ce qui était manière de s'exprimer, l'homme était aveugle. Il a pris l'affaire en main comme une gageure, accomplissant des miracles : au bout d'un an, son éclopé marchait. Sans boiter. Sur ses conseils, Loup avait bataillé pour qu'on lui fabrique une semelle en liège à mettre dans les chaussures, compensant ainsi le raccourcissement de sa jambe. Ce fou avait décidé qu'un La Baronies avancerait comme tout le monde dans l'église de ses noces ! Le monde à ses pieds, les regards après soi. Les regards de femmes, évidemment.

J'ai commencé à me faire une idée de l'ascendance maternelle, ou plutôt du grand-père, à ce moment-là. Poitevin n'offrait qu'une obstination d'hystérique ; Loup, lui, était têtu façon vieille noblesse de terre. J'ai commencé à me répéter que je m'engageais dans une histoire morte d'avance, et à n'en tenir aucun compte.

Mais je le reconnais plus de quarante ans après, ce qui ôte beaucoup de poids aux convictions de l'époque ! Moi aussi, j'aimais la difficulté, moi non plus je ne dédaignais pas que les gens me regardent comme une succulence dans leurs vies !

Loup ne s'était pas occupé que de guérir durant ces douze mois frénétiques. Il avait dans les deux sens du terme « soulagé » son père de ses responsabilités de gestionnaire en reprenant les rênes de son héritage. Il y mettait une avidité sans précaution mais sagace, n'en étant pas encore à boire le fonds.

Le grand-père Baronies l'avait hébergé pendant la guerre pour lui éviter le STO. Profitant de l'occasion, il lui avait tout appris du vin, comment on le fait et comment on l'apprécie. Quand les leçons ne rentraient pas assez vite, il expédiait son petit-fils chez son homme de confiance, en crachant à celui-ci « mate-le ». Et Ahmed avait dressé Loup à sa manière, le menant en douceur à la croisée des choix.

– Ou tu t'y mets, et mes chevaux sont à toi, ou tu refuses, et tu tailleras la vigne, passeras la houe comme un ouvrier de ton grand-père. On n'a pas débuté autrement dans la famille ! P'tit Loup, ton grand-père nous estime, nous les Larbi. Cela ne s'est pas fait en un jour, on a trimé, on a regardé dans la même direction que lui, c'est ce que je veux dire. Alors si tu veux gagner son respect, car l'amour du vieux n'est pas autre chose ! tu sais comment t'y prendre. Bien sûr, choisir te regarde.

S'y mettre, c'était s'intéresser, et pas à n'importe quoi n'importe comment, c'était se passionner pour le vin. Et Loup s'était intéressé, passionné, Loup avait hérité le savoir avant les terres. Les petits chevaux arabes, que le père d'Ahmed avait introduits dans le domaine bien avant la guerre, avaient parachevé l'enseignement.

Grosse fortune que celle des Baronies, à base de vignobles dans le Médoc et de négoces internationaux. « Vins et spiritueux » recouvre tout autant la petite exploitation de famille que le cru classé, de famille aussi d'ailleurs ! Je faisais une bonne affaire, a glissé Poitevin le jour de la conclusion des contrats, sans que j'aie sur le moment compris s'il parlait de lui ou de moi. C'en eût été une, ajouta-t-il, s'il n'avait conseillé à son fils un mariage avec séparation de biens ! Au fond, il me voyait semblable à ce qu'il avait été, un coureur de dot. Ses yeux méchants vacillèrent un peu à l'énoncé de mes possessions Fautrelot, qui n'étaient pas mal non plus selon Bernard Esposite, bien que nettement hexagonales. C'est dans l'oreille de Bernard que j'ai glissé mon commentaire, je préférais moi aussi conserver mon indépendance financière.

Écume habituelle des unions qui ne satisfont pas les familles ? Loup et moi n'y pensions pas. Ou si nous y avons songé, ce fut très loin derrière les désirs, les plaisirs, les jeux. Ils n'aveuglent qu'un temps, nous serinait-on à travers les définitions de domaines ! On riait...

Aujourd'hui que je suis vieille, rompue aux ficelles des divers codes civils ou autres, je sais que la préservation des biens l'emporte toujours sur la protection des personnes, reflet fidèle de ce qui taraude les individus au plus profond, le sentiment de propriété. L'existence au jour le jour n'a pas infirmé ce que je prétends, même si parfois j'aurais bien aimé !

Nous nous sommes mariés à grand spectacle, on peut dire ainsi de nos noces. Loup tenait à ce bataclan qui ne me tentait pas, et j'aurais dû résister dès le premier jour. A quoi cela rimait-il ! Mais le cirque des convenances faisait partie des « détails » sous lesquels n'importe qui pouvait croire à des concessions. En réalité, je m'en foutais, on n'allait pas se chamailler autour d'un oripeau de satin blanc qui m'irait, selon moi, comme une mitre à un castor ! Les symboles le fascinaient, alors pourquoi pas lui faire plaisir à bon compte !

Les choses se sont gâtées quand Bernard, tout en ramenant les moutons dans les enclos avec mon aide, dévoila ce que ces « fantaisies » cachaient : Loup comptait nous apparaître dans « le dimanche » que les hommes de chevaux pratiquent par ici. A côté de cette tenue austère, adaptée à la monte, ma robe à traîne piétinerait dans la poussière et le ridicule. Cela nous ramenait à de vieux schémas, l'homme à cheval, la femme à pied ou en amazone dans le meilleur des cas. Derrière lui.

J'aimais déjà les côte à côte. Chez moi, la colère entre en ébullition à très petit bruit ! J'étais folle de rage mais calme. Adèle, mise au courant, rigolait en silence, son gros ventre faisant vibrer le bord de la table. Nous nous étions écartées dans la cuisine pour causer en paix, soi-disant pour faire le café. Les hommes parlaient fort dans la grande salle, les deux servantes bavardaient à l'autre bout de la table en épluchant les rhubarbes pour les confitures, nous avions tout le temps, tout l'espace pout épiloguer.

– Ta contrecarre, c'est quoi ?

Je ne le savais pas encore. Le moucher, ça oui, avec une rectitude imparable, mais le « comment » ne me venait pas. J'étais trop furieuse pour réinventer des stratégies.

Dans notre dos, la voix de Pauline, la servante, qui servait aussi de nounou à Josépha, s'aiguisait en contrechant sur les bonshommes, tous pareils, férus d'apparence, la leur et celle des autres ! L'autre fille de peine, la jeune Emmeline, pleurnichait que son « Jules » n'aimait pas les chaussures à petit talon, si commodes pour le bal. « Qu'est-ce que t'en as à foutre si t'es bien d'dans ! rétorquait Pauline, acide. Tu vas pas au bal pour t'asseoir les pieds en évidence, t'y vas pour danser ! Et s'il n'est pas content, gambille donc avec celui qui s'en tape ! Les gars, y en a que pour la vue ! Même s'y a rien derrière ce qu'on voit ! J'te jure, quelle bande d'abrutis ! »

« Mais je l'aime, bêlait la petite belle, j'aime lui plaire. » Adèle me cherchait de la pointe des yeux, la bouche ironique.

« Alors, mets tes échasses du dimanche et te plains pas si ton mec s'frotte aux autres ! Espèce d'empotée ! Une fois qu'il t'aura bien montrée à ses copains avec tes vernis, il râlera comme un pou quand tu lui diras qu'ils te font mal aux pieds. Ma fille, tes pieds, il s'en moque, c'est tes talons qui l'intéressent ! Et encore pas longtemps, fais-moi confiance ! »

Adèle ricanait, t'entends la voix de la sagesse ? Fous ta robe et ton voile aux chardons, cours à tes noces dans la tenue qui te convient, et s'il est pas content que tu portes la culotte autant que lui, conseille-lui de tâter de la jupe !

Elle imitait Pauline en gloussant ; son allégresse m'a gagnée et nous nous sommes écroulées sur nos chaises, pleurant de rire dans les tasses.

De retour dans la salle, nous les avons regardés, tous, le plus jeune en train d'amuser les plus vieux qui n'y voyaient pas malice. Il s'y entendait pour beurrer la pilule, il n'y a pas de doute !

Seul Bernard ne riait pas. Il a deviné ma présence, il a levé la tête. Nous avons échangé sans rien dire, comme on avait toujours fait, des tas de nuances impalpables, et comme toujours Bernard a compris, il y aurait du sport ! Il a souri en baissant la tête. Jusqu'à la fin de la soirée, j'ai senti qu'il m'observait, avec derrière son amusement un chagrin sourd, amer. Il n'a pas mis son grain de sel, ni ce soir-là ni après. Et que pouvais-je lui confier qu'il ne sache ? A quoi bon économiser les bêtises ! Quand on ne les pousse pas jusqu'à leur limite, on reste avec l'impression qu'elles n'auraient jamais eu lieu, et c'est presque surenchérir.

Le lendemain matin, j'ai rejoint Bernard dans l'écurie. Pendant qu'il sellait Prince, je tournais autour de la jument pour me donner une contenance. Me conduirait-il à l'autel ? Je n'avais plus de père, et ma mère était au diable.

– En amazone ?

– Tu plaisantes ? Nous irons à cheval, chacun le sien, et je suppose que tu m'accepteras quelle que soit ma tenue ? Lui devra me prendre comme je serai.

– C'est déjà la guerre ?

– Une guérilla, mais je n'ai pas l'intention de la perdre.

Il a lâché la selle, m'a saisie avec exaltation, es-tu sûre de vouloir épouser ce gars ?

– Non. S'il n'y avait que moi, je me l'enlèverais nu et cru, qu'est-ce que tu veux que je fasse des anneaux et des serments de papier !

Je n'étais sûre de rien, seulement j'attrapais la vie comme elle se présentait. Il serait bien temps d'aviser quand cela deviendrait nécessaire.

Avec gravité, tout en me tenant serrée dans ses mains dures, il a demandé si je voulais des enfants. D'après lui, je n'en étais pas friande. Je n'ai pas répondu. Là encore on verrait.

Bernard respirait fort, avec ce visage torturé que je lui avais découvert au retour du stalag, quand il avait appris et la mort de Jean et ce que j'avais accompli par la suite, seule contre les autres et contre moi-même. Ma fille, ma fille, j'aimerais tant que tu aies du bonheur !

– J'en ai.

Ce ne serait sans doute pas le bonheur de tout le monde, mais cela avait-il une importance ? Ce serait le mien, qui ne regardait que moi.

Le matin des noces Loup est arrivé en veste courte, avec des bottes et des éperons, sur un demi-sang qu'il avait acheté en Espagne et qu'Ahmed avait transporté dans son van. Sur ce bai à trois balzanes, dont la crinière nattée était d'un noir de jais, il était superbe, vibrant, il avait ce grand pli autour de la bouche qui ne s'effaçait plus depuis sa chute, vraie signature de souffrance. Mais qui le savait ? Il était beau si la rudesse est belle. Je sais qu'on m'a enviée.

Il est entré seul dans l'église, silencieux comme un chat qui chasse. Contrairement aux us et coutumes qui veulent que les femmes *attendent*, je n'étais pas dans le chœur.

On devait entendre voler une mouche, si je me fie aux occasions devant lesquelles mes concitoyens ont suspendu leur souffle jusqu'à l'étouffement. Ils ne sont jamais en retard d'espérance dès qu'un drame se profile !

Bernard et moi avions fait le guet pour arriver après Loup, c'est moi qui l'avais voulu ainsi. Il n'était pas mauvais que mon cher amour fasse connaissance avec l'impatience et le doute.

Nous avons sauté de nos chevaux ensemble, à même le parvis dont nous avions escaladé les marches sur nos bêtes. Bernard était en noir, et moi, sévère dans mon habit de fête andalou, jaillissant d'une ténèbre de satin galonné d'argent, je lui donnais la main.

Le regard de Loup a foncé. Son père au premier rang se noyait dans un mouchoir, il pleurait. Tout à fait l'homme à verser des larmes de joie sur un échec de son fils !

Les gens posaient sur nous leurs petits yeux de poule avide, et le curé, les mains sur le ventre, n'était plus que le garant patelin d'une éternité de querelles conjugales. Le sacrement de l'Église n'allait-il pas nous y maintenir contre vents et marées ? François fit un pas hors de son banc et me prit l'autre main. Je fus conduite à l'autel de mes noces par les seuls amis que ma jeunesse ait connus.

La veille, j'avais choisi les versets, banni l'obéissance des formules habituelles, ce qui avait fait sourire l'abbé par anticipation. Mon cœur battait, de bonheur et de malheur jumelés. Je crois que j'étais belle de la même façon que Loup, la volonté d'en découdre donne aux filles la seule beauté qui dure.

Ni lui ni moi n'avons dit « oui » à l'amour. Ce que nous entamions était beaucoup plus intéressant. Parce qu'à l'instant où j'ai accepté de devenir son « épouse », j'ai compris que je ne l'aimais pas, j'avais juste envie de lui, de sa vitalité. J'avais juste envie de revivre. Et le désir peut flamber longtemps comme s'éteindre d'un coup, la moitié des unions ne se décide pas autrement, avec parfois moins de chances dans son jeu que la nôtre. Car nous, nous savions. Loup ne m'aimait pas non plus.

Cet homme n'apprenait pas. L'histoire de Jubilation ne lui a servi qu'à vouloir réussir avec moi ce qu'il avait raté avec elle ! Je ne lui en veux pas, c'était de bonne guerre. Pourtant ne me demandez pas de le plaindre, nous avons eu quinze ans de « bonheur » à mains nues, où tous les coups étaient permis. En cette affaire, j'en ai pris autant que j'en ai donné.

Qu'espérais-je donc ? Qui apprend, qui ouvre les yeux, qui se sert de ce qu'il a vécu ?

Chapitre 15

ADÈLE

Le repas de noces devait se tenir au ranch, mais Loup avait souhaité qu'un bal ouvert à tous ait lieu le soir, dans le pré communal. Ce fameux bal où ma servante Emmeline oserait danser comme une folle dans des souliers bas, pour mieux découvrir que les hommes ne détestent pas la dragée haute quand on la leur fait gober en riant, « c'est comme ça, mon lapin ! » la gaieté remplace tant de choses... j'ajoute que Loup payait les flonflons.

La belle jeunesse et pas mal de vieux comptant bien tourner autour de la fête, les uns et les autres ont envahi l'église ras bord, histoire de remercier d'avance, ou de se rincer l'œil. On discourait depuis quelques heures bien qu'à demi-mot, sur l'irruption de Judith chez le meilleur tailleur d'Orsenne, et ce, trois jours à peine avant la cérémonie ! Les mines affichées par les ouvriers quand on leur parlait de la robe, intriguaient au superlatif. Cette précipitation, ce choix réservaient des surprises, une tenue de... on ne savait quoi mais époustouflante. D'habitude, pour les « grands » mariages, on va chez Chloé, boutique de luxe.

J'étais dans le secret des dieux, mais je m'en moquais, c'était leur affaire. Moi je ne parvenais pas à me sortir de la tête mon propre mariage qui s'était conclu à la va-vite, dans un bled perdu, à cause d'une pudeur imbécile que j'avais. C'était bien la première fois ! Mais je ne voulais pas qu'on murmure, qu'on blesse Armand avec des allusions.

Oh, je m'en battais l'oreille pour mon compte, seulement j'éprouvais trop de respect envers lui, trop d'affection pour accepter les vilenies qui ne manqueraient pas ! Du genre, épouser une pute même « repentie », a-t-on idée ? Alors qu'il t'aurait suffi de payer pour l'avoir !

Mon Armand n'était pas un « client », je ne l'ai connu qu'après la guerre, enceinte de Josépha jusqu'aux yeux, alors que je cherchais à me débarrasser de la maison de mon frère dans la ville voisine. Je ne tenais pas à la conserver, pas tant pour moi qu'à cause de Judith : on se verrait beaucoup puisque je l'avais choisie comme marraine, et je pensais à l'effet que ça lui ferait de revenir là en visiteuse, de me savoir couchée dans leur lit, mangeant dans leurs assiettes, méditant le long de leurs feux. Enfin, je crois que c'était à cela que je pensais. De toute façon, je ne me sentais pas à mon aise dans cette taule.

En plus, je voulais m'installer au vu et au su du gratin d'Orsenne, je voulais de l'esbroufe ! Provocation ? Et comment ! J'envisageais de racheter l'hôtel Napoléon III où Louise m'avait allongée pour le « bon » motif. Et avec la moitié de la ville, pendant que l'autre regardait, bavant dans mon dos !

Elle n'avait plus le courage de rien, Louise Lavaillier. Depuis la loi Marthe Richard, elle avait mis la clé sous la porte et ses filles sur le trottoir ! Sa pelote était faite depuis beau temps, c'est à son cheptel qu'elle songeait quand elle demandait aux habitués si ce n'était pas un malheur, tout ça ! Avant, elles étaient au chaud, avant... Alors, puisque sa baraque avait été rafistolée grâce aux dommages de guerre, elle désirait la vendre. Et conclure avec moi serait moins rude, elle me le laissait entendre.

La maison de Jean, avec ses écuries et son petit parc dévalant jusqu'à la rivière qui traverse Mont-Saint-Jacques, tentait beaucoup Armand Valmajour, « veuf » de guerre.

On peut les appeler ainsi, ceux qui sont revenus des stalags pour trouver leurs femmes dans le lit d'un milicien, d'un trafiquant ou tondues à ras ! Lui avait « disparu » sans le savoir, par un de ces tours de passe-passe dont l'époque était coutumière. Des hommes de loi lui affirmèrent qu'il ne réussirait pas à récupérer son exploitation même avec un déploiement légal. C'est tout juste s'il retrouverait son nom !

Armand utilisa d'autres moyens, les « grands », comme on dit. Un soir, avec trois copains aux destinées semblables à la sienne, il força l'entrée de sa ferme, sortit son remplaçant du lit conjugal et réclama l'équivalent du bien avec des arguments à canon scié.

Le type en face avait marchandé dans le noir, et fortune faite, réparti ses gains entre plusieurs banques, moyennant des commissions pour la fermeture automatique des yeux sur les prête-noms. Cela se faisait sans que personne y regarde d'aussi près qu'il aurait fallu, il y avait tant de lessiveuses en trop !

Armand s'en foutait, l'autre n'avait qu'à se débrouiller pour tirer de ses coffres de « paille » de quoi désintéresser celui qui tenait le fusil. Armand expliquait, de cette voix sans éclat et ne variant jamais, « t'as mis des tas d'affaires au nom de ma femme, j'en suis sûr, et même, vous avez signé une donation au dernier vif, pour être tranquilles aussi bien l'un que l'autre. C'est que tu connais la musique, pas vrai ? les femmes sont faibles. Alors c'est simple, vois-tu, si tu refuses une part de ton gâteau pour me dédommager, t'es mort. Or elle croche à la vie, ma femme, je la connais aussi bien que toi. Plutôt que tout perdre si je la tue, elle sera raisonnable. N'est-ce pas, ma grande, que tu seras raisonnable ? Surtout si je me réinstalle " chez moi " ! Cela n'étonnera pas les gendarmes que je te pardonne, ma chérie, ils en ont vu d'autres ».

« Et puis, ajoutait Armand en agitant son arme, le coin regorge de rôdeurs, tu te balades avec pas mal d'argent en poche, hein mon salaud ? Le fric et le mouchoir pardessus, c'est encore plus sûr qu'un coffre ! Mais ça n'a pas de parfum, l'argent, ni de visage, un rôdeur. Surtout quand il a été déclaré disparu pour autoriser une union de capitaux. On ne punit pas les morts, ni dans un cas ni dans l'autre.

« Imagine qu'on réussisse à prouver ma responsabilité dans ta disparition, qu'on m'arrête, qu'on me redonne une identité pour me juger, j'aurais droit aux circonstances atténuantes, non ? Je crois même qu'on m'acquittera et me remettra dans mes droits. »

Armand, grelottait l'autre, n'était pas le seul qu'on n'avait pas attendu, qui avait souffert dans un camp pour des prunes.

– Et toi, tu continueras d'être mort.

Raisonnement imparable. Ayant récupéré du fric en pagaille, « ne lésine pas, mon vieux, ça t'évitera d'avoir le fisc sur le dos ! », Armand avait donné quitus aux bigames, et racheté des terres à vigne en mettant ses potes sur le coup. Après, fallait se loger en ville, histoire d'en emmerder quelques-uns. D'où son regard tourné vers la maison de Jean. Bleu, le regard, bleu-bébé. J'aurais dû me douter que je n'épousais pas un enfant de chœur, mais quoi !

Qui peut comprendre les choses de la vie ? J'étais large comme une tour, en plus on s'était chargé de lui raconter mon existence par le menu sous prétexte de faciliter les discussions. D'autres sources lui avaient détaillé les Falloires, père et fils, la petite troupe clandestine et ses coups. Tout cela mis ensemble, qui pouvait dire ce qui sortirait de nos entretiens chez l'agent immobilier ?

J'ai plu, gros ventre compris. Encore davantage quand j'ai confié sans attendre que mon polichinelle serait un tantinet plus foncé que l'ordinaire dans nos campagnes.

Je le revois assis sur le bout de sa chaise quelques jours plus tard, avec son peu de roses entre les doigts et l'air ému d'un gosse à son premier amour. Il avait épousé une oie blanche, disait-il, et regardez où j'en suis, elle a noirci sans aide. Ou plutôt avec celle du premier chien coiffé qui lui montrait comment s'ouvrent les porte-monnaie des maris absents !

– Et vous me plaisez, que voulez-vous que je vous dise ! Cela se commande pas.

Moi, pendant ce temps, j'oscillais sur la ligne de partage des eaux, j'y va-ti, j'y va-ti pas ? Urbain ne me reviendrait pas, même si j'avais son enfant dans le ventre, et Armand ne me plaisait ni ne me déplaisait. Quelquefois, les amours commencent moderato cantabile. Est-ce plus mal ? Ils durent davantage, dit-on. Ma grand-mère râlait contre les mariages d'amour pour mieux vanter leurs contraires ! « Si tu mets une bassine d'eau froide sur un feu entretenu, l'eau bout un jour ou l'autre, non ? » La mienne était tiède au départ. J'avais fait le tour des voluptés plutôt deux fois qu'une et ce n'était pas ce que j'attendais d'Armand. Eh bien, elle avait raison la mémé Grampian, je fus bien aise de notre union, je ne l'ai jamais regrettée. Et quand Armand est mort, j'ai eu du vrai chagrin. Mais on n'en est pas là ! Il en a passé sous le pont avant qu'il crève, le pauvre, et qui plus est, ailleurs que dans son lit !

Certes, je n'avais rien caché de ma vie ; tout de même, je connaissais les gens. On est allés se marier à Pétaouchnoc, avec Bernard et François comme témoins, et notre repas de noces s'est passé à l'hôpital, jambon-purée, tout de suite après la naissance de Josépha. Le petit chameau ne m'a pas laissée savourer les joies de la conjugaison ! Une emmerdeuse, dès la première minute.

Juste à temps ! a commenté l'officier d'état civil qui enregistrait la gamine quasiment dans la foulée du mariage ! Armand s'en moquait, il était prêt à l'aimer comme sa fille, même si par la suite, elle devait prendre une couleur plus caramel que sucre glace !

Il était doux, Armand, tendre, sensible. De la race des moutons, murmurait-il souvent, ne s'enrageant pas toutes les cinq minutes. Parfois, j'avais du mal à l'imaginer le fusil à la main, réclamant son dû sans barguigner. Tu l'aurais tué ? Je le lui ai demandé un jour, tellement ça me paraissait impossible. Il a ri, comment veux-tu que je te réponde ! Lui l'a cru, c'est tout ce qui compte !

Si bien que j'ai vendu les murs de Jean à une colonie de vacances, la mode en commençait, et nous avons établi nos pénates dans l'hôtel Napoléon III. Sur le perron, au moment de notre emménagement, j'ai annoncé fort et haut pour que personne n'en perde une miette, tu vois chéri, c'est ici que j'exerçais le plus vieux métier du monde, dans cette maison même ! Crois-tu que c'est drôle !

Il a ri, m'a retenue par le coude, attends un peu ! Et retroussant ses manches, il m'a portée dans ses bras jusqu'à l'intérieur, avec Josépha que je plaquais contre mes seins et qui hurlait à la mort parce qu'elle avait perdu sa tétine ! Orsenne était aux balcons, je vous le garantis. Et c'est bien là-dessus qu'il tablait. Quand je vous dis qu'il était fin, cet homme !

Après, ma foi, il s'est mis au travail, il a fait de l'argent, beaucoup, avec ses vignes, celles de Loup et la soif des autres. Il n'y a pas de cesse à la grande soif du monde, vous savez ! Et, dans ce cas, si le vin est bon, on a toujours raison même quand on a tort.

Et puis au fil du temps, les gens ont la mémoire soluble. Il y eut bien deux trois vieux pour évoquer mes cuisses légères quand elles ne l'étaient plus, mais ils moururent, le souvenir avec eux. Pour ce que je m'en souciais ! D'ailleurs, au moindre ragot, Judith claironnait que la ville entière avait le feu au cul aujourd'hui comme hier, pas vrai, père Machin ! Elle le disait avec cette violence calme qui faisait reculer les plus audacieux. Ça aide, voyez-vous. Elle m'aimait, Judith.

Décidément, les repas de noces ne me réussissent pas. J'ai ressenti les premières contractions au moment de la pièce montée, avec le champagne j'ai compris que les choses s'accéléraient, et le petit Paul est né à même le comptoir du vestiaire, pendant que le plancher commençait à sonner sous la noria des danseurs.

Pilleret, venu jeter un œil, n'a eu que le temps de cueillir notre fils, lier le cordon, appeler l'ambulance et me coller au lit avant de s'en retourner foxtrotter comme un vieil ours, en marquant le tempo avec sa jambe raide.

Le soir tard, Armand est accouru sur la pointe des pieds ; je n'avais pas demandé qu'il reste à côté du lit, j'avais un immense besoin de dormir, de ronfler, de bêtifier sur mon bébé, mais *seule.* Un homme peut pas comprendre, c'est dans le ventre que ça se passe. On était remplie jusqu'aux amygdales, on se retrouve vide, c'est comme si on avait perdu quelque chose, quand bien même on a l'enfant dans les bras. Faut du temps pour s'en remettre, et les bonnes paroles n'y peuvent rien.

Armand me regardait avec des mercis plein les yeux. Je lui en aurais fait deux d'un coup qu'il ne m'aurait pas aimé davantage. Moi je m'en foutais, je voulais qu'il me raconte. Mon braillard une fois de plus me privait de noces, alors dis-moi tout, avec qui a-t-elle ouvert le bal ? A-t-elle changé de tenue ? Allez, Armand, me fais pas goder ! Vont-ils partir en voyage ? Il souriait, femme, tu m'amuseras toujours ! Elle a dansé comme une diablesse, et lui aussi. Mais pas ensemble. Ils se sont sauvés à l'aube, dans la Delahaye du père Poitevin avec cinq jerricanes dans le coffre, ça bouffe, ces engins-là ! Et une seule petite valise pour deux. Ils riaient beaucoup. Enfin, ils montraient leurs dents si tu veux tout savoir !

A ce moment, on ne savait pas leur destination. Judith ne la connaissait pas, Loup n'en avait parlé qu'à Bernard, et encore parce qu'il avait besoin d'essence, sinon il n'en aurait rien dit à personne. Quand ils sont revenus, au bout de trois mois s'il vous plaît, ils n'ont fait que passer. Ils allaient vivre en Gironde, dans la propriété Les Baronies.

Judith a voulu voir sa filleule et le fiston. Elle avait minci, elle brûlait, incendiait. Il y avait quelque chose d'amer et de noir dans ses yeux sombres. Où étaient-ils allés ? A Venise.

Trois mois de Venise... vrai ! Elle m'a regardée, la bouche dure. Écoute ce que je te dis, Adèle, nous ne vieillirons pas ensemble, lui et moi.

Avec des promesses de visite, ils sont partis vers le « château ». Loup nous assenait des caresses et des mots, venez quand vous voulez, la maison est grande. Il échangeait des numéros de téléphone avec Armand, Bernard et même Georges Falloires qu'il n'aimait pas. Judith se taisait. Dans l'oreille, elle m'a glissé de rappliquer souvent, qu'elle avait besoin de moi.

La première fois que je l'entendais déclarer une chose pareille. J'ai croisé ses yeux, j'ai vu que c'était vrai, elle était dans un embarras qui la minait, et d'un coup j'ai su qu'elle n'avait pas réussi à renvoyer Jean dans la mort, et qu'elle n'y parviendrait sans doute jamais.

Alors, une fois rentrée chez moi, une fois réfugiée dans ma chambre, j'ai pleuré sur elle. Ce n'est pas suffisant d'avoir tout ce qu'il faut pour être heureuse...

Armand est entré, m'a prise dans ses bras. On a dormi sur nos larmes. Je dis « nos » parce que je l'ai mouillé des miennes ; était-ce les miennes seules ? Va savoir. Au matin, il m'a dit de derrière son bol de café, nous irons bientôt, quand tu en auras trop envie.

C'était ce qu'il me fallait entendre pour être sûre. L'eau de mon chaudron d'amour commençait à bouillir, c'était bien. Très bien.

Chapitre 16

LES « MINUTES » DE MAÎTRE GEORGES FALLOIRES

Du vivant de Loup nous n'avons jamais pu, Adèle et moi, évoquer ce que nous savions de leur « voyage de noces ». C'est curieux, non ? D'autant qu'il avait duré longtemps, ce qui excite l'intérêt. En fait, nous étions retenus l'un et l'autre par la peur de toucher à quelque chose de « grave », enfoui, réprimé, refoulé comme on commençait à dire dans le salon des notables ! La psychanalyse minait jusqu'aux villes de province les plus étriquées !

L'âme cachée des événements ravageait aussi bien chez Loup que chez elle, et cet abîme, ce dessous des cœurs, ne nous regardait pas. Adèle soupirait, je crois que nous aimons trop Judith, ça nous fausse le jugement ! A nos yeux, il est vrai, *personne* n'était assez bien pour elle. A nous aussi, on ne sortait pas Jean de la tête, nous aussi on *comparait*.

Nos réactions personnelles n'étaient pas seules en jeu. Il fallait compter avec celles de Judith qui détesta Venise d'emblée et ne le dissimula pas. Elle essaya de comprendre la passion que Loup portait à cette ville, sans y parvenir. Un plein trimestre de ces tentatives qui n'aboutirent pas, lui dessina une bouche très amère.

Laquelle nous mit en rage, rajoutant à nos craintes, et nous jetant dans les injustices face à Loup. Il ne faudrait jamais se fier aux âpretés de lèvres, surtout quand le porteur ne vous réclame pas de juger à sa place !

Ce qu'à l'époque elle nous a délivré, par bribes et par accident, dans un de ces moments où la rancœur est trop lourde pour conserver sa muselière, les aperçus de ce qu'ils ont là-bas déchiqueté d'eux-mêmes, ensemble ou chacun de son bord, tout a confirmé leurs différences essentielles. Aucun recours ne se profilait, et comme nous n'étions pas meilleurs que les autres, la certitude d'avoir prévu l'échec ne nous déplaisait pas vraiment.

Le pauvre Loup avait trop parlé de cette ville où il l'emmenait, avec un regard d'enfant qui ne repère que son plaisir sans rien déceler autour, et pourtant il y avait à voir ! Sa famille possédait une Ca' dei Piozzi dans la presqu'île de la Dogana. Chaque année de son adolescence avec le grand-père, il y avait passé quelques semaines dont le souvenir lui mettait des étoiles aux yeux.

Je rappelle qu'au moment de ces allées et venues, c'était la guerre, la plupart des gens ne *voyageaient* pas pour le plaisir. Le grand-père, lui, continuait de partir en « villégiature » ! En cette occasion, il ne se révélait pas un parangon de la Résistance ni d'ailleurs de la Collaboration, il restait ce qu'il avait toujours été, un négociant en vins. Et le négoce, au regard des gens de sa sorte, n'a que son porte-monnaie pour patrie. Les Allemands et les Italiens constituaient une grosse part de sa clientèle avant-guerre ? Ils continuaient, et lui continuait d'alimenter leurs caves. Après les « hostilités » comme disait l'ancêtre Baronies, il noya l'épuration dans quelques barriques judicieuses, puis exporta le reste aux États-Unis avec une grande égalité d'humeur. Après tout, que s'était-il donc passé pendant six ans !

Sur les portraits et les photos qui le représentent, le

vieux montre un œil layette, une bouche moelleuse, une chevelure épaisse et blanche, il a du charme, lui aussi. Bien sûr, il ne faut pas s'attarder sur les mains, sur les ongles bombés, ni se demander par quel miracle un dévorant de cette ampleur a pu rester sec comme un olivier. Il y a de par le monde quelques avides qui n'ont tout simplement pas de fond. Si la chose n'apparaissait pas trop sur les clichés, au naturel, elle vous éclatait à la figure, je le sais par expérience.

Sans se rendre compte de l'effet qu'il nous faisait, Loup nous ressortait les phrases clés de son idole, et l'une d'elles me pétait au nez chaque fois que je l'entendais : « Dans une main tendue, proclamait l'ancêtre, remarque en premier l'argent qu'elle contient, en second celui qu'elle dissimule. »

Avec un point de vue pareil, on va loin. Jusqu'à Venise ou Berlin sans états d'âme. Loup n'en eut pas davantage. Personne ici ne lui en tint rigueur, et pour cause ! Nos credos se ressemblaient tellement ! Au bout du compte, nous n'avions pas eu de guerre à proprement parler mais deux occupations, aussi juteuses l'une que l'autre !

Et Loup, comme son grand-père, a couru le monde à l'affût de bonnes affaires. A couru les femmes à l'affût de consolation. Puis tous les alcools à l'affût de l'oubli. Mais j'anticipe.

De la maison de la Calade Fortune dont le nom l'enchantait, Loup connaissait l'histoire sur le bout des doigts. Il la déversa dans les oreilles de Judith sans omettre les détails qu'il aurait mieux valu taire : l'aïeul du XVIIIe siècle avait ajouté la demeure au patrimoine de la famille, par la grâce d'un mariage de dupes où la jeune dinde ignorait qu'on épousait les quatre murs qui allaient l'enfermer. Griselda Piozzi mourut jeune. Aucune compagne des Baronies ne fit de vieux os. La série de ces compagnes éphémères se conclut avec Judith. Même la Gestapo n'en était pas venue à bout, alors un mari !

Au fond, ces hommes-là sont trop sûrs de leur nom, de leurs ancêtres et de leurs couilles, ce sont des hommes d'antécédents. Une bourrasque insoumise aux prédictions météo les souffle comme une bougie.

Sans deviner le glas que chaque répétition sonnait dans la tête de Judith, Loup reprenait son antienne avec délices, tu verras, dans la Ca' dei Piozzi, j'ai passé des heures de rêve, tu verras, elle est étrange, elle a mille détours dont chacun a sa vocation particulière, tu verras. Je veux qu'elle te plaise, nous y viendrons tous les printemps.

Au début, Judith était prête à voir, prête à partager cet émerveillement juvénile et plein de promesses : il suffirait sans nul doute d'un peu d'amour pour effacer l'ombre Poitevin qu'elle imaginait rôdant au sein du caractère de Loup. Elle ne nous a jamais précisé le moment où elle comprit que le versant Baronies était pire, et qu'il y avait une raison à leur mariage. Une raison si banale, si vieille famille... M'en aurait-elle parlé dès son retour que je n'aurais pas osé lui dire cette vérité que découvre n'importe quel notaire, à longueur de testament ou querelle de lignage.

Oui, dans sa candeur, elle ne repéra pas tout de suite ce qui avait poussé Loup à l'épouser. D'ailleurs, soyons juste, Loup lui-même ne le vit pas avec la netteté qu'on lui prête après coup, il en était encore à jouer de leurs corps sans aucune arrière-pensée. En outre il ne s'agissait pas de biens fonciers, de murs ou de vignes, c'était plus simple et plus terrible. Parce que ça le détruisit, lui seul. Un pauvre homme, à la fin de tout.

Après l'interminable voyage – car Loup ne voulait pas arriver sur sa ville comme une pierre, il jubilait dans l'attente de l'attente, il désirait Venise un peu comme on désire les femmes qui vous remettent à plus tard ! – après seize heures d'inconfort, après le passage par Mestre et la prudente et longue et lente progression entre deux marais sur une chaussée instable, ils avaient débarqué face au Grand Canal avec des sentiments qui s'opposèrent d'un coup, même s'ils ne le sentirent pas. Au sens propre, si je puis me permettre.

Loup n'avait pas l'odorat délié, je ne suis même pas sûr de son « palais ». Les derniers temps, il buvait n'importe quelle bibine un peu corsée, alors qu'il avait en chais des millésimes fameux. Il est vrai qu'il préférait les vendre. A l'arrivée, il n'a donc pas manifesté le moindre sursaut devant la pestilence qui les accueillait. Et puis, il avait eu toute l'enfance pour s'y faire.

Judith était une olfactive. Pourquoi le dis-je au passé, elle possède encore cet odorat sensible qui fronce le nez quand les « parfums » répugnent. Elle a reculé. Ce fut net comme un coup de couteau. L'odeur de soufre de la raffinerie les avait suivis depuis Mestre, et se mélangeait au remugle des eaux stagnant dans les *rus* mineurs. Un lacis de petits canaux s'envase vite, s'y déverse l'usure des cuisines et pas seulement. Quant à l'eau, se renouvelle-t-elle aux confins d'une mer presque sans marées ? Avec la chaleur, la pourriture devient vite insupportable, et il faisait grand soleil.

Notre Judith, après dix minutes de motoscafe, a découvert que la Ca' dei Piozzi trempait dans un bouillon vert, et que le Grand Canal au mois d'août ne valait guère mieux que les affluents.

Loup ne voyait rien, ne sentait rien, Loup, exalté, cognait déjà sur la porte en criant, ecco ci !

Le battant moisi s'est ouvert sur une forte femme aux cheveux d'huile noire, qui s'est emparée de Loup avec des cris, des larmes, de grands coups sur une poitrine sonore. Au-dessus de la tête de Loup qu'elle serrait contre elle, elle examinait Judith de ses yeux de basilic.

– Son attitude n'était qu'un cérémonial, tu sais, derrière, il n'y avait pas plus d'amour que d'eau claire dans les canaux. Elle a vu que je traversais ses apparences, elle est fine. A vrai dire, décrypter ce que je pensais n'était pas difficile, je me laisse lire par qui veut. Dissimuler me fatigue, pourquoi donc gaspiller de l'énergie à mentir, à préserver un masque aussitôt franchi que posé ! Elle a eu un bref sourire fendillant le sien, elle m'a plu. Loup n'y voyait que du feu, c'était mieux ainsi. Au fond, Loup n'a su déchiffrer que les hommes, et encore, uniquement ceux de sa sorte !

J'essaie de retrouver le ton de Judith pour cracher les vérités mauvaises à boire. N'importe quelle femme d'une autre trempe aurait pensé qu'on la refusait, qu'on voulait Loup pour soi seule. Judith ne s'y est pas trompée, Caterina, lionne tutélaire de la Ca' dei Piozzi, répondait à l'attente des gens, un point c'est tout. C'est une forme de liberté comme une autre.

Parfois, j'ai du mal à me souvenir que notre Judith n'avait que vingt-cinq ans. Il m'a fallu dix années de pratique, quelques mésaventures de placements en plus de centaines de successions haineuses et controversées, avant de me fabriquer l'instinct du premier regard qu'elle a décroché dès le berceau ! Un jour où j'osais réclamer les pourquoi et les comment, elle a ri, les yeux réduits à deux fentes de chat en colère, mon pauvre Falloires, tu oublies que j'ai eu les meilleurs maîtres ! Et les ombres méchantes des Fautrelot, mère et fils, se sont dressées entre nous, me faisant frissonner. Moi, j'ai eu des parents délicieux, je veux dire qu'ils ne m'ont jamais rien refusé d'une affection que je ne réclamais pas. Mon vieux père Émile me traitait de crétin, mais avec amour, et cela change l'optique des choses.

Déjà Loup s'arrachait aux mains dodues, et poussait Judith en direction de la dame, Caterina, ecco la mia sposa. Si chiama Judith.

Adèle raconte à sa manière qui n'est pas la mienne ; selon elle, la Catherine, devinant à qui elle avait affaire, s'est ménagé une connivence dès la première minute. Moi, j'écoute mieux, il me semble du moins. L'habitude notariale des confidences à mots couverts, je suppose ! D'après Judith, Caterina l'a saisie par les poignets, l'a regardée de si près que Loup ne pouvait voir leurs yeux ni les entendre, et elle a dit contre son oreille, pourquoi donc as-tu épousé le petit-fils du vieux maquereau ?

Sans un sourire, sans même essayer de reprendre ses mains que broyait l'autre, Judith a murmuré que Loup avait une « bonne » queue. C'est plus joli en italien, mais je ne retrouve pas les mots exacts.

Che dice ? Il ne l'a jamais su, le pauvre, les deux femmes riaient ensemble ; cela s'appelle la complicité des femelles et ne s'explique pas à l'homme cible.

Caterina est toujours dans les murs d'Orsenne après avoir tâté du château des Baronies. Elle a suivi les « tourtereaux » quand ils rentrèrent, pleurant sur l'épaule de Loup qu'elle ne le quitterait plus maintenant qu'elle l'avait retrouvé, il était son petit. Et le « petit » l'a crue. Ce méfiant, ce garçon toujours disposé à lever du faisandé chez les meilleurs, a pris cette déclaration d'amour pour argent comptant. Ah, comme dirait Adèle, nous sommes de grands naïfs sous nos airs de bouffer le monde à la croque au sel !

– Moi qui te cause, j'ai vu les plus coriaces me demander si je les aimais, ils venaient de bâcler leur affaire, ils venaient de glisser leurs « petits cadeaux » dans le tiroir de la table de nuit, ils connaissaient le gars qui patientait devant la porte, et réclamaient qu'on les aime ! En sou du franc, comme disaient les cuisinières autrefois !

– Que répondais-tu ?

– Pardi, que je les aimais *trop* ! Je les suppliais de s'en aller vite, de me laisser avec ce qu'on m'ordonnait de faire au suivant. Ils étaient un certain nombre à soupirer, sur les marchés ou la foire aux bêtes, que j'avais un faible pour eux ! Des hommes mûrs ! Alors ce gamin, tu penses ! Malgré le grand-père et ses principes, malgré Poitevin et son éducation à la manque ! Ce pauvre Loup aurait gobé des œufs pourris si Caterina, sa « nounou », l'en avait supplié avec le ton !

En réalité, elle avait perdu son concubin l'année d'avant et n'avait nulle envie de continuer à « garder le tombeau », comme elle appelait la maison de la Calade Fortune. Jouer la comédie était plus facile, d'autant qu'elle s'était mise à aimer Judith. Il était plus simple de se faire accepter aux Baronies en s'appelant Catherine et en se mettant à parler un français parfait, que d'ailleurs elle savait déjà. Les « Marie pleines de graisse » sont des malignes ! C'est en ville qu'on préfère les grandes minces !

Les premiers jours, Loup a baladé Judith de l'Accademia à la pointe du môle face à Trieste, il l'a promenée en motoscafe, en gondole, et donc au plus près des eaux mortes, il lui a fait courir les îles, l'a traînée de petites places en petits ponts, de l'aube au crépuscule, dans la brume et le soleil, sans lui demander une seule fois ce qu'elle avait envie de voir. Et toujours, la ramenant le soir par les Schiavone, vers la Calade Fortune où l'odeur était pire qu'ailleurs. Et toujours s'enfermant avec elle dans ce qu'il appelait avec extase la camera dell'acqua.

Dans cette pièce, l'eau n'était plus un réservoir de miasmes, elle était omniprésente. Les pilotis sur lesquels la maison était construite s'enfonçaient peu à peu dans les vases puantes, et les salles du rez-de-chaussée (si l'on peut dire) étaient immergées ou sur le point de l'être. Dès le début du siècle, il avait fallu « doubler » les pièces, en faire des caissons étanches pour éviter les infiltrations. Le grand-père Baronies devant cet état de fait avait soudain décidé de vivre dans un aquarium ; il avait trouvé aussi fou que lui en la personne d'un ancien constructeur naval, qui avait posé de gigantesques hublots sur les murs.

La chambre des époux était l'ancienne chambre d'enfant, juste à côté de celle du vieux, pareille à elle. Toute la façade donnant sur le canal était en verre, et Loup avait passé la plupart de ses vacances, le nez contre la vitre, à regarder passer les rares poissons, les fonds plats et noirs des gondoles, les carènes des navires immenses remontant les canaux jusqu'aux chantiers. Sa contemplation s'accommodait aussi des « noyés pensifs » descendant parfois « les fleuves à reculons ». Il n'était pas dénué de citations ni de lyrisme quand il s'agissait de chanter Venise !

Les premières semaines passèrent ainsi. C'est à la fin de la dixième que tout se noua, peu de temps avant leur retour. Et je ne sais pas, vraiment pas, ce qu'il aurait fallu faire si j'avais affronté Judith à la place de Loup. Adèle n'a pas été d'un grand recours, elle répétait « j'aime cette greluche plus que ma fille, dans ma tête j'ai vingt ans de plus, tu comprends ? Et dans l'âme cent ans de moins, qu'est-ce qui pouvait sortir de ce bordel, sinon de la tragédie antique. Avec moi, les choses auraient tourné à la rigolade. Chacun sa manière, qu'est-ce que tu veux ! »

Des années plus tard, j'étais déjà chenu – l'arthrite – et je vivais encore sur ma réputation mais tout juste, le notariat changeant vite. Je suis allé à Venise pour vendre la Ca' dei Piozzi, en tout cas essayer.

Personne n'en a voulu. Elle continue de se noyer dans les eaux, lentement. Dans quelques siècles, elle jouera les cathédrales englouties avec toute la Dogana, et dans des millénaires, c'est la péninsule entière qui sombrera. Judith, devant mon échec, a ri. Laisse, Falloires, cette baraque va mourir un peu plus vite, c'est tout et c'est bien. S'il n'y avait que moi, je l'aurais dynamitée depuis longtemps.

C'est une idée que je n'ai pas appréciée, je dois le dire. Mon rapport avec la dynamite n'est pas bon. J'ai fait sauter des ponts, jadis, et je n'ai pas aimé la bouillie humaine qu'on retrouvait mélangée aux pierres, même si ce n'était qu'une humanité ennemie.

Chapitre 17

JUDITH

Lors du mariage déjà, j'avais largué tant d'illusions que je pensais les avoir toutes perdues. J'étais loin de compte, on est encore naïf à vingt-cinq ans. Ou bête, aveuglé par des joies de ventre comme n'importe qui !

Et puis c'était besoin de croire à quelque chose ! Pourquoi pas aux charmes de Loup, à cette grâce qu'il avait dans le désir ? On imagine que les corps ne mentent pas, jusqu'au moment où la tête s'en mêle. A ce jour, à l'âge que j'ai, il m'est toujours aussi difficile d'accepter l'évidence : certains hommes, et Loup était de ceux-là, se servent de leurs moyens physiques pour assouplir, orienter, dominer. L'autre est un adversaire, presque un ennemi, à transformer en vassal ! Jean ne m'avait pas habituée à ce genre de combat. Aussi n'avais-je pas eu de mal à me persuader que Loup m'épousait par amour, et certes il aimait l'amour ! Pour mieux te manger, mon enfant.

Disons-le, Loup épousait une matrice. Dans sa tête, et très avant le jour des noces, il agençait notre couple selon son vouloir, comme il avait cherché à mater Jubilation, à me glisser dans la robe blanche de la servitude domestique, à choisir seul le but de notre voyage et pas seulement le premier de tous. Il entendait bien me balader la vie entière sur des routes balisées d'avance. Oh, c'était fait avec adresse. Ainsi, quand il a dit Venise, je n'ai rien décelé dans sa manière d'en parler, de prononcer « La Ca' dei Piozzi » avec des lumières dans l'œil. As-tu envie d'aller dans un endroit précis ? Oh ! bien sûr, on fera ce que tu voudras... mais là-bas, une demeure nous attendait, mais là-bas était une ville qu'il aimait. Et j'ai passé par le chas d'aiguille qu'il présentait, j'ai répondu « Venise ? » Pourquoi pas ! Céder à la tradition ? Pourquoi pas ! Je riais. En outre, insistait Loup, nous avons cette maison. Nous femmes, nous espérons envers et contre tout, c'est notre faiblesse. Le cynisme vaut-il mieux ?

Bien des années après, j'y suis retournée. Loup avait disparu, c'était l'hiver, et Venise se rhabillait de ruines, d'algues et de silence ; les vestiges eux-mêmes n'étaient que poussière en puissance.

Venise somnolait sous la neige. Des passerelles en travers de fragiles échafaudages permettaient d'apercevoir la place Saint-Marc sous un mètre d'eau, lavée de ses chiures de pigeons. Le froid avait gelé les odeurs, fermé les volets des hôtels et des vieux palazzi. Une brume étreignait les églises jusqu'au ras des dômes, le Grand Canal clapotait sous des vaporetti fantomatiques, Venise n'était plus dans Venise. Qui n'aurait entrevu les béguinages du Plat Pays sous le ciel embué ? J'aime Bruges, clé de mon horreur peut-être, j'aime sa mélancolie ennuagée d'or certains soirs de printemps. J'aime les douves de Brouage que les siècles ont vidées, n'en laissant qu'un squelette de pierre signé Vauban ! J'aime ces villes mortes mais qui ne s'agitent pas comme des folles dans leurs suaires pour en faire accroire d'une survivance ! Au fond, je n'aime rien de ce qui avance à reculons. Et Venise sous l'hiver cette fois ne m'a pas déplu.

Je n'en étais pas à la découvrir, malheureusement, je

vendais la Cité des Doges avec la maison, laquelle s'enlisait chaque jour davantage. D'ailleurs, le passé de la ville ne suffit pas, personne n'a voulu de la Ca' dei Piozzi. Les mœurs avaient changé même dans la péninsule, les épouses avaient enfin leur mot à dire, et quelle femme aurait accepté de vivre les pieds dans la boue du temps ?

Oh ! j'ai eu quinze longues années pour réfléchir à notre vie commune, pour voir Loup se heurter, se meurtrir à toutes ces portes que ses ancêtres avaient ouvertes et qui s'étaient refermées avant qu'il n'arrive ! Loup n'était pas un homme mais un Baronies, n'était pas un individu mais un successeur, n'avait pas besoin d'une vie mais d'une lignée et ne voulait pas un enfant mais une descendance. Mâle autant que possible. Il n'a pu ni voulu se dégager de ce double enchaînement, celui des traditions familiales et celui des jours qui passent.

J'ai regardé Poitevin d'un œil moins sévère après cela. A mon retour, j'ai posé beaucoup de questions, découvert que la seconde petite comtesse comme l'appelait Caterina, cette pauvre fille que Poitevin avait séduite, et qui en était morte m'avait-on répété, n'avait pas tant fui son mari que son père. Et comme la fuite était impossible, le vieux tenant toujours les seules rênes qui comptent, celles du fric, elle avait crevé, la mort libère de tout. Poitevin trépignait déjà, je suppose. On n'avait pas laissé d'autre issue à son impuissance face au Nom. Il avait conclu un marché de dupes, lui aussi. Par la suite, il a tout fait pour ne pas le savoir, pour s'enrouler dans un confort aveugle. Cependant, il était revenu de cette illusion-là quand il m'a dit, sur le pas de la porte le jour de notre arrivée aux Baronies, « à toi de jouer ! Je te souhaite meilleure chance ».

Car le vieux seul avait exigé qu'on rattache son patronyme à celui de son gendre, et dissimule à l'enfant Loup qu'on ne l'éloignait pas de sa famille parce que sa mère était morte, mais qu'elle était en train de mourir par la « grâce » de son éloignement. La guerre avait bon dos ! Et Loup avait sombré corps et âme dans cette maintenance du Nom à n'importe quel prix.

Au moment où nous revenions en France, j'avais surpris des conciliabules entre Loup et Caterina, des mots suspendus, des interrogations surtout. Alors ? disait-il, et elle faisait non de la tête. Il m'épiait, mais pourquoi ? il avait une ride autour de la bouche qui s'accentuait soudain quand je pressais mes reins contre les vitres au soleil pour les réchauffer, parce que le sang mensuel les alourdissait. Mon malaise le touchait, mais pourquoi ?

A vrai dire, j'ai enregistré sans voir, accumulé des signes qui m'ont balancé leur vérité dans la gueule uniquement face au vieux. Je n'étais parcourue que de frissons et de pressentiments : je n'accepterais sans doute pas l'existence que Loup me préparait. Déjà, j'interposais, entre sa chambre-aquarium et moi, une distance se creusant tous les jours. Je ne voulais plus voir ses traits comme abasourdis d'enfance quand il m'y entraînait, après souper, ni la fascination du dessous des vases qui le collait contre les vitres, des heures durant. Le plaisir aussi levait le camp. Il aurait fallu fermer les yeux, s'imaginer avec le Loup des premiers jours, ou avec un autre. Je n'en étais pas là. Elle s'accroche dur, l'espérance.

Nous sommes d'un siècle qui s'abîme volontiers dans la psychologie des profondeurs, qui cherche l'obsession de la mère derrière l'amour des eaux. Que cherche alors celui qui n'entend rien aux clartés de la surface, qui veut la mer sale, verte, épaisse, et ce qui s'y accorde, les poissons morts, les raclures de fosses septiques, la manne grasse des éviers. Loup éclatant de rire quand un étron venait se coller sur son hublot, à quoi s'accordait-il ?

J'ai commencé à errer dans la maison, essayant de trouver dérivatif à ce qui ressemblait de plus en plus à une dépendance et me révulsait.

Les autres pièces étaient sombres, presque toujours froides derrière leurs volets rabattus. Il y en avait beaucoup, me paraissant vides, malgré les meubles. Dehors il avait beau faire une chaleur de four, je ne trouvais pas leur fraîcheur agréable pour autant, j'essayais d'ouvrir les fenêtres, et Caterina surgissait d'un néant de couloirs pour signifier du doigt qu'il ne le fallait pas. Je la sentais toujours présente, ne faisant aucun bruit mais là, cerbère d'un ordre que je ne comprenais pas ni ne parvenais à déranger.

Un soir, je me suis figée à l'entrée de la chambre, Loup avait traîné le lit contre le mur de verre, il tendait les bras, viens vite, j'ai pensé à un jeu nouveau, nous allons faire l'amour si près de l'eau que nous aurons l'impression d'être dedans. J'ai refermé la porte sur cette face obsédée, j'ai enfilé le dédale des corridors en courant, jusqu'au ponton je n'ai pas repris souffle. Le motoscafe est parti au premier coup de démarreur. S'il ne l'avait fait, je crois que j'aurais continué à courir jusqu'à la mer ouverte. Moi j'aime les eaux libres, vivantes, emportées.

Je n'avais pas l'intention de réveiller le quartier avec des pétarades ou des rugissements de moteur, je voulais juste avancer au ralenti vers la haute mer, respirer de vrais embruns, sentir de vraies vagues claquer contre le pare-brise du bateau. Il ne faut pas des siècles pour découvrir qu'on a raté le coche : après six semaines de mariage, je venais de toucher le fond, cet homme ne remplacerait pas celui que j'avais perdu.

J'ai tourné de longues secondes, minutes, heures dans la brume montante, je n'avais pas de montre et ne tenais pas à restreindre ma... vacance. Je ne suis rentrée que sous la menace d'un réservoir d'essence presque vide. Au bas de l'escalier, Caterina m'attendait, adossée à la rampe et le doigt sur la bouche. Elle m'a fait signe d'ôter mes chaussures, de la suivre. Nous avons monté lentement ;

dans l'obscurité, je ne trouvais le bord des marches que de la pulpe des orteils, le noir était absolu. Sur un palier minuscule, elle a saisi ma main, ouvert les doigts pour glisser une clé dans ma paume, en murmurant que derrière la porte, je trouverais ce dont j'avais besoin. Puis elle a disparu, dans un frou-frou de tissus souples ; Loup dormait, paraît-il. Ai-je entendu « sans états d'âme » ? C'est bien possible.

J'ai patienté. Je ne suis pas très sûre de ce que j'attendais. Peut-être la certitude d'un rêve, de devoir le quitter, forcément. Je ne sais plus. La clé dans ma main ressemblait à une tentation, assortie de cette magie que l'enfance préfère noire. Loup n'était pas Barbe-Bleue, mais le grand-père ? Je le croyais mort, l'était-il ? Soudain, je réalisai mon ignorance, au retour peut-être faudrait-il vivre avec lui, dans ce domaine des bords de Gironde.

L'ombre avait une épaisseur, l'attente ne l'a pas éclaircie, aucun rai de lumière ne filtrait. Malgré l'obscurité, j'étais sans angoisse. L'inconnu en est toujours pétri, d'habitude. Là, je ne ressentais rien.

J'ai tâtonné. Devant moi, il y avait une porte à caissons, avec une grosse poignée de bronze, rugueuse, froide. Du bout de l'index, j'ai trouvé le trou de la serrure. Je serrais un peu de rire entre mes dents. Moi qui n'ai guère eu d'enfance, je n'en reconnaissais ni les craintes ni les espoirs, juste une flambée de jubilation, j'étais folle de curiosité, c'est tout. Je jouissais enfin des dix ans que je n'avais pas eus.

Une fois le pêne dégagé, la porte s'est ouverte par son propre poids, et le miracle a eu lieu. Elle ne donnait ni sur l'eau ni sur l'ombre. Un rectangle d'étoiles miroitait au-dessus de ma tête, et dessous, un lit. Juste à l'aplomb. Un lit blanc, large, un lit pour mille histoires à venir.

J'ai rabattu la porte, j'ai tourné la clé dans l'autre sens. J'avais cette impression étrange d'affronter le monde sans le toucher, d'accomplir des gestes sans les faire. Je me déplaçais comme un souffle, peut-être avais-je peur d'un écho qui dérangerait la réalité. Je me suis étendue, d'abord sans me dénuder. De l'air frais tombait des cintres, car j'étais au théâtre, comment imaginer que je me trouvais dans une vraie chambre ? Il se jouait là un opéra de lune, de vent, de nuages en déroute veloutant l'espace. Durant cette nuit si dure et si douce, j'ai entendu la musique des sphères, la vibration ténue des poussières lancées dans le vide. Ce ne fut pas la première fois, mais la dernière.

Au bout d'un long moment, je me suis glissée nue entre les draps comme jadis au bord des marais dans le sac de couchage, celui que j'emportais quand me prenait l'envie de dormir sur la digue, et elle me prenait souvent. Ne manquait plus que l'appel sifflé des ragondins, fouissant les levées de terre, s'appelant pour gober les œufs des grues aux plumes de cendre. Ailleurs n'est jamais ailleurs, il germe dans les têtes, dans les fumées du songe.

Le ciel a démarré sa dérive à l'envers, comme un bateau grimpant jusqu'à l'œil de la tornade. Le vide appelait, j'étais le point fixe autour duquel s'ébranlaient les nébuleuses-spirales, gravitaient les planètes. Très vite, ma course a perdu ses repères, je tournoyais là-haut, traversais la nuit, j'étais un vol de Perséides dans les velours de septembre, une étoile filante sur sa trajectoire de feu, je rejoignais la mer pour m'y éteindre, éphémère, ardente le temps d'un regard affamé d'autre chose que de vie ordinaire. Pour un peu, j'aurais souhaité qu'on aperçût ma course à la mort et qu'elle fût ainsi devenue l'occasion d'un vœu, énorme.

A l'aube, je me suis réveillée, la pièce était sans autre meuble que le lit, cadré par la grande baie découpée dans le toit. J'ai fixé le ciel et senti la terre rouler sous la migration des dernières ombres. Le vertige m'a reprise, je replongeais déjà dans mon voyage en l'air, mais le soleil levant amarrait l'œil et je suis retombée doucement, sur ce monde immobile qu'est le nôtre, et qui voyage sans le savoir. Pourquoi ne pas aspirer au silence de la terre, ne pas désirer le brusque arrêt de son tournoiement ? il nous jetterait comme des balles au milieu de l'univers en train de s'épancher vers l'infini ! Ce jour-là, nous découvririons que seule la terre nous entravait dans nos courses à l'étoile. Quelquefois, je me dis qu'on a tous besoin d'apocalypses pour se sentir exister.

Dans la cuisine dallée où nous déjeunions d'habitude, Loup bâfrait, je parie que tu as dormi dans la salle de musique. Caterina a bruissé, j'ai souri, je n'avais pas voulu troubler sa... son sommeil. Il a replongé dans son bol ; Caterina debout dans l'encadrement de la porte fulgurait, avec des reflets rouges dans le regard.

Loup, ce matin-là, ne m'entraîna pas derrière lui, il avait un notaire à voir disait-il, l'aïeul avait téléphoné. Ainsi donc, l'aïeul sévissait encore, et je l'avais cru mort parce que ça m'arrangeait. J'ai réalisé en un éclair que lui non plus ne s'était pas manifesté au moment de l'accident de Loup, au moment du mariage. A moins qu'il ne l'ait fait quand j'étais repartie, à moins... Dois-je ajouter que Loup, jusqu'à la mort du vieux Baronies, ne lui a jamais parlé en ma présence ? Devant moi, ils n'ont jamais échangé de propos essentiels. Je décelais qu'ils s'étaient vus, qu'ils avaient comploté quand Loup, brusquement, changeait d'attitude, de tactique, de dessein, mais à cette époque, j'étais blindée, cela ne m'agitait plus. La famille, la mienne, m'avait appris très tôt à savoir dire non, je continuais face à l'ogre. Ni l'un ni l'autre ne l'ont compris. C'est le tort de ces manœuvriers que d'imaginer d'autres manœuvres derrière les refus. Il n'y en avait pas, j'avais simplement repris mes billes et je jouais dans mon coin, seule. Presque seule. Jean visitait mes rêves à nouveau.

Quand Loup a quitté la cuisine pour aller se préparer, Caterina est venue s'asseoir à sa place : « Là-haut, c'est la " chambre d'air ". La petite comtesse, la toute première, celle qu'un Baronies avait épousée pour sa dot, s'y réfugiait quand elle avait assez de leurs manigances. Elle n'a jamais eu besoin de leur interdire d'entrer, ils n'aimaient que leur bon dieu de lagune et ses miasmes, le ciel leur fait peur. Tu sais ce qu'ils disaient, ma belle ? que là-haut, il n'y a pas d'odeur. La pourriture seule les intéressait, tu ne trouves pas ça drôle ? »

Elle riait, là-haut, il y avait le ciel, le froid des étoiles, et les hommes qui passaient par le toit, quand la jeune épouse a commencé à ne plus supporter le mâle d'en bas. Elles y sont toutes venues un jour ou l'autre, les femmes Baronies, et ils les ont laissées dormir dans l'azur, comme s'il était une garantie de fidélité ! Pendant ce temps, nous avons la paix, disaient-ils.

De celle-ci, elles n'avaient pas la même définition. Ces hommes venus par les toits n'avaient pas d'odeur, c'est vrai, ils ne laissaient donc pas de traces, ou si peu. Quelques signatures dans l'hérédité, mais qui peut l'affirmer avec certitude !

Caterina s'est tue un moment, puis elle a soupiré, je te donnerai la clé chaque fois que tu reviendras.

Nous nous sommes affrontées en silence. Le bol avait refroidi dans mes mains, je ne songeais pas à boire, j'écoutais une volonté se lever en moi, ne pas remettre les pieds dans cette tombe ! Brusquement, j'ai revu l'écusson que Loup portait sur une bague, deux lionnes rampantes. Les Caterina couraient dans l'ombre de cette famille, avec leur crinière de bête sauvage. De mère en fille ? J'ai distillé ma décision. Je souriais. Loup voulait l'épreuve de force ? J'avais l'habitude. Je me suis penchée vers Caterina, je ne reviendrai pas. Lui et son aquarium, je les laisse l'un à l'autre ! Entre-toi ça dans le crâne, il reviendra seul, il en amènera d'autres, mais moi, j'aurai mes chambres d'air ailleurs. Cela dit, Caterina, je te remercie.

Elle a tendu la main, j'ai fait non de la tête. J'apprenais vite, moi aussi. J'avais bien l'intention de dormir « là-haut » toutes les nuits jusqu'au départ. Elle s'est mise à rire, tu veux le quitter, tu vas divorcer ?

Le mot dans sa bouche roulait ; en Italie, il avait mauvaise allure à l'époque.

Ce n'était pas mon intention. Elle s'est penchée, alors quoi ? Alors j'aimais la bagarre, j'aimais que rien ne soit facile ni donné. Cela mettait du sel dans l'existence.

– Et sur les plaies, petite !

Elle rutilait, elle brillait dans l'ombre, ses cheveux huilés ondulaient comme une couleuvre d'eau. Tu me plais, toi, j'adore me battre, moi aussi. Et je ne suis pas mauvaise à ce jeu ! Elle montrait de larges dents blanches, j'en ai exténué trois de cette manière.

Elle s'est levée, bon, je n'ai plus qu'à savoir m'y prendre.

Le lendemain, j'ai vu naître les manœuvres d'encerclement. Elle tournait autour de Loup avec des aveux, des gémissements, des sanglots secs, des larmes, il n'allait tout de même pas la laisser seule, elle qui l'avait élevé, nourri, gâté. Seule dans cette trop grande maison, seule maintenant que Giuseppe son homme était mort, maintenant que le vieux comte ne reviendrait plus, et que lui, ah lui, bien sûr qu'elle le reverrait, mais quand, mais comment ?

Une semaine plus tard, nous avons fermé la Ca' dei Piozzi, nous sommes partis vers notre destinée viticole. Loup guettait mon ventre plat, je repérais sans les comprendre les lignes mauvaises que la déception traçait sur sa figure, et Caterina nous observait, les mains croisées sur le manche d'un vieux parapluie noir.

Nous avions devant nous quinze ans d'union forcée. Est-ce à cela qu'elle pensait ?

Chapitre 18

ADÈLE

« Tu sais bien que les confidences ne font pas partie de son arsenal logistique. » La première fois que j'ai entendu Armand parler ainsi de Judith, bon Dieu que j'ai ri, j'en pleurais. Logistique ! C'était bien d'un mari ! Encore n'en connaissait-il que la part émergée !

Pendant des mois, l'arsenal, le vrai, s'était réduit à des Mauser volés ou récupérés sur les fridolins, des fusils et de vieilles carabines de chasse qu'on avait cachés dans les meules, malgré les réquisitions. Par ici, nul n'abandonne ses armes sur ordre, même d'en Haut, elles sont dans les familles depuis tellement de générations ! Quant à l'achat de nouvelles, histoire d'être moderne, c'est avec du bon argent, décroché à la dure. Si vous croyez qu'on gaspille la sueur de son front pour les beaux yeux d'un arrêté préfectoral, vous rêvez !

Après les parachutages, bien sûr, tous utilisaient des « brownings », des mitraillettes, et jusque des trucs mal connus, genre bazooka qui plongeaient les plus jeunes dans une exaltation de western. Ça ne changeait rien à nos guérillas, au besoin, nous aurions réinventé l'arbalète ! On s'était bien servis de frondes pour casser les carreaux des premiers postes de guet, autout des ponts, alors...

Quant aux explosifs, Jean en avait retrouvé dans les carrières abandonnées, dans nos vieilles mines aurifères, fermées depuis belle lurette, il avait barboté du plastic aux Ponts et Chaussées, bref, il aurait raclé le salpêtre et mélangé avec du chlorate plutôt que nous laisser croire au ciel accouchant d'alouettes rôties !

D'ailleurs personne ne touchait à ce matériel, Jean s'en occupait seul. Il n'avait pas voulu donner le « mode d'emploi » aux autres, gamins ou vieux ; quant aux détonateurs, ils restaient sous sa main, sous celle de Judith, qui saurait les utiliser si nécessaire. Jean expliquait, souriant mais ferme, les jeunes sont trop fous, les anciens trop prudents ; elle, j'en réponds.

Moi, oh moi, je revoyais le père Dausse en train de préparer les bassins qui lui serviraient pour entreposer la laine au moment de la tonte ; il cavalait se planquer loin en contrebas de la roche où il avait foutu ses pétards pour creuser plus vite qu'avec une pioche ! J'aimais le bruit sec de l'explosion, suivi d'un éparpillement de terre et de cailloux fusillant le feuillage des saules ! Après, l'air puait, la terre lâchait un paquet d'odeurs rances, et papa riait derrière moi, alors Adèle, t'apprécies pas quand elle rote ?

Jean aussi aimait la dynamite, Jean courait de race. C'est drôle comme il nous a marqués, tous tant que nous sommes. Nous ne l'avons jamais évoqué ni pendant le restant de la guerre ni après, mais je suis sûre que nous avons eu la même peur de le perdre, il s'exposait trop. On se taisait, il aurait fallu avouer que seul notre avenir sans lui nous occupait, alors motus ! Les gens à son image rassurent, évidemment, mais ils vous gardent en enfance, on s'en remet à eux de la vie et de la mort, ce n'est pas sain. Et puis va savoir ce qu'il en était vraiment. On l'aimait sans oser le dire, voilà ! Pas plus malins que d'autres, mais pudiques bien davantage. D'ailleurs à l'époque, qui réfléchissait ? On avait les jetons, c'est tout. Peut-être n'aurait-il pas fallu se taire.

Seul, le regard de Judith le freinait dans ses audaces. Non, la vue de Judith. Il devait penser que l'existence avec elle aurait de la suavité, du liant, du tendre, que ça vaudrait le coup ! Et puis il secouait dans sa tête le présent et le passé trop lourd, et l'urgence de la lutte le ressaisissait. Des types comme ça ne se font pas prendre tout à fait par hasard, ce sont des oiseaux pour le chat bien qu'ils n'en donnent guère l'impression. Mais ils veulent vivre fort, ils n'aiment pas ce qui tiédit, les lendemains qui chantent sur des airs de paix ne sont pas pour eux. Et la mort se les fait, c'est logique, elle obéit en secret, elle n'attend pas qu'ils s'endorment dans des chaussons.

Après la mort de Jean, Judith a gardé la mainmise sur le plastic. Jean nous avait expliqué pourquoi ; elle, pas un mot. Mais qui a protesté ? Aucun de nous n'était de taille. Et puis, de quoi voulez-vous disputer face à qui vous regarde avec des yeux de méduse ?

Elle a donc fait sauter des dépôts d'essence, des ponts de bateaux, elle a interrompu des convois, attaqué des patrouilles, le tout sans une bavure. Nous, on suivait. Pas de très loin, mais derrière.

Son dernier coup nous a drôlement chahutés sur nos bases. Elle a foutu en l'air une de nos caches qui allait tomber entre les mains des boches. D'habitude, elle ne prenait pas l'ombre d'un risque inutile. Le jour de la grange aux armes, pourtant, j'ai bien cru qu'on y avait droit. Ce jour-là, je me le rappellerai la vie entière, avec le même frisson qu'au moment où elle nous a crié de déguerpir et le plus vite possible, elle allait bousiller le truc.

Elle restait debout, à cent mètres de nous, immobile contre un arbre et guettant l'avancée de la troupe. Je hurlais amène-toi, pétrifiée par l'idée de la voir prisonnière, il ne nous restait plus qu'elle, vous comprenez. Un des gars m'a sauté dessus pour m'obliger à le suivre, viens donc, elle sait ce qu'elle fait. J'ai eu le temps de la voir lever sa carabine à lunette, viser, attendre que la troupe se soit déployée, avant de canarder l'espèce de niche au-dessus de la porte coulissante ; les armes, l'essence, les explosifs étaient sous le foin, on nous avait dénoncés, c'était sûr. Ou alors, il y avait un traître parmi nous.

Le souffle nous a bousculés malgré la distance : dans la niche, juste derrière la statuette de la Vierge que par ici on colle à toutes les sauces, cette satanée fille avait planqué son pain de plastic pour le faire sauter d'une balle explosive ! La Sainte Vierge a dû sentir passer le vent du boulet avant de voler en éclats, moi j'vous le dis ! Ça pétait dur. Nos petits gars avaient des yeux brillants, et cela m'effrayait, j'avais envie de dire que nous n'étions pas au spectacle ! Faut se méfier du plaisir qu'on prend à la destruction, il est fort de café, il drogue.

Judith nous a rattrapés presque tout de suite, calme comme une solive. Le feu se voyait à des kilomètres, des corps jonchaient le sol autour des ruines, et les quelques survivants filaient comme des zèbres dans la descente. Tout de suite après, elle a donné l'ordre de se perdre dans la nature. Selon elle, ils allaient mettre le paquet en matière de représailles. Dispersez-vous, ne restez pas agglutinés, et ne dites pas où vous allez, même à votre mère ! Tandis qu'on se carapatait, elle nous criait d'entraîner les rares hommes encore au bourg, les boches allaient prendre des otages !

Je la revois s'éloigner dans sa vieille culotte aux genoux renforcés, disparaître dans les taillis, un balluchon sur l'épaule. Elle nous avait refilé du fric, désigné des planques en Espagne, deux ou trois noms de passeurs du côté de Céret. Avant de nous tourner le dos, elle avait murmuré que Jean n'était pas mort pour rien, c'était ce qu'il fallait se rappeler à tout prix, *l'entendre*...

Nous-mêmes, Falloires et moi, ne savions pas où elle

s'esquivait. Je croyais dur comme fer que l'idée d'un traître lui était venue à l'esprit comme à moi. Un jour, je le lui ai demandé. Elle m'a regardée froidement, t'as compté ceux qui se sont tirés ? A part deux morts de leur belle mort, on était tous là. L'arsenal des mots pesait pas lourd non plus.

Des semaines après, nous étions réfugiés dans une baraque en montagne, en compagnie de deux bergers qui ne nous connaissaient ni d'Ève ni d'Adam, et s'en foutaient bien qu'on attende avec eux la fin de la tourmente, « de quelle guerre tu parles, mon fils... » que voulez-vous répondre ? Je suis même pas sûre qu'ils savaient l'année qu'on vivait ! A six bornes de la frontière, à quinze cents mètres d'altitude, au milieu de brebis qui agnèlent par miracle, le bélier étant aussi décati que le reste, c'est un autre monde. Cependant, un soir, nous avons levé le nez de notre soupe, les oreilles en feu. Le plus jeune avait été mis au courant, fallait tout de même qu'il sorte du Moyen Age. Il écoutait la radio, indifféremment Vichy et Londres. Il venait de tomber sur une voix claire, audible malgré le brouillage, et qui articulait : attention, message personnel, Jean n'est pas mort pour rien. Je répète, Jean n'est pas mort pour rien. Et nous avons compris que Judith était en sécurité, là-bas, en Angleterre. Plus tard, elle s'est fait parachuter dans le Vercors, et c'est là qu'elle a connu Pilleret, le chirurgien. De ce qu'elle a fabriqué à Londres pendant près de six mois, elle n'a jamais rien dit de clair, parlant vaguement d'entraînement, de commando, et nous n'avons pas posé de questions. J'avais pris l'habitude de les retenir sur la pointe de la langue, la confidence ne faisait pas partie de son arsenal logistique, rappelez-vous ! En ce temps-là déjà !

Après le carnage de la grange, les fritz ont envoyé deux cents hommes, des half-tracks tout terrain, deux chars, ils ont foutu le feu à toute la lande pour nous faire sortir du bois. Nous étions sur une autre colline, dans d'autres forêts, à des dizaines de lieues.

Pourquoi s'en est-elle tirée alors qu'elle commettait tant d'imprudences ? Elle aussi s'en allait tenter les griffes du chat ! Mais elle était froide comme une banquise ; les gars se laissent toujours emporter par l'adrénaline, pas elle. En plus, elle avait un compte à régler, la guerre lui avait tué son homme. Et croyez-moi, les vert-de-gris l'ont senti passer, la comptabilité de Judith.

Tout ça pour dire que s'attarder sur les détails n'.était pas son fort, aussi je n'en attendais guère à leur retour de Venise. Et pour être sincère, je m'en fichais com-plè-tement, j'étais heureuse. Par ici, les gens murmurent bêtassoun pour qualifier mon état. Bête et béate, j'allaitais le petit Paul comme une outre qui se vide après s'être remplie. Il y avait bien de courtes minutes où je pensais qu'on aurait dû anticiper la venue du gamin pour faire de Judith autre chose que la marraine de ce petit chameau de Josépha, mais quoi, c'était le hasard. On m'aurait dit qu'après la gamine, j'allais pondre un fils de prince, qu'Armand jubilerait sur la première merveille du monde, je ne l'aurais pas cru. En plus, il redoublait de tendresse et mon eau commençait à bouillir sérieusement, je ne vous le cacherai pas ! Alors l'absence de Judith, ces trois mois dont on ne savait rien, elle n'avait pas écrit, pas téléphoné, eh bien je préférais croire qu'elle avait mieux à faire qu'alimenter la pompe à ragots, j'étais tranquille comme une vache au pré. Seulement, quand je l'ai revue à son retour, ce fut tout de suite une autre histoire.

Ils sont passés chez nous sur les ailes du vent, juste par politesse, avec cette matrone dans le sillage qui agrippait les gens par l'hameçon de ses larges yeux. Elle avait de l'ampleur, la Caterina, une sacrée manière de baisser le rideau quand elle laissait retomber ses paupières. Elle m'a rappelé une juive du temps du bordel, qu'on avait expédiée sous un ciel plus clément et le plus vite possible, parce qu'elle portait sa juiverie sans avoir besoin d'étoile, même sous un caraco de fille de cuisine. La nuit de son départ, elle m'avait regardée de la même façon, c'était une de ces femmes qui savent tout sans rien demander, qui traversent vos masques d'un coup. Je lui ai dit, je me le rappelle encore, qu'on ne connaissait pas trop le nouveau passeur, alors elle devait se méfier, rester vigilante, et au moindre signe... Elle a souri, soulevé sa jupe : le long de sa cuisse, tenu par deux lacets, un couteau de jet. On n'avait pas ça en magasin, nous autres. Elle a murmuré avant de refermer la porte, d'où crois-tu que j'arrivais quand vous m'avez recueillie, du bal ? La Caterina sortait du même tonneau.

Quand Judith s'est penchée pour me dire à l'oreille de venir en Gironde, de ne pas la faire attendre, j'ai senti comme un frémissement derrière elle. En moi-même, j'ai pensé, méfie-toi Adèle, celle-là, c'est la reine des veuves noires ! La Caterina nous examinait à l'abri de ses cils barbelés, nous pesait sur une autre balance que la nôtre. Je n'ai pu retenir mes mains, elles se sont raidies sur les épaules de Judith, qui a suivi mon regard puis souri, ne t'inquiète pas. Tant qu'elle s'amuse, c'est un beau meuble. Bien sûr, je veillerai à la divertir. Mais pour l'instant, elle a de quoi !

Loup grenouillait près des hommes, faisait des projets d'avenir, revenait sans cesse près du berceau, comme aimanté. La Caterina ne nous examinait plus, elle surveillait Loup, elle montrait les dents, tout gentiment, d'accord ! et les autres lui souriaient en retour, c'était à mourir de rire et de trouille. Judith aussi surveillait Loup. A ce moment-là, elle m'a jeté à la figure qu'elle ne passerait pas toute sa vie avec lui, et j'ai compris : on allait mourir de peur de perdre l'un ou l'autre, la violence de nouveau avait son gîte dans nos vies.

Car soyons francs, qui de nous, jadis, a guerroyé par patriotisme ? bouffé de l'Allemand par haine, ou pensé à libérer la patrie ? Tu parles ! Notre vie n'était plus qu'un frisson d'existence, et l'on avait foutrement besoin de s'amuser, si vous voulez mon sentiment. Moi comme les autres. Pour Jean, oui, c'était la France, la Démocratie, la Liberté... mais nous ! Y a que nous pour s'intéresser à nous. Les jeunes par besoin de se remuer, les vieux par envie de remuer encore. On s'en est donné, jusqu'au moment où les choses commencèrent à sentir le roussi. Judith l'a vu, ou deviné. Quand elle nous a mis au vert, d'office je dirais, eh bien, il était temps. C'est fou ce qu'on était contents du calme, soudain ! nous avions découvert le prix de la vie en mesurant la mort des autres, et n'avions plus guère envie de la risquer. Que ce ne soit pas reluisant de faire de sacrés trucs pour de mauvaises raisons, et alors ? Que celui qui n'a jamais péché, etc. !

Oh, je n'ai pas pigé tout de suite, j'ai mis des années. C'est en entendant un type de cinquante ans marmonner dans sa barbe, en regardant un gamin pétroler comme un fou sur sa moto, que j'ai réalisé : le vieux disait, ces sales gosses, leur faudrait une bonne guerre ! J'ai failli lui botter le cul, et puis... et puis, je me suis demandé si je valais mieux. Et la vérité m'a sauté à la figure comme un éclair de printemps. Sauf que j'avais soixante-dix piges et la certitude que rien ne me réveillerait plus. Même une troisième guerre mondiale.

Chapitre 19

ADÈLE

Un matin, j'étais encore dans mon négligé, le petit Paul sur le dos au creux d'un châle à la nègre, comme disaient mes servantes – d'ailleurs, elles le serinaient avec délectation, ces Noirs tout de même, c'est-y-pas commode, cette manière ? Regardez madame Adèle et son dernier-né si on se croirait pas en plein Abidjan ! – et je coiffais Josépha, coincée entre mes cuisses. Sa tignasse frisait serré, à peine moins que celle de son père. S'il n'y avait eu que moi, je la lui aurais coupée à deux millimètres, histoire d'échapper au supplice quotidien. Le mien, car la gamine ne voulait rien savoir, écoutant ses cheveux pousser je suppose, et contemplant les petites filles à boucles blondes avec un air d'envie et de dégoût. Tout de suite après, elle me fusillait du regard ; elle n'a jamais cessé de m'en vouloir d'être brune, à demi noire, à mi-chemin de tout ! A moins qu'elle n'ait voulu m'assourdir de cris, manifester que cette souffrance née de mes mains, elle l'offrait à Dieu. Se rédimer à coups de masochisme, c'était sa grande affaire, et si j'avais été Lui, je ne crois pas que je m'en serais contenté. Enfin bon, c'est comme ça, Josépha était une emmerdeuse, on n'y peut rien.

Donc un matin, j'ai mis le nez au carreau, abandonnant ma fille à son gueuloir. Du dehors nous venait un sacré remue-ménage, avec des hennissements furieux alors que nous n'élevons pas de chevaux. Là-dessus, Pauline-nounou est entrée dans la chambre sans frapper, soufflant qu'il fallait que je vienne, Madame Adèle, les Esposite sont là avec un van, et les poulains s'agitent comme des diables dans un bénitier !

En bas, il y avait du monde, Armand, François, Bernard en train de parler aux bêtes pour les calmer, sans oublier quelques pékins bayant aux corneilles, et qui n'avaient rien à fabriquer chez nous !

En deux coups de gueule, j'ai renvoyé les importuns à leurs oignons, du balai vous autres ! Je n'étais pas à mon avantage, dans un vieux peignoir du bordel que je ressortais pour les tétées, j'avais tellement de lait qu'il débordait. Oh, c'était plus la séduction d'antan, c'est sûr, mais je m'en battais l'œil !

Un des gars a minaudé, j'attendais peut-être le client ! et cette fois ce sont les Esposite et Armand qui se sont dérangés vers lui, l'œil noir, pendant que l'andouille insistait, t'as pourtant plus grand-chose de bandant, ma pauvre Adèle !

Jamais eu besoin de personne pour régler mes comptes. Ce gars-là vivait d'espérance d'aussi loin que je le connus, la langue seule remuait chez lui.

– Ton reste est toujours dans les glaces, mon pauvre Pons, et c'est pas faute d'avoir voulu fondre, mais chez toi, l'aiguillette nouée, c'est de naissance.

Pendant qu'il cherchait à s'éclipser, je rigolais devant la porte, heureusement que les facteurs livrent à domicile, pas vrai ? Sans eux, ton nom s'éteignait.

Bernard le regardait partir, il va t'aimer, dis donc !

Pons m'adorait ! Mais lui, que faisait-il dans notre cour, à part me jeter hors du lit ?

Il menait les chevaux de Judith en Gironde, et la jument faisait des siennes. Ses fils donnaient des coups de sabot dans la tôle, excitant leur mère qui ruait, en folie dans son coin. A l'entrée d'Orsenne, il avait failli verser.

On a sorti les trois bêtes du van, non sans mal. Jubilation mordait, les yeux féroces, en grattant le sol comme un taureau, une vraie garce.

J'ai eu l'idée du jour, la voix de Judith, le téléphone, on allait mitonner un dressage longue distance !

En trois mots, Judith a compris, elle s'est mise à siffler dans ses doigts, les sons stridents levaient le poil même à travers le micro. Jubilation a dressé les oreilles, est venue trotter contre la fenêtre. Ma belle, roucoulait Judith au bout du fil, sois sage, j'arrive.

C'est ainsi qu'elle a pu se pointer seule, en coup de vent disait-elle, mais je ne l'ai pas crue, elle croisait le regard avec des yeux au napalm, elle donnait l'impression de flamber de rage. En filigrane de son visage amaigri, j'ai revu celui qu'elle arborait tout de suite après l'exécution de mon frère et qui ne promettait pas la tranquillité. Ma parole, elle nous mitonnait un coup de Trafalgar !

Pour le premier soir, je l'ai couchée dans une chambre voisine de la nôtre. Armand murmurait, vas-y donc, va bavarder, t'en meurs d'envie. Je n'osais pas, rendez-vous compte ! Mais elle a crié, Adèle, s'il te plaît, amène-toi ! et j'ai couru, prête à lui refiler la lune si elle la demandait.

En fait, il lui fallait une oreille. Elle me regardait approcher. Ses yeux fauves rougeoyaient dans la pénombre, ses cheveux, qu'elle ne coupait plus, enroulaient des anguilles noires autour de son cou. Ainsi dressée, elle avait quelque chose de terrifiant. Non, de blessée profond, mais j'étais mieux placée que quiconque pour savoir que Judith entamée est plus virulente qu'intacte.

« J'ai besoin de toi, de toi et d'Armand. J'ai besoin du secret absolu. Il n'y aura que les Esposite et vous deux à le tenir. »

Du coup j'ai appelé mon homme. On s'est retrouvés tous les trois dans la lumière du feu encore à son début, et qui lançait des clartés sur nos mains, sur nos visages à demi dans l'obscurité. Celle de la pièce, celle de nos âmes ; on en était là, voyez-vous, à faire néant sans forcer !

Quand je réfléchis à cette nuit, je crois aux prémonitions, à tout ce qu'on anticipe sans deviner qu'on devance de peu quelque chose d'inquiétant : on était en octobre, il faisait doux, eh bien, j'avais craqué une allumette sous les bûchettes du foyer, comme si je savais qu'on allait tous trembler de froid dans l'heure suivante.

Parce que j'ai sombré de chagrin, c'est vrai, corps et biens. Armand m'avait attrapé la main dès les premiers mots qu'elle s'arrachait, et serrait fort, il n'empêche. Ce qu'elle nous racontait était la tristesse même.

La solitude des femmes n'est pas mesurable à l'aune des hommes. Le meilleur ne peut comprendre, cela se passe dans nos tripes, que voulez-vous ! Je ne pige pas plus ce qui se trame dans les leurs, soyons juste !

Judith avait un enfant dans le ventre quand Jean est mort. Mon frère le savait-il ? Muette là-dessus, mais je sais bien, elle ne voulait pas l'entraver, l'alourdir. Mon Dieu, que la vie était rude en ce temps ! Depuis, elle ruminait, un regret âcre qui mordait au cœur, taraudait l'existence, dévorait ce qu'il y avait encore à vivre : peut-être aurait-il été moins imprudent si... C'est avec des réflexions de ce genre qu'on se fabrique un enfer qui dure. Notre Judith brûlait dans une évidence écarlate, que ravivait la vue de l'enfant. Bien sûr, je ne savais pas tout !

Six ans plus tôt, quand elle nous avait lâchés dans la nature, elle ne pouvait plus dissimuler sa grossesse, ni se cacher à elle-même ce qui la ralentissait. « Je risquais votre peau, et pire, je vous le dis sans fard, vous importiez moins que ce fils qui me venait. Je devenais un danger pour tout le monde. »

Un fils. Elle en a été sûre pour une de ces raisons idiotes que les femmes ressassent contre tout bon sens, un fils vivant pour un amour mort ne serait que justice. Et c'est à le mettre au monde qu'elle a passé quelques mois dans un bled du Somerset. Un gosse calme aux yeux gris, long, avec de belles mains. Après quatre mois d'allaitement, elle l'a confié, a rejoint un corps expéditionnaire pour « apprendre » ce qu'elle savait déjà en matière d'explosifs et pour faire quelques sauts à parachute avant d'être balancée au-dessus du Vercors. Oh, pas seule ! en même temps qu'une quantité d'armes et une tripotée de gaillards retors, aussitôt dispersés que rendus, direction Alsace ou France-Comté.

« Je bouffais du boche. Cela ne m'intéressait pas de les traquer un par un, je n'oubliais plus ce que m'avait craché Falloires, tu te souviens ? que je devenais pire qu'eux. Alors, je les renvoyais dans les limbes par treize à la douzaine, je créais les occasions d'en découdre avec des groupes. C'est plus facile, on s'investit moins que dans un corps-à-corps ! J'allais, je venais, j'étais aussi irritante qu'un moustique, aussi mobile. Quand on venait relever les morts, avec mes gars nous étions loin. Dans leurs toiles d'araignée, ils n'ont réussi à prendre que Pilleret, qui comprenait vite mais ne s'agitait pas assez. Encore ne l'ont-ils gardé que peu de temps. Suffisamment pour l'estropier, ce qui ne leur a pas porté chance ! Et chaque fois, je me disais, mon petit vivra libre dans un pays libre, c'est ce que Jean aurait voulu. Tu sais, Adèle, je n'aime pas tuer. J'ai vécu un entracte rouge et quelquefois, quand j'y pense, je suis tout étonnée d'avoir fait ce que j'ai fait.... Mais il le fallait. C'est du moins ce que je me suis dit. De quel droit ? Je ne tiens pas à savoir. »

A la fin de la guerre, elle était allée rechercher l'enfant. Il avait dix-huit mois, dont douze éloignés d'elle. Il a mis du temps à accepter ce visage oublié, elle s'est évertuée à le conquérir, puis très vite a compris qu'elle allait s'enfermer avec lui, s'écrouler avec lui et le consumer sur l'autel du souvenir. Un enfant a sûrement l'usage d'autre chose que d'une mère hystérique. « Déjà, je le regardais trop, en silence, je guettais encore la présence d'une ombre derrière lui, je n'étais pas prête à l'aimer pour lui-même. »

Alors, elle le confia à des nourrices, ne le prenant avec elle qu'un seul jour par semaine. Tous en fac s'imaginaient qu'elle avait un amant marié, Loup comme les autres. Et bien sûr, il a commencé à s'intéresser à elle.

« Dès cette époque, j'aurais dû comprendre qu'il était homme à vouloir après qu'un autre avait montré le chemin ! Je n'y pensais pas, je ne pensais qu'à l'enfant, puis à ce trouble lent qui me prenait peu à peu. Et le désir a parlé plus fort que la prudence, j'ai aimé Loup. On manque de mot, finalement. »

Armand broyait ma main. De temps en temps, nous nous regardions quand elle ne nous voyait pas, quand elle tournait le dos en déambulant de long en large devant les flammes. J'avais froid aux pieds, j'étais dans un cercueil de neige qui m'avalait peu à peu ; brusquement, elle a dit, va mettre des chaussettes, tu m'écoutes mal. Et comme d'habitude, elle avait raison.

« Je ne te fais pas de confidences, Adèle, je te raconte pour que tu comprennes bien avant de savoir et de te taire : tu as un neveu. Il s'appelle… tout sauf Jean. Je l'ai déclaré à l'état civil en tant qu'Emmanuel, et sous mon nom de guerre. A Londres, on nous avait donné des papiers avec des patronymes anglais, c'était une sécurité de plus, il y a eu des traîtres là-bas comme ailleurs. Je me suis appelée Wrath. C'est eux qui ont choisi, et je suppose que c'était ce que je paraissais à leurs yeux, la rage aveugle. Traduit, cela donne Emmanuel Colère qui lui va comme un gant, tu verras. »

Elle a soupiré qu'elle avait espéré le prendre avec elle

auprès de Loup. Il ignorait cette naissance, mais connaissait le reste. Dans sa tête, elle imaginait qu'il accepterait l'enfant comme il acceptait l'ombre de Jean. Désormais, ce n'était plus possible.

« Tant que le vieux vivra, Emmanuel ne mettra pas le pied aux Baronies. Seulement, je veux le voir quand je veux, le savoir dans un endroit connu de moi seule. »

Elle marchait à grands pas, martelant les dalles devant l'âtre, « je le veux, c'est tout. Il a cinq ans, je ne tiens pas à devenir une étrangère pour lui. Déjà en Maternelle, quand on lui demande où est sa mère, il baisse la tête et ne répond pas. Alors Bernard et François vont s'en occuper, mais il faut une femme pas loin. C'est ton neveu, Adèle. A qui d'autre veux-tu que je réclame de l'aide ? Simplement, c'est à Armand de... »

Armand l'a interrompue, je le prends moi aussi, demain, tout de suite. Où est-il ?

Elle lui a caressé la joue. Ce sont des gestes qu'elle a, brusques, inattendus, et qui vous jettent dans une absolue dépendance, on est à elle d'un coup. N'allez pas croire que je suis jalouse de Judith, je ne l'étais pas, je ne l'aurais pas été même si Armand s'était attrapé cette nuit-là des yeux de prêtre en extase.

Le lendemain, elle a sauté dans un avion. Le petit était chez une nounou au milieu d'une couvée de mômes du même genre, et selon la femme, tapait sur tous ceux qui le fixaient dans les yeux.

En les voyant à l'aéroport, Armand et moi avons compris que nous allions vivre de sacrés jours. Ils attendaient, tranquilles, ils ne se touchaient pas, Judith était ce qu'elle a toujours été, un brandon, quant à lui, un mélange parfait de son père et de sa mère. Grand, avec de larges yeux mobiles, une bouche serrée ; il était brun de poil et de peau, tous ses mouvements étaient vifs et fluides. Qui a vu sa mère glisser comme une couleuvre dans un taillis, qui a vu son père, les mains sur l'encolure des chevaux, sait tout de suite en le guettant qu'il se battra contre les moulins à vent. Devant le château de la Périlleuse Garde, s'avancent toujours Gauvain, Lancelot, Perceval.

Elle lui parlait, elle expliquait qui nous étions, sans le regarder, et lui nous examinait, comment dire ? avec une exactitude souriante. C'est dur à croire d'un petit bonhomme de cinq ou six ans, mais c'était ainsi.

– Emmanuel, voici ta tante Adèle, la sœur de ton père Jean, et voici Armand, le mari de ta tante.

Il a levé les yeux vers elle, tu les aimes, maman ?

Elle a ri, m'a prise contre elle en me serrant aux épaules, qu'en penses-tu ?

Alors, il a tendu la main vers Armand, bonjour monsieur.

– Mon oncle, ou Armand si tu préfères.

Le petit a souri, je préfère mon oncle. Puis il m'a embrassée. J'ai voulu prendre sa main, il l'a retirée gentiment, il déteste qu'on le tienne, dit Judith.

A la maison, Josépha a pincé la bouche puis lui a tiré les cheveux. Elle s'est ramassé une claque sans un avertissement. Ce fut si rapide que nous en sommes restés pantois, tous. Presque tous. Judith commentait, il n'est pas agressif, mais il a un quant-à-soi, et il riposte. Vite, comme tu vois.

Dans leur chambre, nous les avons entendus parler de l'avenir, tu vas rester chez Bernard, avec les chevaux, mais tu viendras souvent chez ta tante.

– J'irai à l'école où ? murmurait l'enfant.

– Ici, en ville.

– Et je te verrai quand ?

La voix de Judith s'est enrouée, très souvent, mon chéri. Le silence s'est fait. Je n'ai pas honte de dire que j'épiais : le petit, debout, tenait Judith par le cou ; agenouillée, elle l'entourait de ses bras, le visage appuyé contre le buste étroit, tu me laisses encore, disait l'enfant. Il ne pleurait pas, il regardait sa mère, maman, pourquoi tu me laisses toujours ?

Ils sont restés ainsi, sans rien ajouter, puis il a soupiré, bon. Il m'apprendra à monter à cheval, Bernard ?

Elle a hoché la tête, et on se promènera ensemble quand je viendrai.

– D'accord, maman.

J'avais l'impression que l'histoire se répétait, que le monde était gâteux. Pour un peu, j'aurais crié qu'elle n'avait pas le droit. Judith tu n'as pas le droit ! Mais j'ai fermé ma gueule.

C'est Armand qui a mené le petit à l'école le lendemain, qui l'a présenté au maître en grande pompe, Emmanuel Colère était le neveu de sa femme. Il allait demeurer à la campagne, chez leurs amis Esposite, cet enfant des villes avait besoin de vivre au grand air.

N'est pas malade, au moins ? L'instituteur Roland n'a jamais été un foudre de diplomatie mais c'est un brave.

Non, pas du tout. En plus, Josépha, vous savez bien, jalouse comme elle est, alors voilà...

Emmanuel souriait, les yeux clos. L'homme a dit, c'est fou ce qu'il ressemble à Jean, ce gamin. Eh bien, on est content de t'avoir parmi nous, viens avec moi.

A la sortie, Bernard l'attendait, sur Prince. Il l'a calé devant lui, ça va ? Tu n'as pas peur ? Emmanuel a répondu qu'il aimait les chevaux. Et ils sont partis.

Évidemment, je me posais toutes les questions qu'on devine, pourquoi Loup, pourquoi le vieux, est-ce qu'on refuse les enfants en Gironde ? Mais très vite, je n'ai plus pensé à ce qui fait mal, il nous plaisait tellement. Du charme ? la séduction, oui ! On s'est mis à voir la différence, à comprendre beaucoup de choses tout à coup. Judith nous reviendrait. Quand ? ça ne dépendait pas de nous. D'ailleurs, de quoi son retour dépendait, nous l'avons compris plus tard, quand le vieux nous est apparu, figé dans son besoin de perpétuation, patriarche sans descendance, et fou d'une rage sénile à cette idée. On a eu des mots, lui et moi, souvent. Je ne peux pas dire que j'ai eu regret de sa mort ! Car il a fini par y passer, comme tout le monde ! Armand pense que je n'y suis pas pour rien ! Eh bien, tant mieux ! Nous sommes tous des tueurs ! Sinon, pourquoi la guerre serait-elle si jolie ?

Chapitre 20

LES « MINUTES » DE MAÎTRE GEORGES FALLOIRES

Ce fut en tant que notaire que je rencontrai le vieux Baronies dans son fief, un peu plus d'un an après le mariage. J'avais réglé le contrat des deux tourtereaux en bouillant de colère devant la « passivité » de Judith. Je ne sais trop pourquoi, d'ailleurs. Tout se passait selon ce que j'aurais conseillé si l'on m'avait demandé mon avis! Il n'empêche, j'étais contre ce mariage, me découvrant une âme de père sans paternité, un comble! Si j'avais osé, j'aurais crié à cette petite qu'on n'épouse pas un charmeur de seconde catégorie quand on a eu Jean dans son existence! Jean et nous, ses hommes. Voilà que je devenais réactionnaire et macho! Et personne pour me rabattre le caquet puisque je gardais mes pensées pour moi!

Au rancart, les rancœurs! Mettons la sourdine sur l'amertume, je n'étais pas là pour moraliser mais pour renforcer le cordon sanitaire autour des possessions de chacun! La seule chose qui n'avait pas changé chez moi, c'est le goût des mots, des minables jeux de mots. Avais-je encore d'autres jeux ? Là était le problème, sans doute. Qui reviendrait à m'interroger trop avant, pourquoi je ne me mariais pas, pourquoi les femmes me paraissaient tellement pâles et sans saveur. Bon.

Ce jour précis, celui de la signature des contrats, il n'y eut en présence de la « mariée » que Loup et son Poitevin de père. L'appellation qui revenait comme un leitmotiv dans la bouche de ce dernier, aurait suffi à me faire grincer des dents. Loup écoutait, Judith aussi, un sourire plat à la bouche. J'ai failli ne pas m'en rendre compte, la « mariée » s'amusait follement ! La semaine précédente, elle était passée en coup de vent pour me dire de lui mitonner une séparation de biens. Et laisse-les commencer, s'il te plaît, je veux voir jusqu'où montera la connerie d'Albert Poitevin. Deux jours après, Loup était passé en tempête pour cracher, séparation de biens, s'il vous plaît. Et je vous en prie, ne laissez pas mon père en rajouter sur les précautions nécessaires. La même longueur d'onde sans le savoir. Ce n'est jamais une bonne chose que s'accorder dans la méfiance instinctive. Où est l'amour, dans tout ça ? Venant de moi, c'était drôle !

Des années ont coulé avant que Judith m'explique ce qui m'avait échappé, je n'étais pas un homme de la vieille école pour rien ! S'ils se mariaient sans réserves – régime de la communauté –, Judith retombait sous la coupe maritale, alors qu'elle avait quitté celle du père depuis dix ans ! A l'époque, et ce n'est pas si loin, les lois étaient ainsi faites ! Celles d'un code Napoléon toujours en exercice.

Judith ne pensait pas à l'argent, juste à la liberté, et j'aurais dû la connaissant le comprendre sans aide !

Du désintéressement de Loup en revanche, elle était moins sûre et moi aussi ! Comment se moquer du fric quand on est talonné par un type de l'acabit d'Albert, quand on « jouit » d'un grand-père Baronies ! Celui-là, j'ignorais à l'époque s'il vivait encore, Judith l'ignorait aussi, et qui pouvait se douter, au fond, puisque Loup n'en parlait pas ! Mais on aurait dû s'enquérir ! Ce genre de bonhomme a la vie chevillée-collée plus tenon et mortaise ! René-Pierre des Baronies avait survécu à l'épuration, alors tout était possible.

Sur l'heure un accord pareil entre fiancés ne m'a paru qu'un voile de fumée devant des restrictions identiques et j'ai décidé que ce n'était pas mon affaire. Par courrier, j'avais reçu de Paris toute une liste des possessions terrestres de Loup, plus une autre des possessions terrestres du père, le tout devant s'additionner après la mort d'icelui. Il m'arrive encore de me gargariser avec le jargon du Moyen Age, ma profession reste immobile quand tout bouge autour d'elle ! Je dis ça pour préciser que Poitevin Albert avait au moins le mérite de ne pas se croire éternel !

De quoi me plaignais-je ? On nageait dans du concret ordinaire, que j'aurais jugé bienvenu dans d'autres circonstances, non ? Mais l'adjectif me déplaisait, rien de ce qui touchait Judith, de près ou de loin, n'était ordinaire justement. En ce qui la concerne, il ne me vient que de grands mots, de grands sentiments, à croire que les miens n'ont pas été si « fraternels » que ça !

Et puis, je n'étais pas avare de contradictions, j'aurais voulu de la part des futurs époux un peu plus de tendresse, même si je n'étais pas contre la prudence des familles. A croire que j'étais plus sentimental qu'une chèvre.

Quand j'ai battu ma coulpe auprès d'Adèle, elle a ri en se secouant, ah parce que tu ne le savais pas ? Tu tiens ça de ton père, mon pauvre ! C'est ce jour-là qu'elle m'a raconté par le menu le tour que Louise leur avait joué, à Esparvan et à papa, en leur vendant son pucelage pourfendu. Et j'ai enfin compris ce que mon père m'avait expliqué quand j'étais encore un béjaune, dans le mariage, disait-il, une bonne pute vaut mieux qu'une punaise de sacristie. « Vois-tu, il n'est pas écrit que la première te trompera, tandis que la seconde te fera cocu avec une image jusque dans ton lit, et tu ne pourras même pas protester. » Découvrir mon père en veuf joyeux, j'en glousse encore aujourd'hui ! Quant aux chèvres sentimentales... j'aurais dû me laisser pousser une barbichette, tiens !

Bref, séparation de biens sur toute la ligne. Le contrat ne peut être mieux défini, ni plus clair. Aussi, quand, après leur retour de Venise, et largement après, même, je reçus le coup de fil du vieux, je me suis demandé, en premier, ce que le valétudinaire fabriquait au lieu de faire place nette, puis ce qu'on pouvait bien retrancher d'une communauté inexistante ! Et s'il s'agissait d'une donation au dernier vif, ce que mon pragmatisme et ma méfiance personnelle redoutaient, point n'était besoin de faire appel à moi, ce ne sont pas les avoués qui manquent dans le Bordelais et autres hauts lieux du vin.

La curiosité m'a poussé là-bas plus sûrement que les devoirs de ma charge ; aussi bien, j'aurais pu déléguer un clerc, renvoyer le plouc à ses exigences, rien ne m'obligeait. Mais non, j'y suis allé ventre à terre, dévoré par l'envie de voir le croquemitaine et de veiller au grain. Et puis j'aime les graves, à mon âge ces vins-là se dégustent sans quasiment laisser de trace, j'ai aussi un faible pour les moulis que j'ai toujours négociés à grands frais ! Mon arthrite galopante les accepte sans sourciller.

Le vieux Baronies était archivieux. Quatre-vingt-dix balais cloués dans une petite voiture qu'il manipulait avec des mains battoirs. Il avait dû être grand et large. Il était toujours large, même si ses jambes atrophiées se cachaient sous une couverture en vigogne.

Grâce à elle, j'ai tout de suite repéré la signature du baron d'Empire détaillant ce qui fait luxe, les vestes en cachemire, les chemises et les chaussettes en soie, les commodes Louis XV certifiées. En mettant l'accent sur les pronoms possessifs, évidemment. Je m'en foutais au-delà de toute expression, je préfère la laine qui gratte moins, le coton qui tient au frais, et le chêne, plus solide. On peut avoir quelques quartiers de noblesse derrière soi et se conduire comme un beauf. Mon dernier clerc qui à vingt-deux ans parle ainsi, il a fallu que je me fasse au beur qui ne fond pas dans l'assiette et aux meufs qui ne sont pas des vaches quoi qu'on pense ! Passons.

A la gare Baronies m'avait envoyé sa voiture, son chauffeur, et maintenant, me servait un verre de son vin, cuvée 44.

Le vin glissait comme une caresse. Du bonhomme, j'avais déjà fait le tour, et je regardais la maison, enfin le château, tout en écoutant les « moi, je » qu'on me prodiguait sans parcimonie.

Un seul étage, une tour d'angle, ronde avec un toit en ardoise, un côté second Empire qui lui allait. Je parle du Baronies. Dans sa litanie, il en était aux mérites de son pinard, et je n'étais attentif que d'un œil. Là où nous étions, tout était calme. Un grand pin parasol donnait de l'ombre au-dessus des graviers. Nous étions assis près d'un camélia blanc, et dans l'odeur curieuse qui sortait d'une bâtisse dont la double porte était ouverte, un mélange de bois macéré et de vinasse. Faut aimer. Peut-être qu'on s'habitue. Moi, je me serais installé ailleurs, mais...

Non loin, on entendait des voix, calmes, des voix d'hommes qui discutaient au sujet d'un négociant des Chartrons. Le timbre clair de Loup dominait. Il m'emmerde, le Maisondieu, il n'est jamais foutu de venir à l'heure dite. J'ai autre chose à faire, moi ! Je crois qu'on va s'y prendre autrement, si ça continue !

René-Pierre des Baronies me surveillait. Le vin me veloutait la gorge, même sur les morceaux de pain qu'on avait mis à portée. Il paraît que c'est un critère quand le vin est bon sur des quignons rassis. Je me serais bien tapé un bout de fromage en plus, le voyage avait été long, dans un train omnibus s'arrêtant trop pour ménager la somnolence.

– Je parie que vous avez faim, Falloires.

– Ne pariez pas, j'ai une faim d'adolescent, il n'y avait pas de restauration dans votre tortillard.

Il a gueulé « Ahmed ! ».

Je me suis senti vaciller, j'avais vu Ahmed au moment de partir, en train de rafistoler une brouette, et sa vieille Citroën était garée derrière l'Étude, à l'ombre.

Un homme maigre, au visage étroit, s'est amené. Il portait un gilet rayé sur un pantalon noir, une serviette sur le bras, on aurait dit un serveur pour une affiche Dubonnet d'avant-guerre.

– Apporte un plateau pour le petit notaire, Ahmed.

J'avais dû remuer sur mon fauteuil, le vieux ricanait, je les appelle tous Ahmed, ça simplifie. Ils se ressemblent tellement !

Jusqu'au jour où un des Ahmed vous coupe la gargoulette, et vous oblige à voir la différence.

Il rit, ça ne risque pas, ils savent de quel côté la tartine est beurrée. Et puis tous sont de la famille de l'Ahmed que vous connaissez, alors...

Comme je ne disais rien, il a enchaîné : « Bon. Pendant que vous bouffez, Falloires, je vais vous expliquer mon affaire. Ma bru ne se décide pas à me donner un petit, elle se balade à droite à gauche, elle court tout Bordeaux à la recherche d'un expert pour cette histoire de comptabilité qu'elle voudrait bien régler ici même plutôt qu'en ville, elle cavale autour d'une mise en bouteilles au château qu'elle estime préférable, bref elle se disperse. Je laisse faire pour l'instant, après tout ce sont deux idées qui valent le coup, le comptable se faisant vieux, ne veut plus se déplacer, et les négociants sont de plus en plus chicaneurs. Je ne suis pas contre le changement de méthode, mais je n'entends pas qu'elle se dérobe à son devoir, qui est de nous faire un héritier. Avant elle, Loup n'avait nul besoin de passer la bague au doigt de quiconque pour baiser, ça pouvait continuer. Mais il a fallu qu'il l'épouse, eh bien, elle doit s'y mettre, je ne sors pas de là ! D'accord, elle en connaît un rayon sur la valeur de l'argent. Pour le reste, ses faits d'armes ne m'impressionnent pas. C'est une mythomane, je ne m'y suis pas laissé prendre un instant. Je sais comment se conduisent les guerres, moi ! Que Loup gobe ces contes debout, je n'en reviens pas, mais il l'aime, alors bon. Seulement l'amour n'a pas l'air de coller un fils dans le ventre de cette fille, et c'est quelque chose que je ne peux pas admettre. »

J'avais un mérite fou, je trouve. Nous avions appris ce qu'il en était des guerres conduites par cet abruti, et je le laissais déblatérer sans bouger un cil. Judith, accotée au mur derrière lui et le doigt sur la bouche, n'en perdait pas une miette. Il continuait ses péroraisons, elle restait attentive, pas tendue pour un sou ! Je lui avais déjà vu ce visage, dix-huit ans plus tôt, sur le parvis d'une église. Pierre Fautrelot et René-Pierre des Baronies, même égocentrisme forcené, même aveuglement. La lignée des imbéciles n'était pas près de s'éteindre, elle.

Je ne savais rien encore du « neveu » d'Adèle, enfin rien de clair. Mais dans le maquis, j'avais regardé notre Judith de près, à deux reprises je l'avais vue vomir dans un fourré. Qui n'aurait fait le compte des haut-le-cœur ? Dans ce cas, un plus un égale deux et demi, même en temps de guerre. S'il y avait carence d'héritier, elle ne venait pas de son bord. Quant aux faits d'armes... Nom d'un bonhomme, rien que d'y penser, je retrouve le fourmillement qui me chiffonnait les mains et que j'essayais d'éteindre à coups de baronies millésimé.

Le vin m'a remis de bonne humeur. L'indifférence de

Judith y contribuait aussi, je l'avoue. Elle me souriait de la façon que nous avions appris à redouter, non pour nous mais pour l'ennemi. A l'étage, j'apercevais depuis un bon moment une silhouette derrière un rideau. Beaucoup de monde épiait le vieil homme, décidément, et qu'il le découvrît ou non, ne semblait alarmer personne!

Il attendait mes questions, je n'allais pas lui faire cadeau de ma curiosité. J'ai continué mon grignotis de pâté, de fromage et d'amandes, j'ai poussé la délicatesse jusqu'à soupirer d'aise et le remercier de m'avoir fait venir. Il m'a toisé, la bouche dure. J'avais plus de cinquante ans de moins que lui, les deux jambes en parfait état de marche, et je pensais vite. J'étais très content. De quoi, c'est difficile à préciser, mais cela n'avait aucune espèce d'importance. Ce qui comptait, c'est le bonheur que je tirais de ne lui en permettre aucun de mon fait.

Là-haut, dans les combles ou ce qui en tenait lieu, le rideau bougeait devant la fenêtre ouverte, le visage de Caterina s'est montré. Cette curieuse bonne femme voulait que je sache qui nous épiait. J'avais déjà compris qu'il était inutile de chercher où la portaient ses réflexions, c'était du mauvais côté, celui de la jouissance sur le dos de quelqu'un. Je n'ai rien contre ceux qui jouissent sur les ventres, c'est dans l'ordre des choses, mais les gens comme elle me font peur, ils ne se soucient pas des retombées du moment qu'ils jubilent.

Le vieux a hurlé, Ahmed, rentre-moi. Et vous, venez.

J'ai embarqué mon verre, la bouteille, le plateau, j'ai suivi, docilement. Sur le pas de la porte, j'ai cligné de l'œil vers Judith. Elle souriait toujours.

Au fond, ce tyranneau ne l'a pas effrayée une minute. Je pressentais ce qu'il allait me dire, et elle, le savait. Ces types qui vivent dans l'ombre de trois impératifs catégoriques, le Nom, l'Argent et le Pouvoir, sont tellement prévisibles qu'aucun amusement ne nous vient à les regarder vivre.

Il n'était pas *convenable* que je reparte le soir même. Je ne manifestais pas assez que j'étais ébloui, je suppose. On m'avait donc installé dans une chambre vaste comme un trois pièces-cuisine, ce qui est beaucoup pour une chambre. On y avait porté mon petit bagage, et en le voyant, Ahmed numéro deux m'avait dit, Monsieur, je ne sais pas comment vous allez faire, mais ici, on s'habille pour dîner. J'ai ri, c'était encore heureux ! Je n'avais nulle envie de voir le vieux à poil. Ahmed s'est retourné sur le seuil, silencieux, puis il a refermé le battant de la porte sur un sourire, éclatant autant que je puisse juger.

Et le vieux, nœud papillon sur chemise de smoking, attendait en bout de table, sur un fauteuil énorme en velours rouge. Au moment où je m'apprêtais à descendre, Judith et Loup avaient surgi sur le palier, en jeans et chemise de sport. Judith, me guignant du coin de l'œil, avait soufflé que, même en Gironde, il était de bon ton de s'aligner sur ses hôtes. J'étais propre sur moi, comme dit ma gouvernante, c'était bien suffisant.

Le vieux a ouvert grande la bouche en voyant nos « négligés », puis il a croisé le regard un peu suppliant de son petit-fils, et nous nous sommes assis dans un silence de fer. Judith n'a pas attendu pour déclarer qu'on pouvait servir : les entrées, s'il vous plaît, Mostem. J'ai baissé le nez dans mon assiette, en rêvant à des impertinences imparables. Je ne sais pourquoi mais une phrase me revenait en mémoire, qui m'avait donné bien des satisfactions quand j'étais chez les jésuites.

Le chevalier de Bernis ayant demandé une pension, se la vit refuser par le cardinal Dubois avec qui il partageait une maîtresse, « moi vivant, monsieur, vous n'aurez rien ! ». Le jeune homme s'était incliné, il avait salué avec beaucoup de cérémonie, « qu'à cela ne tienne, monsieur le Cardinal, j'attendrai. » Je prisais l'insolence à dix-huit ans. A trente-cinq, je n'ignorais plus qu'on y fait une dépense d'énergie inutile, certains comportements, où l'on force moins sa nature, sont tout aussi efficaces. La preuve, le vieux était couleur d'aubergine.

Quel dîner ! Je ne suis pas près d'oublier la vaisselle blanche avec son filet d'or et ses armoiries, les quatre verres en cristal taillé, les couverts en argent massif. Mostem-Ahmed, je ne sais quel numéro avait celui-là, un troisième en tout cas, passait les plats. Quand Poitevin avait nommé le sien Louis, il imitait, deux crans plus bas, sans même le courage d'aller jusqu'à Loup !

Les entrées défilèrent, puis les viandes. On servit le grand-père en premier, Judith à la fin. Sur les lèvres du Ahmed-maître d'hôtel frisait une moue inquiète. Judith a patienté jusqu'à sa sortie, puis elle s'est levée, emportant son assiette vers un petit four électrique juché sur une table roulante.

– Je t'ai déjà défendu d'utiliser cet appareil devant moi.

Le vieux fulminait, brandissant une fourchette arroseuse. Judith, tranquille, a repris son assiette après la sonnerie, est retournée s'asseoir en disant, cher grand-père, j'aime manger chaud et je vous emmerde.

En dégustant mes côtes d'agneau, je ressassais les dispositions qu'il avait prises avec l'intention de « réduire cette fille à merci ! » Je le soupçonnais plutôt de chercher noise à son petit-fils, de vouloir en même temps m'impressionner. Ces hommes-là n'inventent pas, ils reproduisent à l'identique les manœuvres qui les ébranleraient. Un testament, léguant le plus gros de sa fortune à l'héritier tant espéré, et s'il y en avait deux, au premier-né, agiterait peut-être Loup, mais pas Judith.

Le dîner s'est poursuivi, Judith me demandait des nouvelles d'Orsenne, Loup parlait peu, buvait trop, et le vieux, renfrogné, grignotait. Je n'ai pas faim, je couve quelque chose, c'est sûr. Judith, en lui servant à boire, sourit, un testament, peut-être ! Il tonna, j'ai fini, on passe au salon.

Mostem apparut derrière lui, poussa le grand fauteuil jusqu'à la porte à double battant. Judith ne bougeait pas, fixant Loup dans les yeux, c'est ton grand-père. Il sortit le rejoindre, nous laissant seuls.

– Veux-tu un café, un alcool, une petite promenade digestive ?

Quelques instants plus tard, Mostem, avec un plateau et des tasses, nous retrouva sur la terrasse. Judith souriait, Falloires, je te présente Ali Mostem, c'est un très fin cuisinier, et je crois qu'il nous réserve une surprise pour demain.

– Oui, madame Judith. Je crois que la farce sera bonne, on y a mis des herbes de chez moi.

Ils discutèrent un moment, avait-il trouvé de l'aide ? Il n'était pas question qu'il s'occupe à la fois de la broche et du reste. L'attitude de l'homme avait changé, les gestes avaient perdu de leur raideur pendant qu'il servait le café, et sa voix s'était adoucie, madame Judith, mon fils est arrivé, c'est lui qui m'aidera.

Judith courait déjà vers la cuisine, et des voix s'élevèrent, avec des rires. Mostem, penché vers moi, murmurait, il l'aime mais il n'est pas de taille, vous savez. Et elle, nous craignons tous de la voir partir, même la Caterina qui n'aime personne.

Le parc devant le château, pas très vaste, était bordé par une petite route, en fait une large sente sans doute peu fréquentée. De l'autre côté commençaient les vignes, avec des rosiers tous les deux rangs. Sous une lune à son début, la sente blanche de poussière crayeuse et les fenêtres illuminées permettaient d'y voir. Le visage de Judith était calme et indifférent.

– Tu te demandes pourquoi je ne fous pas le camp?

J'ai haussé les épaules, ça la regardait.

Elle marchait, régulière. Son allure ne donne jamais l'impression d'être rapide, et d'ailleurs elle ne l'est pas. Mais Judith entame ses périples et les termine à la même vitesse, qu'il y ait entre le début et la fin quarante kilomètres ou trois! Aucun de nous ne pouvait en dire autant, naguère!

– Loup n'est pas empêché, Dieu sait! il est stérile. Va le lui dire! Au début, j'avais l'intention... elle soupira, de prendre mon fils avec nous dès que j'aurais été enceinte. Ce n'est pas venu et cela ne viendra pas.

Je n'avais rien à répondre, ce n'était pas le genre de femme à parler sans être sûre.

– Il le sait, maintenant. Au début, non. Au début, il s'en foutait presque. D'ordinaire, c'est plus tard qu'on pense aux enfants, quand les feux baissent, quand le temps recommence à couler. Seulement le vieux, je l'ai su par Caterina, le vieux téléphonait tous les jours. Et Loup a fini par être obsédé, il en est venu à me surveiller, à compter les jours dans les mois, à redouter mes indispositions. Je ne m'y suis pas trompée un instant, tu sais. Les trois mois à Venise ont été un enfer double, ce guet permanent pour des signes qui ne venaient pas, cette maison moite comme une prison verte. Tu veux que je te raconte le retour? Quand nous sommes arrivés, le vieux était sur la terrasse, dans son fauteuil. Il n'a pas attendu, il a foncé dans l'allée centrale au-devant de nous, il a regardé mon ventre, toujours rien? Que fabriques-tu, ma fille? Si j'avais eu des illusions...

Loup n'était pas de taille, Mostem avait raison. Il n'avait pas réagi, d'un seul coup il avait montré ce qu'il était, faible en face de son grand-père. Ce qui expliquait beaucoup de choses sans les justifier.

– Oh, je ne lui en veux pas, l'autre est écrasant. Il a eu

trois épouses, mortes toutes les trois. Il a réussi à faire une fille à la deuxième. Je le soupçonne de ne pas être très fécond, lui aussi. En tout cas, c'est son drame de ne pas avoir eu de fils. Alors il est allé chercher Albert Poitevin. Plus exactement, il a compris en le voyant que cet avaleur de dot goberait le nom avec l'argent pour peu que les deux soient indissociables. C'est ainsi qu'on devient Poitevin des Baronies. Albert est un pauvre type, coléreux, malléable, mais doué pour les magouilles ; avec le fric qu'il gagne avec elles, il trouve la force d'affronter son beau-père. Depuis trente ans, il vient au château une fois par mois. Pourquoi faire ? Lui seul le sait. Le vieux ne le réclame pas, ne le met pas dehors non plus ; Albert pérore dans le silence. Les repas entre Poitevin et Baronies, je te les recommande. J'en suis venue à penser que l'autre vient aux ordres. Lesquels, je ne les ai pas encore décelés.

Dans cette histoire, moi, je voyais se lever une certitude, donc, le « neveu » est ton fils.

– Tu as raison, changeons de sujet ! Ils ne t'ont rien dit, là-bas ?

– Pas un mot. Tout le monde s'en doute, remarque. Orsenne n'est pas plus bête qu'une autre ville, ils savent additionner. Pour qui d'autre les Esposite feraient ce qu'ils font, du maternage ? Pour qui d'autre Adèle donnerait dans le gâtisme quand il s'agit de « Manu » ? Lequel n'aime pas les diminutifs. Emmanuel Colère... alors qu'il est calme, qu'il ne s'énerve pas, que ses silences ressemblent aux tiens ! Allons, ma fille ! Un neveu, et ne s'appelant pas Dausse ?

Elle souriait, bien sûr. Qu'ils se doutent est une chose, qu'ils en parlent, une autre.

Elle aimait encore Loup, encore un peu. Je le plains, tu comprends ? Il se fout de l'héritage, mais il voudrait bien un enfant, peut-être pour le dominer, peut-être pas. En ce qui me concerne, il a renoncé. Seulement, devant le vieux, il est pris au filet. Il se débat dans les mailles avec l'aide du vin, maintenant il boit. Trop.

Elle soupira, j'ignore combien de temps je tiendrai. Par moments, j'ai des envies rouges. Tu te souviens ? Je voudrais oublier que j'ai appris à tuer quand je les sens venir. Je descends le vieux avec des mots, ça, la société l'autorise. Je n'ai pas encore osé dire que j'avais un fils parce que je veux ménager Loup, mais un jour, ça sortira, c'est inévitable.

– Et Caterina dans ce cirque ?

– Elle les déteste. Bien sûr, les Baronies croient en être adorés. Tous les deux. Le vieux l'a eue quand il était valide, et elle toute jeune : amours ancillaires. Ce n'est pas ce qu'elle lui reproche. J'ignore la raison de sa haine, mais elle est solide. Et si elle apprenait, pour Emmanuel, c'est d'elle que partirait le coup. C'est pour aussi cela que je demande le secret.

– Tu es bien tendre, pour une fois !

Elle s'est mise à rire, allons Falloires ! Je me réserve le tir au but, c'est tout.

Sa voix n'était plus la voix fragile qui nous menait naguère, tu deviens dure, Judith.

Elle a haussé les épaules, je te l'ai déjà dit il me semble, j'ai eu de bons maîtres.

Nous sommes revenus vers le château où les lumières s'éteignaient une à une. Devant la porte, elle m'a embrassé, instrumente sans états d'âme, mon petit notaire, je me fous du testament, tu t'en doutes.

– Et lui ?

Une voix lasse a répondu, lui aussi ne s'y intéressait qu'à moitié. Loup, dans l'ombre, fumait, un dernier verre à la main.

Je les ai regardés rejoindre leur chambre. Il la tenait par la taille, ils grimpaient lentement, tête basse. Encore attelés l'un à l'autre, mais pour combien de temps ?

Chapitre 21

ADÈLE

Quatre ans ont passé comme la foudre. Josépha en avait pris huit au vol, Petit Paul cinq, et notre Emmanuel frôlait sa première décennie. Moi, je n'avais plus d'âge. C'est ce qu'on dit quand on en a trop. Quelquefois, j'aurais aimé retrouver dans le miroir mes blondeurs de jadis, mes fraîcheurs, et derrière moi, le profil de mon frère.

Jean me manquait. Son absence ne constituait pas un malheur franc du collier, tout au plus un malaise, ajouté à d'autres encore plus vagues. Certes, Armand se contentait de mes graisses et de mes grisons, les enfants poussaient bien, j'avais de longs jours d'été même en hiver, de belles nuits sans saison, que réclamer d'autre ? Mais Jean mon frère n'était ni près ni loin, voilà, sans qu'on y puisse rien. Le passage au maquis nous avait tellement rapprochés... on essaie parfois de rattraper les erreurs d'enfance et, bien sûr, on n'y parvient pas. Nous, nous avions accédé à autre chose, de plus solide, comme si la guerre avait permis la décantation des vieilles rancunes. Jean n'était pas homme à les mijoter en face de l'évidence : j'étais en retard d'amour autant que lui, et je mettais les bouchées doubles en ce qui le concernait. Ah !

pourquoi se souvenir quand le souvenir fait mal, oublier est donc si difficile ?

Emmanuel passait à la maison presque tous les jours après le collège, soit qu'il eût envie de bavarder, soit pour faire une partie d'échecs avec Armand. Le car de ramassage le déposait devant chez nous et il avait pris l'habitude de ranger sa bicyclette dans notre cour, le matin, en venant du ranch. La reprendre n'était qu'un prétexte, c'est nous embrasser qu'il voulait, profiter de son reste, comme il le marmonnait entre ses dents. Le collège d'Orsenne ne comportant pas de classes au-delà du brevet, il lui faudrait quand il l'aurait obtenu, être pensionnaire à Vendreuil, la sous-préfecture.

Emmanuel s'entendait bien avec Petit Paul qui l'attendait tous les soirs avec impatience, et très mal avec Josépha qu'il ignorait en vain. La gamine se rappelait à lui par des piques incessantes, par des provocations grossières, puis devant son indifférence, se ruait, les poings levés. Qu'il se contentât de la talocher ou de quitter la place sans un regard, importait peu, le lendemain, elle remettait le couvert. Nous avons fini par concéder, malgré l'orgueil familial, qu'elle n'était ni très intelligente ni tout à fait équilibrée. Qu'y pouvait-on ? Aux reproches d'Armand, elle rétorquait qu'il n'était pas son père, et crachait qu'Urbain n'était pas celui qu'elle aurait voulu ! Une réplique d'Adélaïde, en plus rude. Ma mère du haut de son enfer – j'espère bien qu'elle y crame ! – devait être horrifiée de se reconnaître dans une métisse ! Je l'étais, moi, de deviner Adélaïde dans ma fille ! J'avais cru être débarrassée, et j't'en fous !

En face de moi, Josépha se taisait, âpre comme le péché. Forcément, devait-elle dire quelques années plus tard. Les gosses à l'école s'étaient chargés de la renseigner sur sa « pute » de mère, et elle me renvoyait la balle avec des fioritures. Ce qui ne me faisait ni chaud ni froid.

Le jour de ses vingt et un ans – j'anticipe, mais tant pis, finissons-en avec Josépha ! –, elle nous a réclamé du respect : majeure, elle n'avait, selon elle, plus d'ordres à recevoir de personne.

C'est à cette époque que j'ai pris Armand et mon fils sous le bras, cherchant à couler des jours calmes hors de sa présence. Car en plus du respect, elle exigeait de l'argent en abondance, nous avions de quoi, paraît-il – pour vivre selon ses goûts ! Que répondre ? N'a-t-on pas tous envie de vivre selon ses goûts ? Au lieu de quoi, je lui ai balancé : « Telle mère, telle fille ! Je t'ai montré la voie ! Si tu veux survivre, travaille. Et si tu ne veux pas travailler, ce que je crois, baise. Je ne peux guère te conseiller autre chose, je n'ai connu que ce moyen, comme tu sais et me le reproches assez. Ma fille, tu m'emmerdes, puisque tu es majeure, puisque tu ne veux plus dépendre de nous, débrouille-toi ! On n'obtient jamais que le respect qu'on mérite ! »

Josépha préféra Dieu au travail de ses cuisses. Chacun son truc. Toutefois choisir le Carmel dénotait une sacrée dose d'irréflexion en plus de la sottise ! Il me semble que prier des heures durant fatigue les genoux, alors que la galanterie se couche, mais bon !

On n'en était pas encore aux comparaisons douteuses. Aux Baronies, le vieux, enraciné dans son idée fixe, traitait désormais son petit-fils d'impuissant et sa, comment dit-on, petite-bru ? de bréhaigne. Loup buvait de plus en plus, Judith encaissait de mieux en mieux, avec une satisfaction feutrée naissant de la certitude inverse. Là, je crois que j'en rajoute. Elle encaissait, sans bonheur.

Quand l'ennui et les récriminations hystériques devenaient trop insistants, elle rappliquait chez les Esposite, toujours sans prévenir. Elle venait voir son garçon, n'oubliant pas son van derrière sa drôle de voiture qu'on n'appelait pas encore un 4×4 en ce temps ! Elle s'évadait en longs galops sur les bords de l'étang, filait chercher Manu à l'autre bout de la ville, et le gamin la retrouvait sur Jubilation devant les grilles du collège, son Poulain patientant derrière elle, rênes basses.

Fils de Prince et d'une jument quelconque, un peu balourd, mais le gosse avait appris sur son dos et le cheval l'aimait. Dans ce pays, on parle de la maison, de la voiture, de l'épouse ou de l'homme, on précise *mon* cheval. C'est comme ça. Et le cheval d'Emmanuel s'appelait Poulain. Le mot leurrait tout le monde même lui qui conservait des façons de chien fou à cinq ou six ans ! Pour les chevaux, à l'image des gens, le nom compte. Cela nous aurait aidés à comprendre le grand-père si l'on avait rapproché aujourd'hui d'avant-hier, seulement on ne le fit pas. En général, on aime s'occuper de soi plutôt que des invalides.

Emmanuel était calme, plein de silences. A l'école, il travaillait bien et laissait les autres en paix. Au début les petits copains l'avaient « cherché » ! « Un gamin qu'on connaît pas la mère... » Le mot bâtard ne franchit leurs lèvres qu'une fois. Manu leva les yeux, se dressa, repoussant froidement le baveur d'insultes pour se diriger vers Froment, meneur de la classe : répète ! L'autre protesta qu'il n'avait rien dit ! Et notre gars à nous, le pesant de la pointe des yeux, fit valoir qu'il n'allait pas cogner le minable de service sous prétexte que lui, Froment, n'avait pas assez de couilles pour faire ses commissions lui-même.

– C'est à toi que je le demande, Froment, répète !

Froment cala. Ce fils de boucher, trop grand, trop gros, haussa les épaules, tu déconnes.

Les gosses n'aiment guère les dégonflés, et la petite guerre fut gagnée sans bataille, une fois pour toutes. L'instit disait souvent avec une pointe d'acidité, « ma parole, il sait les prendre mieux que moi ! »

Au collège après la communale, Manu avait retrouvé les mêmes plus quelques autres, avertis aussitôt, « t'y risque pas, y cogne si on l'enquiquine ! » et tout se passait dans le meilleur des mondes !

Très vite, Emmanuel a monté Poulain avec une grâce distante qui participait de celle de sa mère sans l'imiter. Très vite aussi, Bernard a décelé en lui ce rien qu'il faut introduire dans le dressage quand on « prépare » une bête pour quelqu'un d'autre. Il espérait fortement, il disait à François, s'il veut, il pourra reprendre le ranch et l'élevage, il a la main. Il pensait aussi et cette fois sans le dire, que travailler en n'ayant personne derrière soi pour hériter, n'arrange pas le moral. Ses réflexions le rapprochaient du vieux Baronies, mais là encore, nous n'avons pas voulu voir la ressemblance.

Emmanuel parlait aux chevaux comme il parlait au petit Paul, avec douceur, distance, discrétion. Lors des mises en route parfois frénétiques, enragées même, certains poulains ayant des caractères hargneux, alors que tout le monde s'agite, que les bêtes se cabrent, jouent des sabots face aux étrivières, lui restait calme, comme en dehors. Il allait s'accouder aux barrières et chantonnait. Un bourdon répétitif, lancinant. Les Esposite lui auraient bien demandé de se taire, mais les bêtes avaient l'air d'apprécier. Qui n'a besoin d'être bercé, calmé, d'être... oh merde ! Sa chanson me plaisait, à moi aussi.

Le soir en arrivant, il lâchait son vélo, se dirigeait sans attendre vers le box d'un étalon qui le séduisait ou d'une jument ombrageuse, pour s'adosser aux vantaux avec aux lèvres ce petit fredon mélancolique. Au bout d'un moment, l'occupant venait voir. C'est bourré de curiosité un cheval, ça aime la compagnie. Emmanuel se mettait à parler comme pour lui-même, pourquoi tu t'excites ? il ronronnait des douceurs, parlait de belle robe, de fière crinière... et peu à peu se redressait, se retournait. Au bout de quelques jours, il s'approchait en parlant de plus loin, beaucoup plus fort, et quand la bête passait la tête avant même qu'il arrive... Bernard admirait, faut le voir, il jabote avec eux sans arrêt. Quant à deviner ce qu'il leur raconte vraiment sous les mots qu'on comprend tous, macache ! Et puis un jour, le poulain ou la jument posait sa tête sur la sienne, se frottait le cou contre son paillasson de cheveux. Oui, c'était à voir. Parce que l'affaire était dans la poche.

Emmanuel ouvrait la porte, s'éloignait. Avec les juments, c'est tout juste si elles ne venaient pas le pousser dans le dos d'un air de dire tu te dépêches un peu ! Avec les poulains, c'était plus long, deux pas en avant, un en arrière, mais le temps travaille pour des gens comme lui. Bientôt, la longe, même lâchée au sol, ne bougeait plus. Les mains volaient de la crinière au chanfrein, grattaient sous le cou, la couverture pliée en quatre se posait presque toute seule sur le dos à peine frémissant, et hop, d'un élan sur le rebord de la barrière... Cela ne marchait pas à tous les coups, il se faisait virer comme n'importe qui, mais parfois le bestiau ne bougeait pas. Emmanuel attendait, le cheval tournait la tête pour le regarder, puis démarrait à pas lents, de lui-même. Et les petits genoux commençaient à donner des ordres, oh subtils, sans forcer ni le ton ni l'allure. Ce n'était pas du dressage, c'était autre chose, qui ressemble à... je ne sais pas à quoi, à une danse, peut-être.

Quand ils revenaient vers les écuries, on avait l'impression de comprendre comment naissent les mythes, d'entrevoir un jeune centaure sorti des vieilles forêts légendaires. François murmurait, cet enfant me fascine. Nous sentions qu'autrefois Jean, avec la même lenteur, la même distance tendre, avait conduit Judith à décider d'elle-même et de lui, sans davantage provoquer le sort.

Nous étions en visite au château avec nos enfants,

quand les choses se sont précipitées. Bien sûr, nous n'avions pas mené le « neveu ».

D'ores et déjà, j'étais tendue. C'était la cinquième ou sixième fois que nous allions là-bas, ce qui n'est pas beaucoup. Ni Armand ni moi ne supportions le vieux satrape, et le voir réclamait de nous une patience que je n'étais pas disposée à gaspiller plus qu'il ne faut. Il m'avait accueillie le premier jour en me demandant si j'allais beaucoup à l'église, comme toute pute repentie. Non mais ! J'ai vu Armand plisser les yeux d'une façon que je connaissais, je ne tenais pas à ce qu'il passe aux actes, et j'ai riposté sans attendre que Jésus était de ma clientèle comme tant d'autres ! Lui-même aurait fait pareil, non ? si toutefois l'invalidité n'avait pas commencé par ses œuvres vives... Il avait éclaté de rire, la galanterie débrouillait la langue ! La galanterie débrouille les débrouillardes, châtelain de mes deux ! Je l'ai murmuré juste pour lui, en le regardant droit, j'ai même ajouté dans son oreille que la démerde m'avait bien servie dans le maquis, pendant qu'il traitait ses « amis » mussoliniens comme des princes. Ça vous l'avait calmé en trois coups de cuiller à pot ! Seulement, de ce fait, nous n'étions pas copains, lui et moi.

Donc à notre cinquième visite, nous demeurions le pied en l'air, atterrés par ce qui restait de Loup : un boiteux entre deux vins. Toujours beau, élancé, presque vibrant, mais il ne virevoltait plus, il oscillait, il ne brillait plus, il couvait de la mauvaise braise. La peau de ses joues avait par moment cet aspect vernissé des viandes qui macèrent dans l'alcool.

Quand nous y allions, le premier jour, c'était toujours le même cérémonial. Les hommes ont fait le tour des vignes, discuté ferme sur les cuves en inox ou en aluminium, moi, je n'y connais rien ! Une nouveauté commode, paraît-il, mais j'aime pas disait Armand, ça laisse un goût. Pendant ce temps, Judith et moi, dans une jeep, menions rituellement les enfants à la mer. Le vieux dormait dans son fauteuil ou faisait semblant. Quatre-vingt-quatorze berges, cent kilos de fiel et d'urée. Récente, l'urée, ça le rendait encore plus aimable que d'habitude ! Plus dangereux. Pourquoi gardait-il un fusil accroché au dos de son fauteuil, lui seul le savait. Moi, je ne raffole pas des armes-au-cas-où, le cas se présente toujours.

Sur la plage, Joséphа a bien essayé de nous faire braire, le regard de Judith l'a clouée près de son tas de sable. Notre Judith de toujours, calme, avec cet œil qui vous renvoie à vos affaires, ou plutôt qui vous expulse des siennes. Josépha n'a pas insisté. Elle avait enfin peur de quelqu'un ! Devant sa marraine, sa hargne habituelle devinait vite jusqu'où elle pouvait aller. Au fond, je n'ai pas eu la bonne manière avec Josépha, si tant est qu'il y en avait une.

Petit Paul jouait tranquillement, ce n'est pas de lui que seraient nés les embarras. Il est devenu un homme de sciences, quelqu'un qui préfère le travail en solitaire. Pas sauvage, pas bougon, il ne refuse pas les gens, mais il tient à son quant-à-soi avec une fermeté qu'on est bien obligé d'admettre : il se protège. De nos excès d'amour, je crois. Son seul ami fut Emmanuel tant que celui-ci a vécu. Emmanuel n'empiétait pas.

Judith ruminait quelque chose qui avait du mal à sortir. Elle s'est décidée, Loup était allé voir un médecin. Lequel lui avait fait suivre un traitement à base d'hormones et miroiter la lune.

– Il l'occupe, tu comprends, il voudrait l'empêcher de boire, de se ruiner la santé. Et Loup « essaie ».

– Cela peut marcher ! J'ai bien pris des œstrogènes, moi, durant ma seconde grossesse !

Judith a hoché la tête, elle avait parlé à Pilleret et

celui-ci finit par dire la vérité, qu'il n'y avait aucune chance que ça marche, pour une raison simple : il avait dû remplacer l'un des deux testicules écrasés au moment de l'accident, par une « glande » synthétique. Si les apparences étaient sauves, c'était bien tout !

– A l'entendre, c'est aussi une histoire de canaux déférents ! En remettant l'accident sur la table, il cherche à ne pas désespérer Loup, c'est dur de faire admettre à un homme qu'il est stérile, vraisemblablement de naissance. A moi, il n'a pu le cacher.

Mais Loup semblait se douter que le traitement était bidon, Loup buvait maintenant jusqu'à sombrer, et le vieux devenait si dur à vivre que les Ahmed s'en allaient les uns après les autres. Quant au personnel des caves, il ne voulait plus avoir à lui rendre des comptes. Caterina était la seule à s'en occuper encore, et pour mieux lui faire la vie dure, à l'évidence.

– Il l'agonit, elle le traite de gâteux haut et fort, mais il est obligé de la supporter puisque tout son monde fout le camp. Même Poitevin se rebiffe. Celui-là, il a mis de l'eau dans sa piquette, il sait, je crois. Il a parlé d'adoption l'autre jour, et le vieux a empoigné son fusil. On en est là. Et je n'ai que trente ans.

Alors je l'ai suppliée de partir, de revenir à Orsenne, je lui ai crié combien Bernard espérait son retour, et comme Manu se languissait d'elle. Elle a fait non de la tête, Emmanuel ne languissait après personne. D'un coup j'ai compris qu'elle n'avait pas tort, le petit avait fait une croix sur les langueurs filiales ! Judith avait « perdu » son fils et le savait.

– Parfois, j'aimerais avoir ce courage, m'évader, m'éloigner seule, sans mari et sans fils. Faire une autre vie ailleurs, mais à quoi bon ! Ce sera pareil. Je découvre Jean en filigrane de tout ce que j'entreprends, de tout ce que je rêve. Je n'aurais jamais dû épouser qui que ce soit. C'est pour ça que je reste, Loup n'est pas responsable d'une décision que je n'aurais jamais dû prendre.

Loup était retourné à Venise, dans son aquarium à demi envasé, Caterina l'accompagnait. Au retour, la femme de charge raconta, avec une sorte de jubilation, que Loup avait couru les filles. Loup pendant six mois avait « dragué » des femelles issues des meilleures familles, des jeunes, des vierges. C'est après celles-ci surtout qu'il en avait. Puis il avait consulté le spécialiste aux hormones, et personne ne savait ce qui lui avait été dit, mais il avait dès le lendemain fermé la Ca' et repris le chemin des Baronies. Caterina, excitée, clamait depuis les pourquoi de sa haine, le vieux, des années plus tôt, l'avait obligée à avorter, de peur qu'un « mâle » ne vienne troubler les attentes de sa propre femme, et les siennes.

– Elle m'a dit, ils n'ont rien dans le ventre, de l'eau ou presque. C'est cela que le vieux ne veut pas voir, se raccrochant à je ne sais quoi, à la responsabilité des autres, c'est plus facile. Après, le mari de Caterina s'était pendu. Tous ces morts pèsent, dans la balance de Caterina. Au début, je me suis demandé pourquoi elle n'avait pas tué le vieux Baronies, et puis j'ai compris, elle le retourne sur le gril depuis trente ans, la vengeance est meilleure quand elle dure. De petites phrases insidieuses en rires méchants, elle le fait cuire à son gré. En vain, je crois. Il n'a toujours pas vu le rapport !

Quand nous sommes rentrées, soûles de soleil, les enfants écrasés de fatigue sommeillaient à l'arrière de la voiture, et nous n'aspirions qu'à dormir après une bonne douche. Mais toutes les lumières du château éclaboussaient les allées, une grosse Bentley stationnait sur l'aire à l'arrière des chais, des voix riaient sur les terrasses. Loup est arrivé en courant, les nouveaux propriétaires du cru voisin, un Anglais et son épouse, accomplissaient une visite de courtoisie, et le vieux les avait retenus pour dîner, il fallait se pomponner, en tout cas apparaître, quitte à s'esquiver ensuite. Loup avait un air inquiet, il n'avait pas assez bu, ses mains tremblaient. Il a pris Judith aux épaules, fais-le pour moi, s'il te plaît.

– Je fais tellement de choses pour toi, Loup.

Mais elle a soupiré, gagné leurs appartements sans un mot, Loup derrière elle. De ma fenêtre d'angle, je les ai vus, il avait posé sa tête sur son épaule, ils ne disaient plus rien, ne bougeaient pas, et j'ai eu envie de chialer comme jamais, le désespoir des autres m'a toujours agitée plus que mes propres désespérances.

Nous sommes redescendus tous ensemble. Judith s'était peignée, Loup avait changé de chemise, j'avais enfilé une robe-sac qui me cachait quand j'en avais assez de ne plus avoir de formes. Nous étions des gens ordinaires.

Pourtant, une fois la porte ouverte et le pied sur les dalles de la terrasse, l'ordinaire a volé en éclats. Un gaillard s'est levé d'un bond, « Judith ! ». L'Anglais. Une caricature d'Anglais, avec des moustaches rousses, des yeux bleus, des dents obsédantes. Grand et massif toutefois, au-dessus d'un bidon de buveur de bière. Il était déjà devant Judith, les mains sur ses épaules, Judith Wrath, qui m'aurait dit que je te retrouverais ici !

Judith était pâle comme la mort. Elle ne disait rien, elle ne souriait pas, les mâchoires raidies, elle le regardait avec une rage désespérée. Elle a tout de même réussi à le saluer, « bonjour, John ».

Le vieux les fixait, penché par-dessus les accoudoirs de son fauteuil. Judith nous présenta le major John Bulkkey, qui agita la main en direction d'une femme assise à l'ombre, Jane, ma femme. Loup s'était reculé, surveillant la scène avec une curieuse expression sur le visage. Le major, exubérant, s'adressait à Baronies, c'était le meilleur artificier du commando, monsieur, elle vous faisait sauter n'importe quoi comme si elle soufflait dessus ! Les SS en ont vu de sévères à cause d'elle, affirmatif !

Le vieux se redressa, où donc l'avez-vous connue ?

– Où voulez-vous ? Dans le camp du Somerset, quand elle est venue s'entraîner après ses couches.

J'ai vu Judith fermer les yeux une demi-seconde, se tourner vers nous, que voulez-vous boire, Armand, et toi, Adèle ?

Le major continuait à parler, mais seul dans sa chambre d'échos, seul face à des souvenirs où nous n'avions pas de visages, tout juste des noms, et encore ! Loup regardait Judith, le vieux regardait Judith, je me sentais comme une pièce rapportée, comme une tour sur un jeu d'échecs définitif. Armand n'avait plus d'existence, ni Loup. Cet homme rougeaud nous avait effacés de sa vie avant même... Ah ! je hais ces êtres qui n'ont plus de raison de bouger encore puisqu'ils ont une mémoire où ils règnent !

Le dîner fut ce qu'on pouvait en attendre, sinistre. Le major faisait les demandes et les réponses, il racontait, racontait, à l'évidence il s'était pétrifié une fois pour toutes à la fin de *sa* guerre – et nous, nous écoutions le récit de ce que nous avions vécu mais dont nous parlions rarement. Sa femme avait sur le visage une moue d'ennui, de pitié ou des deux, difficile de savoir ce qui l'emportait. Un instant, elle a tourné la tête vers Judith, et j'ai compris, la pitié s'adressait à celle-ci, à elle aussi par la même occasion, cet homme devait se répandre ainsi sans arrêt depuis dix ans !

Le coup n'est pas venu d'où nous l'attendions. On courbait le dos depuis le début du repas, persuadés que le vieux à un moment ou à un autre reparlerait des « couches » précédant l'entraînement commando. Mais non ! Le major a fini par s'apercevoir qu'il monologuait, que Judith n'ajoutait pas ses faits d'armes aux siens ; il s'est penché vers Baronies en le félicitant d'avoir une belle-fille aussi modeste, elle ne vous a donc jamais parlé de ses aventures ? Elle avait d'autant plus de mérite à demander qu'on la parachute en France, qu'elle laissait chez nous son petit garçon, un bel enfant, si calme ! Ah cher monsieur, à cause de lui, nous vivions dans les transes, imaginez qu'elle se fasse tuer !

Judith a murmuré entre ses dents « shed up, Bulkkey, nobody knews anything about him ! »

Il s'est arrêté net, rouge et suant. Son regard a fait le tour de la table, effleurant le visage terreux de Loup, les joues violettes du vieux, l'œil glacé de son épouse. Armand a demandé s'il comptait utiliser les cuves en alu, lui aussi, et ils se sont jetés dans un débat sur des mérites comparés, le bois-comme si, l'alu-comme ça. Nous avons surenchéri, on aurait admis la chaptalisation s'il avait fallu. Mon Dieu, je n'osais même plus poser ma fourchette ni bouger un cil. J'ai avalé deux verres de vin coup sur coup, sans réaliser ce que je buvais. Judith a sonné, le dernier Ahmed restant est arrivé avec le dessert, et le vieux, qui n'en mangeait pas, a demandé qu'on le monte à sa chambre, il était fatigué. Après son départ, les Anglais ont terminé en hâte leur gâteau, n'ont pas voulu de café, et se sont enfuis comme des voleurs, nous laissant les uns en face des autres, aux prises avec des vérités qu'on ne pouvait plus dissimuler.

Au bout d'un moment, Loup a dit, sur un ton banal, je voudrais bien le voir. Il était calme. Dans un sens je le comprenais, le temps des certitudes était venu. Il s'est levé, nous partirons avec vous si vous voulez bien. Il est passé derrière Judith, a posé ses mains sur ses épaules, viens ma femme, allons nous coucher.

Leur chambre était mitoyenne de la nôtre. Nous n'avons décelé ni paroles ni cris, rien d'audible, pas même un reniflement. Loup a ouvert la fenêtre pour regarder les vignes, en fumant une dernière cigarette. Judith est venue s'accouder à côté de lui. Je voyais la fumée qu'il expirait droit devant. Puis les volets ont été rabattus ; ils n'ont pas refermé la fenêtre, sinon je n'aurais pas entendu Loup annoncer, fais-moi penser à prévenir les gars, le type du karcher vient lundi.

Je me suis mise au lit, rassurée. Je me souviens avoir secoué Armand qui s'endormait pour lui glisser dans l'oreille qu'il n'y aurait pas de drame. Et dans un sens, c'était vrai, il n'y en a pas eu. La mort attendue, ce n'est pas ce que j'appelle un drame, tout juste un soulagement.

Chapitre 22

LES « MINUTES » DE MAÎTRE GEORGES FALLOIRES

A les voir tous ensemble, Orsenne a deviné qu'il s'était passé l'inattendu dont nous étions friands ! Pourquoi parler au passé d'ailleurs !

Loup n'avait pas remis les pieds en ville depuis cinq ans, Loup n'accompagnait jamais Judith dans ses venues ; nous en avions tiré des conclusions, vous pensez bien ! Avec de l'amertume en prime. Car enfin, il avait embarqué une de nos filles, la plus appréciée, même si quelques-uns n'en avaient senti le manque qu'après son départ, à croire que l'absence a des vertus éclairantes ! Oui, Loup nous l'avait prise sans nous compter dans la corbeille des noces ! Nul ne lui pardonnait le rapt ni le dédain qu'il avait eu de nos personnes !

En ce qui me concerne, le retrouver sans préambule m'a foutu le bourdon ; depuis que je l'avais croisé aux Baronies, où l'on avait échangé trois mots autour du sel et du poivre, il avait encaissé de solides coups par le travers. Et notre dernière entrevue n'était pas assez loin dans le temps pour que je ne sois pas suffoqué par sa dégringolade !

Tout d'abord, on ne s'apercevait nullement que le ver était dans le bois. Mais à seconde vue... Derrière le profil inchangé, l'élan juvénile et la flamme avaient disparu ! A le regarder de trop près, la déception vous assommait d'un coup : sa minceur bondissante n'était plus qu'une maigreur au visage bouffi. Ce qui avait dévoré sa grâce, miné ses muscles, qu'était-ce donc ? Ce n'était ni la maladie ni l'âge. Par bien des points, il ressemblait encore à l'éclopé en mal de guérison que nous avions connu, comme un lavis, de loin, vous a des airs d'aquarelle ! Sa volonté de remarcher, de remonter à cheval nous avait éblouis six ans plus tôt. D'où venait qu'elle l'avait quitté ? Devant la bouteille, il en fallait moins que pour une jambe et un bassin en miettes, non ? Il est vrai que je bois surtout de l'eau ; cela change l'idée qu'on se fait de la dépendance à l'alcool, bien sûr. On la sous-estime.

Oh, pour qui ne l'avait pas aperçu dans sa fleur, il séduisait ; il n'était pas enlaidi mais atténué. Seulement pour traîner les vieux cœurs après soi, il faut autre chose qu'un peu d'allure ou de beaux restes, ils ont eu loisir de battre pour beaucoup mieux ! En ce qui concerne le mien, j'en suis sûr.

Naguère j'avais misé sur ce garçon, aujourd'hui je m'en voulais encore plus qu'à lui de m'être trompé. Et la conscience de sombrer dans l'injustice n'améliorait pas mon humeur, ni le besoin presque professionnel d'objectivité en toute circonstance. On aurait dit que j'étais encore dans ma jeunesse folle qui n'avait pas vécu de si grands soucis d'équanimité, autant que je me souvienne !

Je m'aperçois qu'on a tous, à un moment ou à un autre, usé pour décrire Loup des mots qu'on réserve aux femmes. Orsenne avait eu pour lui les yeux du Cid ! Mais il n'était pas Chimène, ni même son ombre ! C'est clair, non ? A travers lui, la réalité nous rattrapait dans notre propre chair. On décelait sur ce garçon ce que les années savent trafiquer sur nous quand elles s'accumulent ! Certains hommes se burinent, d'autres se fripent, seuls les premiers ont l'air d'avoir vécu, à défaut de l'avoir fait ! Pour les autres, ils ressemblent à des robes achetées au décrochez-moi-ça ou à des poulets de batterie ! Au fond, nous ne savons jouir ni de la satiété ni de la tempérance, nous vivons dans la peur de ressembler un jour à ces coqs ayant perdu leur crête, et qui semblent prêts à pondre !

Ahmed, en train de décrotter ses godillots sur le racloir, avait couru au-devant d'eux. Il s'est arrêté net quand Loup est descendu de voiture. Il a ouvert la bouche, refermé son sourire, il a fait machine arrière les poings serrés et deux rides entre les yeux. Trop d'alcool, trop de cigarettes, trop d'espoirs déçus. Je sais quand cet homme a de la colère et du chagrin, là, il débordait des deux, en grognant.

Ahmed n'a jamais caché qu'il avait quitté les Baronies parce qu'il ne supportait plus l'attitude de l'ancêtre. D'après ce philosophe-né, il y a un temps pour donner des ordres, un autre pour offrir des conseils ; Baronies n'a pas voulu passer du premier au second malgré la chaise roulante, malgré l'artérite qui sclérosait la tête autant que les jambes !

Durant ces réflexions amères, les Poitevin étaient entrés dans l'ancienne maison close à la queue leu leu derrière Adèle. Armand fermait la marche, le visage illisible. Josépha pour une fois filait doux, sa mère, à la descente d'auto, l'avait gratifiée d'un coup de pied au cul magistral avant de cogner sur l'huis pour qu'on leur ouvre ! Judith tenait le petit Paul par la main et Loup suivait, tête basse. Leur arrivée ressemblait à un retour d'exode.

Orsenne s'agitait déjà sous le couvert des rideaux ! L'annonce que Loup était là avait couru comme un feu de broussailles, et ceux qui n'avaient pas le bénéfice d'un point de vue sur la maison trouvaient soudain quelque chose d'urgent à fabriquer sur la place, bien que ce ne fût ni le jour ni l'heure du marché !

Au bout d'un moment, ils sont ressortis, juste Judith et Loup, ils ont pris la direction des étangs. Pour aller chez les Esposite, à coup sûr.

Nos marmites à ragots se prenaient pour des cocottes-minute. L'irruption du neveu dans notre panier de médisances s'était vite changée en secret de Polichinelle. Dès le début, le Tout-Orsenne avait bouillonné derrière les volets. Nous aussi alignons ce qui s'aligne. On ne s'était pas monté un roman, ce qu'on voyait suffisait, la ressemblance, l'espèce d'amour désespéré qu'on lisait sur la figure d'Adèle quand elle s'adressait au gamin ! Seulement, la venue de Loup modifiait les données. Il savait ou il avait appris, sinon se déplacer ne rimait pas à grand-chose ! On ruminait, on marronnait, on se disait allons bon ! Va-t-il nous le prendre comme il a pris la mère ?

La nouveauté chez nous est ambiguë, elle excite ou elle dérange. Emmanuel avait comblé un vide, en avait créé un autre où nos curiosités s'engouffraient sans se satisfaire tout à fait. En réalité, nous n'avions plus idée de ce que nous savions avec exactitude, ce qui est pire que tout ! Ou meilleur, c'est selon !

Ahmed s'était rencogné dans l'entrebâillement de sa porte, à débobiner et tailler de la ficelle pour ses tuteurs à tomate. Il occupait ses mains, on le sentait. Ses filles, venues voir ce qu'il fabriquait, étaient rentrées sans lui parler. Sa femme avait passé puis retiré la tête. Ce n'est pas qu'il était rude avec elles, ou qu'il les eût rabrouées, il était taiseux. Personne, sa quenouille comprise, ne l'interrogeait plus depuis beau temps puisqu'il ne répondait pas. A l'époque, même nous, lui abandonnions le silence sans barguigner ; on se donnait ainsi l'illusion de s'accommoder des caractères de chacun !

Un peu trop. En fait, on baissait les bras. Une des rares avanies de l'existence à laquelle même un notaire ne s'habitue pas, voyez-vous, et faut-il s'habituer à tout prix ?

Maintenant, je suis vraiment vieux, mais durant ces jours si violents, je ne l'étais pas encore. Enfin, je le croyais.

On n'a pas revu les Poitevin des Baronies de la soirée. Par ici, on décline les noms au complet, ça en installe bêtement mais parfois, nous avons besoin de nous rassurer à des certitudes, et qu'y a-t-il de plus certain que les lieux, les dates, les états civils !

Le lendemain, un dimanche, Adèle et Armand ont embarqué la marmaille en direction des champs. On est rentrés chacun chez soi en se disant qu'ils allaient passer la journée au ranch. Ne restait plus qu'à s'armer de patience devant nos fenêtres. Que faire d'autre ?

L'après-midi, je n'y tins plus, la patience n'est pas du tout mon fort. J'ai cogné chez Ahmed, j'ai dit, amène-toi, on y va. On est montés dans la vieille Renault que je réserve à mes escapades champêtres, elle est haute sur pattes, elle avale les sentiers ravinés ou les labours comme un tracteur. Ahmed, les mains aux genoux, fixait la poussière se levant sur notre passage, sans un regard pour les perdrix courant dans les vignes. Il est chasseur, mais ce qu'il chassait ce jour-là, c'était le souvenir d'un garçon se jetant dans ses jambes en réclamant de monter les chevaux ! Bien sûr, j'aurais peut-être dû vous dire auparavant qu'Ahmed travaille sur les terres d'Armand Valmajour, qu'il s'occupe des bergeries pour les Esposite. Il a quelques moutons à lui dans les troupeaux, pourquoi pas ? C'est un taiseux mais on l'aime. En plus, il élève ses filles comme on s'occupe des nôtres, elles vont au collège, elles feront souche avec nos gars, c'est à peu près sûr. Alors, on l'a adopté, lui et sa famille. Et qu'il agenouille ses prières face au levant ne nous dérange pas, et qu'on préfère nos prie-Dieu ne le tarabuste guère, alors tout est bien. On a des défauts, pas celui de revendiquer des manières copie conforme pour un Dieu qui est le même partout, en définitive ! Surtout quand on n'y croit plus.

Au ranch, les Esposite étaient sous l'auvent à réparer des sangles ou couper de la ficelle. Décidément ! Ils nous ont jeté un coup d'œil, ils ont soupiré en désignant les fauteuils en châtaignier. Ahmed a ramassé du fil, une paumelle, et moi, j'ai ruminé je ne sais quoi dans mon coin. Je n'avais même pas l'esprit à fumer ma pipe, ni la ressource d'un « travail manuel ».

Adèle et les gosses étaient à la mer, Armand se baladait sur la digue soi-disant, et nous, nous passions le temps à le faire passer. Ce n'est pas de tout repos quand on a les mains vides.

Le soleil baissait sur l'horizon quand nous avons vu revenir Judith, Loup et l'enfant, se détachant sur le ciel rouge. Ils allaient au pas, tranquilles. Le petit sur Poulain comme suspendu entre eux deux, le visage calme. François a murmuré dans mon dos ce que Judith avait déclaré le matin, Manu ferait à son idée, et Loup depuis, ne parlait plus, il guettait.

– Le gamin va rester, il vous aime.

– Qu'est-ce que l'amour change, Falloires ! J'avais beau savoir que ça ne durerait pas, j'espérais, tu comprends ?

Bernard n'a pas fini sa phrase, l'histoire s'est nouée en quelques secondes sans que nous ayons eu le temps de faire un geste. Si, nous avons eu celui d'avoir peur et de rester paralysés dans notre coin, comme des cons.

Une vieille limousine tournait dans le poussier, avec le vieux à la portière, éructant et toussant. Bien après, François a dit que le monde allait se répétant, la visite de Poitevin avait eu cette allure grotesque !

Pendant que Mostem serrait le frein à main, Baronies hurlait, cette garce était allée traîner avec n'importe qui et voilà qu'elle... il brandissait son fusil. Mostem tentait de le lui arracher mais Baronies a repoussé le pauvre homme si brutalement que les portières se sont ouvertes d'un coup, et tous deux ont roulé au sol de chaque côté de la voiture. Le vieux, déjà redressé sur ses fesses, épaulait. Loup avec sa vivacité d'autrefois a cabré son cheval devant Poulain pour masquer l'enfant. Judith s'était jetée sur le petit, et dans le même mouvement, l'avait placé derrière elle tout en faisant culer la jument vers les boxes. Loup, la tête roide, toisait son grand-père ; ses yeux bleus ressemblaient à deux flaques gelées. En cette minute, le vieux sapajou n'aurait pu le renier, il était son portrait. Soudain Loup se « défripait », et nous l'avons *reconnu*, et nous avons tout compris, ces deux-là en vérité se haïssaient, entre eux se jouait une très vieille guerre pour le pouvoir de décider de soi-même, sur un terreau de saletés familiales enfouies profond, et qui resurgissaient.

Ils sont restés l'un en face de l'autre – cela nous parut durer des siècles –, à se fusiller en silence. Le vieux visait toujours, et Loup ne bougeait toujours pas d'un poil, serrant le hongre retombé sur ses antérieurs dans des cuisses de fer. Derrière lui, Emmanuel avait repoussé sa mère, surveillant les deux hommes d'un air trop sérieux pour son âge. Et nous quatre ? c'est en des instants comme ça qu'on identifie l'horreur du vieillissement, à se découvrir spectateur aux premières loges et c'est tout ! Il n'est pas nécessaire d'avoir cent ans pour être inutile.

Baronies a lentement baissé un bras qui commençait à vibrer, Loup a dit, vas-y Ahmed. Et Ahmed a pris l'arme sans rencontrer de résistance. Le grand-père s'est tassé sur le sol, s'appuyant sur ses mains, le dos rond. Quand Mostem a tenté de le hisser jusqu'à la chaise roulante qu'il avait sortie du coffre, il s'est laissé faire, les bras ballants, la tête dodelinante et le front pourpre.

Brusquement il s'est mis à baver. Judith a piqué des deux jusqu'à la maison, et nous l'avons entendue téléphoner, réclamer Police-Secours ou je ne sais quoi dans le genre ambulance, pendant qu'on poussait la chaise jusqu'à l'ombre de l'auvent. Loup avait sauté de son cheval, arraché le fusil des mains d'Ahmed pour le casser contre un arbre, les dents serrées. Maintenant, il suivait les autres, comme étranger à ce qui se passait ailleurs que dans sa tête ! Judith avait trempé un linge pour le poser sur le visage du vieux ou essuyer sa bouche, il la regardait faire, les mains convulsives encore et l'œil désespéré.

Personne n'a paru prêter attention à l'enfant en train de mener les hongres vers les écuries ; la jument montée par Judith et qu'il avait dressée pour elle caracolait à sa gauche. C'est fou ce qui vous traverse l'esprit dans des moments pareils, je me demandais quel âge pouvait bien avoir Jubilation. S'était-elle calmée avec les ans ? Pourtant, je venais de voir qu'on ne se calme pas, qu'on s'effondre.

Je suppose que le petit a soigné tout son monde comme d'habitude, qu'il a donné de l'eau, garni les mangeoires. Je ne le vois pas s'émouvoir pour des histoires d'adultes, ni s'effrayer d'une menace brandie par un vieil imbécile. Quelques gosses sortent de l'enfance avant leurs parents, cela n'avait pas l'air d'amuser cet enfant-ci.

Au bout d'un siècle, c'est à sa petite chanson que je l'ai repéré. Il se tenait derrière Loup, il observait les infirmiers essayant d'allonger sur une civière le grand-père qui s'agitait à nouveau. On a fini par l'attacher avant de l'embarquer dans l'ambulance et de l'emporter vers l'hôpital. Le visage de Manu était serein malgré les questions qu'il devait bien se poser ! Il a levé le nez vers cet homme qu'on appelait son beau-père, et qui s'était jeté entre lui et le fusil. Il s'est mis à sourire, avec une lenteur courant de race. Sans le savoir, il remettait du soleil dans nos souvenirs ! Oui, il a pincé la bouche exactement comme Jean quand la drôlerie d'une situation lui apparaissait. Il n'a rien dit, rien demandé, il a glissé sa main dans celle de Loup. Loup s'est penché, la bouche molle, observant leurs doigts. Avait-il du mal à comprendre ce qu'ils fabriquaient ensemble? Devant ce dos large qu'un frisson brutalisait, nous avons tourné les talons et regagné la maison en soupirant. De trop, voilà ce que nous étions, nous et notre bon dieu de curiosité, nous et notre affection sans efficace.

Aucun de nous n'avait tenté le moindre geste de protection avant de le voir s'accomplir; le rictus amer de Bernard renseignait mieux que des mots sur ce qu'il ressentait, nous n'avions pas été à la hauteur.

Le lendemain, Loup est arrivé en ville dans la jeep pour s'engouffrer sous le porche de l'hôpital. Il en est rejailli très vite, les traits tirés et les gestes courts. Il déglutissait souvent, taraudé sans doute par le besoin d'un petit verre.

A mon idée. Je ne savais pas encore que c'était le chagrin. On aime, on déteste, mais devant la mort, le résultat est bien pareil, on pleure.

Il a sonné chez Adèle, n'a fait qu'entrer et sortir avant de retourner à sa voiture. Assis devant le volant sans bouger, il donnait l'impression qu'une horloge, quelque part, ne laissait pas retomber son balancier. Il a fini par appuyer sur le démarreur.

A peine avait-il emprunté la descente qu'Adèle traversait la place en courant, ses grosses chairs ballottées sans qu'elle s'en soucie. Elle est allée chez Ahmed, puis j'ai deviné qu'elle venait chez moi, malgré ses pieds nus dans des savates et sa vieille robe à demi dégrafée. Ahmed cavalait en direction de la côte, et je l'ai vu ouvrir à la volée les portes de la remise où il rangeait sa Citroën. Adèle carillonnait, mon clerc gémissait que je n'étais pas descendu, qu'elle devait attendre, mais elle était déjà dans ma bibiothèque, essoufflée et se tenant au chambranle, il est mort! Elle m'a secoué de toutes ses forces: « T'as compris, Falloires, il est mort. J'y suis allée, hier soir, et qu'il m'ait entendue ou pas, j' m'en tape! Je lui ai jeté à la gueule qu'on ne tuait pas les enfants parce qu'on n'est pas foutu de les faire soi-même ! » Ce petit, c'était la chance des Baronies, qu'il n'avait pas su saisir. Il était bien le vieux con qu'elle avait toujours pressenti. Elle a repris son souffle pour une dernière bourrade, à toi de jouer, maintenant ! avant de repartir aussi vite qu'elle pouvait.

Elle a claqué la porte si fort que le battant s'est rouvert dans le nez de mon clerc, ahuri de fureur et d'indignation, vous voyez ce que m'a fait cette dondon !

Je l'ai renvoyé à ses affaires, un glaçon sur les narines, en lui conseillant de ne pas pisser le sang sur nos actes. Après, je me suis traîné dans mon bureau. C'est la pièce la plus humide, j'y entretiens une petite flambée pas seulement pour conserver mes papiers au sec, j'aime la flamme, l'architecture écroulée des braises, j'aime à la fois son évidence et sa durée sous la cendre. Tout ça pour dire que j'avais de quoi brûler le testament inique détroussant Loup au bénéfice d'un enfant à venir et qui n'était pas venu, ou d'une société de chasse si aucune naissance n'avait eu lieu avant la mort du satrape ! Bien sûr, je ne l'avais pas porté à l'enregistrement, je n'en avais pas eu l'intention une seule minute ! Un notaire ne devrait jamais avouer des trucs de ce genre ? Un notaire est un homme, faisant des choix comme n'importe qui, et le vieux, même mort, je ne l'encadrais toujours pas. J'aurais pu refuser d'établir ce testament, direz-vous ! Un autre ne l'aurait pas brûlé, voilà ce que je réponds. Et mon âme-et-conscience vous renvoie vos principes dans la gueule, si vous voulez tout savoir !

J'ai empoigné mon téléphone, j'ai appelé Judith au ranch, j'ai dit que la suite était en ordre, Loup n'avait pas de souci à se faire. Elle est restée silencieuse un bon moment, je l'entendais respirer. Pendant ce temps, les documents roulottaient, se recroquevillaient dans l'âtre, lançant leur petite poussière de papier dans la cheminée, les paroles s'envolent, les écrits brûlent, les veaux sont bien gardés.

Elle a toussé, à ta guise, Falloires. Elle a raccroché sans plus de façons. Je ne suis pas sûr qu'elle ait eu envie de me remercier, et je me suis souvent gourmandé depuis de l'avoir attendu. Mais je me trouvais superbe et généreux, j'aurais aimé qu'on me le dise! Sentimental et féru de reconnaissance, où est la gloire là-dedans!

Dans l'après-midi, elle est venue, seule, elle s'est installée dans mon fauteuil près de la fenêtre, elle a regardé la rue du haut de mon « observatoire ». Le clerc se baladait sur les routes en direction du Centre des Impôts et de la Préfecture, nous étions sans témoins. Elle a fini par se tourner vers moi, par sourire. Il y avait une petite ride toute neuve au coin de sa bouche; je savais d'où elle la tenait, et je savais qu'elle ne s'effacerait plus.

– Il est mort à la fois d'urémie et d'hémorragie cérébrale. On va le ramener aux Baronies dans son caveau. Quant à l'enfant, il restera chez les Esposite.

– C'est ce qu'il veut?

Elle a hoché la tête, oui. Il nous a parlé. Par moments, il a des siècles derrière lui, il nous regarde comme si nous étions des adolescents attardés! Je crois qu'on ne lui plaît pas trop. Ni Loup ni moi. Il veut être vétérinaire, s'occuper des bêtes, des chevaux surtout. Les gens, paraît-il, savent très bien se fabriquer des abîmes où les médecins sombrent avec eux. Je ne sais pas d'où il sort ce qu'il dit. Ou alors, c'est moi qui entends son père Jean derrière chacun de ses silences.

Il avait voulu comprendre le geste du vieux. Loup a raconté, sans fioritures. Le petit a soupiré qu'il savait où était sa dette, mais il ne s'appellerait pas Baronies. A ce moment, Loup a pris conscience que certaines choses sont dures à avaler quand on a onze ans. Adèle et

Armand avaient évoqué entre eux l'ancêtre et ses visées génésiques, le vieux et sa frénésie testamentaire ; le petit, les ayant entendus, avait tiré ses conclusions. Mon coup de téléphone était tombé juste à ce moment.

– Dieu merci, Loup a protesté, lui se foutait du nom, du domaine, de l'héritage, il avait envie d'avoir un garçon à aimer, des chevaux à monter, c'est tout. Je crois qu'il était sincère. Ils sont partis vers les écuries pendant que je raccrochais, et je ne suis pas allée les rejoindre, je voulais te voir. Nous allons revenir nous installer ici, Loup veut mettre les Baronies en gérance pour vivre près d'Emmanuel.

Elle a souri, un peu triste, moi je n'ai plus aucune importance. Dans une certaine mesure, j'ai fait mon devoir, j'ai procréé, point final. Bien sûr, Loup dit qu'il va se désintoxiquer, qu'il va changer.

Y croyait-elle ? Elle a haussé les épaules, on en reparlera quand les déceptions pointeront leur nez. Au bout d'un long silence, elle a ajouté, si bas que je l'ai devinée plus qu'entendue, le seul qui aime sans rien espérer, c'est Ahmed. Il ne détaille pas, il aime l'héritier et le fils impossible ! Il faut faire comme lui, c'est tout.

– Toi aussi, tu l'aimes pour lui-même, non ?

Elle a ricané, à mon âge, j'avais encore de ces naïvetés ! Qui aime gratis, Falloires ?

Elle avait raison sur le rapport de Loup et de l'alcool, les résolutions n'ont pas tenu. En face, il y a eu l'âge ingrat, l'adolescence, les études au loin, les premières amours, autant d'occasions de tâter à nouveau du vide. Et puis Loup n'a pas conservé longtemps sa décision d'attendre en silence. La tendresse dont le garçon était plein vis-à-vis de lui, s'est attristée peu à peu, Loup recommençait à boire, à supplier, puis à boire, et Manu ne changeait pas d'idée, lui non plus.

On ne peut pas grand-chose contre les obsessions.

Loup, sans s'en apercevoir, a repris en compte celle du vieux. Au fond, certains gouffres sont comme des tares familiales, ils avalent les générations les unes après les autres, ils appellent de si loin qu'on ne sait même plus qu'ils sont dangereux, et l'on tombe !

On n'en était pas là. Pour l'heure, je regardais Judith, je me sentais l'âme apocalyptique. Et elle, du vide, elle s'accommoderait comment ? Elle n'a pas répondu tout de suite. Le vide aurait toujours le même visage, je ne le comprenais donc pas ?

Elle est partie dans la nuit tombante, le corps droit, les jambes souples. Quand elle est passée à côté du monument aux morts, elle a craché. Je vous raconterai peut-être un jour comment elle en effaça le nom de Jean tout de suite après la guerre, comment elle cloua le bec du maire de l'époque, qui avait résisté jusqu'à l'avant-veille de la Libération aux attraits de la Résistance ! C'est une histoire qui me fait rire, ça nous changerait un peu. Même si le rire grince.

Chapitre 23

LETTRE D'ADÈLE À JUDITH

Personne n'a été surpris que tu te mettes à « voyager », Judith, et je ne le dis pas pour rassurer tes inconforts. Ma vieille, on ne va pas commencer à se mentir, non ? je sais bien que tu te fous de ce que pense la ville, et même de ce que pensent tes amis, seulement tu t'en voulais parfois, comme tout le monde, sauf que tu appelais ça « déroger » ! Mais en ce qui concerne les autres, tu t'en balances, hier comme aujourd'hui. Tu t'en vas seule depuis si longtemps, ma fille, à ne rendre compte qu'à toi-même ! Cela ne nous sépare pas, au fond de moi je suis bien pareille, c'est juste une différence de surface. Chacun ses méthodes, moi, je restais. Je me suis taillée quand je ne pouvais plus faire autrement, c'était ça ou crever. Enfin, crever de rage, de désespoir devant mon Armand qui se consumait, et puis j'en avais marre de la gueule de Josépha dans le couvent trop proche !

Il n'empêche, quand tu partais, tu te demandais toujours si tu avais raison de laisser Loup et le petit en tête à tête. Et je ne crois pas fabuler.

Il avait tellement grandi, le petit. A quinze ans, c'était déjà un homme, de taille à résister corps et âme. Et tu le savais, et tu avais peur quand même. Mais l'envie de foutre le camp était la plus forte certains jours, alors tu disparaissais. Ce qu'Orsenne en déduisait était le cadet de tes soucis puisque ton fils, lui, ne s'y trompait pas.

Moi en revanche, j'ai toujours eu faim des autres, de toi en particulier. De ton œil froid qui me renvoyait à l'intérieur de mes frontières. J'étais comme abandonnée quand tu t'éloignais ; depuis le maquis j'avais besoin d'une sœur. D'ailleurs, j'en avais besoin parce que je l'avais trouvée ! J'étais ton aînée de dix ans, en réalité je suis et resterai une « cadette », et qu'est-ce que ça change aux nécessités, veux-tu me dire ?

Quand tu ne me regardes pas, Judith, je me dissous. Oh, je ne disparais pas, je ne me dissous pas non plus dans des gestes extravagants, mais les actes ordinaires constituent-ils une vie ? Et cela ne signifie pas que je me plains de la mienne ! Elle était moins... gouleyante quand tu n'étais pas là. Je n'ai pas eu d'histoire sans tes histoires, c'est simple. Et ce que je vais t'avouer va te déplaire, mais qu'est-ce que j'y peux ! Tout ce qui se construisait à mon sujet dans l'espérance de ma mère, tu l'as réalisé. Elle me haïssait pour ça, Judith. Tu ressemblais trop aux fantasmes qu'elle avait fabriqués autour d'une fille damant le pion aux hommes, à commencer par son mari et son fils. Je ne suis pas plus bête qu'une autre, tu sais, mais je n'ai jamais eu cette indifférence, cette... ah, inhumanité, même si le mot te fait bondir. Il y a des automatismes en toi qui réagissent avant toi. Ce n'est pas facile à exprimer, alors je m'arrête, pourtant il faudrait creuser au-delà, vois-tu, je ne voudrais pas mourir avant d'avoir mis un nom sur cette facette noire de ce que j'appelle âme faute de mieux, et que ma mère attendait de moi. A ces heures, Judith, tu es un robot programmé pour un seul but, un robot dangereux. Ma mère rêvait d'affronter « ses » mâles à ce danger-là, rêvait aussi de s'y confronter, pour l'emporter bien sûr ! Passons. Je ne saurai jamais ce qu'elle avait en tête, et qui la faisait me haïr quand elle nous comparait.

Un jour que tu t'étais envolée je ne sais où, Loup a racheté l'ancienne ferme des Dausse. Même à moi, cela fit un drôle d'effet, et Dieu sait que j'y ai peu vécu ! Je marronnais toute seule, les hommes, enfin certains, ne comprennent vraiment rien à rien ! Jean tout comme moi n'avait qu'effleuré l'endroit, mais c'était encore trop. Peut-être Loup n'avait-il pas réfléchi, peut-être avait-il oublié. Ce n'était pourtant pas faute d'avoir reçu les chuchotements vénéneux que par ici on appelle des confidences. Mais les gars comme lui s'imaginent remplacer le beurre, ou effacer tout ce qui les précède !

C'était prévisible, tu ne t'y es pas plu, le petit pas davantage ! Un jour, Emmanuel m'a dit avec brutalité qu'il n'aimait pas la mémoire de ces murs ! Toi, tu y pensais en te taisant. Je comprenais, j'ai bien acheté la maison Napoléon III pour les souvenirs enfermés là, et qui ne me dérangent pas s'ils en tracassent certains !

Logique donc qu'Emmanuel courût sans cesse s'appatrier chez les Esposite. Loup n'a pas vu ni tout de suite ni après, qu'il fallait des chevaux à cet enfant, des chevaux à portée de cœur ! Il continuait sa danse de séduction sans essayer d'inventer à quoi Emmanuel serait sensible. Et puis derrière ses manières, il y avait encore cette attente jamais formulée mais omniprésente, être aimé, donner son nom, l'un découlant de l'autre à ses yeux. Ah, c'était un pauvre homme que le tien, je rumine souvent autour de ses maladresses, pour regretter à sa place le bonheur qu'il n'a pas su construire avec le néant de tout le monde !

Emmanuel entendait rester « Colère », même s'il n'y avait jamais réfléchi avant ! Au moment où il a fallu l'envoyer préparer son entrée à Maisons-Alfort, il a dit, avec cette douceur redoutable qui lui venait de Jean, et de ton bord aussi bien : « Si je devais changer de nom, Loup, ce serait pour prendre celui de mon père. » Loup, une fois de plus, lui avait parlé héritage, adoption et toute la lyre des Baronies en train de s'éteindre ! Ce ne sont pas des arguments face aux orphelins, et même face à n'importe qui !

Tu te souviens, Judith ? Ce furent cinq ou six années sans éclats. Même les deux Colère n'en avaient pas ! Ris donc un peu, ma fille, je fais de mauvaises astuces, et alors ? ça désamorce. A la maison, pareil ; nous passions les jours au jour le jour, Josépha ne s'améliorait pas, Petit Paul prenait des centimètres et moi de la graisse. Chez toi, Loup ne buvait guère plus que nos voisins, c'est-à-dire encore trop sans doute, quand soi-même, on ne boit que de l'eau. Toi, dans ce pays de vin, tu avalais des Château-La Pompe !

Le pire n'était pas là, tu t'ennuyais. Oh, tu savais l'occuper, ton ennui ! Tu tenais les rênes, comptabilité, négoce, contrats internationaux ! Tu partais d'un principe qui chez nous fit école assez vite, il vaut mieux vendre cher un très bon cru que fabriquer de la piquette qui vous reste sur les bras même si on la brade ! Ce n'est pas valable pour tout, remarque, mais côté pinard, ça marche ! Toute une génération commençait à en avoir assez du vin à la tirette.

Oui, tu régentais. Et tu t'emmerdais à cent sous de l'heure. Il y en avait pour dire dans ton dos que tu régnais ; je me demande ce que les gens ont dans les yeux !

Moi, oh l'âge me réussissait, je trouve ! J'avais eu peur pour rien, peur de ressembler à ma mère, de rétrécir comme mon père ou de sentir peser la vie, comme Armand. J'étais trop grosse ? Jusqu'à toi, je demandais de s'occuper de ses fesses ! D'ailleurs, je t'obéis sur le tard, maintenant je suis sèche comme un jambon fumé, et tu n'as pas eu besoin de me le recommander une deuxième fois, la vieillerie et le veuvage s'en sont chargés sans aide.

Oui, je riais à toute heure! Qui s'en plaignait? Armand avait des marasmes et mon rire l'en sortait vaille que vaille. Du moins la plupart du temps... Vois-tu, la guerre l'avait tiré d'un marécage, c'est un homme qui ratiocinait comme d'autres font de la bile! Le stalag, les exactions, la nécessité, l'avaient bouté hors de ses marques et de la déprime. Du coup, il avait espéré que l'embellie durerait. Seulement, le quotidien vous ramène sur vos traces. Le quotidien et la paix. C'est la seule chose me faisant comprendre, je n'ai pas dit excuser, l'assemblée de vieux cons qui suspend, au-dessus des jeunes et de leurs révoltes, la menace d'une « bonne » guerre, histoire d'apprendre à vivre! Armand en était là, amer jusqu'à l'os, attendant la prochaine et la redoutant, l'espérant et clamant que Dieu merci, il serait mort quand elle arriverait! Oui, un vieux con, pétri de ces contradictions qui vous font la vie dure quand on les prend au pied de la lettre.

Ce qui me taraudait quoi que j'en dise, ce n'était pas lui ni les gosses, ni le père de Josépha qu'on voyait deux fois l'an et qui se diluait dans mon passé presque sans douleur, ce n'était pas Loup ou même toi, mais une espèce d'idée générale. Elle m'est venue avec la soixantaine : nous ne sommes pas égaux devant la vieillesse, voilà!

Oh, je te parle pas arthrite, ménopause, prostate ou autre emmerdement de cet ordre, non, je te parle de *baisser les bras.* L'expression est de Falloires. Lui aussi a commencé d'y réfléchir après la mort du vieux Baronies.

Tu le connais, Falloires ne se fait pas de cadeau ; quand il énonce, il est le premier visé. Le jour où Baronies a voulu descendre Emmanuel, ou toi, savait-il même lequel des deux – Loup s'est interposé avec un cheval entre les jambes et rien dans les mains. Ni Ahmed, ni Bernard, ni François, ni lui, Falloires, bref aucun des hommes présents n'a levé le cul de sa chaise pour intervenir. Quand ils ont bougé, tout était fini, eux avec.

Armand et moi étions sur le chemin des pâtures. Je me suis mise à courir. On voyait de trop loin, on arriverait après la bataille, mais j'ai retroussé mes jupes, balancé mes affûtiaux sur le talus, j'ai cavalé tant et plus... l'affaire était déjà dans le sac ? Au moins, j'avais essayé. Armand, paralysé sur sa draille, ne songeait pas à ramasser mon fourbi ou à retenir les enfants d'approcher.

C'est tout et c'est rien, seulement je ne te dis pas le ravage que cette inertie a fabriqué dans les têtes.

Tu sais ce qu'il a craché, Falloires ? Oh ! longtemps après, on avait quoi ? dix ans de *mieux* ? Le problème l'agaçait encore. D'après lui, un jour arrive où l'on *sait* qu'on ne sera pas assez rapide, incisif, utile, efficace. Alors on n'essaie pas. C'est ce jour-là qu'on est vieux. Pas dans les muscles ou les viscères ni dans les gestes : dans la tête.

Bernard a remâché le constat des mois durant. François aussi, je pense, mais sur lui, les choses se voient moins, les bonnes comme les mauvaises. Ils avaient leurs fouets à portée, les alênes, les marteaux. Bernard aurait pu assommer le bonhomme d'un jet de pierre ou lui rétamer le bras. Qui l'a vu dans son jeune temps tomber les veaux rien qu'avec des « bolas » lancées de leurs cinquante mètres, vrai, le Baronies aurait mordu la poussière avant d'avoir relevé le chien de son fusil ! Et rien. La bouche ouverte sur la peur au ventre et rien !

A partir de là, ils ont rétréci, tous. Ils ont renoncé. Oh ! un retrait infime, indéfinissable, presque invisible. D'abord sur le paraître, on ne se rase plus tous les jours, on ne se lave qu'en réfléchissant aux occasions, on décide un truc et on l'abandonne, quelque chose qu'on arrangeait soi-même autrefois, soudain on le donne à faire. Ce n'est pas franc du collier, ne s'installe pas encore dans les mots. Puis un matin, tu attrapes au vol le premier « à quoi bon ? » et de cet instant ils commencent à invoquer le point de vue de Sirius. Je te demande un peu ! C'est bien joli, le recul, la sagesse, tous ces beaux travestis de la réalité qui se dérobe, mais ça change quoi ? Ils sont râpés, bouclés, has been comme disent les mômes. Le passé leur remonte, ils ne parlent plus, ils évoquent !

Tu vas me répondre que certains se cravachent, se mettent à rôder autour de la Bourse, de la politique avec un grand P, comme prévarication ! On n'agit plus pour soi mais pour la collectivité, on se dévoue, n'est-ce pas. Mon cul ! La mayonnaise, quand elle prend, les assèche un peu plus, ils ont changé d'idée fixe, ils ne vivent plus, ils soupèsent. Le pouvoir qu'on leur autorise ou le fric qu'on leur glisse pour fermer les yeux ! Généralement, c'est pour l'exercer qu'on le prend, non ? Mais de nos jours, quel pouvoir ? Après tout, décider à la place des gens qui vivent encore, c'est peut-être une manière de croire exister.

Je t'en foutrais ! Quand la sauce ne prend pas, c'est pire, ils dégringolent sec. Tu connais toi aussi de ces types qui s'éteignent en quelques mois après la retraite. Leurs femmes se plaignent avant de ronronner d'aise, il n'a pas eu le temps d'en profiter, *le pôvre* !

Elles ? pardon ! Parce que tu comprends, Judith, quand l'âge nous attrape après les avoir rattrapées, il ne nous terrasse pas. J'ai un peu d'avance sur toi, je peux me prévaloir au moins de cette expérience-là ! Au passage, as-tu remarqué ce phénomène : durant l'enfance comme dans la vieillesse, les années se mettent à compter double ! Pour en revenir à la « dégringolade », qui ratiboise la plupart avant l'heure, nous, on profite. On a beau se découvrir du bide et de la fesse, on a des besoins de tendresse, mais sans les allonger, si tu vois ce que je veux dire ! Faut reconnaître que j'avais fait le tour de la question, seulement je vois bien les autres. Elles sont rares, celles qui tiennent encore à remettre le couvert comme à vingt ans. Et même comme à quarante ! Si leur homme s'égare du côté des jeunesses, elles râlent pour la forme, ou pour l'amour-propre qui est dégueulasse, entre nous ! Mais en dessous, la plupart se gondolent, elles invitent la pécore, mine de rien elles s'informent, alors comme ça, il trempe encore son biscuit ? C'est bien, je suis contente pour lui ! Contre le cocufiage, je ne connais rien de plus efficace que la bénédiction des épouses. Elle remballe l'illusion en trois coups les gros ! Elle t'aime, mon chéri, oui, bien sûr, elle te laisse la baiser... j'adore les points de suspension dans les conversations de ce genre, c'est eux qui inquiètent ! Et l'inquiétude n'est pas pour les épouses, en tout cas pas chez nous, où les biens sont verrouillés depuis longtemps ! On leur abandonne des broutilles, de quoi payer les gamines ! Quant aux veuves ! Ce sont les hommes qui se remarient, non ? Nous... le lit s'ouvre enfin pour nous toutes seules !

Avec Armand, je n'ai pas eu le problème du cul, il a décroché de tout, il s'est mis à ressembler au père Dausse dans son rocking-chair, à jouer aux dominos le soir en face de lui-même. J'ai essayé de m'y mettre, mais je préférais me lancer dans les confitures, que d'ailleurs il mangeait sans états d'âme, cette fois.

Nous c'est autre chose, on bouge, il y a tellement à s'occuper, la maison, les gosses qui nous tirent en avant et si ce n'est eux, leurs petits ! Et quand on a du temps de reste, on donne dans la charité, qui rend service à tout le monde comme tu sais ! Avec les travaux et les jours, on vit vieux longtemps, non ? Nous aussi on fait dans le politique si le souci des autres nous rattrape, mais en se contentant du municipal parce qu'alors c'est un vrai souci ! Le concret, toujours le concret.

Tu me diras qu'il y a des exceptions, le père Baronies par exemple. Il a fait suer le monde trente ans de mieux, pris sur un compte à peine écorné. Même après l'artérite, l'hémiplégie, l'urée et la petite voiture, il a duré dans son lignage comme si de rien n'était. Du bois de fer, ce type. Un million d'années pour en venir à bout, encore faut-il que la rouille s'en mêle ! Je suppose qu'il a dû bien rigoler dans son enfer quand il a vu que Loup, quoi qu'il en ait eu dans sa jeunesse, y venait aussi, à la conservation de l'espèce ! Mon Dieu, qu'ils sont bêtes, tous. Et moi, quand j'ai voulu faire un chiot du sang d'Armand, je n'étais pas plus maligne !

Aujourd'hui, je retrouve le souvenir de tes départs. J'étais seule, je crois, à les pressentir entre chair et peau. Tu maigrissais, tu reprenais ton air de flamme sous la cendre avant de t'envoler sur tes chevaux pour des galops interminables, et quand tu rentrais sur des bêtes fourbues, tu souriais beaucoup. Qui mieux que moi pouvait savoir que tu montrais les dents ! Après, je n'avais plus qu'à cocher les jours. Très vite tu filais, aux Baronies soi-disant, pour surveiller la mise en bouteilles, un envoi aux États-Unis, pour garder un œil là où Loup ne mettait plus les siens ! Oui, tu y allais, une semaine, et puis à Dieu vat ! On ne te voyait plus de deux mois, ou trois. Ton retour, je n'avais pas besoin de le calculer, il coïncidait toujours avec les vacances universitaires. Emmanuel se pointait, tu étais là. Parfois tu le précédais de quelques heures à peine.

J'ai su, nous avons tous deviné un jour ou l'autre, que tu ne le voyais pas à Paris, ou plutôt... tu ne le rencontrais pas, tu ne te montrais pas ! Mais combien de fois l'as-tu guetté à la sortie des Facs, Judith, invisible, et combien de fois a-t-il regardé autour de lui comme s'il te reniflait dans l'air du temps ! Comment je sais ça ? Ah ma fille ! Comme je sais toute chose, par hasard ! Un jour, je suis allée à l'hôpital Curie, en douce, pour ce cancer du sein qui n'a pas voulu me tuer, et moi, je me suis dit que je ne passerais pas en ville sans embrasser mon neveu ! tu avais pris ton vent depuis un bon mois, on ignorait où tu étais, et Loup se soûlait la gueule tous les soirs avec sa bande d'abrutis, et Bernard traînait comme une vieille guenille sur les bords de l'étang, et je n'étais guère plus fraîche qu'eux. Mais moi, c'est parce que j'avais peur ! Le cancer, je m'en arrangeais, la souffrance, elle, me foutait la trouille.

Je suis descendue dans un petit hôtel non loin de l'hôpital, j'ai téléphoné dans cette cité où il logeait, et puis j'ai attendu notre oiseau rare dans un café, pas très loin de la bâtisse lépreuse où il suivait des cours. Je l'ai aperçu à la sortie, avec ses copains, il fumait la pipe, il avait ce port de tête qui me donne envie de chialer parce que c'est Jean que je revois sur la place, ce fameux jour que tu connais. Et il s'est arrêté net, il s'est tourné, à droite à gauche, en regardant vers une colonnade, vers une ruelle, vers les deux bouches de métro, il a frissonné. Tout de suite après, il m'a reconnue en train de faire des signes et de cogner sur la vitre, il s'est approché, l'air grave. Tu veux savoir, non ? Il a dit, où est-elle ? Et j'ai compris que tu étais bien quelque part, pas loin, et que tu ne te montrerais pas. Judith, tant pis si tu nous refuses ce pouvoir, tu vivais dans notre tête à tous les deux, même quand tu t'absentais. Est-ce que ce n'est pas pire ?

En fait, qui mieux que ton fils ou moi pouvait sentir ta présence ? Je sais bien quelle ombre tu venais repérer. Pourquoi le cœur de certaines femmes est-il à ce point dévoré par un seul qu'il ne reste plus qu'un viscère pour contenir les autres en vrac ! Et te fâche pas, je ne te reproche rien, je constate.

Tu aurais dû avoir une fille, c'eût été plus simple ; au moins, elle aurait échappé aux ressemblances directes.

Judith, c'est vieux tout ça, j'aimerais savoir où tu allais, ce que tu faisais de ces mois à l'écart, je suis trop décrépite pour ragoter, ce serait pour moi toute seule, comme un bonbon à suçoter en attendant l'obole à Caron ! Moi, je peux bien te l'avouer, dans cet autre pays où je me suis esquichée avec Armand sous le bras – Petit Paul avait grandi et commençait à prendre son vol, lui aussi, comme font tous les enfants, un jour ou l'autre ! – je n'ai pas mené joyeuse vie, je n'ai pas épuisé un autre homme sur l'autel du mariage une fois ce pôvre Armand disparu, je n'ai pas même eu goût à dépenser de l'argent, je suis restée accroupie au-dessus de mes souvenirs et j'ai gratté le sable autour, comme une vieille chatte. Bien sûr, j'ai fait joujou avec quelques vieux désargentés qui s'imaginaient des espérances pour se tenir chaud l'hiver, mais ce n'était pas si drôle que ça. De ce côté-là, j'avais perdu l'envie.

Tu me manquais, Judith. J'aurais pu rester là-bas, tu sais. Je suis revenue. On a dit que je tenais à surveiller les cordons de ma bourse, ou que je voulais les serrer face aux exigences de ma fille et de son couvent, on a dit tant de choses ! Petit Paul ne coûtait rien, même avec ses cinq moutards ! Sa bon sang de géante de femme tenait l'estancia d'une main de fer pendant qu'il courait les laboratoires et les congrès internationaux ! Petit Paul ne s'occupe pas de la marche du monde, il a le nez dans ses cellules qui lui dévoilent le secret de l'univers, paraît-il, et alors ? Qu'est-ce que j'en ai à foutre ? Sa femme le regarde avec indulgence, elle n'a pas cinq enfants, elle en a six, voilà tout ! C'est sûrement ce qu'il lui fallait ! En vérité, tu veux que je te dise ? Petit Paul n'a aimé qu'Emmanuel, le reste est de la conjecture, comme disent les journaux !

Avec Falloires, juste avant sa mort, on passait les soirées à faire des crapettes en s'engueulant, c'était un mauvais perdant et je ne suis pas meilleure que lui ! Par moments, je revoyais Armand et ses dominos, des frissons me venaient, Falloires me guettait de derrière ses petites lunettes et murmurait, on marche sur ta tombe, Adèle ?

Puis les gens de nos âges ont commencé à mourir, on a découvert que nous n'étions plus que deux vieux croûtons, oubliés de Dieu plus ou moins, et pour quel intérêt !

Puis un jour, tu as cessé de faire tes malles, tu as installé dans tes murs ce drôle de type qui ne dit jamais rien de ce qu'on attend quand il consent à répondre, toujours très poli, à nos salutations ! – et tu es venue demander comment je me portais. Tu es allée sonner aussi chez Falloires, qui a failli en avaler son dentier ! D'ailleurs, ton retour lui a ouvert les yeux, il était temps qu'il s'éclipse et pour lui, ce fut définitif! Tout le monde n'est pas doué pour les allées et venues.

Judith, Judith, on dit que tu as aidé Bernard à mourir, on dit que François n'a pas tardé à suivre. On dit encore aujourd'hui que tu es une sorte d'ange de la mort, comme il y a quarante ans ! Judith, la mort, je m'en fous, mais déguerpir sans savoir, tu ne vas pas me faire ça, ma fille ! La seule chose qui me bouge encore un peu les sangs, c'est la curiosité ! Pas pour longtemps, j'ai déjà les pieds froids. Magne-toi, Judith. Et puis d'abord, pourquoi tu m'aimais ? Parce que tu m'aimais un peu, n'est-ce pas ?

Chapitre 24

RÉPONSE DE JUDITH

Ne plus se mentir ? Allons, Adèle, le peut-on, quand on est une fausse réaliste, le bandeau du romanesque solidement serré sur les yeux ? Dès ta naissance, tu as dormi dans de belles images bien romantiques, ta mère y a veillé, et maintenant tu patauges dans le sucre ! Les aléas de nos vies étaient tellement plus simples que tu ne les compliques, et banals, et sans intérêt particulier !

Il y a des milliers d'hommes comme Loup, Adèle, des milliers de femmes dans l'obligation de faire face avec les moyens du bord. A côté de milliers de voisins ayant des yeux pour ne pas voir et des oreilles pour ne pas entendre !

Je partais aux Baronies, oui. Je ne m'évadais pas, j'y *restais.* Quand je décidais de m'en éloigner, je n'en gardais pas moins le domaine en profil perdu ! Loup buvait le fonds, se désintéressait de la vigne, et pour une raison beaucoup moins sentimentale que séduire Emmanuel et l'amener à résipiscence ! Certes, il y jouait encore quand il avait cœur aux dérivatifs. Le plus souvent, ma pauvre, il buvait parce qu'il souffrait ! Et que la souffrance ait renforcé ses idées fixes, n'était jamais qu'un des revers de la médaille. Loup certains jours endurait comme un damné, et tant mieux si l'alcool avec la douleur endormait les déceptions, les regrets, les remords. Enchaînements imparables, on ne peut rien contre eux. Que connais-tu des virulences du corps, cachées mais qui taraudent, qui rongent, qui réduisent les os à des esquilles et les muscles à des cordes pleines de nœuds ?

Le seul trait de son caractère que le vin n'atténuait pas, c'était l'orgueil : personne ne devait savoir, personne ne devait se douter que monter à cheval se terminait mal, que marcher en ville sans boiter se terminait mal, que travailler dans les vignes se terminait mal ! Rire avec les « potes » permettait enfin de rouler sous la table, écrasé par l'ivresse. On me le *rapportait*, Adèle, comme une chose. Qui aurait pensé que la chose était en miettes, que mettre un pied devant l'autre l'obligeait parfois à se mordre la bouche au sang ? Dans ce cas, boire jusqu'à tomber devient un repos !

Je n'ai connu personne aussi courageux physiquement que Loup, et avec autant de bêtise égocentrique à la clé ! Tu dis que je suis une femme dangereuse, tu as tort. Ce sont les gens comme lui qui gagnent les batailles en exterminant la troupe, qui remportent les victoires à la Pyrrhus ! Ils pratiquent le pire plutôt que perdre la face ! Tu préfères ? Pas moi. Tu les admires ? Jean ne voulait pas mourir, Adèle, mais Jean préservait son monde, lui. Il a été torturé, il n'a rien dit, la preuve, tu es vivante, et Falloires et moi et tous les autres. Moins de panache, c'est sûr ! Mais le « courage » de Loup... à usage interne, beurk !

Et ni moi ni Caterina n'étions dupes, ni Manu quand il a eu l'âge d'additionner ! Loup a continué sa parade, aussi têtu que le vieux. Parce que c'était pour vous qu'il en installait, pour que sa « légende » ne change pas dans votre tête ! Il avait choisi la livrée du soûlaud, pour ne pas risquer d'être traité de douillet ! Notre regard au bout du compte ne comptait pas, c'est à vous qu'il s'agissait d'en foutre plein la vue !

Alors, de guerre lasse, je courais aux Baronies, pour ne plus assister à son ballet minable, et pour reprendre les choses en main. En Bordelais, il ne faut pas donner prise, l'absence qui insiste pour de mauvaises raisons en fournit autant qu'on l'espère. Là-bas, je pouvais me battre contre une autre réalité, celle des cuves, des chais, des bonnes et des mauvaises années. Une réalité sans histoires, au moins elle fournit les occasions de récolter, et tu peux l'entendre dans le sens que tu veux, Adèle.

Oui, j'ai donné dans le voyage, pour vendre mes crus millésimés, mes seconds vins, et jusqu'à mon tout-venant ! J'ai parcouru un certain monde où « déguster » un bordeaux de grande année, de *très* grand cru, est un signe extérieur de richesse comme un sac Hermès et les parfums Chanel, surtout si le dégustateur n'y connaît rien. Au passage, je me suis offert quelques bonheurs faciles, ceux que l'argent procure sans poser de problème particulier : rêver seule des chevaux de délire, dormir seule dans des galetas de fortune au milieu des poneys sauvages, ou dans des lits de palace, avec des draps de satin. Et parfois de beaux mecs en prime, pour m'exprimer comme toi. N'est-ce pas ce que parfois tu as imaginé, quand tu grattais sous le roman rose bâti autour de nous ? Continueras-tu de croire que Loup buvait pour étouffer son chagrin au lieu de ses douleurs ?

Ses beuveries ne m'ont jamais gênée en tant que telles. Ses cris, oui, ses hurlements. En face de moi, il ne les retenait pas, j'étais l'épouse pour le pire, l'autre bœuf de l'attelage. Je n'ignorais plus rien de lui, sa stérilité, ses jambes en haillons, les coutures de ses hanches, de ses cuisses, je n'ignorais pas non plus ses impuissances. Oh ! il bandait, rassure-toi, mais dans un absolu de sa tête embrumée où je n'étais pas. Et le croiras-tu, celle qu'il baisait, c'était Caterina. Il ne faut pas s'arrêter à l'âge des gens en matière de sexe, Adèle. Ton passage au bordel ne te l'avait pas enseigné ? Caterina avait un quart de siècle d'avance, qui pesait lourd. Mais elle avait torché Loup quand il était petit, elle n'ignorait rien de ses travers, de ses besoins, de ce qui calmait son corps, et l'âme dans la foulée !

D'ailleurs, il est plus juste d'en parler comme de celle qui s'occupait de sa queue en temps utile, de la même façon qu'elle s'était penchée sur ses langes. Oui, c'était Caterina, sa bouche ou ses mains, va savoir. Il était bien incapable de lui monter dessus, il ne conservait de forces que pour vous tenir la dragée haute ! Dans son lit, autre histoire ! Et n'imagine pas que je leur en veux, j'ignore la jalousie.

Ils y trouvaient leur bonheur, je suppose, puisqu'ils ont duré. Elle haïssait la famille un peu plus, injuriait Loup au fil d'incantations qui lui demeuraient obscures, car il ne s'est jamais donné le mal d'apprendre son dialecte si moi je l'ai fait sans le dire. Malgré son « vocifero », elle le pouponnait, pour elle il était encore et ne cesserait d'être un sale gosse qu'on cajole parce qu'il n'y en a pas d'autre ! Elle ne réchauffait pas que lui dans son ventre, elle y gardait aussi l'impression de me damer le pion. Caterina est une femme comme il y en a des tas, un mélange d'amour, de rage, de trop de mémoire et pas assez d'avenir. Je suis comme elle, Adèle, tu ne le sens donc pas ? Il ne faut pas accréditer du pire ce genre de femme, elle nous aimait, à la fin du bilan nous sommes entrés pour beaucoup dans ses additions, moi aussi bien que Loup. Si ce n'est pas de l'amour, qu'est-ce donc ? Bien après la mort de Loup, elle est restée, au domaine ou dans mon sillage, elle m'a suivie partout. Il n'était besoin de lui expliquer quoi que ce soit, vois-tu. D'une certaine façon, c'était reposant. Vous autres, avec vos interrogations jamais exprimées, vous amassez sur les gens des fatigues dont on se passerait. Ta curiosité aujourd'hui m'insupporte, elle n'est plus qu'une vieille carie sous le collet !

Moi, dans cette union, *blanche* comme une page où rien ne s'écrit plus ? On découvre toujours des étalons pour monter les juments, le problème n'était pas là.

Que mon « viscère » cardiaque se soit revélé trop petit pour contenir plusieurs passions, tu ne te trompes guère. Suis-je née ainsi, mon père s'est-il chargé de le rétrécir à sa mesure, la mort de Jean l'a-t-il gêné dans sa croissance ? As-tu d'autres idées ? En fait, personne ne peut le savoir à commencer par moi, et je n'ai pas cherché. Il n'y aurait eu que romantisme de bazar à pleurer sur un cœur sec, non ? Comme tu ne le dis jamais quand cela me concerne, il a fallu faire avec.

Après tout, ne t'es-tu pas accommodée de ton reste ? moi aussi. On trouve des arrangements, on s'abouche avec n'importe quoi plutôt que subir, ou alors, on ne vaut pas même la corde pour se pendre ! C'est ce que tu penses, et je le partage ! Certains signent contrat avec le ciel, le ciel n'a jamais été mon affaire, ni le pouvoir, ni l'argent, ni la drogue, ni le trafic, ni même la guerre, contrairement à ce que tu crois. J'ai tué par rage. La rage meurt, comme tout.

Je suis de la terre, Adèle. Je ne suis pas une cérébrale, je suis violence et intellect, une bouseuse qui pense ! N'imagine surtout pas que ce soit facile à vivre dans les faits.

J'ai tâté des remèdes à portée. Les visibles d'abord, ceux que vous avez repérés sans effort, je ne vous ai pas refusé l'évidence. Mais qui d'entre vous s'est préoccupé de ce qu'il ne voyait pas, toi comprise ? J'ai passé trois ans à Paris pour faire des études. Lesquelles ? Où menaient-elles, où m'ont-elles menée ? M'avez-vous jamais interrogée ? Vous aviez beau jeu de murmurer que j'étais secrète, que ce n'était pas la peine de questionner *puisque* je ne répondrais pas, à l'image d'Ahmed ! Qu'en saviez-vous ? Orsenne épie ce qui se cache ? Mais que vous ai-je caché ? Quant à Ahmed, il vous aurait donné des réponses si... En réalité, vous ne demandiez rien parce qu'il ne vous intéressait pas, c'était un Arabe, un étranger, un « pas-de-chez-nous » ! Il l'est resté, malgré vos mains sur le cœur ! Fin plus que vous ne le serez jamais, il savait tout cela. Devine comment il vous appelait, Ahmed ! Les insectes, ceux qu'on trouve autour des viandes mortes.

A Paris, j'ai fait des études d'agro, en me spécialisant en œnologie, étudiant tout ce qui améliore non le rendement mais la qualité. Je voulais revenir travailler avec Bernard. Les chevaux seuls suffisaient à mon bonheur, pas à ma survie. Il y en a de moins en moins, parce que la demande a maigri, et je ne me voyais pas en élever pour l'abattoir ! Le constat était facile à faire, il fallait reprendre la vigne là où le mildiou l'avait laissée, il fallait lui donner de la résistance, du charme, de la séduction, il ne fallait pas avoir peur d'innover et de limiter l'inflation de piquettes ! Par ici à l'époque, on plantait après avoir déplanté et pour déplanter à nouveau, c'était d'un bon rapport. Pareil aujourd'hui pour les vaches laitières ! Vous êtes des chasseurs de primes, pas très intelligents mais roués, vous savez que les fonctionnaires ne viendront pas mettre le nez sur vos souches pour vérifier leur âge et leur cépage ! Un jour, ils décompteront peut-être vos bêtes, c'est plus facile à identifier, mais un cep !

Entre deux mises à plat, vous fabriquiez un « truc », coupé avec les vins d'Algérie parce qu'ils étaient forts et pas chers, le tout était bien assez bon pour les tirettes parisiennes, ces pauvres cons de la capitale avaient-ils besoin d'autre chose que d'une ivresse au litre ?

Adèle, le mépris aveugle. Vous étiez dédaigneux de ce

qui ne vous ressemblait pas, toi sur le même plan que ceux-là dont tu te moquais parce qu'ils venaient te baiser en te filant du fric.

Vous ne vous êtes pas demandé non plus comment j'avais rencontré Loup ; le mystère vous mettait l'eau à la bouche, alors vous en faisiez avec de l'ordinaire ! Pourtant, c'était simple, mais la simplicité est décevante !

Loup aussi voyait plus loin que le second cru du grand-père ! Sur les bancs de l'École, nous nous sommes reconnus autour d'une idée identique. Qu'il ait en outre tâté des études de droit vous inclinait à penser qu'il voulait être avocat comme son père. Le droit commercial existe, Adèle ! Il en faut une teinture jusque dans les PME, et ce choix clouait le bec de Poitevin, qui n'a jamais été qu'un petit avocat d'affaires véreuses.

Tu vois, ce n'est plus « l'heure de mentir », et je ne mens donc pas, je réponds aux questions que vous n'avez jamais posées. Cela te plaît ?

A la mort de Jean, j'ai découvert que j'aimais la vengeance et qu'elle ne menait à rien. Si je n'avais pas eu Emmanuel dans le ventre... Au moment où j'étais toute à organiser une expédition de commando pour faire sauter la Kommandantur en même temps que le gestapiste renseigné par la Milice, au moment où je traquais le gars de chez vous guignant les terres Dausse et qui, pour les obtenir à bon compte, avait dénoncé Jean et quelques autres, j'ai commencé à vomir, à voir mes seins gonfler, à comprendre.

Nous restons des ventres, Adèle. Le SS est mort, mais pas de mon fait, le milicien a rendu des comptes, mais la mémoire française est courte, il est devenu conseiller général et tu le connais très bien. Bibliquement, même ! Et je m'en fous. Ce type est assez fin pour ne pas me tendre ne serait-ce qu'un doigt quand il me rencontre, c'est tout. Alors pourquoi n'aurais-je pas épousé Loup, pourquoi n'aurais-je pas décidé qu'il fallait vivre ? Seulement, ne me demande pas d'entrer dans ta sensiblerie à l'eau de rose, ne me supplie pas de t'avouer « tout » avant ta mort, ne sois pas conne au point de croire que j'ai perdu la main ! Je suis encore capable de te foutre une trempe pour t'apprendre à vivre, ou de te dire ce qui ternira tes belles images !

Désires-tu un avant-goût de la vérité que tu exiges ? Ton Armand, cette belle âme qui s'ennuyait tellement, à quoi pensait-il, derrière ses dominos ? Il n'a pas dépéri à cause de Josépha, il n'a pas redouté l'épée de l'infarctus au creux du cœur, il a pris ses jambes à son cou parce qu'il pétait de trouille. A ton idée, ce qui le tenait en vie comme un arapède sur son rocher, c'était de quel ordre ? Il faisait des affaires avec Loup ? Mais Loup ne faisait plus d'affaires. Alors avec qui, et comment ? Vous rouliez sur l'or, Adèle. D'où sortait-il ? Tu parles de ma richesse... Qu'en était-il de la vôtre ? Un jour, tu es partie avec ton mari sous le bras, es-tu sûre d'avoir pris ton envol sans demander l'avis de personne ? Armand mourait d'envie de déguerpir et réfléchissait aux moyens de te décider sans que tu le saches. Comment fait-on fortune, Adèle, quand le vin, le blé, les moutons se vendent de plus en plus mal ? Pense à ce qui pousse les casaniers à ficher le camp !

Je suis une femme comme les autres, pas meilleure, pas pire. Tous ceux que j'aimais sont morts, je parle de Jean et de mon fils. Aujourd'hui, je survis par habitude, et parce que la vérité me tient chaud, à défaut du reste ! Désormais, méfie-toi d'elle et laisse-moi en paix ! Souviens-toi qu'elle tombe sur la tête de qui la cherche chez les autres.

Chapitre 25

LES « MINUTES » DE MAÎTRE GEORGES FALLOIRES

Je pris mes distances avec l'Étude le jour où Adèle, à la surprise générale, « abandonna » Orsenne avec fils et mari pour s'éloigner de Josépha, pensait-elle, et la laisser à ses nonnes et à ses rancœurs.

Oh, je comprenais qu'on pût y trouver la raison de son départ ! Des soupçons me traversaient l'esprit depuis longtemps sur cette « panachée », mauvaise à boire dès le berceau ! Qu'elle ait vu dans le couvent un lieu où ses appétits de puissance s'épanouiraient sans réserve, était en soi d'une clarté biblique ! Dieu a paraît-il la bonne idée de se taire devant un goût du pouvoir qui n'épargne pas les Siens. Et je ne me trompai pas, notre servante du Seigneur manifesta qu'elle se voulait « mère » en un temps record...

Cette petite est née bouche béante, rien n'a réussi à la lui remplir. Devant des cas pareils, il suffit d'être patient, la vie se charge de rabattre les appétits forcenés. Josépha n'entendait rien des conseils qu'on lui prodiguait ? On n'avait qu'à se cantonner dans l'observation. Et panser les plaies, avec assez d'indifférence pour le faire sans effets de manche.

Pourquoi pas ? C'est une leçon que je tire d'un vieux

fonds de… sagesse n'est pas le mot, disons prudence. On ne sait jamais ce que le sort vous réserve !

Ma mère hurlait quand nous étions gamins, tuez-vous mais ne vous battez pas ! Cela nous arrêtait net, mon frère et moi, comme s'il y avait là une vérité accessible à tous, du plus petit au plus grand. Bien sûr on n'écoute jamais jusqu'au bout, j'ai eu droit à la guérilla dans les collines il y a… oh ! des temps, et je me suis battu sans exterminer qui que ce soit ! Certaines gens sont doués pour le massacre, je n'en étais pas, je me suis contenté de donner des coups, d'en recevoir, et j'ignore toujours en quoi la transaction m'a satisfait ! D'ailleurs, on meurt comme on naît, avec un bagage de connerie inchangé ! Mais je digresse, je vieillis mal ces derniers temps, je régurgite ma soupe de jeunesse sans bénéfice, comme un dyspepsique en rupture de bibine ! Quant à mon frère, je ne sais même pas s'il vit encore ; afin de ne pas nous « battre », nous avons tué dans l'œuf la douce fraternité !

Pour en revenir à Josépha, sa mère n'a pas eu l'heur d'attendre qu'elle se fasse moucher, et elle, la pauvre idiote, a dévoilé ses desseins sans stratégie, sans cette ruse qui sert d'intelligence aux démunis de la comprenette ! Les autorités religieuses, prenant conscience des visées séculières qui sous-tendaient sa « vocation », ont argué de sa santé pour la rendre au monde. On a beau dire, le siècle fait le ménage jusque dans les saints lieux : les sœurs l'ont virée ! Et Josépha, en chômage technique, a terminé son existence dans la peau d'une « infirmière » – pionne à l'école des Visitandines, derrière un harmonium le dimanche, un catéchisme le jeudi, et s'échinant à farcir d'idées fumeuses des têtes aussi mal pensantes que la sienne. Au bout de quelques années, elle s'est mise à taper sur les petits doigts ! Une vraie salope ! Quand Dieu l'a rappelée à Lui, selon la formule consacrée, je Lui ai souhaité bien du plaisir !

Son putain de caractère ne cessait de surprendre sa mère, d'où sort-elle donc ! Adèle marche à l'instinct, la réflexion n'était déjà pas son fort quoi qu'elle pense. Pourtant c'était simple : de son bord, sa propre mère était un gouffre, « affamé de possessions terrestres », vitupérait le curé. Le père Dausse, lui, vivait de rancunes et de ruminations. Ce n'est pas inconciliable, la vengeance subtile pousse sur une avanie remâchée longuement, la colère n'a pas le temps d'inventer aussi bien ! Quant à Urbain, le père de Josépha, il avait beau être noir, émigré, sans le sou et sans diplômes du moins au début, il a été dévoré d'ambition lui aussi. Au fait, pourquoi la couleur et le goût de la domination seraient-ils incompatibles ? Il suffit de lire le journal pour s'en rendre compte ! Et puis Urbain savait sourire dans une dizaine de langues, c'est aussi utile qu'une santé en ordre assortie d'un peu de finesse dans les rapports humains !

Avec une hérédité pareille et le tempérament d'une figue sèche, Josépha ne pouvait que tomber de désirs en déceptions ; ma foi, elle s'y est employée. Jusqu'à Dieu pour lui faire grise mine ! Passons, les vierges stupides m'ennuient d'autant plus qu'elles me baladent sous le nez une beauté sans emploi !

Adèle a donc quitté la ville persuadée de ne pas ignorer pourquoi elle la quittait. L'innocente ! Et je me suis retiré de la vie active. Ce n'était pas l'âge ou la fatigue, les affaires ne m'amusaient plus, c'est tout. Au fond, Adèle et Armand Valmajour avaient été les seuls à me divertir, et parfois sans le savoir ou s'en douter ! Elle par ingénuité, lui parce qu'il se croyait malin sans l'être.

Eux partis, eux et cette transparence à travers laquelle je les regardais nouer et dénouer leurs petites ficelles, il ne me restait plus que les manigances habituelles, concernant tout de suite trois francs-six sous ! On s'en lasse, surtout après cinquante ans d'exercice ! Bien sûr, quand

Adèle venait s'épancher sur les inerties de son homme, s'interroger sur ses morosités devant les dominos, je ne pouvais lui détailler le vrai, qu'Armand spéculait sur quelque façon inédite de tondre ses concitoyens, de prêter son fric à des taux usuraires, mais justement ! Je jouissais de sa candeur selon mon usure à moi ! Les gens lucides, ce dont Adèle à tout bout de champ se targuait d'être, sont les derniers à voir quelque chose dans le trafic humain ! Peu importe, son innocence et les magouilles de son homme convergeaient si bien pour me fabriquer du bon temps que leur « fuite » m'a laissé sans vert !

Après, j'ai regardé le reste d'Orsenne avec des yeux dénués d'appétit, les pedzouilles de chez nous n'étaient pas captivants, n'avaient pas grand-chose dans le ventre, pour tout avouer ne leur arrivaient pas à la cheville !

Bien sûr, restaient Judith et son train, mais Judith ne demeurait plus dans nos murs à l'époque. Ou si peu.

Ah, je m'emmêle dans la chronologie. Les absences de Judith se sont mises en place bien avant le départ de nos deux oiseaux rares ! Loup se soûlait encore la gueule, avec une régularité que j'identifiais depuis peu : pour endormir le mal, il cherchait dans l'arrière-cour de l'ivresse ce qui ne se trouvait nulle part ailleurs. Je m'étais fait une idée de ses souffrances le jour où le toubib avait craché le morceau sans même s'en rendre compte, en murmurant, à la vue de Loup blindé à mort au sortir du Bar de la Confiance, que l'alcool bientôt ne suffirait plus. Il avait grommelé autour de meilleurs antalgiques, et j'avais compris !

Et puis, je dégustais les analogies : il en défilait tant dans l'Étude, de ces types au bout du rouleau qui sortent de l'hôpital pour venir droit chez moi, d'autres qui se décident à léguer juste avant d'y faire un tour, ceux enfin qui ne veulent pas crever sans se venger de la vie sur le fils ou l'épouse. Quand le terme approche et qu'on le sait, on s'agrippe à la méchanceté, on fait de l'ombre sur l'avenir de ceux qui vous survivront. Tous ont une tête pas fraîche-pas bonne. Pas subtile non plus.

Loup arborait la même quand il est venu un soir, en se cachant, doter un gosse qui ne voulait pas être pris en charge, ne voulait pas changer de nom, ne voulait rien de plus que ce que le bon Dieu lui avait donné en partage, un père mort et mythique, une mère qui revendiquait une liberté qu'elle n'avait jamais perdue ! Je suis comme tout le monde, je sais ajouter les refus aux refus, pressentir les nuages d'âme : Emmanuel ne détestait pas Loup, pas du tout, mais lui aussi entendait décider de soi seul, et Loup n'entendait pas renoncer à manier les ficelles. Revanche de vieux pantin... qui ne rêve d'être marionnettiste ?

On vivait de tristes temps. La guerre d'Algérie dans son dernier virage. Personne ne savait comment il allait se négocier ; on regardait, la haine au cœur, le contingent filer droit au casse-pipe, on voyait les mères prier pour que cette guerre se termine avant que les fils aillent gaspiller trente-sept mois de leur vie, ou risquer la peau de leurs couilles pour le sale bénéfice des politiciens. Aucun de nos jeunes n'y courait la fleur au fusil, pas fous ! Seulement, qui pouvait se dérober ?

C'est l'époque où Judith poussait Emmanuel à s'inscrire dans les facs plutôt deux fois qu'une, à entasser un sursis sur l'autre. Quand on en a restreint l'application, elle a endormi les consciences qu'il fallait. C'était plus étonnant que tout pour qui la connaissait ! Il est vrai qu'on ose pour un fils unique ce qu'on vomirait d'accomplir pour soi ! Et qu'en sais-je, après tout !

Quand le gamin entamait une parlote sur ceux de ses camarades sous les drapeaux, elle l'entraînait vers les écuries, le bousculait dans les enganes, quand il ruminait sur ce que son père aurait fabriqué à sa place, elle entamait la mélopée de la pauvre femme dont le mari n'est bon à rien, et qui a tellement besoin d'aide. Quand Emmanuel a cessé d'y croire, quand il est devenu songeur et solitaire, elle n'a pas lésiné sur les moyens, elle est tombée de cheval, ce qui n'a trompé que lui. Mais on guérit vite à n'avoir que deux ou trois bleus sur le cul, parce que virer de la selle vous est arrivé mille fois !

C'est aussi l'époque où son visage a revêtu son éternité ; nous ne lui en avons plus connu d'autre, des yeux enfoncés, des joues creuses, un air torréfié et mobile comme le feu, si rude qu'on ne savait trop si c'est elle qui avait peur ou nous. Une superbe Méduse. Elle ne parlait plus à personne et tous, dans nos têtes, nous l'entendions rugir de fermer nos gueules. Le premier à murmurer que la guerre rabaisserait le caquet de péteux dorlotés dans la soie ne s'en serait pas tiré les braies nettes. Elle a giflé d'une phrase en pleine rue la mairesse – une ancienne goton qu'un rien jetait dans l'adultère – en train de vilipender les planqués : chère madame Foulques, c'est donc pour ça qu'on ne voit plus vos filles ! Elles font leur devoir dans un BMC, l'hérédité porte enfin ses fruits !

C'est l'époque où elle s'est assise face à Loup pour déclarer que ses manières d'après boire l'emmerdaient ; il allait se taire, sinon elle saurait le rapatrier aux Baronies vite fait, avec Caterina dans ses fontes ; elle ne voulait plus l'apercevoir dans Orsenne plastronnant qu'il allait « rempiler », n'était-il pas officier de réserve ? Que cherchait-il ? A se couvrir de ridicule ou à donner des idées à son beau-fils ?

C'est un de ces soirs-là que Loup est venu consigner entre mes mains une donation de son domaine, un autre soir pareil qu'il a demandé copie certifiée de l'acte inscrit à l'Enregistrement. C'est dans la nuit d'après qu'Emmanuel à son tour est venu me confier ses dispositions personnelles. Un Manu vieilli, raidi, et qui, sans avertir quiconque, se délivrait d'un don chargé d'orage en devançant l'appel.

Il devait rejoindre le corps des paras de Tarbes au matin. Judith s'est jetée derrière lui, un fusil dans les mains, prête à lui bousiller une jambe pour l'empêcher de partir. Cela se passait sous nos fenêtres une fois de plus. Je revois le gamin faisant face pour la regarder en silence. Elle le visait, elle tremblait, elle pleurait, mais le fusil ne bougeait pas de son point de mire. Cela m'a rappelé des choses, exaltantes, d'autres pas belles, dont le geste du vieux que Loup naguère avait détourné de Manu. Deux fusils de trop dans cette existence qui vouaient Emmanuel au troisième, le dernier. Le destin n'a pas peur des répétitions !

Je suis arrivé à côté d'elle, j'ai murmuré qu'on est toujours le fils de son père et qu'elle n'y pouvait pas plus aujourd'hui qu'autrefois devant l'ancêtre Baronies. Son bras est retombé, elle a viré sur elle-même, elle a refermé la porte puis l'a rouverte à la volée pour courir accoler son fils sans un mot, avec un visage de pierre. Si toutefois les pierres pleurent.

Emmanuel, après trois semaines de classes plutôt expéditives, a franchi la mer pour de bon. Et nous ne l'avons jamais revu.

Pendant ce temps, en ville on racontait son départ avec force détails, on essayait de couper l'histoire en quatre pour mieux s'en gorger, sans rien changer à l'affaire : personne n'avait pu entendre ce qu'elle avait dit à Loup sur le pas de la porte, qu'elle le pendrait de ses mains si son fils était tué. Et Loup, tête basse, s'est traîné vers les bars comme tous les jours d'avant et tous les jours d'après.

Avec du retard, j'ai deviné l'usage de la copie, et ce qu'on fuit à vingt ans quand les cadeaux sont lourds. Dire qu'on essaie tous de forcer le sort !

Au bout de sept mois, durant lesquels on n'avait pas eu

pléthore de nouvelles, de Gaulle agença le numéro qu'on sait, un pied sur l'Algérie française, l'autre en plein dans l'Algérie aux Algériens. La guerre se conclut par une paix à l'eau d'Évian, islamique en profil perdu. Est-ce que Boumediene a senti que le marxisme conduirait son pays vers un intégrisme-retour de bâton ? Est-ce de cela qu'il a crevé, encore jeune, ou l'a-t-on aidé ? Qui le saura jamais ! Dieu-Allah reconnaît-il les siens, au milieu de ceux qu'on a tués à l'aveuglette ? Ah, ma vie n'est plus qu'un ramassis de questions, et je sens la mort qui rôde autour ! Cette histoire ne s'est-elle pas écrite cent quinze ans plus tôt, dès la reddition d'Abd el-Kader ? Le passé projette son ombre sur l'avenir, disait Goethe...

Emmanuel Colère fut un des derniers tués de cette putasserie, j'en chiale rien que d'y penser, un si bel enfant, si beau, si... !

Judith, avertie par un coup de fil, a bondi au volant comme une folle. On a dit qu'elle avait pris le premier bateau pour Oran, c'était bête. Elle a filé à l'aéroport militaire, ayant fait donner la vieille garde des années 44. Dix-neuf ans passent comme le vent mais n'effacent pas les souvenirs ni les dettes, elle s'est retrouvée dans un Nord-Atlas sous une panoplie de la Croix-Rouge. Là-bas, le tam-tam de brousse avait fonctionné, un ami l'attendait. Il y avait encore des gens à mémoire, dans ce pays ! Une jeep l'a embarquée, a foncé jusqu'à la chapelle ardente où l'on rassemblait ceux qui avaient dégusté in extremis et qu'on allait décorer. Depuis quand les citations à l'ordre de la Nation remplacent-elles la vie ?

Là, Judith, après avoir repoussé tous les bras et pris le corps sur son épaule, est rentrée en France, non sans avoir foutu le tournis aux donneurs de médaille. Il y avait des soldats en armes, des officiers, un tas de soutanes qui s'affairaient autour des cercueils encore ouverts pour les draper dans des torchons aux couleurs de la France, il y avait des gens en larmes et des coussins rouges, avec des croix. Il y avait des sous-fifres en pagaille qui surveillaient les hochets de la mort avec envie. On ne récompensait pas encore ceux qui s'étaient fait la main sur la gégène et l'usage détourné des bouteilles de bière sur les filles du FLN !

Judith est allée droit vers la boîte en bois blanc où reposait son enfant, elle a bousculé ce beau monde pour balancer le couvercle qu'on s'apprêtait à visser, elle a saisi Manu... des hommes ont voulu s'interposer, elle a crocheté la jambe du plus proche, et ramassant le fusil mitrailleur d'une seule main, a craché froidement qu'elle descendrait qui poserait la main sur eux deux. Une détermination glacée. Je n'ai pas vu, bien sûr, mais je me doute, j'ai de la mémoire de reste, moi aussi !

Ils se sont à peine écartés, sûrs de l'intercepter au passage. Elle a dit, c'est mon fils. Je vous ai abandonné le père il y a vingt ans, aujourd'hui je n'ai plus rien à perdre, ou vous me laissez l'emporter, ou je fais un massacre.

Elle est sortie dans un silence absolu, elle a marché jusqu'à la jeep, elle a installé Manu à côté d'elle et lui a parlé jusqu'à l'avion. Ensuite... bah ! Nul ne sait où elle l'a enterré. L'avion l'a déposée à la base d'Istres. Bernard et François patientaient là depuis des jours, avec deux chevaux dans un van. Elle a couché Manu sur son étalon, elle a monté Fox ou un autre, je l'ignore, elle s'est enfoncée dans les marais salants. Bernard et François suivaient-ils ? C'est probable. Ils n'ont jamais parlé, et maintenant, ils sont morts. Aujourd'hui, quand Judith s'éloigne sur une de ses bêtes, qui oserait la suivre jusqu'à la tombe de son fils et de son homme ! Car elle les a réunis, et l'endroit importe peu.

Ce qui s'est passé outre-mer, comment Manu est mort, nous ne le savons pas davantage. Je doute qu'elle s'en soit informée, elle avait affaire des circonstances presque autant que des médailles ! Quant aux péripéties de l'aller-retour, c'est un des copains du maquis qui me les a racontées, un soir où nous égrenions nos hauts faits sur fond de gnole, celui qu'elle avait dérangé en pleine nuit pour obtenir un droit de passage vers Alger et sa mascarade ! Il n'avait pas grand-chose à lui refuser, lui devant, avouait-il, ses galons, ses honneurs et sa vie. Un des rescapés du Vercors. C'est lui aussi qui soupire qu'elle n'était pas comme folle, elle l'était en plein. Dans la jeep, elle tenait la main de son fils, lui détaillait le paysage, lui disait que c'était beau, que c'était dommage, cette tuerie. Dans l'avion elle caressait les joues mortes en murmurant qu'elle allait le retaper, tu vas voir, en quinze jours, tu seras sur pied, tu iras bien. Et puis, au moment où le Nord-Atlas entamait sa descente vers le delta, elle eut un hoquet, affreux, un râle. Le copain s'est retourné en crachant au copilote de s'occuper de ses fesses et du manche : elle pleurait, défigurée, elle pleurait, pleurait, ruinée sous une pluie qui n'a jamais cessé, je crois. Le chagrin, c'est d'abord un goût de sel. Je le sais, on a des larmes, qu'on lèche sur le dos de sa main. Ou dans les paumes. On a tous les mêmes gestes, non ?

Quand la réalité vous rattrape, il faut que ça passe ou que ça casse ! Elle a disparu pendant des jours, elle s'est terrée chez les Esposite, c'est évident. Et puis elle est revenue en ville, plus rude, plus fermée que jamais. Cette fois, la jeunesse était morte. On lui aurait donné cent ans aussi bien, elle en avait quarante à peine dépassés. Ce n'était plus une femme... les mots parfois manquent. Une survivante, qui savait tout juste comment on marche, on mange, on rit, voilà !

Elle a deux balafres sur les bras, du creux du coude aux poignets. Très vilaines, très profondes. Pourquoi la mort n'a pas voulu d'elle, elle-même l'ignore sans doute. Certaines gens sont increvables. Une fois ranimés, ils n'essaient plus, ils sont vidés de leurs tentatives; pour eux, la vie-la mort n'est plus qu'un espace miné entre deux frontières.

Moi j'avais en tête ce dont elle avait menacé Loup, que personne n'avait aperçu depuis son départ. Je dois dire qu'on n'avait pas cherché; il devait se terrer, lui aussi, avec du remords, du regret, de la rage, on peut tout imaginer, il n'y a de dérive que dans les têtes! A-t-il compris que la fin des espérances était comme un paraphe au bas de son parchemin? Il ne s'est pas raté.

Quand Judith a rejoint la maison Haute, la ville était mussée non loin, des vautours juste avant la curée. Ou des rats. Mais il n'y avait à voir que Loup se balançant au bout d'une corde, face à la porte. A l'odeur, on pouvait déduire qu'il n'avait pas mis longtemps à se décider. Si ça se trouve, il s'est pendu tout de suite après l'annonce de la disparition d'Emmanuel.

Autour de son cou, une ficelle, un carton, une phrase en capitales, « Caterina, ne me dépends pas, c'est un ordre ». Caterina ne l'a pas dépendu, elle a vécu dans cette proximité puante jusqu'au retour de Judith. Maintenant, le visage fermé, elle disait haut et fort, tu reviens à temps, il n'allait pas tarder à se dépendre tout seul!

Celle-là, nous avons toujours fait semblant de ne pas la supporter, mais au fond, nous l'admirions. On a tiré le chapeau devant ce respect qu'elle avait eu d'une « dernière volonté » même si c'était une volonté de spectacle. Faut pas se leurrer, Loup voulait une dernière fois nous en mettre plein la vue! En ce qui me concerne, je sais bien que j'aurais foutu le camp!

La suite? Bah... Judith a hérité de son fils, voilà la suite. La donation a des côtés pervers.

J'ai envie de résumer, maintenant. Elle n'avait plus d'avenir. Oh, pas aux yeux de tout le monde! Chez nous, tant qu'il y a de l'argent, y a de la vie ! Elle était riche, moins qu'on le croyait. On n'a pas tardé à découvrir que Loup avait gaspillé pas mal sur des tapis verts clandestins, et qu'Armand était derrière. De sa fortune, ne restaient que les Baronies et des dettes. De grosses dettes.

Elle ne les a pas honorées. Cela s'est passé devant moi, Armand voulait un témoin. Il est arrivé, benoît comme une cerise, son dossier sous le bras. Il avait son air de tous les jours. On s'y trompait, la preuve, je me suis comme tout le monde heurté à cette bonhomie, et sa femme s'y est piégée la première. Il a étalé les reconnaissances signées par Loup, à valoir sur. C'est toujours à valoir sur, comme d'habitude. Un joueur du genre de Loup, qui meuble l'ennui, qui leurre la douleur, fait bon marché du bien des autres. Il avait joué plus qu'il n'avait, et le don des Baronies était un cadeau empoisonné ! Un vrai fils de pute, ce type.

Judith ne touchait pas aux vingt petits papelards, elle regardait Armand, ainsi c'est à cela que tu réfléchissais devant tes dominos ? Elle s'est levée, je ne suis pas responsable des dettes de mon mari. Nos biens ont toujours été séparés.

– Elles sont à valoir sur les Baronies !

– Les Baronies sont à moi.

– Tu as accepté l'héritage, Judith.

– Certes, mon ami. Je n'allais pas refuser le legs de mon fils ! Et Falloires te dira qu'on ne peut se payer sur les morts quand les liens de sang n'existent pas. Il fallait réclamer à Manu avant qu'il parte. Lui t'aurait payé, je ne paierai pas.

Elle est sortie sans un regard. Moi, j'épiais Armand. J'ai vu la terreur naître dans ses yeux, et j'ai admis ce que j'aurais dû comprendre depuis le début, il n'était qu'un homme de paille. Sous ce trafic, beaucoup d'argent sale.

On ne pèse pas assez les réalités de ce monde ! Armand

avait du mal à vendre son pinard ; de ce bord, le rosé quelconque ne « marchait » plus. Pourtant, la famille Valmajour avait conservé son train de vie. Il avait bien fallu trouver le fric quelque part !

Adèle et lui ont quitté Orsenne la mort aux trousses. Les petites histoires de Josépha ont eu bon dos ! Bien sûr, Armand avait fait sa pelote, mais n'avait pas envie de la redévider pour ses commanditaires ! D'où la fuite sous d'autres cieux.

Ils n'ont pas dit où ils allaient, pas même à moi. Sur le moment, qui s'en étonna ! Puis des hommes dans des grosses voitures sont arrivés, ont posé des questions, ont présenté des créances. Certains du pays ont payé, d'autres ont rechigné avant de payer aussi, la tronche en mauvais état. Si l'on ignorait toujours où Armand avait réfugié ses pénates, maintenant on comprenait pourquoi.

Ces gars, plutôt des durs à l'évidence, essayèrent de faire pression sur Judith. On en retrouva deux dans un pacage où des bœufs s'étaient pris un coup de folie, la veille. La gendarmerie, après son enquête, conclut qu'il n'était jamais prudent d'affronter un troupeau, même avec une grosse américaine !

Ces types – enfin d'autres – y allèrent à plusieurs, et cette fois l'hélicoptère dut en treuiller quelques-uns hors d'une plaque de sables mouvants, signalée d'habitude ! Les panneaux disparaissent, eux aussi !

Les tout derniers firent une croix sur leurs exigences quand la gendarmerie excédée leur conseilla de fuir les écobuages sous vents tournants. La prochaine fois, on les laisserait cramer.

Un jour, des années après, mon clerc avait repris l'Étude et je guettais ma mort de derrière les rideaux, Adèle s'est amenée dans une Cadillac, suivie par un énorme camion rempli de meubles qu'on entassa dans la maison Napoléon III. Elle était seule, elle était couverte de diamants qui agrémentaient son veuvage, elle avait séché ses graisses et ressemblait à sa mère en moins méchant. Je suppose qu'elle voulait m'en foutre plein la vue quand elle fit avancer sa limousine pour franchir les cent cinquante mètres qui nous séparaient.

Je ne me trompais qu'à demi : elle marchait avec difficulté, soutenue par le chauffeur, un tout petit rasta parlant espagnol et qui se frisait la moustache chaque fois qu'on le regardait. En plus, il n'arrêtait pas de lui sauter au cou, et je me suis dit avec acidité qu'elle était à l'âge des hommes porte-clés, de ceux qu'on met dans sa poche en attendant qu'ils vous les fassent !

Elle s'est laissée tomber dans un fauteuil, ah Falloires, ça fait du bien de te revoir. J'en avais marre de l'Argentine, et je suis revenue pour mourir ici, c'est plus dans mes cordes que la pampa.

Armand était mort de mort selon elle, s'ennuyant comme un rat dans son trou. Son fils avait poussé des racines là-bas tout en voyageant sans arrêt. Lui ne reviendrait pas.

– Je suis grand-mère, mon vieux. Il en a fait cinq en six ans, dont des triplés. Je plains ma bru, quoique ce soit une sacrée femme, un genre Judith si tu vois ce que je veux dire, en plus massif. Elle mesure au moins deux mètres, elle manie le lasso et les bolas comme un homme, et mon gamin malgré sa taille a l'air d'un faux bourdon à côté ! Cela ne l'empêche pas de courir le monde !

Elle ? L'argent ne faisait pas le bonheur.

– J'ai fini par comprendre qu'on fuyait... quoi, je ne le sait toujours pas. Parce que pour s'écarter de Josépha, ce n'était pas nécessaire de s'installer au milieu d'une plaine vide où tu voyais les intrus arriver de loin, et dans une baraque pleine de verrous, entourée de murs et gardée par des chiens ! Ma science ne va pas au-delà, j'ai compris qu'il valait mieux ne rien savoir que gratter le vernis des apparences ! Tu connais ça, non ?

Elle parlait moins vite qu'avant, elle s'arrêtait parfois au beau milieu d'une phrase, comme pour tendre l'oreille. Je sais ce qu'on guette ainsi, c'est la morsure infime du temps sur nos vieilles carcasses, ce grignotis patient qui fait son bruit dans nos ventres.

Je lui ai simplement annoncé que Judith aussi était revenue dans nos murs. Elle a ri, doucement. Tu vois, Falloires, les gens comme nous meurent où ils sont nés, même si leurs vies ont fait des tas de détours.

Que répondre ? Je n'avais jamais été plus loin que le bourg d'à côté, mais je savais bien qu'elle avait raison. Et lui parler de quoi d'autre ? Il n'était pas dans mon intention de lui détailler le gars que Judith avait rapporté dans ses fontes. Elle avait besoin de distraction ? S'interroger suffirait à la peine !

Chapitre 26

Maintenant, assises de chaque côté de la fenêtre, elles se taisaient. Leurs regards allaient au-delà des vitres, vers les maisons de la Place où ne vivait plus grand monde des heures anciennes. C'est l'inconvénient de durer.

Adèle soupira, l'envie de détricoter le temps se mourait faute de matériau encore exploitable ; elle avait l'impression d'avoir trituré de la vieille laine avant d'imaginer ce qu'elle allait en faire ! Et c'est vrai, le jeu des aiguilles ne l'avait guère travaillée, juste un peu quand sa mère la gardait sous cloche, jadis ! Et puis le passé ne fabriquait pas d'avenir, à son âge on remâchait sans assimiler ! Elle tourna la tête vers Judith qui fixait la Grand-Place sans la voir :

– Après la mort de Falloires, je n'avais plus que toi.

– Pourquoi le passé ? Tu m'as toujours.

Les yeux d'en face ne cillaient pas. Malgré la pénombre, Adèle devinait que Judith se tenait très droite, qu'elle se tasserait peut-être, mais n'abaisserait pas cette tête orgueilleuse ! Devant rien ni personne, pas plus aujourd'hui qu'hier. Et qui se risquerait à... et pourquoi ? certains jours de rancœur, elle en avait eu l'idée. Qui avait pâli, comme une mauvaise saison, comme se décolore tout le reste en fin de compte. Le plus énervant, c'était de ne pas savoir ce qui retenait le venin : la bonté, l'indifférence ? La prudence surtout, mieux valait voir les choses ainsi. Oui, la prudence. Laisser les vipères tranquilles, règle d'or.

Elle s'agita, alors pourquoi m'as-tu écrit cette lettre, Judith, si cruelle, si méchante ? J'avais fini par deviner qu'il y avait eu du grabuge, qu'Armand avait peur, et une peur terrible. D'ailleurs, c'est d'elle qu'il est mort ; à toujours regarder derrière soi, on affole son cœur et ses reins. Mais tu ne m'as pas dit la vérité, tu l'as crachée. Pourquoi ?

– Et pourquoi réclamais-tu ma vérité si tu n'étais pas capable de supporter la tienne ? Du moins, ce que j'en savais ! Car il y en a d'autres, que j'ignore. La vérité entière ? Ma pauvre Adèle ! Moi-même je ne connais de la mienne qu'un à-peu-près.

– Mais c'est Armand seul que tu m'as jeté à la figure !

– Et c'est sur Emmanuel, Loup, ton frère que tu voulais m'entendre. Ton besoin, ma pauvre, a toujours été de la curiosité pure sur les vérités *des* autres ! Sur moi... on a vécu les mêmes jours, les mêmes événements, tu savais tout ! Tu voulais mes secrets ? Pas de secrets. Je suis d'un banal à crever.

On frappa. Joselito, le petit chauffeur dont la ville faisait des gorges chaudes, se faufila dans la pièce avec une tasse dans chaque main, et les soucoupes, niño ! Tu ne pouvais pas prendre un plateau pour apporter tout en même temps ? Il était malingre et plutôt mignon, ondulant et paumé. Un gosse.

Une nuit, commentait Adèle alors qu'on entendait Joselito courir vers la cuisine, il avait rasé sa moustache et pleuré si fort qu'elle s'était relevée pour aller cogner sur son mur. Ce qu'il avait ? Nada, mamita, nada di nada ! avait-il sangloté et répété en se cachant la figure quand elle avait ouvert la porte. Le lendemain, il avait gémi mais sur ses genoux, comme l'enfant pitoyable qu'il était toujours à vingt-quatre ans, « elles » me traitent de rasta, mamita ! Et tout le monde dit de méchantes choses sur toi et moi. Adèle l'avait mouché, consolé, ce que la ville inventait sur elle et sur lui ? Allons mon bébé, laisse pisser ! Ce n'était jamais que l'écume d'un ennui chronique qui faisait divertissement de n'importe quoi. Justement c'était quoi, l'écume ? Ah ! pequeño c'est vrai, tu n'as vu la mer que durant la traversée !

Devant les deux vieilles, il avait l'air d'un gamin puni. Non, elles n'avaient pas besoin de lui, il pouvait aller en boîte s'il voulait, avec la jeep, Joselito, et ne bois pas, et ne conduis pas comme un fou, et ne mets pas les filles enceintes !

Une fois la porte refermée, Adèle, hochant la tête, murmura que vivre n'était facile ni pour les vieux ni pour les jeunes. L'histoire de Joselito, oh ! triste. Dernier fils d'une femme épuisée qui avait rendu l'âme sur le carrelage de la cuisine, en tendant le nouveau-né minuscule au bout de son cordon. Adèle avait élevé le bébé non sans mal, puis n'avait su qu'en faire, au milieu des grosses brutes de l'estancia. Joselito du haut de son mètre cinquante parlait un mélange d'espagnol, d'italien, de français, avait peur de son ombre, portait des bottes de vacher aux talons hauts, et n'était pas malin. Les filles d'Orsenne se moquaient de lui tout en trouvant qu'il dansait « super » bien. Depuis qu'il n'avait plus ce trait de moustache sous le nez, il avait douze ans pour la vie, et quelques-unes commençaient à le choyer avec des gestes de mère. Pourquoi pas ?

– Je ne sais pas ce qu'il va devenir quand je mourrai. Je vais le « doter » comme on dit, mais quoi !

Judith souriait, pensive.

– Cela t'amuse ?

– C'est toi qui m'amuses. Dès qu'on frôle ta coquille, au contraire de l'escargot tu en sors, tu t'évades, tu visites ta périphérie, l'extérieur, les autres.

Elles se regardèrent. Adèle, pétrifiée, ne résistait pas, elle fusillait Judith du regard mais sentait le souffle lui manquer, écoutant presque contre son gré ce que d'elle-même elle avait fui toute son existence. Pourquoi n'ai-je jamais pu lui clouer le bec, pensait-elle, chaque fois je me fais avoir...

– Chaque fois qu'on a failli déranger ta vie, tu t'es penchée à la fenêtre, tu as surveillé ce qui se passait dehors, refusé qu'on plonge chez toi pour te rendre la pareille. Tu as fait ce que tu ne voulais pas qu'on te fasse. Je te comprends, remarque, c'est reposant. Pourquoi ne t'en contentes-tu pas aujourd'hui ? Pourquoi cet appétit des profondeurs, à ton âge ! Pourtant, ce doit être agréable de mourir idiot, non ?

– Merde ! Mourir idiote, pas plus que toi ! Tu t'es laissé déranger, peut-être ! Et tes profondeurs, tu ne les visitais pas ?

– Oh moi, je me fiche du contenu. Je m'ouvre en deux, j'ausculte, j'écoute, il n'y a que du vide et du silence. Que veux-tu fabriquer avec ça ? Les gens ont cru à des mystères. Il n'y avait rien, ils se sont cassé les dents sur du rien, ma pauvre. Évidemment, le vide parfois résonne comme un tambour aux quatre coins de la ville ! Je suppose que c'est ce qui fait courir les gens !

– Tu mens.

– Pourquoi mentirais-je ?

Judith s'était levée pour aller remplir sa tasse à la cafetière sur son portoir ; quand j'étais adolescente, je croyais encore que la vie se chargerait de meubler l'existence, le simple exercice de la vie. Mais elle ne fait que passer le temps, comme toi, comme moi. Alors j'ai fait semblant, j'ai aimé, j'ai pleuré devant la mort, j'ai eu cet enfant qui me raccrochait au monde, j'ai essayé de ne pas voir ce qui était difficile à admettre, les incohérences, les contradictions, les vestes retournées, les saloperies, mais j'ai vu. Qu'y pouvais-je ? Je suis née avec des yeux d'acide. Et je me suis tue neuf fois sur dix, ce que tu appelles « fermer sa gueule ». Ce n'était ni par bonté d'âme ni par prudence, en fait je n'en avais strictement rien à foutre, jusqu'aux misères qui étaient petites, les miennes comprises. Ou rebattues. Ton Armand usurier ? Pourquoi pas ! Si l'on n'apprécie pas, on ne se met pas dans la situation d'avoir recours à lui ni d'accepter ses taux. Bernard et François homo ? Pourquoi pas ! Ils s'aimaient, ils se sont aimés jusqu'à la fin, c'était le plus important. On n'a qu'une vie, Adèle, à quoi bon la bâtir comme si elle devait durer dans la mémoire des hommes ? Loup buvait comme un trou ? Qu'y peut-on ! Il cherchait à oublier qu'il était rarement à la hauteur de ce qu'il avait attendu de lui-même. Peut-être faut-il boire pour accepter de vivre en dessous de la barre qu'on a fixée trop haut ! Le pire, dans cette putain de vie, c'est de ne pas arriver à se débarrasser des absolus !

Judith ricana, je ne suis pas sûre de m'y être mieux prise, tu sais ! Quant au vieux Baronies, c'était un nuisible. Un imbécile surtout. Je disais « non », et tu sais bien qu'on ne revient pas sur mes refus, ce n'est même pas la peine d'essayer. Il ne me gênait pas plus que ça. Veux-tu me dire alors pourquoi tout ce cirque ? J'aurais voulu qu'il s'accommode, qu'il m'accepte... Éternelle histoire !

Judith montra sa tasse, tu en veux ? Adèle hocha la tête. Elles burent à petites gorgées précautionneuses. Le café avait cuit. Judith s'éloigna vers la cuisine, revint avec de l'eau, un filtre, de la poudre. Elles attendirent en silence, sirotèrent, tu devrais changer de marque, celui-ci sent la poussière. Au bout d'un long moment, Adèle murmura, continue. Judith souriait toujours, ironique.

– J'étais aussi bête que lui, en définitive. On veut tous la lune et les sept planètes, on veut tous être aimés pour nos beaux yeux. Toi, tu te les bouchais. C'était ton problème, pas le mien. Et puis, chacun son truc. Si ça t'aidait à vivre, pourquoi t'en priver ? Mais du jour où tu as voulu « la » vérité... celle-là n'était pas qu'à moi, elle était à tout le monde. D'ailleurs, je ne t'en ai balancé dans les dents, comme tu dis, qu'une part, il y en a tant, des milliers, la tienne les valait bien. Seulement, il ne fallait pas me l'imposer, m'enfermer dans tes belles images, et surtout, Adèle, il ne fallait pas me réclamer la réciproque. Je t'ai donné ce que tu demandais, qui ne travaille pas plus dans l'absolu que ton propos. Est-ce que tu comprends, tête de lard ? Tu n'as pas encore reniflé que Baronies et moi nous nous ressemblions ? Qu'entre lui et moi, c'était une affaire de prise de pouvoir ? Je suis une femme de pouvoir, Adèle, c'est tout. Cela ne mène nulle part et je le sais, seulement... plus facile à dire qu'à réduire.

Adèle baissait la tête, vivre à côté des gens sans les deviner, s'il s'agit d'étrangers, bon. Mais quand ça concerne les siens ! Dieu merci, au moins pour Jean, c'était facile.

– Que tu crois !

Elles se toisèrent, puis Adèle s'affaissa dans son fauteuil, lui aussi ?

– Lui aussi quoi ?

– Je me suis trompée sur lui aussi ?

Judith eut un petit rire, on se trompe sans arrêt ! Il aurait cessé de m'aimer, il n'était pas fait autrement que tes hommes, et les hommes se lassent, et je me serais lassée aussi. Je me suis bien lassée de Loup !

Elle haussa les épaules, tu ne te demandes jamais ce que seraient devenus ceux qui sont morts ? Parmi eux, il y aurait eu le même pourcentage de types bien et de salauds. Et sans aller jusque-là, Jean avait sa part d'ombre, comme eux ! Pourquoi voudrais-tu qu'il soit épargné ? Quand il a été dénoncé, trahi si tu préfères, il aurait pu s'enfuir, il en avait le temps. Non, il a fallu qu'il reste, qu'il assume, qu'il soit « fidèle à son image ». Bon Dieu ! La vérité est encore ailleurs, l'avenir lui foutait le trac, Adèle.

– Même l'avenir avec toi ?

– Surtout lui. Nous étions follement épris dans la séduction des actes. C'est toujours exaltant d'entraîner du monde derrière soi, de pouvoir dire à une fille de vingt ans « battons-nous ensemble ! » quand on en a quinze de plus. Mais après, la victoire n'est qu'une fin d'aventure ! As-tu réfléchi aux victoires dangereuses ? Quand revient le temps de la vie quotidienne, qu'on dégringole des rangers dans les charentaises ? Tu as vu le major Bulkkey, tu veux que je te le décrive du temps de sa gloire ? Nous ne connaîtrons pas le Jean des temps de paix, dans le rôle d'un père de famille, en futur vieux con rempli de souvenirs ressassés, raidi sous les médailles, jugulaire-jugulaire ! Il avait de l'autorité, certes. Il n'y a qu'un pas avant de tomber dans la tyrannie domestique ! Qui peut savoir ? Parfois, ce qui est une qualité devient un défaut. Invente-le régentant sa famille comme il réglait les opérations ! Tu me vois dans ce contexte ? Tu m'imagines en bobonne soumise ?

Adèle pleurait doucement. Judith caressait l'épaule maigre, ma chérie, tu vas encore m'accuser de te plonger dans le désespoir ! Elle tapotait les mains tremblantes, sais-tu ce qu'il y a chez toi, ma pauvre Adèle ? Du territoire vierge, que rien ne déflorera jamais ! On appelle ça de la candeur.

– C'est sur toi que je pleure, dit Adèle en se mouchant. Il t'a fallu penser tout ça pour survivre ?

Judith ricanait, les illusions ne sont pas mon fort. J'avais ton frère dans la peau, c'est plus simple. Que crois-tu qu'on ressent quand le type qu'on aime plus que soi vous jette « c'est bien le moment ! » à l'annonce de votre grossesse ? La Frrrrrance passait d'abord ? OK. Mais ne me demande pas d'apprécier. Tu remarqueras qu'il y a toujours quelque chose de prioritaire face à l'attente des femmes. Et si elles insistent, on parle de leurs exigences excessives. Quand je pense qu'on s'étonne quand elles rendent la pareille ! Et ces fariboles pitoyables n'empêchent pas l'amour, le regret, l'amertume, le vide. Rien n'empêche que l'amour survive. As-tu cessé d'aimer Urbain quand il t'a plaquée, puis Armand quand tu as découvert ses combines ? Ai-je cessé d'aimer Emmanuel quand il m'a jeté la France à la figure, lui aussi ? On pèse, tout et tout le temps ; quand la balance descend du mauvais côté, on n'en tire même pas les conclusions, on s'obstine, on aime encore... Crois-tu que je ne me suis pas battu les flancs avec des évidences de ce genre ? J'ai ravalé mes fiels, j'ai...

Brusquement, Judith plongea son visage dans ses mains, hoquetante, je suis comme toi, à pleurer mon cœur dans mes doigts quand personne ne me regarde !

Après cet éclat, elles restèrent silencieuses. La nuit tombait, un vieux soleil d'automne, énorme et rouge, glissait entre deux nuages, et des brumes se levaient des étangs lointains. Toute la ville basse devait s'y noyer déjà. Adèle, vaguement, se dit qu'il y aurait du vent le lendemain, du vent froid. Il faudrait rentrer les orangers, pailler les rhodo et les géraniums, il allait geler dans peu de temps.

Elles entendirent la jeep prendre le virage, le choc léger des talons sur les dalles de l'entrée, Joselito surgissait, un fredon à la bouche.

– Soupe donc avec nous, murmura la vieille Adèle, à nos âges, on se contente de peu ; j'ai de belles tranches de gigot avec un aïoli, qu'en dis-tu ? Je ne sais pas chez toi, mais chez moi, les dents ne sont plus ce qu'elles étaient ! Je mange comme un oiseau, et lui comme une mouche ! Il y en aura bien pour trois.

Judith empoignait son poudrier, les larmes me crevassent la peau. Adèle ricana, c'est vrai que tu as la peau sèche, depuis quelque temps !

Judith éclata de rire, bravo ! Je t'aime mieux comme ça, ma grosse-qui–ne–l'est–plus ! Sors donc tes crocs, va, je ne mérite pas mieux ! et poudre-toi aussi, t'as le nez rouge.

Elles mangèrent en chipotant leur viande dans l'assiette. Pleurer m'a nourrie, s'excusait Judith. Joselito babillait, la grande Léa lui avait donné rendez-vous à condition qu'il l'emmène danser dans la Cadillac, dis Mamita, je peux ? Au moment de repartir, il les embrassa toutes deux, faut pas me la faire pleurer, madame Judith. Je n'aime pas quand la mamita est triste, où va-t-on si elle est triste !

Devant leurs tisanes, elles soufflèrent, tu m'as baladée, rotait Adèle, j'ai l'impression qu'on m'a battue ! Avant de s'en aller, le garçon avait monté un feu dans l'âtre de la grande salle, et elles tendaient leurs mains vers les flammes verdies par le sulfate de cuivre imprégnant les souches de vigne.

– Il est brave, ce gosse, dit Judith, mais il n'a pas inventé l'eau chaude.

– Et alors, grognait Adèle, pourquoi l'inventerait-il puisqu'elle existe !

Elles se guettaient du coin de l'œil. Adèle pensait, par moments je la déteste et pourtant je ne peux pas me passer d'elle, c'est un comble ! Et pour elle, qu'est-ce que je suis ? Moi non plus je n'ai pas inventé l'eau chaude ! Cela n'a jamais empêché personne de vivre. D'ailleurs, l'intelligence, est-ce que c'est d'un meilleur rapport, quand on souffre ?

– Tu as eu d'autres amours que Jean et Loup ?

– J'ai baisé.

Adèle s'agita, ce n'est pas ce que je te demande !

– Mais si, riposta Judith qui allumait un cigarillo très fin et très noir. Tu vires dame patronnesse ou quoi ? J'ai eu des hommes, et qui a eu l'autre, tu veux me dire ? A croire que tu as oublié ce que tu savais !

Rêveuse, Adèle grognait qu'elle n'arrivait pas à s'y faire, je suis sentimentale comme une gamine.

– Si tu penses que, de nos jours, les gamines font du sentiment, tu vis dans le songe d'une nuit d'été ! Je n'avais pas envie que ça dure parce qu'ils m'ennuyaient très vite. A mon tour j'ai eu des priorités dont ils étaient absents. Moi, ce n'était pas la France qui me tarabustait, c'était le silence, la solitude, les chevaux. Une fois le corps repu, qu'avais-je besoin d'eux ? Depuis quelque temps, en faire voir aux pégriots d'Orsenne ne m'amuse même plus, ni regarder la Cure virer comme un toton ! Jouir, oui, c'était bien. Je n'ai jamais raffolé des sucreries mais je dégustais les corps assez volontiers. Je te choque, à ce que je vois.

Adèle remuait, et ce bonhomme qui vit chez toi, qu'est-ce qu'il fout là ? On ne sait pas son nom ! Il part tôt, il rentre tard, il se faufile pour être exact, même moi je n'arrive pas à surprendre son retour ! Personne en ville ne peut se vanter de l'avoir tenu en face de soi comme Pierre, Paul ou Jacques. Un mur. Il a dû être beau, soit ! Et si c'est ton amant, dis-le ! Il a l'air de durer, lui ! Alors, qu'est-ce que tu me chantes avec tes gars sans nécessité ! Je te concède qu'il n'est sûrement pas bavard, et peut-être qu'il monte bien à cheval ! C'est tout, ça te suffit ?

Judith, raide, fixait Adèle, les yeux dilatés.

– Pourquoi me regardes-tu comme ça ? C'est *la* question que je n'aurais pas dû poser ? Il a vingt ans de moins que toi mais cela n'en fait pas une jeunesse ! A tant faire, pourquoi pas un gamin, pourquoi pas un beau mec ? Il a des talents cachés pour que tu ne paraisses pas t'ennuyer avec lui ? Depuis toutes ces années qu'il est là, qu'il va, qu'il vient. On ne sait pas ce qu'il fait au juste, ni même s'il fait quelque chose. Il ne t'accompagne nulle part, pas à Orsenne en tout cas. Tu l'aimes ? Tu le détestes, tu le subis ?

Judith observait toujours. Puis elle murmura que Falloires, en fin de compte, était vraiment quelqu'un de pas ordinaire ! Il ne t'a jamais rien expliqué à son sujet ?

– Qu'est-ce qu'il y avait à dire ? Et ne me raconte pas de bêtises sur mon aveuglement, sur les ménagements dus à mon âge et à mes illusions, ne refuse pas de parler sous prétexte que je vais encore une fois mourir désespérée ! Depuis ce matin, je n'arrête pas de crever à petits coups de fouet, ceux que tu me donnes ! Que me réserves-tu, encore ?

Judith s'était levée, avait pris le téléphone, elle faisait un numéro, Germain ? Ramène-toi chez la Dausse, veux-tu ! Elle revint s'asseoir, patiente deux minutes de plus. Il traverse la place et il arrive.

Elles entendirent la grande porte s'ouvrir, les pas calmes franchir l'entrée, traverser les deux salons, se rapprocher. Il était grand, il avait des yeux gris, une bouche mobile, des cheveux de cendre. Il ne cillait pas. Dans la forme de ses paupières bistre, un détail intriguait.

– Regarde-le bien, Adèle.

Il souriait, gentil. Il tourna la tête un instant vers Judith qui expliqua avec douceur, Falloires s'est tu comme tu le désirais, il ne lui a jamais parlé de toi.

Adèle, l'œil embrouillé, tremblait, mais je le connais, je ne connais que lui. Qui êtes-vous donc ?

Il se nomma, il fit un pas vif vers la vieille femme qui s'était dressée et retombait, je n'en veux à personne, voyez-vous. Mais je suis content d'apprendre que vous ne saviez pas. Je suis le fils de la « Chinoise », vous rappelez-vous ? Judith m'a retrouvé après la guerre d'Indochine, ou, plutôt, je l'ai découverte. Ma mère était repartie enceinte, et là-bas, la vie n'a pas été facile. Entre deux camps, comme toujours.

Adèle, en larmes, abandonnait ses mains à l'homme qui s'était accroupi devant elle, pourquoi, pourquoi ? Judith se taisait. Lui, courtois mais avec une hauteur qui devait tenir le chagrin à distance, expliquait que Jean n'aimait pas les enfants, ou plutôt qu'il en avait eu peur. L'enfance ne lui avait pas réussi, ajoutait Judith avec un dédain triste, la tienne et la sienne. Alors il fuyait, il la perdait de vue en l'éloignant de sa vie.

A la fin des années soixante, Germain avait réussi à quitter le Vietnam. Sa mère lui avait raconté qu'il avait un père en France, et c'est ce après quoi il avait couru, comme tant d'autres.

– Après enquête, il est venu le rechercher par ici. Un jour, il a sonné chez moi. Quand je l'ai vu, j'ai compris.

– Et qu'est-ce que Falloires vient faire là-dedans ?

– A ma demande, il a fait les démarches pour que Germain porte le nom de son père. Germain avait les lettres que sa mère avait gardées, des talons de chèques, une reconnaissance de paternité, non enregistrée à cause de la guerre ; Jean l'avait envoyée quand il a su que l'enfant était un fils. Tu vois, ils sont tous pareils. Et Germain n'a pas voulu qu'on t'avertisse, qu'on t'ennuie avec cette histoire, malgré les affirmations de Falloires sur la possibilité de réclamer une part de l'héritage. Et j'ai toujours cru qu'il avait outrepassé ce qu'avait demandé Germain, j'étais dans l'erreur, une fois de plus.

Adèle fronça les sourcils ; Judith poursuivait, pendant longtemps, elle avait pensé que l'exil en Argentine n'avait pas d'autre cause.

– L'existence d'un second neveu tombé du ciel, grevant encore les disponibilités d'Armand, suffisait à expliquer que tu t'éloignes, et je t'en ai voulu ! La vérité est un miroir à trois faces comme tu vois. Mais je suis très heureuse de m'être trompée sur Falloires et sur toi, Adèle. Maintenant, je sais que tu lui aurais ouvert les bras !

Germain, gêné, approchait un fauteuil de la cheminée, tendait les mains, l'automne est frais, cette année. Au fait, j'ai allumé la chaudière.

Sur le visage de Judith, une sévérité s'adoucissait, désormais la rage pouvait refluer, s'endormir, elle le murmura. Mais ses yeux brillaient trop, et Adèle gloussa, ma pauvre, comme si t'étais capable de changer ! Sur quelle Rossinante vas-tu monter désormais ? Avec quelle étrivière vas-tu nous faire ronfler comme des toupies ! Tout de même, t'es rien gonflée de m'avoir crue capable de léser quelqu'un ! Et quelqu'un de mon sang, qui plus est !

Germain les regardait l'une et l'autre, inquiet devant leurs escarmouches. Judith riait, celui-ci ne se laissera pas manipuler et ne m'en laissera pas le loisir sur toi, je te rassure tout de suite ! Entre ses dents, Adèle marmonnait, amoureuse, à ton âge ! Au moins, j'aurai vu ça !

Pendant une bonne heure, Adèle questionna, que fabriquait-il, que pensait-il, avait-il une femme quelque part, abandonnée ou quoi ? La hargne donnait encore quelques braises, mais elles s'éteignirent avec le froid qui gagnait, et tous les trois frissonnèrent en même temps. Germain avait répondu qu'il n'avait personne, personne d'autre et il avait regardé Judith avec tendresse. J'ai eu peur de souffrir, Adèle, j'avais eu mon compte. Avec elle, c'est différent, la souffrance, elle connaît trop, elle ne l'inflige pas.

Adèle se leva, les mains au dos, ah, c'est fou ce qu'on s'ankylose ! Judith agrippant les bras de son fauteuil grimaça en se redressant. Elles s'embrassèrent. Elles recommencèrent sur le pas de la porte, et Germain baisa la vieille main noueuse, je suis heureux, ma tante ! Ils gloussèrent ensemble, mon Dieu, tous ces arriérés d'affection à mettre à jour ! Il faudrait s'aimer beaucoup, et vite, et fort, je n'ai plus d'âge de reste, mon neveu !

Soulevant le rideau, Adèle regarda Judith s'éloigner, son bras sous le bras de Germain Dausse, et fit un geste de la main pour répondre aux leurs. La vie continuerait encore un peu, mieux qu'avant peut-être. C'est ce qu'il fallait se dire avant d'aller se coucher ! Tout de même, quel beau garçon ! Enfin... je me comprends, pensa-t-elle. Si vieille qu'elle fût, les hommes restaient des garçons, comme... jadis.

Elle se tourna et retourna plusieurs fois entre les draps un peu humides. En effet, il était temps de ranimer la chaudière. Toutes les chaudières... Au bout du compte, je n'ai pas trop envie de mourir tout de suite. Dormaient-ils ensemble, ces deux-là ? Germain et Judith ? Il ressemblait tellement à son père qu'elle n'avait pas dû résister. Mais c'était très bien, rien à dire à ce sujet ! Peut-être même qu'il est mieux que Jean, moins dur, moins rancunier, moins...

Elle entendit Joselito respirer derrière sa porte, et cria « je ne dors pas, entre ! » Joselito se pelotonna contre elle, Mamita, je suis amoureux.

– Décidément ! C'est très bien, dit Adèle, ça occupe ! En attendant, tu devrais nous mettre le chauffage en route, on caille !

Pendant qu'il descendait au sous-sol et donnait de grands coups de pied dans la cuve à mazout tout en chantonnant autour de son corazon en feu, elle s'assoupit. Leurs vies, à Judith et à elle, avaient été de vrais romans, non ? Comme toutes les vies, rétorquerait Judith, une fois de plus... Ah, tout de même, c'était bon de revoir le passé, les fesses au chaud dans des draps de fil, brodés s'il vous plaît, et sous une couette en vrai duvet. Au fond, il n'y a pas de petits plaisirs, il y aaah... sommeil.

– Demain, il ferait jour. Où sont mes beaux quarante ans, rêvait Adèle, là où les désirs effacent les années ?

TABLE

Cet ouvrage a été réalisé par la
SOCIÉTÉ NOUVELLE FIRMIN-DIDOT
Mesnil-sur-l'Estrée
pour le compte des Éditions Grasset
en août 1995

Imprimé en France
Dépôt légal : août 1995
N° d'édition : 9781 – N° d'impression : 31024
ISBN : 2-246-51561-0